schäfer verlag

Drei weiterere Heinrich-Gerhard-Fälle sind in diesem Verlag erschienen:
Schwälmer Tanz, 322 Seiten (ISBN 3-000-16731-5)
Benjamin, 272 Seiten (ISBN 3-939482-02-1)
Froschkönig, 322 Seiten (ISBN 3-939482-01-3)

Henning Schäfer, Jahrgang 1942, liebt wie sein Held im Roman seine nordhessische Heimat, die er auf ausgedehnten Spaziergängen durchstreift. Der pensionierte Arzt und Vater dreier Kinder lebt mit seiner Frau auf einem alten Gutshof und frönt dort seinen Leidenschaften Malerei, klassischer Musik und natürlich dem Schreiben.

Henning Schäfer

Die Spur des Mädchens

Roman

Meinem Vater in Dankbarkeit.

schäfer verlag

Erstausgabe 04/2006

Umschlagbild: Edvard Munch, »Madonna« 1894/95
Öl auf Leinwand, Oslo, Nasjonalgalleriet

Druck: Druckerei Hubert & Co., Göttingen
ISBN 3-939482-00-5

1

An diesem trüben Januarnachmittag war sich Heinrich Gerhard nahezu sicher, das einzige menschliche Wesen zu sein, das sich im Wald aufhielt. Wer ging schon freiwillig durch Sturm und Kälte, wenn er es anders haben konnte. Er liebte solche Tage, liebte Wetter, das er körperlich spüren konnte. Er mochte den beißenden Wind, der die Wangen glühen und die Augen tränen ließ. Er genoss die kalte Luft, die in seine Lungen strömte und ihm jeden Atemzug bewusst machte.

Gerhard schloss den Reißverschluss seiner Winterjacke und stapfte tiefer in das Fichtengehölz. Seine Tritte auf dem Nadel- und Moosbelag waren so lautlos, dass er sie selbst kaum hören konnte, zumal er sich alle Mühe gab, jedes Geräusch zu vermeiden. Nur so würde er sich den Tieren des Waldes nähern können, ohne sie zu erschrecken. Sein Gang war langsam, ruhig und stetig. Er hielt seinen Körper aufgerichtet, den Kopf erhoben, als wolle er von höchstmöglicher Position in die Fichtenschonung hinein sehen. Der spähende Blick und die ernsthafte Aufmerksamkeit verrieten seine innere Spannung. Er erinnerte an einen Indianer, der, mit Kundschafteraufgaben betraut, sorgsam darauf bedacht ist, soviel wie möglich zu erspähen und zu entdecken, ohne dabei selbst gesehen und bemerkt zu werden.

Ausgedehnte Spaziergänge waren schon in früheren Zeiten, als er noch im Arbeitsleben stand – erst als praktizierender Arzt in einer Kleinstadtpraxis, später dann im Staatsdienst, in den er sich nach der aufreibenden Praxiszeit geflüchtet hatte – ein für ihn unverzichtbarer Teil seines Lebens gewesen. Jetzt, mit dem Erreichen des 60. Lebensjahres und dem Ausscheiden aus dem Berufsleben, hatte er endlich die Zeit, seine Spaziergänge in ausgedehnte Wanderungen umzuwandeln. Fast täglich brach er auf in die weiten Wälder seiner nordhessischen Heimat. Halbe Tage konnte er so zubringen auf seinen Ausflügen, die häufig nur durch die einbrechende Dunkelheit oder durch Ermüdung beendet wurden.

Er liebte es, alleine zu sein, seinen Gedanken und Fantasien freien Lauf zu lassen, liebte es, sich seinen Gefühlen hinzugeben, frei von einengender Konversation, frei von dem Zwang, auf andere Rücksicht nehmen zu müssen. Hier draußen in der Natur war er sich selbst so nahe wie nirgends sonst.

Der Weg führte nun steiler bergan, bald würde er den Gipfel des Finkenberges erreichen. Von dort oben hatte man bei klarem Wetter eine Weitsicht bis tief hinein ins Werratal, konnte an besonders guten Tagen sogar die Windanlagen im thüringischen Eichsfeld erkennen. Heute jedoch würde er bei dem Dunst, der sich inzwischen gebildet hatte, kaum mehr als die Nachbarerhebungen des Bergrückens sehen können.

Schnee lag in der Luft. Mit dem Gespür eines Menschen, der sich häufig und bei jedem Wetter in der Natur aufhielt, wusste er, auch ohne die heranziehende Wolkenbank zu sehen, dass es bald schneien würde. Als er den Gipfel erreichte, trieben ihm bereits die ersten Schneeflocken entgegen.

Vom Aufstieg erhitzt genoss er zunächst den Anprall des kalten Windes gegen seinen Körper. Doch schon nach wenigen Minuten spürte er, wie die eisige Luft langsam unter den Pullover kroch und ein Frösteln auf seiner schweißigen Haut erzeugte. Er zog den Reißverschluss der Jacke bis zum Hals und stellte den Kragen so auf, dass er seine Ohren bedeckte. Noch einmal atmete er tief die klare Frostluft ein, dann begann er mit dem Abstieg.

Er wählte diesmal eine andere Strecke, einen Weg, der an der Westseite des Berges in sanftem Bogen zum Ausgangspunkt seiner Wanderung zurückführte. Auch wenn er heute kein Wilderlebnis haben würde, war er dennoch nicht enttäuscht. Er wusste, dass Glück dazu gehörte, Tiere vom Weg aus zu beobachten, dass es Zufall war, Tieren zu begegnen, die am Rand ruhten oder die gerade von einer Wegseite auf die andere wechselten.

Gerhard war froh, sich im Windschatten des Berges zu befinden, denn die Kälte drang nun beim Abstieg, da er sich nicht mehr anstrengen musste, mehr und mehr bis in die untersten Schichten seiner Kleidung. Durch den immer dichter werdenden Schneefall war das Licht dieses Spätnachmittags, der sich rasch der Dämmerung näherte, noch diffuser geworden. Die Schritte mussten jetzt sorgfältiger gesetzt werden als noch auf dem Hinweg. Trotzdem beschleunigte er das Tempo.

Vor ihm tauchte die kleine Holzhütte auf, die sich Waldarbeiter errichtet hatten, um dort ihr Werkzeug zu lagern oder Schutz bei allzu extremer Witterung zu finden. Sogar einen kleinen Ofen hatten sie, wie Gerhard wusste, eingebaut, an dem sie sich aufwärmen und einen Kaffee zubereiten konnten. Von dem Häuschen war es nicht mehr als eine halbe Stunde Fußweg bis zur Straße, an der sein Auto stand.

Er folgte dem Weg, der einen engen Bogen um die Hütte machte, weiter bergab. Er war schon einige Meter gegangen, als ihm bewusst wurde, dass ihm etwas aufgefallen war. Er verlangsamte seinen Schritt. Irgendetwas hatte er aufgenommen, einen Eindruck im Vorbeigehen, eine Veränderung, die nicht seine wache Aufmerksamkeit, jedoch seine instinktive Wachsamkeit erregt hatte. Zögerlich machte er noch zwei Schritte. Schließlich blieb er stehen, als wollte er einem Bild, einer Wahrnehmung, von der er vage wusste, dass es sie gab, Zeit geben, in sein Bewusstsein vorzudringen.

Er drehte sich um. Hinter ihm, schon einige Meter entfernt und jetzt oberhalb seines Standortes, lag die Hütte. Im Wald ringsherum regte sich nichts, keine Bewegung war wahrzunehmen. Es war dem Schnee noch nicht gelungen, eine geschlossene Decke über den Weg zu legen; doch es schneite intensiv weiter. Es würde nur eine Frage der Zeit sein, bis das ganze Land von einer weißen Schneeschicht bedeckt sein würde.

Was war ihm nur aufgefallen? Er war unschlüssig, ob er weitergehen oder umkehren sollte. Vielleicht machte er sich Gedanken um ein Hirngespinst, das seinen Fantasien entsprungen war, Fantasien, wie sie leicht in Dämmerstunden in verschneitem Wald entstehen können.

Nein, er war sich nun sicher. Irgendetwas war mit der Hütte gewesen; etwas war anders, als er es in Erinnerung hatte. Auch wenn er nicht wusste, was es war, er wusste, dass er sich nicht täuschte. Ihm war klar, er musste zurück und sich Gewissheit verschaffen.

Während er sich der Hütte näherte, musterte er die ihm jetzt zugewandte Rückwand mit dem kleinen Fenster, konnte aber nichts Auffälliges feststellen. Durch Rütteln überzeugte er sich, dass der Fensterladen unversehrt war. Sorgfältig inspizierte er nun die fensterlosen Hüttenseiten. Nichts gab es hier, was ungewöhnlich war.

Auf den ersten Blick war auch die Frontseite, die Seite des Eingangsbereichs, ohne Auffälligkeiten. Links neben der stabilen Tür stand unverändert die schmale Bank, auf der er die Arbeiter ein um das andere Mal hatte sitzen sehen. In der rechten oberen Ecke der Vorderfront trat das verrostete Rohr, das als Ofenabzug diente, aus der Wand, bog im rechten Winkel nach oben und endete in Höhe des flachen Hüttengiebels. Das Dach hatte man in diesem Eingangsbereich gut einen Meter vorgezogen, um den Regen abzuhalten.

Türrahmen und Tür machten einen stabilen Eindruck. Sie waren zusammengefügt aus ungehobelten Brettern ohne besondere ästhetische Ambitionen. Sie dienten dem Zweck, Zutritt zu gewähren oder zu verweigern; man sah ihnen an, dass sie dieser Aufgabe gerecht wurden. Der schwere, verchromte Riegel war vorgeschoben und tat ein Übriges, den Hüttenzugang zu verwehren.

Gerhard ließ noch einmal den Blick über die Frontseite des Häuschens gleiten. Irgendetwas störte ihn. Das Bild, das er jetzt vor sich sah, passte nicht zu seiner Erinnerung. Er wusste, es war nur eine Kleinigkeit, die sich unterschied. Intuitiv fühlte er, dass etwas fehlte, aber er wusste zunächst nicht, was es war.

Als sein Blick erneut auf den Riegel fiel, der die Tür verschloss, stutzte er. Er trat näher. Ja, natürlich, das war es, was ihm aufgefallen war. Er streckte die Hand aus, ergriff den Türverschluss und schob ihn ohne Schwierigkeiten zurück. Der Riegel war überhaupt nicht gesichert. Nun wusste er auch, was er unbewusst, im Vorbeigehen, als fehlend registriert hatte. Es fehlte das Vorhängeschloss. Er konnte sich noch gut an das handtellergroße, vorsintflutliche Modell mit dem übermäßig proportionierten, fingerdicken Bügel erinnern, das jeden Blick sofort auf sich zog.

Klar, dass das Verschwundensein eines so auffälligen Details einem vertrauten Bild sofort den Makel eines Defektes gab.

Was aber hatte das zu bedeuten? Warum fehlte das Schloss? Vielleicht hatte es ja keine andere Bewandtnis, als dass das alte Stück seinen Geist aufgegeben hatte und die Arbeiter nur noch nicht dazu gekommen waren, ein neues Schloss zu installieren? Oder aber die Hütte enthielt keine Objekte mehr von Wert, die es notwendig machten, sie zu verschließen?

Heinrich Gerhard zog die Tür, die noch entriegelt war, vorsichtig auf. Die Dämmerung war inzwischen schon so weit fortgeschritten, dass das wenige Restlicht, das durch die Öffnung fiel, gerade noch ausreichte, um zu sehen, dass sich niemand in der Hütte befand. Weitere Einzelheiten waren in dem Schummerlicht nicht zu erkennen.

Auf einem Seitbord an der vom Eingang gesehen linken Wand konnte er die Kontur einer Petroleumlampe erahnen. Die Streichhölzer ertastete er gleich daneben. Es bereitete einige Schwierigkeiten, den schon reichlich heruntergebrannten Docht anzuzünden. Doch schließlich gelang es ihm, eine kleine, rußende Flamme zu entfachen, die ausreichte, um die Umgebung schwach zu beleuchten. Seine Augen brauchten eine Weile, um sich an das Halbdunkel zu gewöhnen.

Er hob, um besser sehen zu können, die Lampe höher und schob sich weiter in die Hütte. Den Gegenstand, der auf dem kleinen Tisch in der Mitte des Raumes lag, erkannte er sofort.

Nun wusste er, dass das fehlende Verschließen der Hütte doch eine Bedeutung hatte. Vor ihm lag das alte Vorhängeschloss, mit offenem, verbogenem Bügel, und es war augenscheinlich, dass es gewaltsam geöffnet worden war.

Ein Diebstahldelikt? Oder eher ein grober Unfug?

Gerhard leuchtete die Hüttenwände ab. An den Haken, die als Halterungen angebracht waren, hingen Werkzeuge, die Holzfäller bei ihrer Arbeit benutzten: Sägen, Äxte, Hämmer und Keile. Daneben waren graue Arbeitskittel aufgehängt. Alle Aufhängvorrichtungen waren behangen, kein Haken, kein Nagel war frei, nichts schien zu fehlen.

Vielleicht doch nur ein Unfug? Jemand hatte in der Hütte feiern, vielleicht auch eine Nacht verbringen wollen, wenngleich Gerhard das Aufbrechen eines Schlosses nicht unter der Kategorie Unfug einordnen würde. Auf der Sitzbank jedenfalls gab es keinerlei Spuren, die daraufhin deuteten, dass jemand dort geschlafen hatte. Ebenso wenig fanden sich Überreste, die auf eine Feierei schließen ließen.

Es war schon ein bisschen rätselhaft, das Ganze: Ein Türaufbruch, der aber offensichtlich keine sichtbaren Folgehandlungen nach sich gezogen hatte.

Er wollte auch einen Blick in den Ofen werfen, sehen, ob erst kürzlich Feuer gemacht worden war oder ob sich andere Anzeichen fanden, die erklärten, was der Eindringling eigentlich beabsichtigt hatte.

Um den Ofen öffnen zu können, stellte er die Lampe auf den Hüttenboden. Mit der linken Hand hob er die drei inneren Herdringe an, aus der die Kochplatte bestand. Dann fasste er mit der rechten in das Ofeninnere. Nichts war zu fühlen, nicht einmal ein Rest von Asche oder anderen Verbrennungsrückständen. Der Ofen war offensichtlich seit langem nicht mehr benutzt worden.

Als er sich bückte, um die Lampe wieder vom Boden aufzuheben, fiel sein Blick auf einen dunklen Gegenstand, der unter der Bank, tief nach hinten in eine Ecke geschoben, lag. Zuerst glaubte er, es handele sich um einen Sack oder eine zusammengelegte Plane. Als er die Lampe aber näher schob, sah er, dass er sich geirrt hatte.

Unter der Sitzbank lag ein Rucksack. Kein einfaches Arbeitermodell aus grünem Leinen- oder Jeansstoff, wie es von Holzfällern oft benutzt wird für ihr Frühstücksbrot und die Thermoskanne. Der Rucksack, den Gerhard unter der Bank hervorzog, war ein moderner Reise- und Wanderrucksack, anthrazitfarben mit dunkelblauen Randabsetzungen, zahlreichen Taschen an den Seiten und einem breiten Doppelfach vorne. Auch die Klappen der Taschen waren blau eingefasst und bildeten einen seltsamen Kontrast zu den orangefarbenen Bändern, die dem Verschließen der Fächer dienten.

Einer ersten Eingebung folgend schob Heinrich Gerhard das Gepäckstück wieder unter die Bank zurück. Was ging ihn dieser Rucksack an, den wahrscheinlich irgendjemand hier deponiert hatte, um ihn später wieder abzuholen. Gut, er würde dem Forstamt den Aufbruch der Waldarbeiterhütte melden – aber alles andere hatte ihn nicht zu interessieren.

Er löschte die Lampe und stellte sie wieder an ihren ursprünglichen Platz auf das Wandbord. Noch einmal blickte er sich in der Hütte um, dann trat er ins Freie und schloss die Tür.

Die Dämmerung war inzwischen weiter fortgeschritten, doch der Schnee, der Weg und Waldboden jetzt vollständig bedeckte, reflektierte und verstärkte das wenige Tageslicht, so dass die Sichtverhältnisse noch durchaus passabel waren. Dennoch würde er sich sputen müssen, wollte er sein Auto noch vor Einbruch der Dunkelheit erreichen.

Warum ging er also nicht los?

Heinrich Gerhard hätte es in diesem Moment selbst nicht sagen können, warum er den Riegel der Tür noch einmal zurückschob und wieder in die Hütte trat. Es war wohl eine spontane Eingebung, entstanden aus unterschwelligen Zweifeln, aus vagen Befürchtungen, eine Eingebung, die er erst im Nachhinein mit formulierten Gedanken unterlegte: Was, wenn der Mensch, der diesen Rucksack getragen hatte, sich in einer Notsituation befand, vielleicht irgendwo im Wald herumirrte und die Orientierung bei diesem Schneetreiben verloren hatte? Oder noch schlimmer: Mit verstauchtem Knöchel oder gebrochenem Bein bewegungsunfähig im Schnee lag, in höchster Gefahr zu erfrieren? Oder war hier vielleicht ein Selbstmörder aufgebrochen in die Wildnis des Waldes – ein Mensch, der die Bürde seines Lebens nicht länger tragen konnte und wollte, der sich, nachdem er sich des Rucksacks entledigt hatte, nun auch von der Last seines Lebens befreien wollte?

Gerhard merkte, dass seine Imagination sich verselbständigt hatte. Nun war die Vermutung, dass hier ein Verbrechen vorliegen könnte, nur eine logische Weiterführung seiner Befürchtungen. Eine Diebesbande? Es war gut möglich, dass sich in dem Rucksack Hehlergut befand.

Oder hatte gar ein Mord stattgefunden? Doch der Rucksack, wem war er dann zuzuordnen: Dem Opfer oder dem Täter? Gerhard spürte, dass die Pferde, die er aufgezäumt hatte, immer wilder zu galoppieren und ihm durchzugehen drohten. Das musste ein Ende haben, er brauchte Gewissheit über Herkunft und Inhalt des Rucksacks.

Entschlossen bückte er sich, zog das Stück unter der Bank hervor und trug es ins Freie, da er sich die Mühe sparen wollte, die Lampe erneut anzuzünden. Dort stellte er den Rucksack auf der Sitzbank ab, die im Windschatten der Hütte und unter dem Überdach noch nahezu schneefrei war, und begann mit der Untersuchung des Inhaltes. Er wollte nur eine sehr oberflächliche Inspektion durchführen, mehr war bei dem schwindenden Tageslicht auch nicht möglich. Er wollte lediglich seine Bedenken zerstreut – oder aber seine Befürchtungen bestätigt wissen. Flüchtig fragte er sich, was ihn mehr enttäuschen würde.

In den beiden Vordertaschen fand er Dinge, die auch er, wenn er denn mit Rucksack reiste, in Vordertaschen verstauen würde: Streichhölzer, Kerzen, Schreibstifte, Reisewecker. Eine zusammengepresste Klopapierrolle fehlte ebenso wenig wie das obligate, multifunktionelle Taschenmesser. Ein Plastiktütchen enthielt einige Medikamente, wohl eine Art Reiseapotheke. Er machte sich nicht die Mühe, bei diesen schlechten Sichtverhältnissen die Etiketten zu entziffern.

Auch die Seitentaschen enthielten nur Alltägliches: Einen Gürtel, Sonnenbrille, Duschshampoo. Auch einen Rasierapparat, einen Gegenstand, der den Rucksackbesitzer als männlich auswies. Die Haupttasche war, wie zu erwarten, mit Kleidungsstücken gefüllt, deren Form und Beschaffenheit bestätigten, dass der Rucksack einem Mann gehörte.

Schon wollte Gerhard seine Inspektion beenden, letztendlich befriedigt, dass der Rucksackinhalt sich als völlig unverdächtig erwiesen hatte und in keiner Weise auf ein außergewöhnliches Ereignis hindeutete, als er mit seiner rechten Hand, die grob orientierend seitlich an den Kleidern und Wäschestücken entlang fuhr, einen Gegenstand ertastete. Mit der Zeigefingerkuppe umfuhr er langsam die Kontur des Objektes, das zwischen einem Handtuch und einem Wollpullover lag. Schon nach wenigen Sekunden wusste er, dass er eine Pistole nachzeichnete. Seine Hand erstarrte und verblieb reglos zwischen den Kleidungsstücken. Wie ein ertappter Dieb, der befürchtet, entdeckt worden zu sein, blickte er sich um.

Eine Pistole im Rucksack war kein alltägliches Gepäckstück. Er zwang sich, ruhig und logisch zu denken. Zuerst wollte er sich überzeugen, ob sein Tastergebnis einer optischen Kontrolle standhielt. Er musste sich beeilen, denn der Tag war im Begriff, sich gänzlich zu verabschieden.

Behutsam, als könne sich bei der geringsten Erschütterung, dem kleinsten Hängenbleiben ein Schuss lösen, hob er den Wäschestapel aus dem Rucksack und legte ihn auf die Bank. Sorgfältig jede Veränderung der Anordnung der Kleidungsstücke vermeidend, legte er nun den Gegenstand frei, den er ertastet hatte. Trotz des umhüllenden, weißen Leinentuches erkannte er sofort, dass er sich nicht geirrt hatte. Vor ihm auf einem braunen Frotteehandtuch lag eine Pistole.

Vorsichtig schlug er das Schutztuch zur Seite und betrachtete, soweit es das Licht noch gestattete, die Handfeuerwaffe.

Er war kein Fachmann, der sich mit Waffentypen auskannte, doch er glaubte, diese Art Pistole schon einmal gesehen zu haben. Der glatte, kantige Kolben, das schwarze Rohr mit dem spitzen Korn und der Kimme, die wie die Miniatur einer wellenförmigen Schmiedeskulptur aussah, kamen ihm bekannt vor. Es musste sich um eine Militär- oder Polizeipistole handeln, denn nur eine solche Pistole hatte er jemals in der Hand gehalten.

Ratlos stand Gerhard in jetzt schon fast völliger Dunkelheit über die Pistole gebeugt und wusste nicht, was er tun sollte. Aber zu langen Überlegungen blieb ihm keine Zeit, er musste aus dem Wald heraus, solange er den Wegverlauf noch einigermaßen erkennen konnte.

Schnell hüllte er die Waffe wieder in ihr Schutztuch und brachte sie in ihre alte Lage zwischen Handtuch und Pullover. Dann verstaute er den herausgenommenen Kleiderstapel, ohne, wie er hoffte, wahrnehmbare Veränderungen vorgenommen zu haben, und schob den Rucksack wieder an seine ursprüngliche Stelle unter der Bank.

Zum zweiten Mal schloss Gerhard die Tür mit dem ungesicherten Riegel und begann den Abstieg durch den dunklen Wald.

Seine Befürchtungen, der restliche Weg würde wegen des fehlenden Lichtes zu einem einzigen Stolpern und Rutschen, erwiesen sich schon nach wenigen Metern als unbegründet. Es ließ sich gut gehen auf der trockenen Schneedecke, die einen sanften Schimmer über das Land legte, der Weg und nähere Umgebung ausreichend erkennbar machte.

Und schließlich hatte er, als er es schon gar nicht mehr erwartet hatte, doch noch seine Tierbegegnung, eine Variante diesmal, die er in dieser Form noch nicht erlebt hatte. Nur wenige Meter vor ihm, auf der Seite seines Weges, die zum Berg leicht anstieg, bemerkte er drei dunkle, nahezu kreisförmige Konturen, die nur wenig aus der Schneeschicht herausschauten.

Wie große, an den Seiten zugeschneite Steine, von denen man nur noch die abgerundeten Oberflächen sah.

Aber dass es keine Steine sein konnten, die dort lagen, das erkannte Gerhard sofort. So akkurat im Windschutz dicker Buchen platziert lagen Steine üblicherweise nicht. Er erkannte, dass er Wildschweine vor sich hatte, die dort ruhten und wahrscheinlich so tief schliefen, dass sie seine Annäherung bisher noch nicht bemerkt hatten.

Normalerweise hätte Gerhard jetzt verharrt und die Szene eine Zeit lang beobachtet – vielleicht wäre er auch zurückgegangen, hätte einen anderen Weg genommen als diesen, der so dicht am Lager der Tiere vorbeiführte. Nicht aus Angst, nein, Angst hatte er keine. Wildschweine waren im Allgemeinen friedlich, auch wenn sie oft furchterregend gefährlich aussahen. Lediglich im Frühjahr und im Sommer machte er einen großen Bogen um die Bachen mit ihren Frischlingen, um einer eventuellen Attacke aus dem Weg zu gehen, denn er wusste, mit welch heißen Herzen Mütter auf der ganzen Welt ihre Kinder verteidigten. Er würde üblicherweise zurückgehen, um die Tiere in ihrem gewohnten Lebensablauf nicht zu stören. Er empfand sich noch immer, obwohl er inzwischen im Wald fast ein zweites Zuhause gefunden hatte, als Besucher, als Gast, der die Hausordnung zu respektieren hatte.

Doch diesmal, in dieser fortgeschrittenen Stunde und unter den ungünstigen Lichtverhältnissen, würde ihm nichts anderes übrig bleiben, als seinen Weg weiterzuverfolgen, wie nahe auch immer dieser an den schlafenden Wildschweinen vorbeiführte. Bei der Lautlosigkeit, mit der er sich auf dem Schnee bewegte, war es durchaus möglich, dass sie sein Vorbeigehen gar nicht bemerkten.

Jetzt schon auf gleicher Höhe, keine drei Meter von dem ihm am nächsten liegenden Tier entfernt, nahm er das kaum sichtbare Heben und Senken der atmenden Körper wahr und der typische, leicht ammoniakalische Wildschweingeruch erreichte seine Nase.

Es war ein so friedliches Bild, dass er nicht umhin konnte, stehen zu bleiben und die Harmonie, die das Halbdunkel, der Schnee und die schlafenden Tiere bildeten, in sich aufzunehmen. Er fühlte sich in diesem Moment als Teil des kleinen Universums, das sich rings um ihn breitete und in sich ruhte.

Plötzlich hob das vordere Wildschwein den Kopf. Obwohl er unbeweglich mit angehaltenem Atem dastand, hatte es offensichtlich seine Witterung oder auch seine dunkle Gestalt bemerkt. Mit erstaunlicher Leichtigkeit sprang das massige Tier auf, rannte keinen Meter von ihm entfernt über den Weg und verschwand in der Nacht. Gerhard stand noch immer unbeweglich, diesmal aber starr vor Schreck über das plötzliche Aufspringen und die kurze Distanz, in der das Tier an ihm vorbeigelaufen war.

Aber es blieb ihm keine Zeit, über das gerade Erlebte nachzudenken, denn inzwischen waren auch die beiden anderen Wildschweine aufgesprungen. Ein, zwei Sekunden standen sie verwirrt und waren unschlüssig, wohin sie sich wenden sollten. Dann aber schlugen sie in schnellen Sätzen die gleiche Richtung ein, die ihr Artgenosse kurz zuvor zur Flucht gewählt hatte. Und in dieser Richtung stand Gerhard wie angenagelt auf dem Weg und sah das Unheil herankommen.

Das größere der beiden Tiere kam direkt auf ihn zu, es drohte, ihn zu überrennen. In einer Instinktreaktion nach hinten springend gewahrte Gerhard, wie das große Wildschwein dicht vor ihm über den Weg schoss. Doch schon Augenblicke später spürte er einen schmerzhaften Aufprall gegen seinen rechten Unterschenkel, dessen Wucht so groß war, dass es ihm die Füße unter den Beinen wegriss und er zu Boden stürzte. Ein dunkler Schatten rappelte sich neben ihm auf, sprang über ihn hinweg und verschwand im Dunkel des Abends.

Gerhard sah, am Boden liegend, einige Sekunden dem Spuk hinterher. Dann setzte er sich langsam auf. Vorsichtig bewegte er die Beine, betastete die Stelle seines Unterschenkels, gegen die das Wildschwein geprallt war. Ein leichter Schmerz verriet ihm die Prellung, sonst aber schien ihm nichts passiert zu sein.

Er spürte, wie er zitterte. Doch er wusste, dass nicht allein die Kälte des Bodens, auf dem er saß, ihn zittern machte, auch nicht der Schreck über das plötzliche Aufspringen der Tiere und den unvermuteten Zusammenstoß. Er zitterte auch deshalb, weil er sich der Einmaligkeit des eben Erlebten bewusst wurde.

Und auch das Kuriose an dieser Situation, die ihm keiner glauben würde, wenn er sie erzählte, kam ihm in den Sinn. Er musste laut loslachen: Wahrhaftig, er hatte ein Wildschwein umgerannt. Ja, so war der Sachverhalt, er hatte durch seinen Sprung nach hinten dem verängstigten Tier seinen Fluchtweg verbaut. Dass er hier auf dem Boden saß und ihm der Unterschenkel schmerzte, war seine symbolische Zwei-Minuten-Strafe, wie sie im Handballsport den Abwehrspieler ereilt, der den Laufweg des Angreifers brutal verstellt.

Gerhard erhob sich, klopfte sich den Schnee von der Kleidung und stapfte mit zittrigen Beinen, aber mit einem guten Gefühl weiter bergab. Er erreichte sein Auto, befreite die Scheiben vom Schnee und fuhr los. Aber in Gedanken war er noch lange im Wald.

Er beschloss, vor dem Nachhausefahren noch einen Zwischenstopp bei Hilde zu machen. Zum Abbau der Spannungen, wie er es vor sich selbst rechtfertigte. Er musste keine großen Umwege fahren, die Kneipe lag fast auf seinem Heimweg.

In Eltmannshausen bog er von der Hauptstraße ab, fuhr 400 Meter ins Dorf hinein und stellte den Wagen auf dem schmalen Gästeparkplatz ab. Obwohl die Außenbeleuchtung noch nicht eingeschaltet war, sah er an dem brennenden Thekenlicht, dass »Knaufs Schänke« geöffnet hatte. Er fröstelte, als er ausstieg. Wahrscheinlich reagierte sein Körper jetzt auf die Turbulenzen dieses Nachmittags.

In der Gaststätte herrschte zu dieser Zeit noch wenig Betrieb. Drei Männer, offensichtlich gerade von der Arbeit gekommen, saßen an der Theke. Er wusste, dass sie aus dem

Dorf stammten, kannte sie vom Sehen, ohne sich an ihre Namen erinnern zu können.

Soeben kam Hilde aus der Küche. Sie wischte sich die Hände an der Schürze ab, offenbar hatte sie Essensvorbereitungen getroffen. Hilde war neben der Tatsache, dass sie die Chefin war, der gute Geist der Kneipe. Sie verkörperte noch den alten Typ Wirtin, der leider immer seltener im Gaststättengewerbe anzutreffen ist: Sie lebte ihre Wirtschaft. Sie kochte für die Gäste, weil ihr das Kochen Spaß machte und sie sich freute, wenn es schmeckte. Sie unterhielt sich mit allen, die es wollten, weil sie kommunikativ war. Die Meinungen interessierten sie. Und sie nahm die Sorgen und Probleme ihrer Gäste ernst. Sie ließ aber auch diejenigen in Frieden, die ihr Bier, aus welchen Gründen auch immer, in Ruhe trinken wollten.

Heinrich Gerhard wollte jetzt allein sein, er musste das Erlebte verarbeiten, dafür brauchte er Ruhe. Er setzte sich nahe der Heizung an seinen Tisch, an dem er meistens saß, wenn er »Knaufs Schänke« besuchte. Solche Besuche kamen nicht selten vor, denn er liebte Kneipen und diese gemütliche Dorfkneipe ganz besonders.

Er bestellte ein Bier. Dies war ungewöhnlich für ihn, denn er hatte es sich zum Prinzip gemacht, vor 20 Uhr keinen Alkohol zu trinken. Es musste schon außergewöhnliche Gründe geben, wenn er diese Regel durchbrach. Nun, heute gab es Gründe. Gerhard lächelte vor sich hin. Das Bild tauchte wieder auf: Er auf dem Waldboden, die Sau über ihm – wie ein Standbild eines mitten in der Bewegung angehaltenen Films; das Wildschwein im Sprung mit weit von sich gestreckten Beinen, er die Arme schützend über dem Kopf. Nicht gerade eine Heldenpose, aber er war stolz, das Abenteuer zumindest nicht unheldenhaft bestanden zu haben.

Er orderte ein zweites Bier. Das Prinzip zu verletzen, dass war der Sündenfall, die Einzelverfehlungen gingen darin auf. Gerhard spürte, dass sich die Spannung in ihm löste. Heizung und Alkohol taten ihre Wirkung.

Von einem der Männer an der Theke ließ er sich ein Feuerzeug geben, mit dem er die Kerze, die von kleinen Tannenästchen umlegt auf seinem Tisch stand, anzündete. Als die Flamme brannte und er ein drittes Bier vor sich stehen hatte, begann er zu überlegen, welche Bedeutung er dem Rucksack, den er in der aufgebrochenen Hütte entdeckt hatte, und vor allem seinem brisanten Inhalt zumessen sollte.

Der Besitz einer Pistole musste noch keine Straftat bedeuten. Viele dieser Pistolen wurden als Sportgeräte benutzt oder als registrierte Waffe zum Eigenschutz mitgeführt. Auch dem Aufbrechen des Vorhängeschlosses musste keine kriminelle Absicht zu Grunde liegen. Vielleicht hatten es die Waldarbeiter selbst aufbrechen müssen, als sie feststellten, dass sie den Schlüssel vergessen hatten.

Es war das Zusammentreffen der Vorkommnisse, das zerstörte Schloss und der deponierte Rucksack, in dem sich eine Pistole fand, die in Gerhard den Verdacht aufkeimen ließen, dass vielleicht doch etwas faul an dieser Sache war. Er musste jetzt eine Entscheidung treffen, musste festlegen, ob er etwas unternehmen wollte oder die ganze Angelegenheit auf sich beruhen lassen sollte.

Nachdenklich schaute er in die Kerzenflamme, verfolgte ihr leichtes Flackern im Luftstrom des Heizkörpers und rang mit einem Entschluss. Schließlich stand er auf, leerte sein Glas und ging zur Theke.

»Hilde, ich muss mal telefonieren.«

»Orts- oder Ferngespräch?«

»Ortsgespräch.«

Einer Halterung an der Wand entnahm Hilde das mobile Telefon und reichte es ihm über den Tresen. »Drück auf den grünen Knopf, dann kannst du wählen.«

Mit dem Telefon in der Hand kehrte er an seinen Tisch zurück, drückte den Knopf und wählte die 110. Schon nach dem ersten Signalton meldete sich eine jugendlich forsche Stimme:

»Polizei Eschwege, guten Tag.«

Fixe Burschen, ging es ihm durch den Kopf. Beruhigend zu wissen, wie schnell man eine Verbindung mit der Polizei bekam. »Hier spricht Heinrich Gerhard, guten Tag. Können Sie mir bitte sagen, ob Kriminalhauptkommissar Karl Montag noch im Haus ist?«

»Einen Augenblick, ich sehe nach, ob sein Auto da ist.«

Die Antwort kam jetzt schon weit weniger forsch, offensichtlich aus Enttäuschung, dass statt Mord und Diebstahl oder wenigstens eine Prügelei zu melden, sich jemand lediglich nach der Anwesenheit von Hauptkommissar Karl Montag erkundigte.

»Ja, sein Golf steht noch vor dem Haus«, meldete sich, jetzt schon gelangweilt, die Stimme, »soll ich Sie durchstellen?«

Gerhard bat zu verbinden.

Hinter der Theke hielt Hilde ein leeres Glas in die Höhe und zeigte fragend darauf. Gerhard schüttelte den Kopf. Genug gesündigt für heute.

Im Telefon knackte es, jemand hatte wohl einen Knopf gedrückt. Dann die vertraute Stimme: »Montag.«

»Hallo Charly, ich bin's, Heiner.«

»Grüß dich Heiner. Na, wie geht's denn so?«

»Gut, Charly, richtig gut, seit ich so eine Art Rentner bin.«

»Ja, ja, beneidenswert.«

Jetzt, nachdem US-Amerikas Sonne langsam an Strahlkraft verlor und der amerikanische Stern aus europäischer Sicht zu sinken begann, jetzt hätte Karl vielleicht eine Chance, Karl zu bleiben. Aber Karl Montags Jugend lag schon einige Zeit zurück. Er war jung gewesen in einer Zeit, in der der »American way of life« der einzig gehbare und um jeden Preis nachahmenswerte war und in der die Amerikanisierung in Sprache und Verhalten modernen Lebensstil signalisierte. Es war die Zeit der Samanthas, Jennifers, Mikes und Kevins. In dieser Zeit hatte ein Karl keine Chance, er musste unweigerlich zu Charly mutieren.

Ein ebenso unausweichliches Schicksal ereilte zwangsläufig jeden Heinrich, vor allem, wenn er im Hessenland wohnte.

Ein Henner oder Heiner waren fast unvermeidlich. Heinrich Gerhard hatte sich inzwischen damit abgefunden und daran gewöhnt, dass seine Freunde und Bekannten ihn fast ausnahmslos Heiner nannten.

»Du, Charly, ich habe da heute etwas Seltsames erlebt, oben im Wald, über Bischhausen. Ich weiß gar nicht, was ich davon halten soll.«

»Na, dann schieß einfach mal los – vielleicht kann ich dir ja helfen.«

»Ja, genau deswegen rufe ich dich an, nicht als Polizist, sondern als Freund. Möglicherweise mache ich aus einer Mücke einen Elefanten, höre Flöhe husten und blamiere mich bis auf die Knochen. – Aber vielleicht ist die Mücke wirklich ein Elefant und der Floh hustet wirklich.«

»Stopp, stopp«, unterbrach Montag »das geht mir zu sehr durcheinander. Könntest du, vielleicht unter Weglassung zoologischer Vergleiche, nur den reinen Tatbestand schildern. Also, Heiner, was ist passiert?«

Die klare Sachlichkeit der Aufforderung und die Prägnanz der Frage vermittelten Gerhard das Gefühl der richtigen Entscheidung, sich an Charly Montag gewendet zu haben. Er begann von den Erlebnissen des Nachmittags zu erzählen. Er berichtete von dem aufgebrochenen Schloss, das ihn veranlasst hatte, das Hütteninnere zu untersuchen, von dem zunächst unauffälligen und unverdächtig erscheinenden Rucksack, in dem sich schließlich die Pistole fand. Er schilderte seine Mutmaßungen und Befürchtungen hinsichtlich der Bedeutung dieses Fundes und verschwieg auch nicht sein Intermezzo mit den Wildschweinen, was seinem Gesprächspartner, der bis dahin kommentarlos dem Bericht gefolgt war, ein glucksendes »Mann, oh Mann« entlockte.

»Es ist nur ein Gefühl, Charly, das mir sagt, da könnte vielleicht etwas nicht stimmen. Aber gut möglich, dass ich auch völlig daneben liege.«

Erst jetzt, in der kurzen Pause, die entstand, bemerkte Gerhard, dass es in der Gaststätte totenstill geworden war. Als er aufschaute, sah er sowohl Wirtin als auch Gäste mit sprichwörtlich geweiteten Augen, aufgestellten Ohren und offenen Mündern ihn anstarren. Als sie bemerkten, dass er zu ihnen hinsah, nickten sie ihm zu, als wollten sie ihn ermuntern, weiter für die gerechte Sache einzutreten.

Inzwischen schien Hauptkommissar Montag das Gehörte überdacht zu haben.

»Wie du schon sagtest, Heiner, es kann etwas dahinter stecken oder auch nicht. Deshalb werden wir der Sache nachgehen und überprüfen, wem Rucksack und Pistole gehören. – Auf alle Fälle war es richtig, dass du angerufen hast. – Sag mal, hast du keinerlei Hinweise auf die Identität des Besitzers finden können?«

»Nein, nichts – aber bei der oberflächlichen Untersuchung ist das auch nur zu verständlich. Es gehört schon eine gewisse Überwindung dazu, fremdes Eigentum zu durchwühlen. Und dann dieses Schummerlicht! Nein, ich habe nichts gefunden.«

»Nun gut, wir werden uns dieser Sache annehmen«, versprach Montag und erbat eine genaue Schilderung, wie man zur Waldarbeiterhütte gelangte.

Nachdem er eine detaillierte Beschreibung des schmalen und steilen Weges zur Hütte gegeben hatte, fragte Gerhard zweifelnd: »Wollt ihr denn noch heute Abend hinauffahren?«

»Nein, heute Abend nicht mehr«, antwortete Montag, »es bringt nichts, jetzt in der Dunkelheit und bei diesem Schneefall im Wald herumzufahren. Gleich morgen früh, beim ersten Tageslicht, schicke ich einen Streifenwagen zur Hütte.«

Gerhard fühlte sich erleichtert. »Na ja, ich habe jedenfalls meine Pflicht getan und dich informiert«. Mit einem Seitenblick auf die noch immer gierig seinen Worten lauschenden Kneipenzuhörer fügte er hinzu: »Vielleicht gelingt euch ja, durch meine Hinweise ein Verbrechen aufzudecken«, und als er sah, wie die Hälse sich reckten: »Vielleicht eine Verschwörung oder einen Mord.«

Das beschwichtigende »Na, na, Heiner, jetzt übertreib aber nicht«, dem Hauptkommissar Montag noch ein »Ich gebe dir morgen Bescheid« hinzufügte, konnten die Zuhörer natürlich nicht hören, und so kam es, dass sie Gerhard, als er sich nach Beendigung des Gespräches von seinem Tisch erhob, mit bewundernden Blicken auf seinem Weg zur Theke folgten.

Gerhard, sich ganz der Aufmerksamkeit, die er auf sich zog, bewusst, ließ mit lässiger Gebärde einen Fünf-Euro-Schein auf den Tresen segeln, ergriff schweigend seine Jacke, ohne sie jedoch anzuziehen und begab sich festen Schrittes, mit einer flüchtigen Handbewegung einen Abschiedsgruß andeutend, zur Tür. Der Held, der gerade das Böse abgewehrt und der Gerechtigkeit zum Sieg verholfen hatte, verließ den Schauplatz des Geschehens.

2

Eine tiefe Stille lag über dem weiten Tal der Wehre, und die für den frühen Morgen ungewöhnliche Helligkeit drang auch durch die geschlossenen Jalousien in den Schlafraum. Gerhard blieb noch einen Augenblick liegen und lauschte den entfernten Geräuschen des einsetzenden Berufsverkehrs, die heute, so schien es ihm, noch gedämpfter als sonst zu ihm herüberdrangen. Nur die Turmuhr der Dorfkirche hatte ihren klaren Klang behalten, als sie jetzt acht schlug. Zeit für ihn, aufzustehen.

Er trat ans Fenster und spreizte mit den Fingern die Jalousie auseinander. Das gleißende Licht, das der Schnee zurückwarf, veranlasste ihn im ersten Moment, die Augen zu schließen. Dann aber, mit dem gleichen Staunen, das er als Kind empfunden hatte, wenn er am Morgen den über Nacht gefallenen Schnee erblickte, betrachtete er die Wunderwelt, die sich vor seinen Augen ausbreitete.

Vom Nebenhaus, in dem er schlief, konnte er normalerweise den Hof des Anwesens, die überdachte Terrasse des Haupthauses und den Freisitz mit der weiten Rasenfläche davor übersehen. Jetzt war alles versunken unter einer dicken Schneedecke, selbst unter die Überdachung hatte der Ostwind bis hin zur Hintertür den Schnee geweht. Der Gartenteich war verschwunden, mit dem ihn umgebenden Rasen zu einer planen Fläche verschmolzen. Lediglich die Spitzen des Schilfgrases, das ihn begrenzte, zeigten seine Lage unter der dicken Schneeschicht an.

Den großen Bauernhof, in dessen Haupthaus Gerhard nun hinüberging, um sein Frühstück einzunehmen, hatten er und seine Frau vor zwanzig Jahren in reichlich baufälligem Zustand gekauft. Unter Einsatz intensiver eigener Kraft und erheblicher Geldmittel hatten sie es später zu dem gemacht, was es heute darstellte: Ein Schmuckstück ländlicher Fachwerkskunst.

Es war im Nachhinein für die ganze Familie eine schöne, zusammenschmiedende Zeit gewesen, als sie die Renovierung in Angriff nahmen. Sie hatten sich wie Pioniere des wilden Westens gefühlt, die rodeten und bauten und sich ihr Heim schufen.

Für die Kinder, zwei Mädchen und einen Jungen, waren Haus und Grundstück ein unendliches Tummelfeld, auf dem sie ohne Einengungen herumtollen konnten. Da das Anwesen in einigen hundert Metern Entfernung von dem Dorf Oberhone inmitten von Wiesen und abseits von vielbefahrenen Straßen lag, war ihr Bewegungsraum und Aktionsradius nahezu unbegrenzt.

Das ehemalige Stallgebäude, ein kleineres, ebenfalls im Fachwerkstil solide gemauertes Haus am anderen Ende des Hofes, hatte Gerhard vor wenigen Jahren umgebaut und sich als Rückzugsrefugium ausgestaltet, in dem er seine künstlerischen Ambitionen ausleben konnte. Dorthin in seinen Musentempel zog er sich nach dem Frühstück zurück. Vom Klavier aus, an das er sich setzte, konnte Gerhard durch das große Fenster auf die ausgedehnten Wiesenflächen der Niederung blicken. Erst weit hinten, dort wo der Fluss eine Biegung machte, traf das Auge auf eine Hügelkette, die das breite Tal seitlich begrenzte.

An einem so klaren Wintermorgen wie diesem würde er Bach spielen, das stand für ihn fest. Er hatte gerade mit der vierstimmigen g-Moll-Fuge aus dem »Wohltemperierten Klavier« zu spielen begonnen, als das Telefon klingelte. Er beschloss, das Läuten zu ignorieren, machte sich dann aber klar, dass es hartnäckig weiterklingeln würde, wenn er nicht reagierte, eine Vorstellung, die ihn veranlasste, den Hörer aufzunehmen.

»Ja!?«, meldete er sich bewusst unfreundlich.

»Hallo, Heiner, Charly hier: Sag mal, was ist dir denn über die Leber gelaufen? Hast du schlecht geschlafen?«

»Nein, nein«, antwortete Gerhard schon versöhnlicher, »ich habe gerade Bach gespielt.«

»Aha, und da habe ich dich gestört, dich aus höheren Gefilden in die Niederungen des Alltags heruntergeholt. – Tut mir leid.« Karl Montags Tonfall verriet, dass er nicht gerade mit Zerknirschung, eher mit einem leichten Schmunzeln die Störung bedauerte. »Aber ich hatte dir doch versprochen, dich darüber zu informieren, was die Überprüfung deiner Rucksack-Pistolengeschichte ergeben würde.«

»Schon gut, Charly, du konntest ja nicht wissen, dass ich gerade im siebten Bachschen Himmel war. – Also, erzähle, wart ihr inzwischen in der Hütte?«

»Ja, heute Morgen«, berichtete Montag, »schon beim ersten Dämmerlicht habe ich einen Streifenwagen mit zwei Männern losgeschickt.«

»Und, mit welchem Ergebnis?«

»Zunächst mal mit dem Ergebnis, dass du jetzt zwei Freunde weniger in der Polizeidirektion hast. Die Beamten haben nämlich bei dem Versuch, mit ihrem nicht geländegängigen Streifenwagen die Hütte auf dem verschneiten Waldweg zu erreichen, ihren Wagen schon auf halber Strecke in den Graben gesetzt.«

»Wie kann man denn nur so bescheuert sein, mit einem

normalen Streifenwagen da hinaufzufahren?«, wunderte sich Gerhard.

»Sie haben es jedenfalls versucht, mit geschildertem Erfolg beziehungsweise Misserfolg«, bemerkte Hauptkommissar Montag mit erahnbar säuerlichem Gesicht. »Nun, es ist ihnen daraufhin nichts anderes übrig geblieben, als zu Fuß zur Hütte weiterzugehen.« Er lachte leise vor sich hin, während er fortfuhr: »Natürlich in ihren blitzblank gewienerten schwarzen Halbschuhen – durch dreißig Zentimeter Neuschnee. Du kannst dir vorstellen, mit welchen Flüchen sie den Idioten, der ihnen zu diesem Einsatz verholfen hat, bedacht haben.«

Gerhard überhörte den Idioten. »Nun sag schon, was war mit dem Rucksack und der Pistole?«, fragte er mit deutlicher Ungeduld.

Montag zögerte: »Das Resultat ihrer Untersuchung hat die beiden durchnässten und durchfrorenen Beamten nicht gerade erwärmt.«

»Was heißt das?«

»Das heißt, dass sie in der Hütte keinen Rucksack vorgefunden haben und somit natürlich auch keine Pistole.«

»Aber unter der Bank – haben sie auch unter der Bank nachgesehen?«

»Natürlich, Heiner«. Montags Stimme klang etwas unwirsch. »Die zwei sind erfahrene Beamte. Wenn da was gewesen wäre, hätten sie es entdeckt. – Das aufgebrochene Schloss lag übrigens, so wie du es mir erzählt hattest, auf dem Tisch.«

»Na also«, sagte Gerhard erleichtert, als beweise das kaputte Schloss, dass er sich das Ganze nicht aus den Fingern gesogen hatte. »Und sonst? Waren Spuren zu entdecken«, fragte er.

»Nein«, antwortete Montag, »nicht der Hauch einer Spur, die auf die Anwesenheit eines Menschen hingedeutet hätte. Selbst im Schnee vor der Hütte waren keine Fußspuren zu sehen.«

»Aber jemand muss doch den Rucksack geholt haben«, ereiferte sich Gerhard, »und wenn's nicht gerade die Waldfee oder ein Engel war, dann müssen Fußtritte im Schnee zu sehen sein.«

Hauptkommissar Montag ließ sich ein bisschen Zeit mit der Antwort. »Sollte jemand den Rucksack geholt haben, so muss er dies schon am frühen Abend getan haben, denn der meiste Schnee kam gestern in der Zeit zwischen 20 und 22 Uhr herunter und bei der Schneemenge, die gefallen ist, wären alle Fußeindrücke überdeckt worden. Fährten, die danach entstanden, hätte man aber heute Morgen gesehen.«

Gerhard hatte die Möglichkeitsform »sollte« und den leichten Zweifel, der darin verborgen war, durchaus bemerkt. Vielleicht war auch Montag bewusst geworden, dass er soeben mit seiner Formulierung unfreiwillig den Anschein erweckt hatte, den Aussagen seines Freundes nicht genügenden Glauben zu schenken. Deshalb fügte er schnell hinzu: »Die Waldarbeiter haben übrigens das Schloss nicht aufgebrochen. Wir haben mit dem Forstamt gesprochen, das uns bestätigte, dass beim letzten Verlassen der Hütte – und das war schon vor einer Woche – die Tür von den Arbeitern abgeschlossen worden war. Also ist bewiesen, dass sich jemand gewaltsam Zugang zu der Hütte verschafft hat.«

»Na schön, wenigstens etwas«, brummelte Gerhard, um dann mehr abschließend als interessiert zu fragen: »Und was passiert jetzt?«

»Nichts«, war die Antwort des Hauptkommissars, »außer der Bergung des havarierten Streifenwagens werden wir in dieser Angelegenheit nichts unternehmen können. Es liegt bis auf das Aufbrechen eines Vorhängeschlosses, ein Bagatellvergehen, keine strafbare Handlung vor. Eine Anzeige ist auch nicht erfolgt – oder«, fügte er in einem Ton hinzu, der die Antwort schon vorwegnahm, »wolltest du eine Anzeige machen?«

Gerhard verneinte schnell: »Um Gottes Willen, nein, natürlich will ich keine Anzeige machen.«

»Ich wüsste auch nicht, weswegen«, schloss Montag die Angelegenheit ab.

»Ich habe jedenfalls getan, was ich tun musste«, beendete Gerhard seinerseits das Thema. Er wollte jetzt zurück in die geordnete Welt seiner Bachschen Fugen, weg von dem Durcheinander eines gefundenen und dann wieder verschwundenen Rucksacks. Kurzfristig hatte er die Illusion gehabt, mit seinem Fund etwas Ungewöhnliches entdeckt zu haben, hatte seiner Fantasie erlaubt, seine Entdeckung in Verbindung zu bringen mit schicksalhaften Verstrickungen und verbrecherischen Verwicklungen. Aber jetzt hatte sich alles in Nichts aufgelöst.

»Sehen wir uns am Sonntag in der Halle?«, wollte Gerhard wissen. Ein Gespräch unter Freunden konnte nicht mit der Erörterung von Tatbeständen und Untersuchungsergebnissen zu Ende gehen, das fühlte er instinktiv, ein persönliches, verbindendes Element war angebracht.

Montag schien das ähnlich zu empfinden, denn die Sachlichkeit seiner vorherigen Ausführungen war mit einem Mal verschwunden und einer fast jugendlichen Begeisterung gewichen. »Na klar, ich bin da. Spitzenspiel, Erster gegen Zweiter; wenn wir gewinnen, dürfte der Aufstieg in die Landesliga in trockenen Tüchern sein.«

»Na, da wäre ich mir nicht so sicher – das Restprogramm ist noch schwer genug.« Gerhard war vorsichtiger in seinen Prognosen, von gedämpfterem Optimismus als sein Freund. Er teilte mit Karl Montag zwar die gleiche Leidenschaft für die einheimische Handballmannschaft, die zurzeit die Tabelle der Bezirksoberliga anführte, aber sein Enthusiasmus war weniger überbordend, seine Spielbeurteilung abwägender, analytischer. Sie schloss gute gegnerische Leistung und schlechte eigene in die Betrachtung mit ein. Aber auch er freute sich auf das Spitzenspiel am Wochenende.

»Warten wir ab, wie es am Sonntag läuft. Wir sehen uns beim Spiel. Mach's gut Charly.«

»Du auch, Heiner. Und grüß Hans-Bastl!«

»Wen?«

»Na, Johann Sebastian Bach, der volle Name ist mir einfach zu lang.«

»Witzbold!« Mit einem Lächeln legte Gerhard auf und

schaute eine Weile auf die Schneelandschaft vor seinem Fenster. Dann begann er die Fuge noch einmal von vorne.

3

Zwei Tage später schon dachte Heinrich Gerhard nicht mehr an das Erlebnis in der Waldarbeiterhütte. Was ihn heute beschäftigte, war seine Verabredung mit Franziska. Zuerst hatte er vorgehabt, ihren schon vor längerer Zeit vereinbarten gemeinsamen Theaterbesuch in Göttingen abzusagen. Nach dem gestrigen kräftigen Schneefall waren die Straßen noch immer schneebedeckt und glatt.

Er hatte wenig Lust, eine Rutschpartie mit dem Auto zu riskieren. Auf der anderen Seite freute er sich darauf, Franziska wiederzusehen. Es war schon über eine Woche her, dass er seine Frau zuletzt in die Arme geschlossen hatte. Er vermisste den Klang ihrer Stimme und die Berührung ihrer Hände. Nein, er würde die Verabredung nicht absagen. Schließlich gab es ja die Bahn, die ihre Unabhängigkeit von klimatischen Kapriolen und ihre Zuverlässigkeit bei jeder Wetterlage anpries. Heute würde er mit dem Zug nach Göttingen fahren, das war erholsamer und außerdem sicherer, zumal gerade erneut dichter Schneefall einsetzte. In diesem Jahr war der Winter endlich mal wieder ein richtiger Winter mit Kälte und einer Überfülle an Schnee. Nun mussten alle mit ihm fertig werden und Gerhards erster Schritt in diese Richtung war, dass er die Bahn nahm.

Als er später im Zug saß, gratulierte er sich zu seinem Entschluss. Draußen herrschte jetzt starkes Schneetreiben. Der Wind hatte aufgefrischt und trieb die Schneeflocken nahezu waagerecht über das Land.

Nicht einmal zehn Minuten Fußweg würden es sein vom Bahnhof in Göttingen bis zu Franziskas Wohnung, die in einem

Innenstadtbereich lag, in dem er immer Probleme mit der Parkplatzsuche hatte. Nun, das würde heute entfallen.

Er lehnte sich in seinem Polster zurück und ließ die Winterlandschaft vorübergleiten. Durch den Schneefall konnte man die Werra, deren sanft geschwungenes Flusstal der Zug gemächlich durchfuhr, nur verschwommen sehen.

Gelegentlich schloss er die Augen. Er war auf dem Weg zu Franziska. Gleich würde er durch die verschneiten Straßen und Gassen Göttingens gehen und die Stille dieser sonst so lebhaften Stadt genießen. Heute am Samstagnachmittag würde die Innenstadt wie ausgestorben sein, die Geschäfte hatten längst geschlossen, wenn er ankam.

Vor dem alten, spitzgiebligen Haus in der Mauerstraße, in dessen zweitem Stock Franziska wohnte, würde er kurz anhalten, würde hinaufschauen zu den warm erleuchteten Fenstern und seinen Eintritt zunächst genüsslich hinauszögern. Er sah sich dann zügigen Schrittes die alte Holztreppe hinaufsteigen bis zu der offenen Wohnungstür, aus der der Duft von Kaffee und der Geruch von brennenden Kerzen drang. Dort würde Franziska stehen, mit ihrem unwiderstehlichen Lächeln, das ihn willkommen hieß und ihm alle Verheißungen der Welt in Aussicht stellte.

Gerhard wachte aus seinen Träumereien auf, als er merkte, dass der Zug sein Tempo abrupt verlangsamte, ohne dass er ein Bremsgeräusch wahrgenommen hatte, und schließlich zum Stehen kam. Er wusste, dass der nächste Haltepunkt »Friedland« war, der letzte Bahnhof, bevor der Zug in Göttingen einfuhr. Er schob das Fenster nach unten und schaute nach draußen: Von einem Bahnhof war nichts zu sehen, aber weiter als hundert Meter reichte die Sicht bei diesem Schneesturm nicht. Schnell schloss er wieder das Fenster, als die Kälte eindrang und der Wind Schneeflocken über die Polster trieb.

Die wenigen anderen Reisenden waren sitzen geblieben, hatten höchstens einmal kurz aufgeblickt, um dann zu ihrer vorherigen Tätigkeit oder in ihre alte Position zurückzukehren. Die meisten lasen in Zeitungen, einige dösten vor sich hin oder schliefen in ihrem Ledersitz. Profis, dachte Gerhard, Vielfahrer, bahnerfahren, die sich durch Stopps auf freier Strecke nicht aus der Ruhe bringen ließen.

Nach zehn Minuten wurde es kalt im Zuginneren. Draußen schneite es unverändert und ebenso unverändert stand der Zug. Jetzt kam Bewegung in die Fahrgäste. Die Kälte zwang sie, sich auf die eine oder andere Weise mit dem Problem »wie halte ich mich warm« auseinander zu setzen. Mit gymnastischen Übungen, mit Auf- und Abgehen im Gang oder Auf-der-Stelle-Treten versuchten die frierenden Reisenden, den frostigen Temperaturen Paroli zu bieten.

Auch Gerhard, der bisher der wärmenden Wirkung seiner Gedankenflüge zu Franziska vertraut hatte, musste nun andere Maßnahmen ergreifen, um sein Blut in Zirkulation zu halten. Sich an der Sitzlehne festhaltend vollführte er solange Kniebeugen, bis er eine erste Schweißbildung verspürte und die Wärme in Zehen und Fingerspitzen zurückkehren fühlte.

Inzwischen waren zwanzig Minuten vergangen, seitdem der Zug zum Stehen gekommen war. Ein Schaffner betrat den Wagen. Er konnte sich ungeteilter Aufmerksamkeit sicher sein, denn alle Augen richteten sich erwartungsvoll, einige auch vorwurfsvoll, als sei er der Verursacher dieses Aufenthalts, auf ihn und begehrten Auskunft, warum der Zug hier schon seit zwanzig Minuten stand, warum die Heizung ausgefallen war und vor allem, wann es endlich weiterging.

»Liebe Fahrgäste«, begann der arme Mann, der ganz offensichtlich selbst am ganzen Körper vor Kälte zitterte. »Ich muss Ihnen etwas Bedauerliches mitteilen.«

So mussten die Boten der Antike ausgesehen haben, dachte Gerhard, die die schlechte Botschaft überbringen mussten und die wussten, dass dies sie den Kopf kosten konnte.

»Es gab einen Unfall«, fuhr der Schaffner fort, »vor uns auf der Strecke liegt ein Lastwagen quer über den Schienen. Ein

Holländer mit einer Ladung Tomaten, der ins Schleudern gekommen und dann die Bahnböschung hinabgestürzt ist.«

»Ach, du lieber Gott, das dauert«, rief eine Reisende.

»Ich fürchte ja«, räumte der Bahnbeamte ein. »Die Bergung kann einige Stunden dauern.«

Während sich nach dieser Mitteilung ein Stimmengewirr erhob, stellte Gerhard sich die Unfallstelle vor: Der Lastwagen lag, die Räder nach oben, auf dem Bahnkörper, vielleicht etwas eingeknickt durch den Aufprall auf den Schienen. Über die Böschung, die von der Straße zum Gleisbett führte, war eine breite Spur gezogen, an beiden Seiten lagen unzählige, leuchtend rote Tomaten im weißen Schnee. Hoffentlich war dem Fahrer nichts passiert.

»Und wie soll's jetzt weitergehen?«, fragte ein Mann mit lichten Haaren und resoluter Stimme, die so gar nicht zu seinem freundlichen Aussehen passte. »Sollen wir hier übernachten? Warum fahren wir nicht einfach zurück, wenn's vorne nicht weitergeht?«

Das aufkommende, zustimmende Gemurmel der übrigen Fahrgäste erlosch schnell, als der Schaffner den Kopf schüttelte und eine abwehrende Bewegung mit der Hand machte. »So einfach ist das nicht. Bei seinem Sturz die Böschung hinunter hat der Lastwagen die elektrische Oberleitung abgerissen. Die gesamte Strecke ist ohne Strom. Hier bewegt sich in den nächsten Stunden nichts mehr, weder nach vorn noch zurück.«

»Und wenn es keinen Strom gibt, dann funktioniert auch die Heizung nicht.«

»So ist es.«

»Und in zwei Stunden sitzen wir hier im Dunkeln, denn Licht gibt's ja wohl auch nicht.«

»Leider.«

In der Antike wäre jetzt der Zeitpunkt gekommen, den Boten zu töten, denn schlechter konnten die Nachricht und die Aussicht auf die kommenden Stunden nicht sein. Aber der Schaffner überlebte, denn jeder sah ein, dass er für diese missliche Situation nichts konnte.

»Wo sind wir hier eigentlich?«, wollte Gerhard wissen.

»Nicht weit von Friedland«, gab der Schaffner Auskunft, »vielleicht sechs-, siebenhundert Meter entfernt liegen schon die ersten Häuser der Ortschaft.«

»Und was sollen wir jetzt tun?«, fragte ängstlich eine junge Frau, die, die kalte Nacht vor Augen, verzagt wirkte.

Alle Augen richteten sich auf den Eisenbahner, als sei er der Hexenmeister, der, nachdem er den Kindern Angst gemacht hatte, mit einem Zauberspruch alles wieder zum Guten wenden konnte. Aber der zuckte hilflos mit den Schultern: »Ich weiß es wirklich nicht. Vielleicht schafft es ja das Rote Kreuz, bis zu uns durchzudringen und uns mit heißen Getränken und Decken zu versorgen. Oder aber sie schicken eine Diesellok, die uns hier rauszieht. Alles ist möglich.«

»Also bleiben uns zwei Möglichkeiten«, verkündete bestimmt der fast kahlköpfige Reisende. »Erstens: Wir bleiben hier und warten auf technische Abhilfe und humanitäre Hilfe – dies kann, darüber müssen wir uns im Klaren sein, lange dauern. Oder zweitens: Wir machen uns zu Fuß auf in den nächsten Ort, nach Friedland, und versuchen, von dort mit Bussen oder Taxis irgendwie weiterzukommen. Ich für meine Person ziehe die zweite Möglichkeit vor.«

Der Schaffner hob die Hand, um auf sich aufmerksam zu machen. Er sah unglücklich aus. »Meine Herrschaften, ehe Sie sich in falschen Vorstellungen verrennen, muss ich Ihnen noch mitteilen, was vor einigen Minuten über Funk durchkam. Im gesamten hiesigen Raum ist der Verkehr auf Grund der starken Schneefälle zusammengebrochen. Auf den Straßen herrscht Chaos, die Autos stehen quer oder liegen in Gräben, die Streu- und Räumfahrzeuge kommen nicht durch. Sie sollten sich keine allzu großen Illusionen machen hinsichtlich eines Weiterkommens von Friedland aus. Überlegen Sie es sich gut, was Sie machen. Es ist schließlich Ihre Entscheidung. Wenn wir Glück haben, werden wir schon bald aus dieser unangenehmen Lage befreit, es kann aber genauso sein, dass wie die halbe Nacht hier verbringen.« Resigniert machte er eine kurze Pause, wischte sich mit dem Unterarm über die Stirn, instinktiv Schweiß vermutend, der sich bei weniger Kälte dort auch gebildet hätte, und begab sich zum Ausgang. »Sollten Sie etwas brauchen, ich bin im ersten Wagen. Wenn ich etwas Neues weiß, werde ich Sie unterrichten.«

Er öffnete die Wagentür, verharrte einen Moment, als wolle er einer eventuellen Frage noch Raum geben. Dann verschwand er, die Schiebetür vorsichtig hinter sich schließend, den Kopf zwischen die Schultern gezogen, lautlos wie ein Schuljunge, der sich mit schlechtem Gewissen davonstiehlt.

»Ich warte hier nicht, bis ich steif gefroren bin«, übernahm der bisherige Wortführer die Initiative. Offensichtlich, wenn man Kleidung und Gepäck betrachtete, ein Handelsvertreter, welcher Art auch immer, von kleiner Gestalt, gutmütigem Gesicht und in einem Alter, in dem das Gute noch nicht vorbei, das Beste aber hinter einem lag. »Ich gehe nach Friedland. Vielleicht habe ich Glück und ich komme weiter.«

»Und was, wenn Sie nicht weiterkommen? Dann stecken Sie in Friedland fest«, gab eine ältere Frau zu bedenken, die mit weißem, frisch dauergewelltem Haar offensichtlich auf dem Weg war, einen Besuch zu machen.

»Ich bin Optimist. Und wenn es nicht klappt, dann krieche ich irgendwo solange unter, bis die Straßen wieder geräumt sind. Vielleicht in einer Scheune.« Es war augenscheinlich, dass diese Aussicht dazu beitrug, die Entscheidung der Reisenden dahingehend zu beeinflussen, dass sie ein paar kalte Stunden auf Ledersitzen in einem Eisenbahnwaggon einem Heulager in einer Bauernscheune vorzogen. Denn als der Handelsvertreter seinen Aktenkoffer aufhob und fragte: »Kommt jemand mit?«, schauten bis auf zwei Fahrgäste, die mit dem Kopf schüttelten, alle übrigen auf den Boden oder zum Fenster hinaus in die Dämmerung, durch die der Wind unvermindert Schneefäden trieb.

Lediglich Gerhard trat einen Schritt vor, schaute den Frager an und sagte: »Ich komme mit. Herumsitzen ist nichts für mich.« Vom Gepäckträger über seinem Sitz holte er den kleinen Rucksack herunter, in dem er das Wenige, das er für eine Übernachtung bei Franziska benötigte, mitführte und folgte dem Mann, der sich schon in den Vorraum des Wagens begeben hatte.

Sie stiegen an der Seite des Zuges aus, die im Windschatten lag. Bis über die Knöchel reichte der Schnee, aber hier oben auf dem Bahndamm, über den der Wind hinwegfegte, lag er bei weitem nicht so hoch wie auf dem umgebenden Land.

Gerhard hatte in dem Wissen, dass ihm eine Schneewanderung durch die Straßen Göttingens bevorstehen würde, seine Winterstiefel angezogen. Sein Begleiter hingegen hatte offensichtlich nicht damit gerechnet, heute einen Fuß in den Schnee setzen zu müssen. In braunen, eleganten Halbschuhen, die unter einer gut geschnittenen Anzugshose hervorschauten, stapfte er in Richtung Lokomotive durch den Schnee.

Als sie aus dem Schutz des Zuges herauskamen, erfasste sie der Wind, der jetzt schon fast Sturmstärke erreicht hatte, und veranlasste sie, durch eine leichte Neigung des Oberkörpers dem Druck entgegenzuwirken. Sie blieben auf dem Bahndamm und folgten den Gleisen. Schon bald war der Zug hinter ihnen im Restlicht der Dämmerung verschwunden.

Der Mann, der aussah wie ein Handelsvertreter, drehte sich, ohne anzuhalten, halb zu Gerhard und fragte, indem er die Stimme anhob, um den Wind zu übertönen: »Wie weit hattest du denn noch zu fahren?«

Gerhard verwunderte das vertrauliche Du nicht, unter solchen Bedingungen waren sie Brüder in der Not. »Nur bis Göttingen, gerade mal zehn Kilometer weiter.«

»Ich wollte heute noch bis Hannover.« Ein fatalistisches Zucken mit den Schultern drückte die Machtlosigkeit gegenüber dem Wirken höherer Gewalten aus. Aus dem Schneegestöber vor ihnen tauchte jetzt ein schwaches Licht auf. »Da ist das Dorf. Übrigens – ich heiße Erwin.«

Gerhard ergriff die ihm hingestreckte Hand und wunderte

sich, dass er nicht lachen musste angesichts des grotesken Bildes, das sie beide bieten mussten: Schneebedeckt, mit zersausten Haaren, der eine den Rucksack über der Schulter, der andere einen Aktenkoffer unter dem Arm, standen sie im Schneesturm auf dem Bahndamm, schüttelten sich die Hände und machten sich miteinander bekannt. Doch dann überkam ihn ein warmes Gefühl der Zuneigung, wie man es hat, wenn man unerwartet in schwieriger Lage einen Verbündeten, einen Freund fand.

»Heinrich«, stellte er sich seinerseits vor, »aber alle nennen mich Heiner.« Dann stapfte er zufrieden hinter Erwin her, der den Marsch durch den Schnee wieder aufgenommen hatte.

Aus dem einzelnen Licht waren inzwischen mehrere Lichtpunkte geworden, die verrieten, dass sie eine größere Ansammlung von Häusern vor sich hatten. »Lass uns hier runter ins Dorf«, schlug Erwin vor, »dahinten die Lampen – sieht aus wie eine Straßenbeleuchtung.«

Und wirklich, als sie die Böschung heruntergerutscht waren und sich durch tiefen Schnee und dornige Büsche gekämpft hatten, standen sie auf einer Straße. Es handelte sich augenscheinlich um ein Neubaugebiet, in dem sie sich befanden. Die Häuser, soweit sie sie in dem Schneetreiben erkennen konnten, lagen weit auseinander. Vereinzelt gab es noch Baulücken zwischen ihnen und unter dem Schnee konnte man Sand- und Kieshaufen erahnen, die zeigten, dass die Bautätigkeit noch nicht beendet war.

»Am besten, wir suchen uns die Kneipe in diesem Ort. Dort werden wir am ehesten erfahren, wie die Verkehrssituation im Moment aussieht«, schlug Erwin vor.

Die Straße führte schon bald aus dem Neubaugebiet heraus, die Bebauung wurde dichter. Schließlich verriet ein nahezu lückenloses Straßenbild, dass sie im Ortszentrum angekommen waren. Sie hatten auf dem gesamten Weg durch das Dorf nicht ein Auto angetroffen, das fuhr. Selbst hier auf der Hauptstraße lag der Schnee jungfräulich, keine Reifenspur war zu sehen. Sie ahnten, was das bedeutete.

Als sie das Gasthaus »Zur Krone« erreichten, war es schon vollkommen dunkel. Von der anderen Seite des Dorfes kamen einige verschwommene Gestalten die Straße herauf. Ihr Ziel war offensichtlich ebenfalls das Wirtshaus, dessen freundlich einladendes Licht an diesem stürmischen Winterabend die Menschen anzuziehen schien wie die Laterne in Sommernächten Käfer und andere Insekten.

Auf der Treppe zum Schankraum drehte Erwin sich nochmals um: »So, das hätten wir geschafft«, verkündete er stolz. Dann öffnete er die Tür und trat ein.

Gerhard streifte den Schnee von Haar und Kleidern, schlug seine Schuhe gegen die oberste Treppenstufe, um auch sie vom Schnee zu befreien, und folgte dem Weggefährten in die warme Gaststube.

Der große Raum war voller Menschen. Lautstark wurde ringsum erzählt und diskutiert und das einzige Thema, um das sich alle Gespräche drehten, war das Abgeschnittensein des Dorfes durch den schneebedingten Verkehrskollaps.

Nachdem sich Gerhard und sein Begleiter einen Stehplatz an der Theke erkämpft hatten und sich nun im Zentrum der allgemeinen aufgeregten Berichte, Vermutungen und Spekulationen befanden, erfuhren sie sehr schnell, dass beide Zufahrtsstraßen nicht mehr passierbar waren. Lastwagen, die die durch mehrere Unfälle blockierte Schnellstraße verlassen hatten, um auf Nebenstraßen die Blockaden zu umgehen, steckten nun selbst fest. In Unfälle verwickelt waren sie ineinander gekeilt oder in Gräben gerutscht und blockierten auch die Nebenstraßen. Den Abschleppdiensten war es bisher nicht einmal gelungen, zu den verunglückten Havaristen vorzudringen, geschweige denn, sie zu bergen. Auch die Streufahrzeuge hatten keine Chance, die Straßen im Unglücksbereich von ihrer Schneedecke zu befreien, da auffahrende LKW und PKW einen regelrechten Fahrzeugpfropf hinter den Unfallstellen gebildet hatten, der ein Heranfahren an den blockierten Bereich unmöglich machte. In der Gaststätte war man sich einig: »Hier rührt sich heute Abend nichts mehr.«

Geradezu gierig wurde von den Anwesenden, die inzwischen die beiden Neuankömmlinge in ihre Debatten einbezogen hatten, die Nachricht von dem verunfallten Lastwagen aufgenommen, der die Bahnoberleitung zerstört und damit das Stehenbleiben des Zuges auf offener Strecke, nur wenige hundert Meter vom Dorf entfernt, verursacht hatte. Gerhard und sein neuer Freund waren augenscheinlich die ersten Fahrgäste, die sich nach Friedland durchgeschlagen hatten und die Nachricht überbrachten.

Erwin hatte es übernommen, eine Schilderung des Augenblickes, an dem es zum Stillstand des Zuges kam und eine Beschreibung der Befindlichkeiten der Reisenden in den darauffolgenden, immer kälter werdenden Minuten zu geben. Er erzählte auch von ihrem Marsch über den Bahndamm durch die sturmzerzauste und schneegepeitschte Winterwelt und dem guten Gefühl, das sie hatten, als sie die ersten Lichter des Dorfes bei einbrechender Dunkelheit auftauchen sahen.

Die Zuhörer hingen an seinen Lippen, als hörten sie gerade die Geschichte eines Abenteuers in eisiger Polarnacht, bei dem sich den zwei letzten Expeditionsteilnehmern, die nach dem Verenden der Schlittenhunde schon den sicheren Tod vor Augen hatten, plötzlich ein ferner Lichtschimmer zeigte und ihnen den Weg ins rettende Basislager wies.

Erwin war ein guter Erzähler, ohne Zweifel. Man spürte, dass er im Reden Übung hatte und die Gabe besaß, andere in seinen Bann zu ziehen. In welcher Branche er wohl tätig ist?, fragte sich Gerhard. Mit dieser Eloquenz, die nicht aufgesetzt wirkte oder Aufmerksamkeit heischend war, die jedoch gleichwohl Aufmerksamkeit erzeugte durch die fesselnde Art, in der er sich ausdrückte, mit dieser Redebefähigung dürfte Erwin gewiss gute Verkaufsergebnisse erzielen, was immer er auch verkaufte.

Zunächst aber zeitigte seine Schilderung der Ereignisse um den Zug das Resultat, dass eine Gruppe von Dorfbewohnern sich zusammentat und beschloss, eine erste Hilfsaktion zu starten. Mit heißen Getränken wollte man zu den in den Eisenbahnwagen Festsitzenden vordringen und sie erst einmal notdürftig versorgen. Es herrschte eine allgemeine Aufbruchsstimmung in der »Krone«, der übervolle Schankraum leerte sich soweit, dass er jetzt nur noch als gut gefüllt bezeichnet werden konnte. Dies ermöglichte Gerhard, auf einen freiwerdenden Barhocker zu klettern und an Erwin, der ebenfalls einen der hohen Thekenstühle erklomm, die Frage zu richten: »Du, sag mal, was verkaufst du eigentlich?«

»Wie meinst du das?«

»Auf mich wirkst du wie ein Handelsvertreter, vielleicht für Arzneimittel oder Versicherungen…«

»Oder für Waschmaschinen und Staubsauger.« Diese Vorstellung belustigte Erwin augenscheinlich, denn er lachte leise vor sich hin. »Wie kommst du darauf?«

»Na, dein ganzes bestimmtes Auftreten, deine Redegewandtheit, die akkurate Kleidung, der Aktenkoffer. Für mich bist du der typische Reisende, der seine Ware an den Mann bringen will.«

Erwin schaute in das halbvolle Bierglas, das vor ihm auf der Theke stand. »Ja, du hast Recht, meine Ware will ich an den Mann bringen, besser, als es mir bisher gelungen ist. Und deshalb bin ich heute auch Reisender.«

Selbst durch die Geräuschkulisse der Gaststätte konnte Gerhard einen leicht resignierenden Unterton heraushören. Als er seinen Nachbarn, der unverändert in sein Bierglas blickte, von der Seite her ansah, bemerkte er einen melancholischen Zug in dem sympathischen Gesicht, der aber, und das verblüffte ihn, überdeckt wurde von einem hoffnungsvollen Leuchten, als sähe er dort in dem Bierglas eine Vision.

Von Gerhard auf diese Diskrepanz angesprochen, antwortete er nicht gleich.

»Erlaube mir erst eine Gegenfrage. Was machst du beruflich?«, wollte Erwin wissen und schaute dabei Gerhard intensiv an.

»Ich bin Arzt«, berichtete Gerhard. »Nein, ich war Arzt«, aber er wusste, dass es so auch nicht stimmte. Ein Arzt blieb lebenslang ein Arzt und er erklärte: »Ich bin Arzt, aber jetzt praktiziere ich nicht mehr. – Altersteilzeit, du weißt schon.«

»Aha, daher also deine Menschenkenntnis.« Erwin nahm einen kräftigen Schluck und behielt sein Glas in der Hand. »Auch wenn du mit dem Handelsvertreter reichlich daneben lagst, meine momentane Zwiespältigkeit ist dir aufgefallen. Im Augenblick befinde ich mich an einem Umkehrpunkt in meinem Leben. Ich schaue zurück auf eine Menge vertaner Zeit und blicke mit einer gewissen Bangigkeit auf das, was mich zukünftig erwartet, und schon sehr bald sogar erwartet, nämlich morgen.«

Gerhard sah ihn fragend an, schwieg aber, bis Erwin fortfuhr. »Ich sagte dir vorhin, dass auch ich meine Ware an den Mann bringen will. Aber nicht so, wie der Handelsreisende, den du zuerst in mir vermutetest. Meine Ware ist anderer Art. Ich versuche, das Wort Gottes an den Mann zu bringen oder besser, die ethischen und moralischen Grundsätze des christlichen Glaubens: Ich bin Seelsorger, evangelischer Pfarrer, und befinde mich momentan auf der Reise aus einem unerfüllten Berufsleben in ein hoffentlich erfülltes.«

Schweigend saßen beide Männer eine Weile da. Gerhard bestellte zwei weitere Biere. »Einen Seelsorger hätte ich in dir nicht vermutet, Erwin.«

»Ja, wenn man wie ein Handelsvertreter aussieht, geschwätzig ist…«

»Nein, lass mal, Erwin, so wie du bist, bist du genau richtig. Packst die Dinge zielstrebig an, hast die Gabe, mit deinen Worten deine Zuhörer zu erreichen – und außerdem bist du ein netter und sympathischer Mensch, zu dem man Vertrauen haben muss. Ideale Voraussetzungen für einen Pfarrer. Wenn ich dich recht verstanden habe, bist du gerade dabei, deinen beruflichen Wirkungsbereich zu verändern. Was hast du denn vorher gemacht?«

»Ich war vierzehn Jahre lang Militärpfarrer in Süddeutschland.«

»Deine vertane Zeit?«, fragte Gerhard.

Erwin nickte: »Es wird immer schwieriger, heute mit jungen Leuten über Glaubensfragen ins Gespräch zu kommen. Glauben oder christliches Verhalten hat für die Mehrheit keinerlei Unterhaltungswert. Sie werden gar nicht wahrgenommen von der heutigen Generation, die viel zu sehr damit beschäftigt ist, all die Versprechungen einzulösen, die sie täglich vorgesetzt bekommt. Im Dauerkonsum unserer Tage fehlt die Zeit, einem Pfarrer zuzuhören. Eine ausgesprochen unbefriedigende Tätigkeit. Mich wundert es, dass ich so lange durchgehalten habe.«

»Und jetzt, deine neue Stelle, was ist da anders?«

»Ich hoffe alles. Ab morgen trete ich eine Pfarrstelle in einer Vorstadtgemeinde in Hannover an. Das erklärt auch, warum ich im Zug nicht warten konnte, bis Hilfe kommt, sondern auf eigene Faust ein Weiterkommen versuchen will: Um zehn Uhr werde ich nämlich in meiner künftigen Kirche erwartet, um der Gemeinde vorgestellt zu werden und meine Einführungspredigt zu halten.«

Der Wirt brachte die bestellten Biere und machte zwei Striche auf Gerhards Deckel. Dieser hob sein Glas und prostete Erwin zu: »Auf deinen neuen Wirkungskreis, dass er dir mehr Erfüllung bringt als dein bisheriger.«

»Danke, Heiner«, sagte Erwin und trank einen großen Schluck, als wolle er die Vergangenheit endgültig hinunterspülen. Er wischte sich den Schaum von der Oberlippe und versicherte: »Es wird bestimmt besser. Weißt du, dass ich mich freiwillig für diese Gemeinde beworben habe? Es ist ein Stadtteil, in dem es überproportional viele soziale Probleme gibt, durch Verarmung und Überalterung der dort lebenden Bevölkerung, durch Vereinsamung, durch Alkoholismus. Die Kriminalitätsrate ist hoch, rassistische Übergriffe nicht selten. Du siehst, viele Möglichkeiten für einen Seelsorger, vertane Zeit wieder gutzumachen.«

»Dann freu dich doch darauf«, ermunterte ihn Gerhard.

»Tu ich ja, riesig sogar. Aber ich muss dir gestehen, dass ich einen ganz schönen Bammel vor der Größe der Aufgabe habe.«

»Mit der Aufgabe wächst der Mensch. Ich drücke dir jedenfalls die Daumen, dass du das findest, was du dir erhoffst.«

Erwin nickte vor sich hin, dann verlor sich sein Blick wieder in seinem Bierglas, seine Gedanken machten sich auf den Weg zu seiner Gemeinde. So verharrte er eine Weile und sein Mienenspiel ließ nichts von dem, was ihn beschäftigte, nach außen dringen. Dann aber richtete er sich unvermittelt auf, nahm sein Glas und leerte es in einem Zug. »Ich muss gehen, Heiner, es wird Zeit, sonst schaff ich's nicht mehr.« Er rutschte von seinem Barhocker herunter.

»Wie willst du denn von hier wegkommen?« Gerhard stand ebenfalls auf.

»Ich probiere, zu Fuß bis jenseits des Staus zu gelangen. Vielleicht nimmt mich von dort jemand bis Göttingen mit. Und von da aus ist es ja nur noch ein Katzensprung bis Hannover.« Nun war Erwin nicht mehr der nachdenkliche, in sich gekehrte Mensch von eben, jetzt hatte er wieder die Initiative übernommen, schob die Aufgabe, die vor ihm lag, nicht vor sich her, sondern packte sie an.

»Ich kriege das schon hin!« Zuversicht klang aus seinen Worten. Er zog das Portemonnaie aus der Innentasche seiner Jacke. Gerhard legte ihm die Hand auf den Arm und sagte: »Lass stecken – und mach dich auf den Weg, deine Gemeinde wartet.«

Nach kurzem Zögern steckte Erwin den Geldbeutel wieder in die Jackentasche, reichte Gerhard die Hand und legte, als dieser sie ergriff, seine andere Hand über die beiden vereinten Hände, so als wolle er sie segnen.

»Es war schön, dich getroffen zu haben, Heiner, vielleicht schaff ich's ja.«

Es blieb offen, ob er damit die Fortsetzung seiner Reise oder die Aufgaben seiner neuen Pfarrstelle meinte.

»Ich wünsch dir jedenfalls alles Glück, zunächst einmal für die Weiterfahrt. Vielleicht wartet ja hinter dem Stau eine Luxuslimousine mit einer attraktiven Blondine, die dich nach Hannover mitnimmt.«

»Wer weiß, Gottes Wege sind unergründlich«, lachte Erwin, dann legte er kurz den Arm um die Schulter seines Freundes, sagte leise »danke« und ging zur Tür. Dort drehte er sich noch einmal um und hob die Hand zum Gruß. Gerhard ballte die Faust, streckte den Daumen nach oben und sah Erwin nach, der in den Winterabend hinaustrat und die Tür hinter sich zuzog. Es war gut, dass sie so auseinander gingen, ohne Austausch von Adressen, ohne Erwartungen an ein Wiedersehen. Die Einmaligkeit dieser Begegnung würde so für immer erhalten bleiben. Eine kurze Strecke ihrer Lebenswege waren sie nebeneinander gegangen, von einer Wetterlaune und einem zufälligen Ereignis zusammengeführt, eine kleine Spanne ihrer Lebenszeit hatten sie sich gegenseitig geschenkt. Gerhard hatte ein dankbares Gefühl, Erwin getroffen zu haben.

Die Nachrichten von draußen, die immer wieder durch Neuankömmlinge hereingetragen wurden, waren unverändert hoffnungslos. Die Staus bestünden noch immer in gleicher Länge und Dichte, der Schienenverkehr ruhe weiter und der Schnee falle unaufhörlich und dicht auf das Land. Die einzige positive Nachricht war, dass der sturmartige Wind inzwischen nachgelassen hatte. Über dem tiefverschneiten Dorf hatte sich eine Friedhofsstille ausgebreitet. In der Gaststätte jedoch ging es weiter lebhaft zu. Das Dorfereignis des Jahres, vielleicht des Jahrzehnts, wurde ausgekostet.

Gerhard musste jetzt eine Entscheidung treffen. Seinen Besuch bei Franziska samt Theaterabend konnte er abschreiben. Die Prognose hinsichtlich einer baldigen Normalisierung des Verkehrs, die Voraussetzung war, Göttingen erreichen zu können, war bei den ständigen Hiobsbotschaften düster und ungewiss.

Gerhard winkte den Wirt zu sich heran.

»Haben Sie für heute Nacht noch ein Bett frei?«, fragte er, bewusst nicht um ein Einzelzimmer bittend, denn in einer solchen Notsituation würde man zusammenrücken und auch mit einem irgendwo dazugestellten Bett vorlieb nehmen müssen.

»Wenn Sie keine großen Ansprüche haben, könnte ich Ihnen noch einen Schlafplatz anbieten«, sagte der schwitzende, hemdsärmelige Wirt, der offensichtlich aufrichtig bedauerte, seinem prominenten Gast – immerhin hatte Gerhard ja das Eisenbahnabenteuer bestanden – kein besseres Angebot machen zu können. »Wir haben oben unter dem Dach noch eine kleine Stube mit schrägen Wänden und einer Dachluke als Fenster. Aber sie enthält immerhin ein Bett, sogar Heizung und Waschbecken gibt es. Die Toilette befindet sich auf dem Flur, einen Stock tiefer.«

Er schaute Gerhard fragend an und als dieser nickte und sagte: »Hört sich gut an. Ich nehme die Stube«, legte er einen großen, schon etwas angerosteten Schlüssel auf die Theke. »Jetzt sind wir voll bis unters Dach«, verkündete er stolz und es war ihm anzusehen, dass er diese Wetterkapriole, die ihm zum Geschäft seines Lebens verhalf, gerne noch um ein, zwei Tage verlängert sehen wollte.

»Kann ich mal telefonieren?«

Gerhard hatte immer noch kein Handy. Wie oft hatten seine Kinder und auch Franziska ihn gedrängt, ein Mobiltelefon mit sich zu tragen. »Du bist schließlich in einem Alter, wo alles Mögliche passieren kann«, hatte vorwurfsvoll seine jüngste Tochter ihm vorgehalten. Aber genau das hatte ihn bis heute davon abgehalten, ein Handy zu kaufen. Auch wenn seine Tochter Recht hatte und die Vernunft ihm sagte, dass er wirklich in dem Alter war, oder zumindest sich diesem näherte, wo alles Mögliche passieren konnte, sperrte er sich gegen eine Anschaffung. Solange es noch ging, wollte er ohne telekommunikative Seilabsicherung klettern und das Gefühl der Freiheit genießen.

»Dort in der Ecke steht der Apparat. Knopf drücken, wählen«, bedeutete ihm der Wirt mit einer Kopfbewegung, denn in den Händen hielt er ein Tablett voller Biergläser, das er an einen Tisch balancierte.

Gerhard ging in die angegebene Richtung und sah verwundert, aber auch mit Freude ein altes, schwarzes Schnurtelefon, das vor ihm auf einem kleinen Beistelltischchen stand. Fast zärtlich nahm er den geschwungenen Telefonhörer in die Hand, strich sanft über die abgerundeten Muschelköpfe und legte schließlich den linken Zeigefinger auf die Zahlenscheibe. Gerhard genoss den Wählvorgang. Zum ersten Mal war er froh darüber, dass Franziska eine so lange Rufnummer hatte.

Er hatte den Hörer kaum ans Ohr genommen, da meldete sich schon die vertraute Stimme, als habe sie auf den Anruf gewartet.

»Franziska Gerhard!?«

»Hallo Liebes, ich bin's, Heinrich.«

»Dachte ich mir's doch. Wo steckst du denn?« In ihrer Stimme lag kein Vorwurf, vielmehr die Sorge um einen geliebten Menschen, der überfällig war an einem solch extremen Wintertag.

»Ich stecke in Friedland«, antwortete er, »und ich stecke, bildlich gesprochen, bis zum Bauchnabel im Schnee.«

»Ach du lieber Gott, da bist du also. Eben gerade kam ein Situationsbericht von der katastrophalen Verkehrslage rund um Friedland in den Nachrichten. Sogar ein Zug muss dort festliegen.« Franziskas Stimme hatte einen leicht fiebrigen, zittrigen Beiklang, wie er gelegentlich bei Menschen auftritt, wenn sie mit besonderen Ereignissen konfrontiert werden. Das erregende Prickeln, Kribbeln im Angesicht der Katastrophe erfasste offensichtlich auch die Stimmbänder.

»Genau in diesem Zug habe ich gesessen, auf dem Weg zu dir. Jetzt steht er irgendwo auf den Gleisen mitten in der Prärie. Und ich stehe hier in der Ecke der Dorfkneipe von Friedland und muss dir mitteilen, dass unser Theaterrendezvous heute Abend ins Wasser oder genauer gesagt in den Schnee fällt. Heute sind wir die berühmten zwei Königskinder, die nicht zusammen kommen konnten, weil der Schnee viel zu tief war.«

Franziskas Stimme klang beruhigt, man hörte heraus, dass sie lächelte: »Na, deine Stimmung scheint nicht gelitten zu haben. Du klingst jedenfalls recht positiv.«

»Das hat einfache Gründe, liebe Franziska: Zum einem habe ich schon zwei stimmungsfördernde Biere getrunken und zum anderen ist es mir gerade gelungen, das letzte freie Bett in einer Dachstube zu ergattern. Einzelkammer mit Waschbecken, Heizung und schrägen Wänden. Eine romantische Nacht steht mir bevor. Das Einzige, das mir fehlt, bist du.«

Gerhard ließ seine Worte nachklingen, aber auch Franziska sagte zunächst nichts, dann hauchte sie mehr, als sie sprach: »Du fehlst mir auch, Heinrich.« Dann wieder sachlicher: »Ich hatte vorhin schon einmal versucht, zu Hause in Oberhone anzurufen. Aber du warst offensichtlich schon losgefahren. Ich wollte dir abraten, bei diesem Wetter zu mir zu kommen.«

»Nun ist es zu spät«, sagte Gerhard, der freudig registrierte, dass seine Frau »zu Hause in Oberhone« gesagt hatte. »Dann müssen wir eben unseren Theaterabend auf nächste Woche verschieben, falls das Wetter mitspielt.«

»Schade«, seufzte Franziska, »es sollte doch eine Überraschung für dich sein. Eines deiner Lieblingsstücke. Unserer Lieblingsstücke«, berichtigte sie.

»Nun verrate mir doch, jetzt, wo der Theaterbesuch nicht zustande kommt, was ich heute Abend versäume. Wenn ich mich dann ärgere, habe ich wenigstens einen Grund, noch zwei, drei Frustrationsbiere zu trinken.«

»Du wirst dich ärgern«, war sich Franziska sicher, »heute Abend spielen sie im Deutschen Theater den ‚Sommernachtstraum'.«

»Oh«, war alles, was Gerhard sagen konnte. Diese eine Silbe drückte all seine Enttäuschung aus.

»Diese Inszenierung hat viel Lob von allen Seiten erfahren«, fuhr Franziska fort. »Sie geben den ‚Sommernachtstraum' so, wie ihn Shakespeare seinerseits selbst mit seiner Theatertruppe gespielt haben würde: Romantisch, geheimnisvoll, geistreich und spritzig, ohne profilierungsneurotische Modernisierungsversuche. Ich hatte mich so darauf gefreut.«

»Nun ist daraus eben ein Winternachtsalbtraum geworden«, stellte Gerhard fest, um feierlich hinzuzufügen: »Aber sei gewiss, Titania, dein Oberon denkt an dich und verwandelt in seinen Gedanken die eisige Winternacht in eine laue Sommernacht.«

»Mein Oberon, mein Träumer. Aber bei dem Lärm, den ich im Hintergrund höre, wirst du es schwer haben, zum Träumen zu kommen.«

»Ich wohne ganz oben, direkt unterm Himmel, vergiss das nicht.«

Franziska räusperte sich einige Male, als brauche sie eine kurze Nachdenkpause.

»Sag mal, wie heißt die Kneipe eigentlich, in der du bist?«

»‚Zur Krone', ich glaube, es gibt nur die eine im Dorf. Wozu willst du das wissen?«

»Ach, nur so. Vielleicht schicke ich dir ja den Puck vorbei.«

»Der fliegende Waldgeist dürfte auch der einzige sein, der im Moment nach Friedland reinkommt«, lachte Gerhard. »So, Franziska, lass uns jetzt Schluss machen. Ich will sehen, dass ich noch etwas zu essen bekomme. Dazu noch ein paar Bier an der Theke und dann hinauf in mein Dachgemach.«

»Gut. Melde dich morgen mal. Mach's gut«, sagte Franziska und unterbrach die Verbindung. Gerhard hielt den Hörer in der Hand. Er war etwas verwundert über den abrupten Schluss. Aber wahrscheinlich war seine Frau genauso enttäuscht wegen des geplatzten Abends wie er.

Er kehrte zur Theke zurück. Sein Barhocker war als einziger frei. Offensichtlich hatte der Wirt ihn gegen eine Besetzung verteidigt. Gerhard ließ sich die kleine Speisekarte geben und entschied sich für einen bayerischen Wurstsalat.

Jetzt, nachdem alles geregelt und Franziska informiert war, er ein Dach über dem Kopf und eine Schlafstelle hatte, fiel alle Spannung, die sich im Laufe der letzten Stunden unter dem

Eindruck der Ereignisse in ihm aufgebaut hatte, von ihm ab. Die Wärme und das behagliche Thekenlicht hüllten ihn ein. Die Wortfetzen, das laute Gelächter, das er anfangs als lärmend empfunden hatte, legten sich wie ein Mantel um ihn, in dem er sich geborgen fühlte.

Er dachte an Franziska, dachte an die seltsame Ehe, die sie praktizierten, die kein Außenstehender und manchmal auch er selbst nicht verstand. Zwei Jahre lebten sie nun schon getrennt, er im Familiensitz, wie sie das große Bauernhaus in Oberhone nannten, sie in einer Wohnung in Göttingen.

Sie hatten sich nicht getrennt, wie normalerweise Paare sich trennen, wenn sie sich nicht verstanden. Sie glaubten, sich auch weiterhin gut zu verstehen, hatten in vielem gleiche Interessen, gleiche Sehnsüchte und Wünsche.

Als Franziska vor sechs Jahren die Idee hatte, ein Reisebüro zu gründen, hatte er zunächst den Aufbaueifer seiner Frau unterstützt, mitgewirkt an der Erstellung von Reiseprogrammen und der Erkundung von Reisezielen. Als aber in den folgenden, erfolgreichen Geschäftsjahren das Reiseangebot immer mehr erweitert wurde und die Eingebundenheit von Franziska in ihr Reiseunternehmen immer intensiver wurde, hatten beide gespürt, dass sie sich nicht mehr wie früher ergänzten, sondern in ihrer persönlichen Entfaltung behinderten. Er, der musisch Ambitionierte, damals noch in seinem Arztberuf Geforderte, benötigte ein ausgeglichenes, störungsfreies Ambiente, um seine Neigungen ausleben zu können.

Franziska dagegen gefiel ihre neue Rolle als Chefin eines Unternehmens, in dem sie gefordert wurde durch vielfältige Aktivitäten und in dem sie Verbindungen knüpfen konnte zu der großen Welt: Kontakte zu Behörden mussten hergestellt, Telefonate mit Hotels getätigt, mit Flughäfen verhandelt und Messen besucht werden. Es blieb nicht aus, dass die große Welt sich auch bei ihr meldete, Rückantworten gab, Anfragen machte, erschien, um für ihre Projekte zu werben. Das Telefon stand den ganzen Tag nicht still, Fremdpersonal musste eingestellt werden, um die Arbeit zu bewältigen. Das ehemals harmonische, auf Balance ausgerichtete Ehe- und Familienleben geriet aus den Fugen.

Franziska war es gewesen, die vorgeschlagen hatte, die Arbeits- und Interessenbereiche zu trennen, damit keiner sich in seinem Wirken eingeengt und in seiner Entwicklung behindert fühlen sollte. Was konnte er dagegen sagen, denn im Grunde hatte seine Frau ja Recht. So war Franziska aus geschäftstaktischen Gründen in die Großstadt Göttingen gezogen, da sie sich dort eine bessere Vermarktung ihres Reiseprogramms versprach als in dem dörflichen Oberhone. Ihre Trennung war eine rein pragmatische, gefühlsmäßig waren sie sich so nahe wie eh und je. Gerade heute Abend verspürte er eine große Sehnsucht und ein starkes Verlangen nach seiner Frau.

Als er wenig später seinem Wurstsalat mit einem wahren Heißhunger zu Leibe rückte, dachte er an die letzten zwei Jahre. Die räumliche Trennung war ihnen weniger schwer gefallen, als sie zunächst befürchtet hatten. Das südniedersächsische Göttingen lag nur 50 Kilometer vom nordhessischen Oberhone entfernt, was ihnen häufige Begegnungen leicht machte. So hatte sich schon bald ein regelrechter Besuchsrhythmus eingependelt. Mindestens einmal wöchentlich trafen sie sich, mal in Göttingen, mal im Oberhoner Familiensitz. Dort eigentlich immer dann, wenn eines der Kinder oder sogar alle drei, wie stets an Weihnachten, nach Hause kamen.

Bei diesen Gelegenheiten mussten sie sich häufig Kommentare ihrer Sprösslinge hinsichtlich ihrer Eheführung anhören, einem »cool« und »modern« ihrer jüngsten Tochter pflegte meist ein »bescheuert« der mittleren gegenüberzustehen, während der Sohn, der Älteste, emotional schon abgeklärter mit »macht doch, was ihr wollt« reagierte.

Im Laufe der Zeit bemerkten Heinrich und Franziska, dass das räumliche Getrenntsein und die gegenseitigen Besuche durchaus eine positive Spannung in ihrer Beziehung aufgebaut hatten, die in der Routine einer über dreißigjährigen Ehe teilweise verloren gegangen war. Sie freuten sich schon lange im Voraus auf ihre Zusammenkünfte, das Beieinandersein wurde plötzlich wertvoll. Ihre gemeinsame Freizeitgestaltung war variabler, fantasievoller geworden. Die liebevolle Sorgfalt, die der Besuchte darauf verwendete, es dem Besucher so angenehm wie möglich zu machen, verlieh ihrem Treffen einen besonderen Reiz.

Sie hatten jetzt eine Lebensform gefunden, die ihnen beiden entgegenkam, die ihnen Raum schuf, ohne dass sie sich verloren. Gerhard, der das Alleinsein so liebte, musste kein schlechtes Gewissen mehr haben, wenn er sich stundenlang zurückzog in seine Wälder oder sich vor der Staffelei in ein Bild verlor. Und auch Franziska lebte so, wie es ihrem Naturell entsprach: Kontaktfreudig und gelegentlichem Trubel nicht abgeneigt, konnte sie jetzt die selbst gewählte berufliche Herausforderung annehmen und sich ihren Turbulenzen stellen, ohne Rücksichten auf die Sensibilitäten ihres Mannes nehmen zu müssen.

Als Gerhard die Striche auf seinem Bierdeckel zählte, wusste er, dass es langsam Zeit wurde, seine Dachstube aufzusuchen. Der Wirt hatte, wie in Dorfkneipen üblich, jedes leergetrunkene Glas ohne weitere Aufforderung durch ein volles ersetzt. Diesen Automatismus, wusste Gerhard, würde er nur durch persönliche Intervention beenden können.

Er hielt deshalb sein leeres Glas in die Höhe und bestellte, indem er sich zu dem Gastwirt beugte, der hinter dem Zapfhahn stand: »Ein letztes Bier noch, bitte.«

Ein kurzer Blickkontakt und die Andeutung eines Nickens verrieten, dass seine Botschaft angekommen war. Gerhard spürte, wie das süße Gefühl der Bettschwere sich allmählich seiner bemächtigte. Jetzt würde er noch einige Minuten vor sich hindämmern, die Bilder dieses Tages noch einmal Revue passieren lassen, ohne Systematik, gerade so, wie sie ihm in den Sinn kamen, und dann war es Zeit, in seine Dachkammer zu steigen.

Jemand stieß ihn von hinten an. Er reagierte nicht. In einer vollen Gaststätte waren Rempler im Vorbeigehen nichts Ungewöhnliches. Erst als er zum zweiten Mal angestoßen wurde und ihm eine Stimme ins Ohr flüsterte: »Der Puck ist gekommen«, drehte er sich um.

Da stand sie vor ihm, mit dem unschuldigsten Gesicht, als wäre es eine Kleinigkeit, das Schneechaos dieser Nacht zu durchdringen, und eine Selbstverständlichkeit, mal eben nach Friedland zu kommen. Auf den Schultern ihres Wintermantels, dessen Kapuze sie zurückgeschlagen hatte, lagen noch die Reste des frisch gefallenen Schnees, und die blonden, halblangen Haare umrahmten das schöne, verfrorene Gesicht, das in der Wärme der Wirtsstube zu glühen begann.

»Franziska.«

Es dauerte drei Sekunden, bis Gerhard sich aus seiner Erstarrung löste. Dann sprang er von seinem Barhocker und schaute seine Frau an, als wäre sie eine Erscheinung, die gerade vom Himmel heruntergeschwebt war.

»Franziska«, sagte er noch einmal.

»Heinrich, ich friere.« Fröstelnd zog sie die Schultern ein, dass der Schnee zu Boden fiel, und schniefte mit der Nase.

Gerhard nahm seine Frau in die Arme und drückte sie fest an sich. Als er spürte, wie sie zitterte, strich er ihr über das Haar, beugte ihren Kopf leicht zurück und küsste sie auf die Stirn.

»Komm, setz dich«, sagte er und schob sie zu seinem Barhocker. »Einen doppelten Martini«, rief er dem Wirt zu, der mit einem Lächeln die Szene beobachtet hatte.

»Gleich wird's dir warm«, versprach er und wartete mit seinen Fragen, bis das Getränk gebracht wurde und Franziska das Glas zur Hälfte geleert hatte. Als das Zittern nachließ und schließlich ganz aufhörte, bat er sie, doch um Himmels willen zu sagen, wie sie es geschafft hatte, unter diesen Bedingungen bis nach Friedland vorzudringen.

Franziska begann zu erzählen: Sie berichtete von der Freundin mit dem schneekettenbereiften Geländewagen, die bereit gewesen war, sie bis zum Staubeginn zu fahren; von dem langen

Fußweg durch den Pulk von Fahrzeugen, die in kilometerlanger Reihe festsaßen, die wenigsten in einen Unfall verwickelt, aber so eingekeilt zwischen den Verunglückten, dass sie weder vor noch zurück konnten. Sie schilderte die Schwierigkeiten der Räum- und Bergungsfahrzeuge, die sich Meter um Meter von Wagen zu Wagen durchkämpfen mussten, bewunderte den Einsatz der Helfer des Roten Kreuzes, wie sie sich bemühten, den vielen Festsitzenden ihre Lage erträglicher zu machen und sprach von dem Glücksgefühl, das sie empfunden hatte, als sie schließlich die Lichter der »Krone« auftauchen sah.

»Ich habe die ganze Zeit daran gedacht, wie schön es wäre, wenn ich nachher mich an dich lehnen und deine Wärme spüren könnte. Das hat mir Kraft gegeben auf meinem Marsch durch den Schnee.« Sie fasste seinen Arm. »Komm ein bisschen näher, enttäusche mich nicht.«

Gerhard trat so nahe hinter Franziska, dass ihr Kopf seinen Körper berührte, und als seine Frau zufrieden die Augen schloss und ihn aufforderte, die Geschehnisse seines Nachmittags und Abends zu schildern, berichtete er seinerseits, was ihm widerfahren war, und während des Erzählens durchlebte er noch einmal die ereignisreichen Stunden.

Inzwischen hatte Franziska ihren Martini ausgetrunken. Als Gerhard sie fragte, ob sie noch einen zweiten wolle, verneinte sie.

»Es reicht, Heinrich, nun bin ich aufgetaut. Hattest du nicht eine Dachstube erwähnt, die zur weiteren Erwärmung geradezu dienlich wäre?«, fragte sie mit scheinbar unschuldigem Blick.

Eine solch suggestive, laszive Frage musste er zumindest zum Schein missverstehen. »Ja, Franziska, die Kammer hat Heizung.«

»Wozu eine Heizung?« Jetzt war ihr Blick schmachtend. »Hast du mir nicht eine laue Sommernacht versprochen, Oberon?«

»Zu Befehl, Gebieterin Titania.«

Als er bezahlen wollte, wehrte der Wirt ab. »Zahlen Sie's

morgen mit dem Zimmer, ich hab ja den Deckel«, sagte er, als gäbe es jetzt Wichtigeres als die Begleichung einer Rechnung. Und mit verschwörerischem Unterton fügte er hinzu: »Ihnen beiden eine gute Nacht.«

Franziska und Heinrich stolperten die steile Treppe hinauf. Jetzt erst, da sogar das Notbett der schrägwandigen Dachkammer doppelt belegt war, konnte man das Gasthaus mit Fug und Recht als voll bis unters Dach bezeichnen.

4

Eine junge Frau, augenscheinlich die Tochter des Wirtes, bediente sie am nächsten Morgen bei ihrem Frühstück. Ihr Vater lag offensichtlich noch im Bett und erholte sich von der anstrengenden, wenn auch einträglichen Nacht.

Sie deckte ein auf einer blauweißen Tischdecke – eine Reminiszenz, mutmaßte Gerhard, an seinen gestrigen bayerischen Wurstsalat – und brachte Orangensaft, Kaffee und Milch. Eine Wurst-Käseplatte sowie eine Schüssel mit Rührei, dazu diverse Schälchen mit hausgemachter Marmelade komplettierten das Frühstück und erinnerten daran, dass sie sich in einer Dorfschänke befanden, in der opulentes Essen zu den Selbstverständlichkeiten gehörte.

Als das Mädchen den überbordenden Brotkorb dazustellte, entschuldigte sie sich dafür, dass es keine Brötchen gab; auch die Sonntagszeitung könne sie ihnen leider nicht vorlegen – wegen der äußeren Umstände heute Nacht. Gerhard langte nach der dickbauchigen Thermoskanne und schenkte Kaffee ein. Schweigend genossen sie den ersten Schluck.

Mit stummer, auffordernder Geste streckte Franziska ihre Hand über den Tisch. Gerhard ergriff sie und drückte sie sanft.

»Es war ein wunderschöner Abend und eine zauberhafte Nacht, Heinrich. Wir waren uns selten so nah wie in dieser Kammer«. Und lachend fügte sie hinzu: »Und vor allem in dieser Folterausgabe von Bett.« Sie entzog ihm die Hand und fasste sich mit einem leisen Stöhnen an den unteren Rückenbereich. »Mir tun alle Knochen weh, aber weniger durch den gestrigen Schneemarsch, als vielmehr von der Zwangslage während des Schlafens.«

In der Tat war es in dem altertümlichen, schmalen Holzbett mit dem hohen Kopf- und Fußteil nicht einfach gewesen, eine Schlafstellung zu finden, in der beide ihren ganzen Körper der Matratze auflasten konnten. In diesem Bett mussten früher einmal Knechte und Mägde geschlafen haben, in Zeiten, als die Menschen noch zwanzig, dreißig Zentimeter kleiner waren. Die schmale Auflage zwang mal den einen, mal den anderen, ein Bein oder einen Arm heraushängen zu lassen, und eine Veränderung der Schlafseite war nur möglich, wenn beide die Drehung gleichzeitig vollzogen.

»Aber es war schön, dich so unausweichlich eng bei mir zu haben«, sagte Franziska und lehnte sich zurück.

Der Frühstücksraum füllte sich allmählich, das Gasthaus war erwacht. Sie hatten ihr Frühstück gerade beendet, als der Wirt die Stube betrat. Er grüßte nach allen Seiten, ging von Tisch zu Tisch und wünschte einen guten Morgen.

Schließlich stellte er sich in die Mitte des Raumes und hob die Arme. Er wollte offensichtlich etwas sagen, sei es, weil er eine gute Gelegenheit sah, den auswärtigen Gästen seine rhetorischen Fähigkeiten zu demonstrieren, oder, was wahrscheinlicher war, weil er den vielen Einzelfragen zuvorkommen wollte.

»Liebe Gäste, ich will Sie kurz über die augenblickliche Verkehrssituation rings um Friedland informieren. Ich habe soeben mit dem Leiter der Katastrophenleitstelle, den ich persönlich gut kenne, gesprochen.« Er machte eine Pause, um den Zuhörern Gelegenheit zu geben, seine Bekanntschaft mit einem hohen Beamten der Kreisverwaltung gebührend zu würdigen. »Es ist inzwischen gelungen, die elektrische Oberleitung zu reparieren, die Züge verkehren seit sieben Uhr wieder fahrplanmäßig.«

Statt des donnernden Applauses, den er jetzt vielleicht erwartet hatte, kam lediglich von einem Tisch ein erleichtertes »Na endlich!«

»Die Verkehrssituation auf der Straße sieht leider nicht so rosig aus«, fuhr der Wirt fort, der bedauerte, nicht zunächst die schlechte und dann erst wegen des besseren Effektes die gute Nachricht gebracht zu haben. »Der Stau wird voraussichtlich in zwei bis drei Stunden aufgelöst sein. Ihnen allen noch einen schönen Tag und eine gute Weiterfahrt.«

Als der Wirt den Raum verlassen hatte, setzten lebhafte Diskussionen darüber ein, wie das weitere Fortkommen im Einzelnen realisiert werden sollte.

»Kommst du noch mit nach Göttingen?«, fragte Franziska, aber ihrem Frageton war zu entnehmen, dass sie nicht erwartete, dass er ja sagte und eigentlich jetzt auch keine Fortsetzung ihres Zusammenseins wünschte. Nach einer Nacht wie der vergangenen und einem Morgen wie diesem bestand die Gefahr, dass alles Folgende trivial und belanglos erschien.

»Nein, Franziska, ich werde nach Oberhone zurückfahren. Heute Nachmittag will ich zum Handball nach Eschwege, in die Sporthalle. Heute spielt der ETSV als Tabellenerster gegen den Tabellenzweiten. Du weißt, mir würde das Herz bluten, wenn ich nicht dabei wäre.«

Sie nahm seine Hände fest in die ihren. »Klar, ich weiß.« Dann suchten sie sich ihre Zugverbindungen und vereinbarten, den Theaterbesuch bald nachzuholen.

Als Gerhard an diesem Abend in der kleinen Küche saß, die an sein Atelier angrenzte, vor sich auf dem hellen Ahorntisch ein letztes Bier und das warme Licht der tiefhängenden Schirmlampe, rief er sich noch einmal Tag, Vortag und weiter Vergangenes in Erinnerung und stellte fest, dass das Leben es mit ihm im Großen und Ganzen gut gemeint hatte. Er war bisher, abgesehen von einigen Sportverletzungen, die er aber als Preis für eine unverzichtbar schöne Zeit als aktiver Sportler in Kauf genommen hatte, ohne schwerwiegende, gesundheitliche Störungen davongekommen. Beruflich waren nur wenige Hindernisse zu umschiffen gewesen und auch sein Familien- und Eheleben war ohne gravierende Blessuren verlaufen. Selbst die anfangs von ihm mit Skepsis aufgenommene getrennte Lebensform der Ehepartner entpuppte sich jetzt im Nachhinein als ausgesprochen belebendes Element ihrer Beziehung, wie gerade dieses Wochenende gezeigt hatte.

Gerhard beschloss, zu Bett zu gehen.

Am Nachmittag hatten seine Eschweger Handballer das Spitzenspiel hoch gewonnen und damit die Weichen eindeutig in Richtung Aufstieg gestellt. Charly Montag hatte sich in seinem Optimismus bestätigt gesehen und auch er, der Vorsichtige und Kritische, war dieses Mal von einer Begeisterung erfasst, die noch jetzt in ihm nachschwang und ihn mit Stolz auf die Leistung der Mannschaft erfüllte.

Mit einem guten Gefühl entkleidete sich Gerhard und gab sich dankbar und zufrieden Schlaf und Träumen hin.

5

Bachs 14. Fuge, die unvollendet blieb, als der Tod dem Meister die Feder aus der Hand nahm, berührte Gerhard stets aufs neue. Auch heute brauchte er nach dem Spielen der letzten Töne eine Weile des Innehaltens. In diese Stille schrillte das Telefon.

Gerhard schreckte so heftig aus seiner Versunkenheit auf, dass seine rechte Hand, die noch auf den Tasten ruhte, unwillkürlich eine grelle Dissonanz anschlug.

Als er abhob, kam er nicht einmal dazu, seinen Unmut und seine Empörung über die erneute Störung der morgendlichen Bachstunde zu äußern, denn auf der anderen Seite meldete sich eine dringliche Stimme. »Hallo, Heiner, hier spricht Gunter. Ich hoffe, du bist schon auf.«

»Guten Morgen, Gunter, natürlich bin ich schon auf den Beinen. Bist du denn heute nicht im Dienst?«, fragte Gerhard verwundert.

»Doch. Ich bin hier auf der Polizeiwache. Charly Montag hat gerade angerufen. Er will dich dringend sehen. Er braucht deine Hilfe.«

»Meine Hilfe? Wieso denn?«

»Erklär ich dir gleich. Mach dich fertig. Ich hole dich in fünf Minuten ab«, sagte Gunter und unterbrach das Gespräch.

Verwirrt hielt Gerhard das Telefon noch einige Sekunden in der Hand. Noch nie hatte Gunter Schröder, der nur wenige hundert Meter von ihm entfernt im gleichen Ort wohnte, ihn von seiner Polizeidienststelle in Eschwege aus angerufen.

Auch war der knappe, beunruhigte Ton, den er angeschlagen hatte, äußerst ungewöhnlich, denn Gunter Schröder war der Inbegriff eines freundlichen Polizeibeamten, den nichts aus der Ruhe bringen konnte. Von kräftiger Gestalt, vollbärtig mit gutmütigem Gesicht und einer dem großen Resonanzboden angemessenen sonoren Stimme strahlte er die Vertrauenswürdigkeit aus, die man von einem Polizisten in Notsituationen erwartete. Oberkommissar Schröder hatte Jahre seines Dienstes in dem über 200 Kilometer entfernten Frankfurt verrichten müssen, in einem Kriminalmilieu, das zu den schlimmsten in Deutschland zählte, ehe es ihm vor einigen Monaten gelungen war, die ersehnte Stelle im wohnortnahen Eschwege besetzen zu können. Abgesehen von dem Luxus der kurzen Distanz zu seinem neuen Dienstort – Eschwege lag gerade mal vier Kilometer von Oberhone entfernt – waren für ihn auch Dienstablauf und Arbeitsbelastung hier in der nordhessischen Kleinstadt, um die das Schwerverbrechen normalerweise einen großen Bogen machte, die reinste Erholung, verglichen mit seiner früheren Tätigkeit in Frankfurt.

Beide Familien, die Gerhards und die Schröders kannten sich gut, es bestand ein durchaus freundschaftliches Verhältnis. Desto verwunderlicher war der dienstliche Anruf und der sachliche, kurz angebundene Gesprächsablauf. Was hatte das zu bedeuten? Während Gerhard sich einen dicken Wollpullover überzog, versuchte er, sich einen Reim darauf zu machen. Was wollte Charly Montag von ihm, wie sollte er ihm helfen?

Ein Hupen auf dem Hof signalisierte die Ankunft des Oberkommissars. Das grüne Polizeiauto hatte schon gewendet, die Beifahrertür stand offen und kaum, dass Gerhard auf dem Vordersitz Platz genommen hatte, beschleunigte der Wagen derart, dass auf der kiesigen Hofeinfahrt die Steine zur Seite spritzten.

»Was ist los, Gunter, wo fahren wir hin?«, fragte Gerhard, dem angesichts des rasanten Starts und der schnellen Fahrt klar war, dass etwas Besonderes geschehen sein musste.

»Wir fahren nicht weit – nur bis zum Bahnhof ‚Eschwege West'.« Gunter Schröder konzentrierte sich auf die Straße und schaltete, als vor ihnen ein Traktor auftauchte, das Blaulicht ein. »Dort liegt ein Toter am Bahndamm.«

»Ein Toter?«, entsetzte sich Gerhard. »Was habe ich damit zu tun?«

»Mensch, Heiner, ich weiß doch auch nicht mehr«, sagte Gunter und hob bedauernd die Hand. »Unmittelbar, bevor ich dich angerufen habe, hat Charly Montag über Funk durchgegeben, dass er am Leichenfundort ist und dass wir dich umgehend zu ihm bringen sollen.«

Am Ortseingang von Niederhone bogen sie auf einen schmalen Weg ein, der nach rechts auf den in einigen hundert Metern sichtbaren Bahndamm zuführte. Der Zugverkehr auf dieser Linie nach Wanfried war schon vor einigen Jahren wegen Unrentabilität eingestellt worden. Nur noch gelegentlich wurden die Gleise für Gütertransporte aus dem nahen Eschweger Industriegebiet genutzt. Der Feldweg, auf dem sie nun fuhren, war vom tiefen Schnee geräumt und für den Streifenwagen gut passierbar. Man sah, dass schon einige Fahrzeuge kurz zuvor hier gefahren waren.

Als sie den Bahndamm erreichten, wendeten sie nach links und fuhren auf dem parallel zur Bahnlinie geführten Weg auf eine Gruppe von Fahrzeugen zu, die unweit der Stelle stand, an der der Bahndamm am Ufer der Wehre endete. Die Bahngleise wurden von dort auf einer flachen Eisenbrücke über den Fluss bis ins nahe Bahnhofsgelände weitergeführt.

Gerhard sah den Toten schon, bevor er aus dem Auto gestiegen war. Die Umrisse der dunklen Gestalt, die in unnatürlich verdrehter Position am Fuß des Bahndamms lag, fielen in der Eintönigkeit der Schneelandschaft sofort ins Auge. Es sah aus, als sei der Körper kopfüber die steile Böschung hinunter gestürzt, denn der Kopf befand sich am tiefsten Punkt des Damms, dort wo die Schräge schon ins Ebene überging, während die verwinkelten Beine noch halb auf dem Abhang lagen. Gerhard kam kurz das Bild in den Sinn, das er sich von dem verunglückten Tomatenlaster gemacht hatte, als er die Rotfärbung des Schnees zu beiden Seiten der Kopfpartie sah.

Er verließ das Auto und bewegte sich langsam auf die Menschen zu, die um den Toten herumstanden.

Für Gerhard war der Tod nichts Ungewöhnliches. Als Arzt war er mit der Vielfalt seiner Erscheinungsformen vertraut. Aber immer noch berührte es ihn, wenn junge Menschen zu zeitig aus dem Leben schieden. Auch dieser junge Mann war, aus welchen Gründen auch immer, viel zu früh gestorben.

Hauptkommissar Karl Montag winkte und bedeutete ihm, einen Moment zu warten, bis er seine Anweisungen erteilt hatte. Dann kam er mit ausgestreckter Hand auf ihn zu. »Danke, dass du gleich gekommen bist, Heiner. Wir brauchen deine Hilfe.« Er fasste Gerhard am Arm und zog ihn mit sich.

»Wer ist das? Kenne ich ihn?« Gerhard deutete auf den Toten.

»Nein, es ist ein Fremder. Soweit wir bis jetzt wissen, ein Spanier.«

Gerhard blieb stehen. »Und wie soll ich helfen?«, fragte er hilflos. »Der Kollege Sinning ist doch schon vor Ort.«

Dr. Sinning, der als Allgemeinmediziner in Eschwege praktizierte, wurde in seiner Zweitfunktion als Polizeiarzt stets hinzugezogen, wenn polizeimedizinische Untersuchungen notwendig waren. Wenn es um Bestimmungen von Todesursachen und Todeszeitpunkt ging, wenn Zweifel bestanden an einem natürlichen Tod oder wenn die Entscheidung zu treffen war, ob eine Obduktion durchgeführt werden sollte oder nicht. Dr. Sinning war gewissenhaft, ihm entging selten ein Detail, sein Urteil war gefragt. Jetzt kniete er neben dem Kopf des Toten und betrachtete ihn von der Seite.

»Wir brauchen dich nicht als Arzt. Wir brauchen deine Hilfe in anderen Bereichen. Zunächst das Wichtigste. Komm!« Montag dirigierte ihn um die Gruppe herum und gab ihm den Blick frei auf einen Gegenstand, der etwa zwei Meter neben dem Toten im Schnee lag.

Gerhard erkannte ihn sofort. Vor ihm lag der Rucksack, den er vor drei Tagen in der Waldarbeiterhütte gesehen und durchsucht hatte. Es gab keinen Zweifel, die orangefarbenen Verschlussriemen und die blau abgesetzte Umrandung ließen keinen Irrtum zu.

»Das ist der Rucksack, von dem ich euch erzählt habe«, sagte er bestimmt.

»Weißt du das sicher?«, Montags Frage war mehr rhetorischer Art, denn er sah, dass Gerhard das Gepäcksstück zweifelsfrei erkannt hatte.

»Dieser und kein anderer Rucksack hat in der Waldhütte unter der Bank gelegen«, war sich Gerhard sicher. »Was ist mit der Pistole? Habt ihr nachgesehen, ob die Pistole noch im Rucksack ist?«

Statt zu antworten, ging Montag zu einem der Polizeiautos, öffnete die Heckklappe und winkte Gerhard heran. »Komm her. – Schau dir das an.«

Auf der Ladefläche des Kombifahrzeuges zwischen Decken

und Schneeketten lag eine durchsichtige Plastiktüte, die halb von einem DIN-A4-Block verdeckt wurde, auf dessen oberstem Blatt der Leichenfundort grob skizziert war. Montag hob das Klemmbrett an, nun war die Plastiktüte mit ihrem Inhalt gut zu erkennen.

»Nun?«, fragte Montag und schaute Gerhard dabei an.

»Das ist sie«, nickte dieser, »genau diese Pistole habe ich damals im Rucksack gefunden – mit dem glatten Holzgriff und der eigenartigen Kimme – da gibt es keinen Zweifel.«

»Gut.« Montag warf das Klemmbrett mit der Skizze wieder in den Kofferraum und schloss die Heckklappe. »Gut«, wiederholte er, »das war die eine Sache, die Identifizierung dieser Gegenstände, in der wir deine Hilfe benötigten.«

Gerhard war verwirrt. »Wo habt ihr denn die Pistole gefunden?«, fragte er mit einer vagen Bewegung zu Rucksack und Leichnam hindeutend.

»Sie lag neben der rechten Hand des Toten, so als wäre sie ihm gerade entfallen. Ich werde dir gleich Näheres erklären.« Montag ging noch einmal zu seinem Streifenwagen, entnahm dem Handschuhfach eine weitere Plastiktüte, in der ein offensichtlich maschinengeschriebenes Blatt Papier lag und steckte sie in eine Tasche, die er auf dem Beifahrersitz liegen hatte. »Wir gehen zum Bahnhof hinauf, dort können wir alles Weitere besprechen.«

Er nahm die Tasche auf und warf die Autotüre zu. Dann gab er noch einmal letzte Anweisungen an die Beamten der Spurensicherung: »Ihr müsst den Schnee im Umkreis von mindestens zwei Metern entfernen – aber sorgfältig, Schicht für Schicht, damit nichts übersehen wird. Wenn ihr alleine nicht klarkommt, holt euch Verstärkung aus Kassel. Sobald der Fotograf fertig ist und auch der Doktor seine Untersuchung beendet hat, könnt ihr den Toten in die Gerichtsmedizin bringen.«

An den Arzt gewandt, der noch immer neben der Leiche kniete: »Wenn Sie Ihre Untersuchung abgeschlossen haben, Doc, geben Sie mir bitte einen kurzen, vorläufigen Bericht. Ich bin im Bahnhof, im Arbeiteraufenthaltsraum«

In der Zeit, in der der Hauptkommissar seine Leute instruierte, war Gerhard soweit an die Leiche herangetreten, wie es die Ermittlungsarbeiten erlaubten. Er betrachtete den Toten, der in einer bizarren Verbiegung mit ausgebreiteten Armen im Schnee lag wie ein gestrandeter Vogel mit zerbrochenen Flügeln oder ein Flugzeug, dessen Rumpf und Tragflächen beim Absturz zerknickt waren.

Das Gesicht des Toten, auf dem sich noch immer Reste von Schnee befanden, war auch im Tod von jener ebenmäßigen Schönheit, wie man sie oft in südlichen Ländern bei jungen Menschen trifft. Es waren feine, durchgeistigte Züge, denen jedes Rohe und Verhärtete fehlte. Feingliedrig auch die Finger, die gebeugt und weit auseinander gespreizt aus den Ärmeln des schwarzen Wintermantels hervorschauten.

Gerhard drehte sich um und ging zu der Gruppe der Polizeibeamten zurück. Was, fragte er sich, musste in einem Leben geschehen, das einen solchen Tod nach sich zog? Vielleicht würde er später einmal die Gründe und Verstrickungen erfahren, die diesen jungen Menschen das Leben gekostet hatten.

Montag, der gerade damit begann, den Bahndamm hinaufzusteigen, gab Gerhard ein Zeichen, ihm zu folgen. Der Aufstieg war rutschig und beschwerlich und Gerhard keuchte, als er schließlich die Dammhöhe erreicht hatte. Sie schritten langsam zwischen den Gleisen über die Bahnschwellen, die unter dem tiefen Schnee weder zu sehen noch zu spüren waren. Als sie die Wehrebrücke überquerten, blickte Gerhard hinunter auf die schnell und gurgelnd dahinschießenden Wassermassen. Der Fluss war erheblich angeschwollen, gerade mal einen Meter unter den Uferkronen lag der Wasserspiegel.

Gleich hinter der Brücke, noch vor dem eigentlichen Bahnhofsgebäude, lag ein flaches, schuppenähnliches Haus, das reichlich heruntergekommen und verwahrlost wirkte. Der Putz war an mehreren Stellen von der Wand gefallen und ließ die darunter liegenden Backsteinmauern sichtbar werden. Die hinteren Fensterscheiben waren zum größten Teil zerbrochen. Lediglich der vordere Bereich des Gebäudes schien genutzt. Das Fensterglas war noch intakt und sogar mit schmalen Gardinen versehen. Die Eingangstür, auf die Montag jetzt lossteuerte, machte den Eindruck, als wäre sie erst vor kurzem erneuert worden.

»Dieser Schuppen wird demnächst abgerissen«, erklärte der Hauptkommissar. »Zur Zeit dient er den Bahnarbeitern und Bahnbediensteten noch als Aufenthalts- und Umkleideraum. Man hat uns gestattet, ihn heute während unserer Ermittlungen vor Ort zu benutzen.«

Ein weiß emaillierter, elektrischer Radiator, der unter einem der Fenster stand, verbreitete eine angenehme Wärme im Innern der Baracke. In der Mitte des Raumes, den sie betraten, stand der in Sozialräumen obligatorische resopalbeschichtete Tisch, um den sich mehrere Holzstühle gruppierten. Durch eine Tür, die sich links neben dem Eingangsbereich befand und die halbgeöffnet war, konnte man Toiletten und Duschanlagen sehen. An den Raumwänden waren hohe Holzspinde aufgestellt, in denen die Bahner ihre Kleidung aufbewahrten. Ein funktioneller Raum, der dennoch an diesem kalten Schneemorgen und nach dem eisigen Aufenthalt im Freien eine große Behaglichkeit vermittelte.

Sie setzten sich an den Kopf des langen Tisches und Montag, der noch einmal kurz aufstand, um die Toilettentür zu schließen, entnahm seiner Tasche eine kleine Thermoskanne. »Mein ständiger Begleiter, besonders an kalten Wintertagen im Außendienst.« Er goss den heißen Milchkaffee in den Verschlussdeckel seiner Kanne, Gerhard holte sich einen der Becher, die auf einem Schränkchen abgestellt waren, und ließ sich ebenfalls Kaffee einschenken.

Eine Weile tranken sie schweigend und genossen die Wärme des Heizofens und die Wohltat des heißen Getränkes. Draußen trieb der auffrischende Wind wieder dicke Schneeflocken über das Bahnhofsgelände.

Karl Montag zeigte zum Fenster hin. »Das erschwert natürlich unsere Ermittlungsarbeiten erheblich«, seufzte er. »Der

Schnee verdeckt alle Spuren.« Dann mit einer beiseiteschiebenden Geste: »Wahrscheinlich ist es sowieso nicht wichtig, Spuren und Tathinweise zu sichern.«

»Wie meinst du das?«, fragte Gerhard.

»Es deutet alles daraufhin, dass es sich bei diesem Tod nicht um eine Straftat, sondern um einen Suizid handelt.« Montag zog aus seiner Tasche die Plastiktüte hervor, die das beschriebene Blatt enthielt. »Vielleicht ist dieses Schreiben, das wir bei dem Toten gefunden haben, ja die Bestätigung der Selbstmordvermutung.«

Montag stand auf und trat ans Fenster. »Aber bevor ich dich noch einmal um deine Hilfe bitten muss, will ich dich kurz über den Sachverhalt dieses Leichenfundes informieren.« Nach einer kurzen Pause fügte er hinzu: »Ich glaube, du hast ein Recht darauf – nach deinem Fund in der Waldarbeiterhütte und den Hinweisen, die du uns gegeben hast.« Er blickte hinaus in das Schneetreiben, das weiter zugenommen hatte, dann drehte er sich um und begann zu berichten: »Der Anruf ging heute Morgen um genau 9.24 Uhr bei uns auf der Polizeiwache ein. Der Anrufer war ein Rentner aus Niederhone, der angab, bei seinem üblichen, morgendlichen Spaziergang mit dem Hund einen Leichnam gefunden zu haben. Er beschrieb uns den Fundort, von dem aus er uns mit seinem Handy anrief und versprach, dort auf uns zu warten. Klug geworden aus der Erfahrung, die wir bei der Fahrt zur Waldarbeiterhütte gemacht hatten, baten wir diesmal den Bauhof, der ja gleich neben der Polizei sein Maschinendepot hat, mit einem seiner Schneeräumfahrzeuge voranzufahren und unserem Einsatzwagen eine Spur zu schieben. So dauerte es fast eine halbe Stunde, bis wir am Bahndamm ankamen, wo der Rentner, ein Albert Mengel aus Niederhone, mit seinem Hund auf uns wartete.«

Montag kehrte kurz an den Tisch zurück und nahm einen Schluck aus dem Plastikbecher. Dann stellte er sich wieder ans Fenster. »Es war der Hund, der den Toten entdeckte. Herr Mengel war sich sicher, dass er den völlig zugeschneiten Körper nicht bemerkt hätte, egal wie nah er daran vorbeigegangen wäre. Der Hund war vorausgelaufen und hatte am Fuß des Bahndamms im Schnee herumzustöbern begonnen. Als Herr Mengel zu der Stelle kam, an der der Hund scharrte, hatte er den Schreck seines Lebens bekommen – so jedenfalls sagte er. Er erblickte einen menschlichen Arm, den sein Hund freigelegt hatte. Bei näherem Hinsehen erkannte er nun auch die Kontur eines Körpers, die sich unter dem Schnee abzeichnete.«

Wieder kam Montag zum Tisch zurück, setzte sich diesmal aber und fuhr fort: »Der Rentner hatte Gott sei Dank die Geistesgegenwart, den Hund sofort anzuleinen und sich mit ihm einige Meter vom Fundort zu entfernen. Dann hat er uns angerufen.«

Montag schenkte sich Kaffee nach. Gerhard winkte ab, als er auch ihm nachgießen wollte.

»Als wir am Tatort ankamen – Tatort natürlich in Anführungszeichen, solange wir nicht wissen, um welche Art von Tat es sich handelt – blieb uns zunächst nichts anderes übrig, als auf die Kollegen der Spurensicherung zu warten, die nur kurze Zeit später eintrafen und sofort damit begannen, den Körper vorsichtig vom Schnee zu befreien. Bald schon konnte man erkennen, dass es sich bei dem Toten um einen jungen Mann mit südländischem Aussehen handelte. Nach der völligen Freilegung des Kopfes war auch klar, woran er gestorben war: An seiner rechten Schläfe befand sich ein deutlich sichtbares Einschussloch, und als wir wenig später die Pistole fanden, war die Todesursache gesichert.«

»Und woher weißt du, dass es sich bei diesem Südländer um einen Spanier handelt?«, fragte Gerhard.

»Aus seinen Papieren. Er hatte ein Portemonnaie in seiner Hosentasche, das Personalausweis und Führerschein enthielt.«

Er kramte in seiner Tasche und förderte einen Zettel zu Tage, auf dem er sich Angaben zur Person des Toten notiert hatte.

»Jaime Sauras, offensichtlich Student, soweit ich das entziffern konnte. Wohnort ist Andratx, eine kleine Stadt im Südwesten von Mallorca.« Erklärend fügte er hinzu: »Ich habe einmal zwei Wochen Urlaub in Paguera verbracht und während dieser Zeit auch den Markt in Andratx besucht.«

Auch Gerhard kannte Andratx. Er hatte sich oft, wenn er Reisegruppen seiner Frau begleitete, in dieses kleine Städtchen, das einige Kilometer von der Küste entfernt am Rande der Berge lag, zurückgezogen, um dem Trubel und der teutonisch-angelsächsischen Unkultur der am Meer gelegenen Touristenghettos zu entfliehen. Er war dann häufig durch die engen Gassen hinauf zur Kirche gebummelt, war über den schönen Friedhof gegangen und hatte seine Ausflüge stets mit einem café con leche auf einer der Plazas ausklingen lassen. Im stillen Andratx war noch gegenwärtig, dass Mallorca etwas mit Spanien zu tun hatte.

Montag war wieder aufgestanden. Er ging unruhig im Raum hin und her, als dächte er über etwas nach. »Wir sind uns noch nicht sicher, ob der Fundort des Toten am Fuß des Bahndamms auch wirklich die Stelle ist, an der er gestorben ist. Es ist genauso gut möglich, ja sogar wahrscheinlich, dass der Tod den Spanier auf der Bahndammkrone ereilt hat und er erst anschließend die Böschung hinuntergestürzt ist. Für diese Hypothese spricht zum einen die seltsame Lage des Körpers mit dem Kopf nach unten, während die Beine noch auf dem Damm liegen. Zum anderen weist auch der zwei Meter vom Toten entfernt liegende Rucksack darauf hin, dass eine heftige Bewegung stattgefunden haben muss. Zum Beispiel ein Rollen oder Rutschen vom Bahndamm hinab, das ein Wegschleudern des Rucksacks bewirkt haben könnte.« Er zuckte mit den Schultern. »Wir müssen die weiteren Untersuchungen abwarten.«

Gerhard blickte zu Montag hinüber, der wieder am Fenster stehen geblieben war. »Du hattest vorhin angedeutet, dass du noch einmal meine Hilfe brauchst, Charly.« Er deutete auf die Plastikhülle. »Hat das was mit diesem Papier dort zu tun?«

»Ja, Heiner.« Montag kam zum Tisch zurück, nahm die Plastiktüte, die er vorhin zur Seite geschoben hatte, und legte sie so vor Gerhard, dass die beschriebene Seite des innseitigen Blattes lesbar oben lag. »Dieses Papier haben wir in der Innentasche des Mantels gefunden. Es ist Spanisch – geschrieben auf einem Computer und dann ausgedruckt. Es würde unsere Ermittlungen erleichtern, wenn wir sofort seinen Inhalt wüssten und nicht erst warten müssten, bis ein Polizeiübersetzer gefunden ist.«

Gerhard nahm die Plastikhülle in die Hand und ging zum Fenster, um den Inhalt im Tageslicht zu betrachten. »Ich soll euch das hier übersetzen«, mutmaßte er.

»Genau das ist meine Bitte, Heiner. Ich weiß, dass du gut spanisch sprichst. Deshalb tu mir den Gefallen und versuche, zu entziffern, was dort geschrieben steht.«

In der Tat waren die Spanischkenntnisse, die Gerhard sich im Laufe der letzten Jahre erworben hatte, inzwischen so fundiert und weit über den normalen Basiswortschatz hinausgehend, dass er mühelos in der Lage war, ein Gespräch in dieser Sprache zu führen oder einen spanischen Text zu lesen. So bereitete es ihm auch jetzt keine Mühe, die wenigen Sätze, die in einfachem Spanisch auf dem Blatt geschrieben standen, zu lesen und ihre Bedeutung zu verstehen.

Es war eindeutig der Abschiedsbrief eines Menschen, der aus dem Leben scheiden wollte. Es war der letzte, intime Kontakt eines Sohnes zu seinen Eltern. Gerhard fühlte sich eigentümlich berührt, als er das Schreiben übersetzte:

»Liebe Eltern, wenn ihr diese letzten Worte von mir erhaltet, bin ich tot. Ich weiß, dass ich euch betrüben werde, aber ich sehe keinen anderen Ausweg, um mit meinen Stimmungen und meiner Verzweiflung fertig zu werden. Das Leben ist eine endlose Qual für mich, deshalb werde ich es beenden. Es grüßt euch ein letztes Mal – Jaime.«

Gerhard ließ langsam das Blatt sinken und verharrte eine Weile regungslos. Mit leisem Schritt kehrte er dann zum Tisch zurück und legte vorsichtig die Plastikhülle vor den Hauptkommissar.

Sie blickten sich kurz an. Es war Montag, der das Schweigen brach.

»Nun haben wir also die Bestätigung dessen, was wir schon vermuteten: Eine Selbsttötung.« Er schüttelte mit dem Kopf, um seiner Trauer, aber auch der Missbilligung Ausdruck zu geben. »Was veranlasst einen Spanier, ausgerechnet in unserer gottverlassenen Gegend, auf einem Bahndamm, im eisigen mitteleuropäischen Winter sich das Leben zu nehmen? Kannst du mir das vielleicht erklären?«, fragte er mehr in den Raum als an Gerhard gerichtet.

»Das ist schon ein bisschen merkwürdig«, sinnierte Gerhard, »aber so merkwürdig auch wieder nicht. Die meisten Selbstmörder vollziehen ihren Suizid in irgendeinem abgeschiedenen Winkel, allein mit sich und ihrer definitiven Entscheidung. Ein Bahndamm in Nordhessen ist deshalb genauso gut oder so schlecht wie ein dichter Wald, in den man hinein geht, um sich zu erhängen. Oder ein Bett in einem verschlossenen Zimmer, in dem man sich die Pulsadern aufschneidet. Ich glaube, wenn einmal der Entschluss gefasst ist, sein Leben zu beenden, oder besser gesagt, wenn der Druck so groß geworden ist, dass es keinen anderen Ausweg mehr gibt als den Tod, dann spielt es in den meisten Fällen keine Rolle, unter welchen äußeren Bedingungen der letzte Schritt vollzogen wird.«

»Du magst Recht haben«, räumte Montag ein, »aber immerhin wissen wir, dass der Tote sich seit mindestens Freitag schon in dieser Gegend aufgehalten hat, wie der an diesem Tag von dir gefundene Rucksack beweist. Es ist eher unwahrscheinlich, dass er ganz zufällig am Bahnhof Eschwege West vorbeikam, Gelegenheit und Bedingungen gut fand und sich erschoss. Irgendetwas hat er doch in unserer Region gewollt. Vielleicht kannte er jemanden, vielleicht suchte er etwas.«

»Vielleicht irrte er aber auch nur in den Wäldern umher, ohne sich überwinden zu können, seinen einmal gefassten Entschluss, sich das Leben zu nehmen, in die Tat umzusetzen. Die Pistole, die er im Gepäck mit sich trug, spricht für den Vorsatz der Selbsttötung.«

»Natürlich ist das möglich. Aber ohne Kenntnisse des

persönlichen Hintergrundes des jungen Mannes und seiner Lebensumstände werden wir im Moment über Spekulationen nicht hinauskommen. Selbstverständlich werden wir auch die Polizei auf Mallorca um Recherchen hinsichtlich des Lebensumfelds dieses »– er schaute auf seinen Zettel – »Jaime Sauras bitten.«

»Findest du es nicht merkwürdig, dass der Abschiedsbrief mit dem Computer geschrieben wurde? Bei einer letzten, verzweifelten Mitteilung kurz vor dem Tod würde man doch erwarten, dass sie handschriftlich verfasst wird. Einen gedruckten oder maschinengeschriebenen Brief könnte doch auch jemand geschrieben haben, der einen Selbstmord nur vortäuschen will«, gab Gerhard zu bedenken.

Montag winkte ab: »Nein, Heiner, es würde mich eher beunruhigen, wenn ein junger Mensch in unserer computerisierten Welt noch etwas Handgeschriebenes verfassen würde. Bei der leichten Zugänglichkeit der PCs, zum Beispiel in Bibliotheken oder Internetcafés, ist es wahrscheinlicher, vor allem wenn es sich um junge Leute handelt, etwas Computergeschriebenem als etwas Handschriftlichem zu begegnen. Außerdem passt der ausgedruckte Abschiedsbrief zu deiner Vermutung, dass dieser Spanier schon einige Tage mit dem Vorsatz, sich zu töten, in unserer Gegend umherstreift. Darauf lässt auch das Mitführen der Pistole schließen. Es kann durchaus sein, dass er seinen Abschiedsbrief schon viel früher geschrieben hat und ihn seit langem bei sich trug.«

Draußen näherten sich knirschend Schritte, die Tür öffnete sich zunächst einen Spalt. Dann trat Dr. Sinning, nachdem er sich den Schnee von seinen Stiefeln geschlagen hatte, in den Raum.

»Schön gemütlich habt ihr's hier«, polterte er in seiner freundlichen Art und reichte Gerhard die Hand. »Ich grüße Sie, Herr Kollege. Ich meine, Sie vorhin schon einmal kurz am Leichenfundort gesehen zu haben.«

»Richtig, Kollege Sinning, aber ich wollte Sie nicht bei Ihrer Arbeit stören.«

»Scheißarbeit, so etwas. Bitte entschuldigen Sie, aber solche Geschichten nehmen mich immer ganz schön mit. Trotz meiner vielen Berufsjahre, in denen die Konfrontation mit dem Tod ja fast schon das tägliche Geschäft darstellt, habe ich mich nie an das Sterben junger Menschen gewöhnen können.« Er schüttelte sich, vielleicht auch wegen der Kälte draußen, denn er presste seine Oberschenkel gegen den Radiator und legte die Handflächen auf die Abdeckplatte. »Scheußliche Angelegenheit«, brummte er vor sich hin.

Hauptkommissar Montag zog ein kleines Notizbuch, in das ein Kugelschreiber eingehakt war, aus seiner Jackentasche. »Doc, können Sie uns schon etwas über den ungefähren Todeszeitpunkt sagen «, fragte er, während er auf den Kugelschreiber drückte.

»Ich nehme an, Sie können sich vorstellen, was es heißt, aus der Untersuchung einer hart gefrorenen Leiche, die noch die komplette Winterkleidung trägt, Rückschlüsse ziehen zu müssen, die einigermaßen verlässlich sind. Ich will mich nicht vor einer Auskunft drücken, Kommissar, aber ich bitte das, was ich sage, mit aller Vorsicht zu genießen. Erst die Untersuchung an der entkleideten Leiche und die Obduktion werden genauere Angaben erlauben.«

»Klar, Doc, ich weiß, wie schwierig Prognosen unter solchen Bedingungen sind. Aber ganz grob können Sie doch sicher sagen, wann der Tod eingetreten ist. Es kommt auf ein paar Stunden nicht an.«

Dr. Sinning wiegte zweifelnd den Kopf von einer Seite auf die andere. Seine wenigen noch verbliebenen Haare hingen ihm in nassen Strähnen über die Ohren. »Gut«, rang er sich schließlich durch, »ich will's versuchen. Sie müssen sich vorstellen, dass der Tote in dieser Eiseskälte wie in einem Gefrierschrank gelegen hat. Alle Stoffwechselvorgänge laufen dadurch extrem verzögert ab, eine Gewebszersetzung findet quasi nicht statt. Die üblichen Todeszeichen, die sonst Aufschluss über den Zeitpunkt des Ablebens geben, sind unter diesen äußeren Gegebenheiten nur bedingt zu verwerten.«

Der Arzt hob in einer Geste der Verzweiflung die Arme und seufzte unglücklich: »Was soll ich sagen?«

»Nur Mut, Doc!«, ermunterte Montag.

Dr. Sinning holte Luft. Er glich jetzt dem Superchamp im Quiz, dem die Millionenfrage gestellt worden war und der sich für eine der möglichen Lösungen entscheiden musste. »Ich würde sagen, dass der Tod zwischen Samstagabend und Sonntagmorgen eingetreten ist, also vor rund dreißig Stunden plus minus sechs bis acht Stunden.«

»Wie«, verwunderte sich Gerhard, »solange konnte der Tote dort am Bahndamm liegen, ohne entdeckt zu werden?«

»Erinnere dich, Heiner, dass es von Samstagnachmittag an bis heute fast ununterbrochen geschneit hat. Der Körper muss in wenigen Minuten vom Schnee zugedeckt worden sein. Wenn nicht der Hund heute Morgen gewesen wäre, hätte man die Leiche wahrscheinlich erst in der Tauperiode entdeckt.« Montag wandte sich wieder an Dr. Sinning. »Gibt es irgendwelche Zweifel an der offensichtlichen Todesursache, Doc?«

»Nein, der Tod ist zweifelsfrei durch einen Schuss in die rechte Schläfe herbeigeführt worden.«

»Anzeichen für Fremdeinwirkung?«

»Eins ist sicher«, Dr. Sinning sprach mit Nachdruck, nun hatte er nach soviel vagen Vermutungen endlich ein Faktum zu bieten, »der Schuss wurde aus nächster Nähe abgegeben. Die Waffe war zwar nicht direkt auf die Schläfe aufgesetzt, aber doch auch nicht mehr als zehn, zwanzig Zentimeter davon entfernt, als sie abgefeuert wurde.«

»Mord oder Selbstmord?«, fragte Montag.

»Beides möglich. Auf Grund der Lage der Waffe neben der offenen Hand des Toten und dem geringen Abstand der Pistole zum Schädel, aber auch wegen des gerade verlaufenden Schusskanals – die Kugel ist über dem linken Ohr wieder ausgetreten – würde ich auf Selbstmord tippen. Aber, wie gesagt, auch Fremdbetätigung der Waffe ist möglich, obwohl ich keinerlei sonstige Anzeichen für Gewaltanwendung finden konnte.«

»Danke, Doktor, das reicht fürs erste. Das ist doch schon mal eine gute Grundlage für unsere weiteren Ermittlungen.«

Montag schloss sein Notizbuch, verstaute es samt Kugelschreiber in seiner Jackentasche und stand auf. »Ich muss zu meinen Leuten.« Er legte die Thermoskanne, nachdem er den Plastikbecher wieder darauf geschraubt hatte, in seine Tasche und ging zur Tür. Dr. Sinning und Gerhard folgten ihm.

»Gunter kann dich nach Hause fahren, Heiner«, sagte Montag, als sie im Schnee vor dem Schuppen standen.

»Nein, lass mal, Charly«, wehrte Gerhard ab, »ich gehe zu Fuß, es ist ja nicht weit. Ich brauche ein bisschen Abstand zu dem eben Gesehenen, ein Gang durch die kalte Winterluft wird mir gut tun.«

»Okay, wie du willst. Ich werde dich auf dem Laufenden halten, wenn es etwas Neues gibt.« Er fasste Dr. Sinning am Arm. »Kommen Sie, Doc.«

Gerhard sah den beiden nach, wie sie durch den Schnee davonstapften. Am Ende der Eisenbahnbrücke verlor er sie aus den Augen. Er blickte auf die Bahnhofsuhr, es war kurz vor Mittag, seine Bachstunde war vorbei. Er durchquerte die Unterführung und stieg auf der Eltmannshäuser Seite der Bahnlinie wieder zur Straße hinauf. Dann machte er sich auf den Heimweg.

6

Endlich war der Februar gekommen. Für Gerhard war dieser Monat stets ein Wendepunkt, der Zeitraum, in dem der Winter seine Düsternis verlor und das Licht zurückkehrte. Die Tage verlängerten sich und damit wuchs seine Lust, wieder in langen Wanderungen die Wälder zu durchstreifen. Eine Unruhe war in ihm erwacht und der Drang, sich zu bewegen, verstärkte sich in dem Maße, wie der Frühling sich näherte. Die ersten Gelbtupfer der Winterlinge, die Spitzen der Schneeglöckchen und schließlich ihre Blüten, die zartgrüne Färbung der Haselkätzchen, alles Anzeichen, dass das Leben sich wieder hervorwagte. Warum sollte der Mensch da zurückstehen?

Eine allmähliche Erwärmung der Luft hatte den Schnee in den letzten Tagen fast völlig wegschmelzen lassen, lediglich in den Hochlagen der Bergrücken fanden sich noch einzelne Reste.

Heute würde Franziska kommen. Sie hatte ihn gestern angerufen, ihn über ihr Kommen unterrichtet und seine Vorfrühlingsgefühle damit noch weiter verstärkt.

Um 11 Uhr an diesem Morgen hatten sie sich in der »Traube«, ihrer Stammkneipe in der Eschweger Fußgängerzone, auf einen Kaffee verabredet. Sie hatte sich, wie sie am Telefon stolz berichtete, den Tag frei genommen. Bei wem eigentlich, sie war ihre eigene Chefin. Über Nacht beabsichtigte sie in Oberhone zu bleiben, im alten Familiensitz, in alter Tradition bei altem Wein am Kamin zu sitzen und schließlich mit ihrem alten Mann die Nacht zu verbringen. Nun ja, auch in Göttingen war offensichtlich der Vorfrühling angekommen.

An diesem Morgen war die »Traube« nur spärlich besucht. Drei, vier Gäste saßen an der langen Theke, die das Zentrum des schmalen Gastraums bildete. Die Wanduhr über dem Tresen zeigte gerade einmal halb elf. Franziska war noch nicht gekommen; sie würde auch, so wie er seine Frau kannte, auf keinen Fall vor der verabredeten Zeit erscheinen. Viel wahrscheinlicher war, dass sie erst einige oder auch viele Minuten nach elf mit gehetztem Opferblick die Gaststätte betreten und ihm erzählen würde, wer alles sie aufgehalten und in Gespräche verwickelt hatte. Gerhard beschloss, nicht in der Kneipe zu warten, sondern in der verbleibenden Zeit noch ein bisschen durch die Stadt zu bummeln.

Er nahm die Gasse, die hinauf zum Schulberg führte. Vorbei an dem hohen, weinbewachsenen Backsteingebäude, das früher als Schule diente und in dem heute die Volkshochschule untergebracht war, stieg er weiter bergan bis zum Karlsturm und dem dahinterliegenden Aussichtspunkt. Unter sich sah er die Werra, die aufgestaut durch ein Wehr breit und träge dahinfloss, auf der anderen Seite des Flusses die rotziegeligen Dächer von Brückenhausen, dem jenseitigen Stadtteil von Eschwege. In der Ferne glänzten die Wasserflächen des Werratalsees. Die Luft war heute mild und in dem leichten Wind glaubte Gerhard einen ersten Duft von Gras herausriechen zu können.

Als er vor zwanzig Jahren mit Franziska und den Kindern berufsbedingt hierher in den nordöstlichsten Zipfel Hessens gezogen war, hatte die Kleinstadt Eschwege gerade angefangen, aus ihrem Dornröschenschlaf zu erwachen. Benachteiligt von ihrer Lage an der damals noch bestehenden innerdeutschen Grenze hatten sich nur Wenige gefunden, die den Mut hatten, in diese Stadt zu investieren. Es war dann vor allem der Initiative eines jungen Bürgermeisters und seines dynamischen Stadtkämmerers zu verdanken, dass Eschwege sich selbst und seine Schönheit wiederentdeckte und begann, sich zu einem Kleinod unter den nordhessischen Städten herauszuputzen. Innenstadtstraßen wurden gepflastert und Fußgängerzonen eingerichtet, baufällige Häuser instandgesetzt, die Balken der alten Fachwerkhäuser mit ihren Verzierungen und Schnitzereien restauriert und mit einem neuen Anstrich versehen.

Die Wiedervereinigung mit der Öffnung der Grenze, ein Glücksfall für das ganze Land, hatte für Eschwege in den ersten Jahren nach der Wende einen weiteren vor allem wirtschaftlichen Aufschwung gebracht, der zu einer Fortführung ihres Aus- und Aufbaus führte: Die Stadt war über Nacht zu einem bevorzugten Einkaufszentrum der Thüringer geworden.

Gerhard ließ sich noch einige Minuten durch die engen Fachwerkgassen treiben, überquerte den Marktplatz, um dann über die Herrengasse wieder die Fußgängerzone zu erreichen. Er liebte diese Stadt, liebte die nur selten gestörte Balance zwischen dem natürlichen, pulsierenden Leben und der Ruhe und Geborgenheit, die Eschwege so reizvoll und anziehend machte.

Es war so, wie er es erwartet hatte: Franziska hatte sich noch immer nicht, jetzt fünf Minuten nach elf, in der »Traube« eingefunden. Eva brachte ihm den Kaffee an den kleinen Ecktisch, an dem er Platz genommen hatte. Sie wusste, dass er um diese Tageszeit immer Kaffee nahm, es bedurfte keiner Bestellung. Wie gewohnt lagen drei kleine Plätzchen auf dem Rand der Untertasse, eine persönliche Geste Evas, bildete er sich ein, fast wie ein vertrauliches Augenzwinkern. Er hatte sich schon dabei ertappt, dass er anderen kaffeetrinkenden Gästen auf ihre Untertasse schaute, um die Plätzchen dort zu zählen. Zu seiner großen Genugtuung war er der einzige Drei-Plätzchen-Gast.

Franziska traf mit zwanzigminütiger Verspätung in der »Traube« ein. In der rechten Hand hielt sie eine Einkaufstüte, die an die Rundungen einer Schwangeren im achten Monat erinnerte.

»Schön, dich zu sehen«, sagte Gerhard, der aufgestanden war und seine Frau in die Arme schloss. »Schön auch zu sehen, wie du die Eschweger Wirtschaft unterstützt.« Er deutete auf die Plastiktüte.

»Ich habe Brigitte getroffen«, sagte Franziska, während sie ihren Mantel auszog.

»Rein zufällig, wie ich annehme.« Immerhin musste man, um Brigitte zu treffen, in das Kaufhaus, in dem sie arbeitete, eintreten, einen langen Gang entlanggehen und über die Rolltreppe in das erste Stockwerk fahren. Dort fand man sie dann in der Modeabteilung – zufällig.

»Es war heute Personalkauf«, berichtete Franziska aufgeregt. »Brigitte bekommt zwanzig Prozent Ermäßigung, da musste ich doch zugreifen. Dazu noch die Preissenkungen des Winterschlussverkaufs.«

Gerhard kannte diese Argumentation zur Genüge. Wie sollte man einer Frau klarmachen, dass ein wie viel auch immer ermäßigtes Kleidungsstück immer noch mehr kostete als ein nicht gekauftes. Dass eine Ermäßigung an sich es nicht rechtfertigte, etwas zu kaufen, das man im Grunde gar nicht brauchte.

Dies einer Frau begreiflich zu machen, war schwerer, als einem Viertklässler Einsteins Relativitätstheorie zu erklären.

Gerhard wechselte das Thema. Es brachte nichts, über weibliche Kaufstrategien, wenn es sie überhaupt gab, zu diskutieren. Er wusste, dass das Kaufverhalten auch noch in Jahrzehnten ein signifikantes Unterscheidungsmerkmal zwischen den Geschlechtern sein würde, allen emanzipatorischen Nivellierungsversuchen zum Trotz. Ein liebenswerter Unterschied, wenn auch gelegentlich ein etwas kostspieliger.

Franziska, die jetzt ebenfalls einen Kaffee vor sich stehen hatte, sah blendend aus an diesem Morgen. Offenbar hatte das Kauferlebnis eine vitalisierende Wirkung, denn ihre Wangen waren gerötet und ihre Augen strahlten. Sie hatte eine helle, elegante Strickjacke mit dunkelblauen Querstreifen an, sehr marin, sehr sportlich und sehr neu. Gerhard hatte diese Jacke noch nie gesehen, deshalb nahm er an, dass sie zu den Kauferrungenschaften dieses Morgens gehörte und dass Franziska sie zur Vermeidung eines Blasensprungs ihrer schwangeren Einkaufstüte gleich im Kaufhaus angezogen hatte. Darunter trug sie eine weiße Bluse, deren Kragen weit aufgeklappt war und deren drei oberste Knöpfe sie geöffnet hatte. Ein faszinierender An- und Einblick, fand Gerhard, der immer wieder erfreut feststellte, welch erotische Ausstrahlung Franziska, die ja auch nicht mehr die jüngste war, noch hatte.

»Na, wie läuft das Geschäft?«, wollte er wissen.

Die nächsten Minuten gehörten Franziska, die aus ihrem Arbeitsalltag berichtete. Gerhard lehnte sich zurück und hörte seiner Frau zu, die lebhaft von den Schwierigkeiten erzählte, mit denen die Reisebranche in Zeiten wirtschaftlicher Depression zu kämpfen hatte.

»Und was ist mit neuen Reisezielen, hast du da schon etwas ins Auge gefasst?«

»Ja natürlich. Und ich rechne dabei mit deiner Hilfe.« Gerhard wusste, welche Hilfestellung seine Frau von ihm erwartete. Er hatte, wenn es um neue Reiseziele ging, in letzter Zeit häufig als Ein-Mann-Späh- und Erforschungstrupp fungiert, war in die ins Auge gefassten Gebiete gefahren und hatte sich einen ersten Eindruck verschafft, ob die Regionen sich überhaupt für die vorgesehenen Reisen eigneten.

Für Gerhard waren diese Erkundungstrips eine willkommene Gelegenheit, sich eingehend mit einem neuen Land, einer fremden Kultur und Sprache zu befassen. Er mochte Reisen mit festem Ziel und klarer Aufgabenstellung ohne den Leerlauf üblicher Urlaubsreisen.

Es kam häufig vor, dass seine Vorschläge hinsichtlich der Reisegestaltung von Franziska nicht übernommen wurden. Gerhard wusste, dass seine Vorstellungen oft zu subjektiv, zu wenig allgemein anwendbar waren, sich zu sehr darauf gründeten, wie er das Land sah und erlebte. Er war in vielem ein Träumer, den seine Begeisterung gelegentlich Realitäten übersehen und ignorieren ließ. So konnte er enthusiastisch von einer einsamen Meeresbucht schwärmen und sie als Ausflugsziel empfehlen, ohne sich klarzumachen, dass der Zauber der Einsamkeit mit dem Auftauchen einer vielköpfigen Reisegruppe sehr schnell verschwunden sein würde. Franziska steuerte seinen Überschwang mit leichter Hand und führte seine gelegentlichen Utopien auf den Boden zurück, der tragfähig war für ein Reiseprojekt, das auch wirtschaftlichen Zwängen unterworfen war.

»Aber bevor du dich auf Erkundungstour in neue Länder begibst, musst du mir in einer anderen Sache helfen, die mir unter den Nägeln brennt. Ein Großteil der Gruppe, mit der wir im letzten Jahr im Nordosten Mallorcas gewandert sind, möchte unbedingt wieder eine Tour mit dir als Führer unternehmen. Angeblich hättest du versprochen, in diesem Jahr einen zweiwöchigen Wanderurlaub im Südwesten Mallorcas zu organisieren. Ich habe inzwischen schon einige Interessenten, die wild entschlossen sind zu buchen.«

»Na, versprochen ist wohl zuviel gesagt; ich habe lediglich angedeutet, dass es reizvoll sein könnte, die Südwestecke der Insel irgendwann einmal zu durchwandern.« Er zuckte mit den

Schultern. »Aber gut, wenn so viele Wanderwillige Interesse bekunden, dann lass uns doch diese Tour durchführen. Ich würde vorschlagen, sie im Herbst anzubieten. Das ist eine Zeit, in der wieder Ruhe auf der Insel eingekehrt ist. Auch sind im mallorquinischen Herbst die Lufttemperaturen ideal zum Wandern und das Meer ist noch so warm, dass man baden kann. Außerdem bleibt mir dann genügend Zeit, die geplanten Strecken noch einmal abzulaufen.«

Franziska nickte und legte ihm die Hand auf den Unterarm. »Ich habe damit gerechnet, dass du zusagst. Ich weiß, das es dir Spaß macht, mit Gleichgesinnten zu wandern und ihnen die Schönheiten der Natur näher zu bringen.« Sie zögerte einen Moment, dann griff sie in ihre Handtasche und holte ein Briefkuvert hervor, das sie vor sich auf den Tisch legte.

»Ich mache dir einen Vorschlag«, sagte sie. »Ich weiß, wie gewissenhaft du deine Wandertouren ausarbeitest und planst, wie sorgfältig du dich über die Gegebenheiten vor Ort informierst. Deshalb biete ich dir an, mit mir zusammen in den nächsten Tagen nach Mallorca zu fliegen und schon einmal die ersten Vorerkundungen durchzuführen.«

»Wie? Was?«, war alles, was Gerhard hervorbrachte, und so fuhr Franziska fort:

»Betrachte dich als meinen Gast. Ich lade dich ein und setze dich nachher von der Steuer ab – als erster und einziger Wanderführer meines Unternehmens. Was hältst du davon?«

Gerhard war so perplex, dass er einen Moment brauchte, ehe er antwortete. »Ich bin völlig überrascht«, gab er zu. »Hast du denn schon einen ungefähren Reisetermin ins Auge gefasst?«

»Habe ich. Der zwölfte Februar.«

»So genau weißt du schon, wann wir fliegen?«

»Noch genauer sogar: Wir fliegen um 11.45 Uhr ab Paderborn.« Aus dem vor ihr liegenden Kuvert zog sie nun eine dünnes Heftchen und schob es zu ihm hin. »Dein Flugticket und dein Hotelschein«, sagte sie triumphierend.

Gerhard nahm das Heft auf und blättere es durch. Wahrhaftig, ein auf seinen Namen ausgestelltes Ticket für einen Flug am 12. Februar von Paderborn nach Palma und ein Gutschein für das Hotel »Brismar« in Port d'Andratx. Er blickte Franziska an. »Überrumpelt«, sagte er strahlend.

»Ich meine, es gibt schlimmere Formen der Überrumpelung.«

Sie lächelte und sah ihn fragend an: »Und dir fällt nichts ein, wenn du das Flugdatum liest?«

»Das Flugdatum?« Er schaute nochmals auf das Heftchen. »Der 12.2., was soll mir dazu einfallen?«

Franziska seufzte: »Es ist das Geburtsdatum deines Sohnes«, sagte sie resigniert, als ergäbe sie sich endlich in die Tatsache, dass Geburts- und Hochzeitstage im Gedächtnis ihres Mannes keinen Platz hatten und auch nie finden würden. »Und da dein Sohn, unser Sohn, sich im Moment in seiner Funktion als Reiseleiter in Mallorca aufhält, habe ich gedacht…«

Sie ließ offen, was sie gedacht hatte, aber Gerhard wusste auch so, was sich in ihrem großen Mutterherz abspielte.

»Und ich glaubte, naiv wie ich war, dass du diesen Urlaub gebucht hättest, um ihn in trauter Zweisamkeit mit mir zu verbringen«, spielte er den Gekränkten.

»Ab dem dreizehnten«, versprach sie, »stehe ich voll zur Verfügung, für heiße Tage und sündige Nächte. Aber am zwölften…«

»Genießen wir gemeinsam unseren Sohn«, ergänzte er. »Ich freue mich riesig darauf, ihn wiederzusehen.«

Sie verließen die »Traube« Hand in Hand, schlenderten noch ein bisschen durch die Altstadt und sprachen von den gemeinsamen Tagen auf Mallorca, die ihnen bevorstanden.

7

Am nächsten Morgen war Franziska schon früh losgefahren. Sie wollte zeitig wieder in Göttingen sein, denn auf ihrem Terminkalender stand ein gemeinsames Mittagessen mit dem Leiter der alljährlich stattfindenden Reisemesse. Vorher jedoch wollte sie noch nach Witzenhausen und Hannoversch-Münden, wo anstehende Informationsveranstaltungen zu terminieren waren. Wahrlich, ein Lebensrhythmus, der nicht der seine war, ein Tempo, das er nicht mithalten konnte und wollte.

Gerhard fragte sich, ob er inzwischen zu alt war, nicht mehr fähig, die erforderliche Dynamik aufzubringen, um sich in Strudeln und Wirbeln, in die Franziska sich täglich stürzte, zu behaupten? Oder war er vielleicht nur so weise geworden, dass er es gar nicht erst versuchte? Sein Rhythmus war jetzt zweifellos ruhiger als früher. Aber er spürte, dass der Takt seines Lebens dadurch nichts an Kraft verloren und viel an Stetigkeit gewonnen hatte.

Es war kurz nach zwölf. Gerhard öffnete eine Suppendose – eine Spargelcreme heute – und gab eine lange Bockwurst dazu. Er schob den Teller in die Mikrowelle. Er liebte Suppen über alles, für eine Suppe ließ er Steak und Schnitzel liegen und verzichtete auf Hühnerbrust und Kalbskotelett.

Das Piepsen, mit dem das Ende des Aufwärmvorgangs angezeigt wurde, tönte fast zeitgleich mit dem Läuten des Telefons. Gerhard öffnete die Mikrowellentür, um das Signal zu beenden und nahm den Hörer ab. Es war Karl Montag, der ihm mitteilte, dass die Ermittlungen im Todesfall des jungen Spaniers jetzt abgeschlossen seien. »Wenn du Näheres wissen willst, komm einfach mal vorbei, dann reden wir darüber.«

»Ja doch, das interessiert mich schon«, sagte Gerhard und fragte: »Wann passt es dir denn?«

»Vielleicht heute Nachmittag gegen drei Uhr?«

»In Ordnung. Ich nehme an, du bist in deinem Büro?«

»Ja, im ersten Stock. Frag einfach unten an der Wache, dort wird man dir sagen, wo ich residiere. – Und, Heiner, bring ein paar Gebäckstückchen mit, Quarktaschen oder Mohnschnecken zum Beispiel; für den Kaffee sorge ich.«

»Mal sehen, was sich machen lässt«, versprach Gerhard, der die Vorliebe des Hauptkommissars für Kuchen und Gebäck kannte. »Bis später, Charly.«

Die Suppe war inzwischen abgekühlt. Er stellte sie noch einmal für zwei Minuten in die Mikrowelle, dann genoss er sein einfaches Mittagessen.

Um kurz vor drei stieg Gerhard mit einer gut gefüllten Bäckertüte in der Hand die wenigen Stufen zur Polizeistation empor. Das einstöckige, quadratische Gebäude der Eschweger Ordnungshüter hatte ein kompaktes Aussehen, dessen klotzige Erscheinung durch den Ockerton des Hausanstriches etwas gemildert wurde. Wären Gitter vor den Fenstern gewesen, hätte man durchaus auch den Eindruck eines Gefängnisgebäudes haben können.

Auf der Wache saß eine junge Beamtin, die ihn in freundlichem Ton und mit einem Lächeln nach seinen Wünschen fragte.

»Ich bin mit Hauptkommissar Montag verabredet«, sagte er. »Mein Name ist Heinrich Gerhard.«

»Einen Moment bitte.« Die junge Frau nahm den Hörer ab, um ihn anzumelden – oder vielleicht auch, um sich zu vergewissern, dass er auch wirklich verabredet war.

»Es meldet sich niemand auf seinem Zimmer.« Sie drückte auf einen Knopf ihres Telefons. »Ich versuche es auf einem anderen Apparat«, sagte sie, noch immer lächelnd, und wählte. Sie blickte vor sich auf die Schreibtischunterlage, deren Buchstaben sie mit einem Kugelschreiber ausmalte, während sie darauf wartete, dass jemand abhob. Gerhard betrachtete sie heimlich, stellte fest, dass sie einen erfreulichen Anblick bot und fragte sich, wie ein hartgesottener Verbrecher reagieren würde, wenn er plötzlich mit einer so hübschen Polizistin, die ihn an der Ausübung seiner Taten hindern wollte, konfrontiert wäre. Konnte man einer Frau, besonders, wenn sie attraktiv und freundlich war, mit der gleichen Brutalität begegnen wie einem Mann?

Franziska hatte einmal gesagt, als sie sich darüber unterhielten, ob sie lieber einen männlichen oder einen weiblichen Polizisten in einer Konfliktsituation zu Hilfe rufen würde: »Wenn die Situation schon eskaliert ist, die Fronten verhärtet sind und Gewaltausübung droht, wünsche ich mir einen Polizisten, möglichst mit der Figur eines Kleiderschrankes in all seiner physischen Stärke. In Fällen aber, wo eine Konfrontation erst im Entstehen ist, die Aggressivität noch unterschwellig und das Geschehen noch rational steuerbar ist, würde ich immer eine Polizistin vorziehen. Ich glaube, sie ist eher in der Lage, zu besänftigen und zu vermitteln.«

Nachdem die Beamtin sich davon überzeugt hatte, dass er erwartet wurde und ihm den Weg zu Montags Büro beschrieben hatte, machte er sich auf den Weg in den ersten Stock. Charly wartete vor der Tür. »Hallo, Heiner, komm rein.« Und mit einem Blick auf die Tüte, die Gerhard in der linken Hand hielt, fügte er hinzu: »Der Kaffee ist gleich fertig. Ich habe ihn gerade frisch aufgesetzt.«

Gerhard betrat das Büro, entledigte sich seiner Jacke und setzte sich auf den Stuhl, der seitlich vom Schreibtisch stand und der, abgesehen von dem gepolsterten Drehstuhl, auf dem der Hauptkommissar Platz nahm, die einzige Sitzgelegenheit in diesem Zimmer war.

Montag hob den Hörer des Telefons auf und wählte. »Hallo Gunter, komm doch mal rauf. Heiner ist hier – es geht um den Toten am Bahndamm.« Er hängte auf und erklärte: »Gunter hat die weiteren Ermittlungen und vor allem die Nachforschungen bei der spanischen Polizei durchgeführt, er kennt die Einzelheiten noch besser als ich.«

Dann nahm er die Tüte, die Gerhard auf dem Schreibtisch abgestellt hatte, schaute hinein und stöhnte: »Mohnschnecken und Bienenstich, wundervoll.«

»Quarktaschen hatten sie nicht mehr, aber ich nehme an, dein Glück ist auch so komplett.

»Vollkommen, Heiner, vollkommen«, Charly erhob sich und ging zur Tür. »Ich hole den Kaffee. Bin gleich wieder da.«

Er würde sich beeilen, dessen war sich Gerhard sicher, denn erst mit dem Kaffee würde er Zugang zu den Köstlichkeiten in der Gebäcktüte haben.

Das Büro des Hauptkommissars war funktional eingerichtet, mit den üblichen Einheitsmöbeln, die in Dienstzimmern zu stehen pflegen und entbehrte jeglichen Luxus. Ein mächtiger Schreibtisch, auf dem sich neben Aktenordnern und den üblichen Bürountensilien ein beleucht- und drehbarer Globus befand, dominierte den Raum. Seitlich im rechten Winkel stand auf einem halbhohen Tisch die Computeranlage mit Bildschirm, Tastatur und Drucker. Unter das einzige Fenster war ein flaches Schränkchen gerückt, das drei Blumentöpfen, die ein undefinierbares Grünzeug enthielten, als Stellfläche diente. Der rechteckige Kleiderschrank sowie mehrere Bücherborde waren aus dem gleichen, hellfurnierten Pressholz. Zwei Beistelltischchen, beide mit Zeitschriften und Papieren übersät, komplettierten die spartanische Zimmerausstattung.

Es klopfte an der Tür. Gunter trat, ohne eine Antwort abzuwarten, in den Raum. In der einen Hand trug er einen dünnen blauen Hefter, in der anderen einen Stuhl. Es schien bekannt zu sein, dass die Sitzmöglichkeiten im Zimmer des Hauptkommissars beschränkt waren.

Sie hatten sich kaum begrüßt, als auch Montag zurückkam. Er balancierte ein hochbordiges Holztablett, auf dem eine rote Thermoskanne, ein Becher mit Kondensmilch und eine Zuckerdose standen.

»Halt mal«, forderte er Gunter auf, der sich noch nicht gesetzt hatte, und drückte ihm das Tablett in die Hände. Dann räumte er eines seiner Tischchen frei, indem er das Daraufliegende auf das andere, schon übervolle, stapelte. Dem Schränkchen, auf dem die Blumentöpfe standen, entnahm er drei blaue Porzellanbecher und ebenso viele gleichfarbige Teller. Diese stellte er auf die leere Fläche des Tisches, positionierte Kaffee, Milch und Zucker so, dass das Zentrum frei blieb und legte dorthinein die Gebäckstückchen.

»Greift zu«, forderte er auf und langte im selben Moment in die Tüte.

In den folgenden Minuten, in denen sie aßen und tranken, sprachen sie über alltägliche Dinge: Sie analysierten den Abwärtstrend der Fußballer, erörterten die bevorstehende Eröffnung eines Einkaufszentrums in der Fußgängerzone und diskutierten den Stand der Planungen für die Umgehungsstraße. Montag konnte einiges Neues an Informationen dazusteuern, Insiderwissen, das er als Stadtverordnetenvorsteher besaß, ein Amt, das er seit zwei Jahren bekleidete.

»Ein Problem, das uns neuerdings sowohl als Behörde als auch als Polizei zunehmend tangiert, ist das Aufblühen einer Gewerbeart der besonderen Kategorie.« Montag kratzte sich am Hinterkopf, biss in sein Bienenstichstück und fuhr fort: »Eine etwas ungewöhnliche Wirtschaftsförderung für unsere strukturschwache, ländliche Region, in der normalerweise jede Neuansiedlung oder Ausweitung eines Gewerbebetriebes freudig begrüßt wird. Aber die Etablierung diverser Häuser mit roten Herzchen, besonders entlang der Bundesstraße, bereitet uns einiges Kopfzerbrechen. Ich möchte mal wissen, warum die sich gerade unsere unschuldige Gegend, in der die Hälfte der Bevölkerung noch an den Klapperstorch glaubt, ausgesucht haben?«

»Ich nehme an«, wandte Gerhard ein, »dass die Damen es mehr auf die Kundschaft, die täglich auf der Bundesstraße vorbeirollt, abgesehen haben. In unserem kleinstädtischen und dörflichen Klatsch- und Tratschmilieu wird wohl kaum ein Einheimischer es wagen, ein solches Etablissement zu besuchen. Er müsste sich darüber im Klaren sein, dass er am nächsten Morgen ein begehrter Gesprächsgegenstand sein würde.«

»Ganz sicher«, stimmte Montag zu und berichtete weiter: »Abgesehen von den üblichen Querelen, die in einem solchen Umfeld an der Tagesordnung sind, gibt es hin und wieder Verstöße gegen die Aufenthalts- und Arbeitserlaubnis der Damen, die häufig illegal, meist aus Osteuropa oder dem fernen Osten, ins Land gebracht wurden. Bei unseren Razzien werden wir immer wieder fündig.«

Montag leckte sich über die Lippen. Aus der Hosentasche nahm er ein Papiertaschentuch und wischte sich die Reste der Puddingfüllung seines Bienenstichs aus dem Vollbart. »Bestechung von Beamten kommt auch in unserer Republik gelegentlich vor, aber so wie meine Leute vor zwei Wochen mit ihr konfrontiert wurden, doch eher selten.« Er lachte und schlug sich mit der flachen Hand auf den Oberschenkel. Offenbar sah er vor seinem inneren Auge gerade ein Bild, das ihn amüsierte.

»Du, Gunter, du warst doch dabei, erzähl doch mal von der Bestechung!«, forderte Montag seinen Oberkommissar auf, der still und genießerisch vor sich hinlächelte.

»Hat ein Zuhälter euch Geld angeboten?«, fragte Gerhard.

»Nein, nein«, wehrte Gunter ab, »kein Zuhälter, die Damen waren es, die versucht haben, uns zu bestechen.« Jetzt lachte auch Gunter bei der Erinnerung an den Bestechungsversuch. »Zwei der Hausbewohnerinnen konnten keine gültigen Papiere vorweisen. Wir waren also gezwungen, sie mit aufs Revier zu nehmen. Als wir diese Absicht verkündeten, setzten wir Aktivitäten in Gang, die man nur als Bestechung der ungewöhnlichen Sorte bezeichnen kann.« Die beiden Kommissare, die den Sachverhalt bereits kannten, schauten sich belustigt an, während Gerhard begann, das Weitere zu ahnen.

»Zunächst bewirtete man uns, nachdem man rings im Zimmer die Kerzen angezündet hatte, mit Champagner, den wir natürlich ablehnten. Man versprach, alles für uns zu tun, was wir nur wünschten – selbstverständlich kostenlos und zeitlich unbegrenzt. Als auch das nicht fruchtete und wir uns weiter entschlossen zeigten, die beiden Illegalen mitzunehmen, ließen die Damen in genüsslicher Langsamkeit ihre sowieso schon spärlichen Hüllen fallen, und nach kurzem standen oder saßen sie alle splitternackt vor uns und offerierten uns mit eindeutigen Gesten ihre Dienste.«

»Mein Gott, wenn ich mir das vorstelle«, lachte jetzt auch Gerhard, »ein Bild zum Malen: Polizisten in Uniformen, die Damen in Nichts. – Toulouse-Lautrec hätte ein Meisterwerk daraus gemacht.«

»Nun, zunächst war uns nicht nach Lachen zumute, denn die Damen weigerten sich mitzukommen. Uns männlichen Polizisten war natürlich klar, wie ein gewaltsamer Zugriff auf die entkleideten Mädchen, die sich wahrscheinlich mit Händen und Füßen wehren würden, später gedeutet werden könnte: Als Eingriff in die Intimsphäre, als Angriff auf ihre Integrität oder einfach als lüsterner Fehlgriff liebestoller Polizisten. Also ließen wir die Finger im wahrsten Sinne des Wortes von den Nackten und riefen weibliche Verstärkung aus der Direktion.«

Jetzt lachten alle drei, so wie wahrscheinlich die ganze Polizeistation bei der Erzählung dieser Einsatzsituation gelacht hatte.

Die beiden Kommissare kauten eine Weile schweigend. Ganz offensichtlich waren sie mit ihren Gedanken noch immer bei der eben geschilderten Szene.

Gerhard war jetzt froh, dass er in der Hoffnung, noch einige Kaffeestückchen mit nach Hause nehmen zu können, großzügig eingekauft hatte. Doch diese Hoffnung schwand in dem Maße, wie Charly und Gunter der Tüte zu Leibe rückten. Gerhard wagte nicht, mehr als ein Teilchen zu essen, in der Angst, es könnte nicht reichen. Er täuschte Sattsein vor.

Nach Vertilgung des dritten Gebäckstückchens kam der Hauptkommissar schließlich auf die Angelegenheit zu sprechen, die zu erörtern der eigentliche Grund gewesen war, weshalb sie sich heute hier trafen.

»Ich hatte dir versprochen, dich über die Entwicklung unserer Untersuchungen in diesem unklaren Todesfall zu informieren. Zu diesem Zweck habe ich dich heute hierher gebeten, denn der Tatbestand ist nun nicht länger unklar, sondern geklärt.« Er goss sich Kaffee nach und fuhr fort: »Du hast ja selbst gesehen, Heiner, welch schwierige äußere Umstände herrschten, als wir den Toten fanden. Für unsere Leute von der Spurensicherung bedeutete diese Untersuchung Schwerstarbeit. Es war wie das berühmte Suchen der Nadel im Heuhaufen, nur dass sie anstelle des Heus Unmassen von Schnee durchsuchen mussten. Um es kurz zu machen«, Montag strich mit dem Arm waagerecht durch die Luft, als wolle er einen Schlussstrich ziehen, »die Untersuchungen haben folgendes ergeben: Es ist zweifelsfrei, dass der Spanier erschossen wurde. Und zwar mit der Pistole, die sich neben seiner Leiche fand. Weiterhin ist nahezu sicher, dass die Tötung auf der Krone des Bahndamms stattfand. Erst nach dem Schuss ist der Getötete die Böschung hinabgestürzt. Wir haben sorgfältig nach Anzeichen gesucht, die auf eine Fremdeinwirkung oder Gewaltanwendung durch eine andere Person hinweisen. Wir haben nichts gefunden, weder die gerichtsmedizinische Untersuchung noch die Obduktion haben irgendeinen Anhalt dafür erbracht. Auch die minuziösen Nachforschungen der Spurensicherung auf dem Bahndamm haben nichts ergeben, was in diese Richtung weist.«

Montag hob wie zur Entschuldigung, dass er kein anderes Ergebnis präsentieren konnte, bedauernd die Hände.

»An der Stelle, an der die Tötung erfolgte, haben die Beamten den Schnee zentimeterweise abgetragen, um eventuelle Fußtritte in den unteren Schneeschichten, mögliche Kampfspuren oder Indizien für die Anwesenheit einer anderen Person zu finden.« Wieder die Geste des Bedauerns. »Nichts wurde entdeckt, was uns in punkto Fremdtat weitergeholfen hätte.«

Er wandte sich an Oberkommissar Schröder, der die Ausführungen seines Chefs aufmerksam verfolgt hatte. »Gunter, du hast die Untersuchungen auf dem Bahndamm doch geleitet.« In dieser Feststellung lag die gleichzeitige Aufforderung an den Oberkommissar, die Berichterstattung fortzusetzen.

»Wie du ja schon gesagt hast, Charly«, übernahm Schröder das Wort, »es war eine Heidenarbeit, Schicht für Schicht die ganze Umgebung abzusuchen, immer tiefer in den Schnee einzudringen, ohne die zerbrechliche Struktur und mit ihr eventuelle Spuren zu zerstören. Bei aller Vorsicht und Ausdauer, mit der wir gesucht haben, wir haben nichts finden können, was uns weitergebracht hätte. Andeutungen von Spuren in tieferen Schneeschichten waren zwar vorhanden, aber sie waren zu diffus und stammten eindeutig von mehreren Personen. Wir konnten daraus eigentlich nur schließen, dass in den Tagen und Stunden vorher irgendwelche Leute, wer auch immer, über den Bahndamm gegangen sind.«

Gerhard sah das Bild vor sich: Das tief verschneite Land, den Damm der stillgelegten Gleisstrecke, auf dem sich Menschen bewegten, Spaziergänger, die sich wegen der geringeren Schneehöhe dort oben den Schienenstrang als leichter begehbaren Weg ausgesucht hatten. Vielleicht auch Arbeitspendler, die über die alte Gleisführung von Niederhone zum Bahnhof und abends wieder zurückgingen. Es war erst einige Tage her, als er sich selbst auf einem Bahndamm durch den Schneesturm gekämpft hatte, an der Seite von Erwin, dem Pfarrer. Wie mochte es ihm gehen in seiner Gemeinde? Kam er zurecht?

»Wir haben natürlich versucht«, fuhr Montag fort, »aus dem, was der Tote in seinen Taschen und in seinem Rucksack mit sich trug, Rückschlüsse auf seine Absichten hier in Deutschland zu ziehen. Wir haben versucht, herauszufinden, wie er sich fortbewegt und wo er sich in den letzten Tagen aufgehalten hat. Aber weder Autoschlüssel noch Bahn- oder Busfahrkarten konnten gefunden werden, auch nicht Adressen oder Hinweise, ob er jemanden hier besuchen wollte oder ein Ziel in dieser Gegend hatte. Um darüber Näheres zu erfahren, haben wir uns mit der Polizei in Mallorca kurzgeschlossen. Wir baten die Kollegen, die Familie und die Lebensumstände dieses Jaime Sauras zu beleuchten, um vielleicht Antworten darauf zu finden, was ihn nach Deutschland geführt hat«.

Er stand auf und ergriff die Kaffeekanne. »Gunter hat den Kontakt zur Kripo in Palma hergestellt und die Gespräche mit der mallorquinischen Polizei geführt. Er kann dir darüber berichten. Ich hole in der Zwischenzeit frischen Kaffee.« Er verließ das Zimmer.

»Sprichst du denn spanisch?«, fragte Gerhard verwundert.

»Nein, nein, ich kenne lediglich zwei, drei für das Überleben wichtige Vokabeln – das ist schon alles. Zum Glück haben sie in Palma einen comisario, der fast perfekt deutsch spricht.« Er schaute in seinem Hefter nach. »Ein Señor Santiago Lopez, der vor seinem Polizeidienst einige Jahre in Deutschland gelebt hat. Das hat die Sache natürlich wesentlich leichter für mich gemacht.«

»Und was haben die Nachforschungen der spanischen Polizei im Umfeld des Toten ergeben?«

Schröder klappte seine blaue Mappe auf und suchte die entsprechenden Gesprächsnotizen. Als er das Blatt gefunden hatte, heftete er es aus und hielt es vor sich, um darin zu lesen. Als Gerhard den gestreckten Arm sah, wurde er daran erinnert, dass er nicht der einzige war, der aus Eitelkeit auf das Tragen einer Lesebrille verzichtete.

»Die Sauras sind eine alteingesessene, mallorquinische Familie, die schon immer in Andratx gelebt hat. Der Sohn Jaime ist ihr einziges Kind. Trotz seiner 25 Jahre wohnte er noch immer im Elternhaus. Der Wohnsitz der Familie, ein großes Herrenhaus mit einem parkähnlichen Garten, liegt im Zentrum der Stadt in der Nähe des Hauptplatzes. Die Vermögenssituation der Familie wird als begütert und wohlhabend beschrieben.«

Hier machte Schröder eine Pause und las die folgenden Notizen erst noch einmal durch, ehe er fortfuhr: »Francisco Sauras, der Vater von Jaime, war früher ein über die Landesgrenzen hinaus bekannter Pianist. Nach einer Handverletzung musste er in den siebziger Jahren seine Karriere aufgeben. Fortan unterrichtete er Klavierschüler und machte sich als Musikpädagoge einen Namen. Einige Jahre wirkte er auch in Deutschland, das war vor über zwanzig Jahren, als er als Privatdozent an der Musikhochschule in Marburg lehrte. Dort lernte er seine Frau Alicia kennen, eine spanische Pianistin, die noch am Beginn ihrer Laufbahn stand und Schülerin in Marburg war. Aber schon im Folgejahr zog das Paar nach Spanien zurück und ließ sich in Andratx, der Heimatstadt Sauras, nieder.«

Schröder entnahm seinem Hefter ein neues Blatt. Es entsprach seiner sachlichen Art, Faktum an Faktum zu reihen, ohne dabei eine sichtbare Gemütsregung zu zeigen.

»Francisco Sauras hatte nun eine Professorenstelle am Konservatorium von Palma angenommen, kehrte aber in den nächsten Jahren immer wieder nach Marburg zurück, um dort in zwei- bis dreiwöchigen Kursen talentierte Klavierschüler zu unterrichten. Die Meisterkurse bei Professor Sauras waren hochangesehen, begehrt und stets ausgebucht. Bei diesem pianistischen Elternhaus war es fast selbstverständlich, dass auch Jaime in die Fußstapfen seiner Eltern trat. Schon mit vier Jahren erhielt er von der Mutter Klavierunterricht, und als sich zeigte, dass er begabt war, wurde seine Kindheit und Jugend ganz darauf ausgerichtet, ihm eine spätere Pianistenlaufbahn zu ermöglichen.«

Montag, der inzwischen mit der Kaffeekanne zurückgekehrt war, hatte den letzten Satz mit angehört. Während er einschenkte, ergänzte er: »Jaime Sauras galt sogar als hochtalentiert, eine der größten Begabungen der mallorquinischen Musikszene.«

»Aber was treibt einen aufstrebenden Pianisten mit glänzenden Zukunftsaussichten dazu, mit einem Rucksack als einzigem Gepäckstück mitten im Winter nach Deutschland zu fahren. Könnt ihr mir das sagen?«, fragte Gerhard verwirrt.

»Können wir nicht, und wahrscheinlich werden wir auch nie erfahren, warum er sich hierher aufgemacht hat – wenn er überhaupt einen Grund hatte. Es ist viel wahrscheinlicher, dass er mehr oder weniger ziellos durchs Land irrte und eher zufällig in unsere Region gelangt ist. Aber ich glaube, du kennst das einschneidende Ereignis noch nicht, das sein Leben entscheidend verändert hat. Oder?« Montag blickte fragend den Oberkommissar an.

»Nein, Heiner weiß noch nichts davon. Es war vor etwas mehr als einem Jahr, da passierte ein schrecklicher Unfall. Auf dem Weg zur Universität kam Jaime Sauras – er steuerte das Auto – bei wolkenbruchartigem Regen von der Straße ab und überschlug sich mehrfach. Ihm selbst und zweien seiner Mitfahrer passierte bis auf ein paar Schürfwunden und Prellungen nichts. Die junge Frau aber, die neben ihm auf dem Beifahrersitz gesessen hatte, seine langjährige Freundin, wurde aus dem Wagen geschleudert und schlug mit dem Kopf so unglücklich auf dem Boden auf, dass sie sich das Genick brach und auf der Stelle tot war.«

Schröder räusperte sich und griff zum Kaffeebecher.

»Dieses Ereignis hat Jaime Sauras total aus der Bahn geworfen. Er quälte sich mit Selbstvorwürfen und verfiel in tiefe Depressionen. Er war nicht mehr in der Lage, sein Klavierstudium fortzusetzen. Die verzweifelten Eltern gaben ihn in stationäre psychiatrische Behandlung, später wurde die Therapie ambulant weitergeführt. Unmittelbar nach dem Unfall bestand sogar akute Suizidgefahr. Bis heute ist, beziehungsweise war, Jaime Sauras in psychiatrischer Betreuung und Überwachung, auch wenn sich sein Zustand in den letzen Monaten deutlich gebessert haben soll. Vor einem halben Jahr hat er dann sein Musikstudium wieder aufgenommen«

»Und was hat er den Eltern über seine jetzige Reise erzählt? Hat er angedeutet, wohin er wollte und vor allem, was er vorhatte?« wollte Gerhard wissen.

Gunter Schröder schüttelte den Kopf. »Es war nicht das erste Mal, dass er sich aufmachte, dass er mit dem Rucksack ohne ein bestimmtes Ziel loszog. Meist blieb er einige Tage fort, manchmal aber auch Wochen. Wenn er nach Hause zurückkehrte, erzählte er nur wenig von seinen Reisen. Er habe sich wohl ohne festen Plan durch irgendein Land oder eine Region treiben lassen, vermuteten die Eltern. Dies habe die Zustimmung seines Psychiaters gehabt, der darin eine Loslösung von dem Ort seines traumatischen Erlebnisses und einen Schritt zur Entkapselung sah, einen Schritt, der ihn auf den Weg der Selbstfindung bringen, der ihm Selbstvertrauen zurückgeben und Eigeninitiative abfordern sollte, die er bei solchen Reisen und der damit verbundenen Konfrontation mit den alltäglichen Dingen des Lebens und ihrer Bewältigung zu entwickeln gezwungen war.« Der Oberkommissar lehnte sich zurück, offenbar stolz auf sein soeben Formuliertes. Und wirklich, Gerhard konnte sich nicht erinnern, eine Satzkonstruktion dieser Länge und Verschachtelung je aus seinem Mund gehört zu haben.

»Das einzig Auffällige dieses Mal war der schnelle Aufbruch«, kehrte Schröder wieder zu seiner sachlichen Berichterstattung zurück. »Meist hatte Jaime Sauras seine Ausflüge schon einige Tage vorher angekündigt. Diesmal aber war er sozusagen über Nacht aufgebrochen. Die Mutter hatte sich Sorgen gemacht über das abrupte Abreisen. An dem Morgen, an dem er loszog, sei er sehr erregt gewesen. So als habe ihn innerlich etwas getrieben.«

»Und genau dies dürfte die Bestätigung für das sein, was wir bei diesem Todesfall jetzt mit nahezu hundertprozentiger Sicherheit wissen«, folgerte Montag. »Jaime Sauras hatte schon bei seiner Abreise aus Mallorca den Vorsatz, sich selbst zu töten. Die Pistole, die übrigens registriertes Eigentum seines Vaters ist, lag bereits bei seinem Aufbruch im Rucksack. Wahrscheinlich war zu dieser Zeit auch schon der Abschiedsbrief geschrieben.« Charly Montag strich sich über Stirn und Augen. Dann stand er auf, trat ans Fenster und blickte auf den dichten Verkehr, der zu dieser Feierabendzeit aus Eschwege herausrollte.

»Warum er soviel Zeit brauchte, seinen Entschluss in die Tat umzusetzen – nach Auskunft der Eltern ist er vor gut zwei Wochen in Mallorca aufgebrochen – und warum er gerade unsere

Region dafür wählte, ist ein Geheimnis, das er wahrscheinlich mit in den Tod genommen hat.«

Er drehte sich um, ging drei Schritte auf Gerhard zu und holte tief Luft. Er wollte jetzt offensichtlich ein Schlusswort sprechen.

»Alles deutet darauf hin, auch die Fingerabdrücke auf Waffe und Abschiedsbrief, die eindeutig und allein die des Spaniers sind, dass dieser Tod ein Freitod war. Jaime Sauras hat sich, unter der Last der Schuld, die er sich selbst am Unfalltod der Freundin gab, das Leben genommen.« Der Hauptkommissar setzte sich wieder, als sei damit alles gesagt, fügte aber noch hinzu: »Die Leiche wurde schon vor einigen Tagen freigegeben und ist bereits nach Mallorca überführt worden.«

Der Fall ist abgeschlossen, dachte Gerhard. Das mochte aus kriminaltechnischer und juristischer Sicht vielleicht auch so sein. Für ihn selbst aber würde ein Lebenslauf wie der des jungen Spaniers mit dieser letzten, fürchterlichen Konsequenz immer eine offene Frage sein, auf die er keine Antwort finden konnte. Das Leben mit all seinen Facetten hielt andere Lösungen parat als seine eigenhändige Auslöschung.

Er dachte an die Eltern. Auch für sie würde der Tod ihres Sohnes nie abgeschlossen sein. Auch wenn Psychiater und Psychologen erklärende Deutungen zuhauf geben konnten, für die Eltern blieben viele Fragen trotzdem offen. Viele Warum würden ihr weiteres Leben begleiten.

»Gut, dann weiß ich jetzt Bescheid«, sagte Gerhard. »Danke, dass ihr euch die Mühe gemacht habt, mir den Sachverhalt so ausführlich darzustellen. Ich stecke emotional viel zu tief in dieser Sache, als dass ich sie einfach beiseite schieben könnte, so als wäre nichts geschehen.«

Er erhob sich und griff nach seiner Jacke, als ihm noch etwas einfiel.

»Du, Gunter, du hast doch bestimmt die Adresse der Sauras in den Akten. Sei so gut und schreib sie mir auf.« Erklärend fügte er hinzu: »Ich fahre mit Franziska in der nächsten Woche nach Mallorca, nach Port d'Andratx. Unser Sohn Matthias, der als Reiseleiter auf Mallorca arbeitet, hat am 12. Februar Geburtstag. Wir wollen gemeinsam diesen Tag feiern und anschließend noch eine Woche die Sonne genießen. Möglich, dass ich den Eltern Sauras einen Besuch abstatte. Es könnte für sie tröstlich sein, mit jemandem zu sprechen, der das Geschehen um den Tod ihres Sohnes aus nächster Nähe erlebt hat.«

»Gute Idee, Heiner«, stimmte Montag zu und reichte ihm das Blatt, auf das Gunter inzwischen die Adresse geschrieben hatte. Dann fiel ihm etwas ein und er öffnete die oberste Schreibtischschublade. »Tu mir doch bitte einen Gefallen, Heiner. Wir haben bei Rücksendung des Rucksacks und der anderen Gegenstände, die der Tote bei sich trug, vergessen, diese kleine Tüte mitzusenden.« Er entnahm der Schublade einen Plastikbeutel und legte ihn vor Gerhard. »Seine Uhr und der Ring, den er an der linken Hand trug. Wenn du sowieso zu den Sauras fährst, könntest du doch beides mitnehmen und der Familie übergeben. Und, bitte, übermittel den Eltern auch unsere Anteilnahme. Glaube mir, auch an Polizisten geht so ein grässlicher Tod nicht spurlos vorüber.«

Gerhard steckte die Plastiktüte in die Jackentasche. Die Kaffeebecher waren längst ausgetrunken, die Kanne leer, auf dem Tisch lag noch eine letzte Mohnschnecke.

»Ihr wollt doch nicht etwa dieses einsame Gebäckstückchen übrig lassen«, beschwerte sich Gerhard, der schon auf dem Weg zur Tür war.

Die beiden Kommissare wechselten einen Blick. Dann sagte Montag, der sich alle Mühe gab, gequält auszusehen, was ihm jedoch misslang: »Eigentlich hast du Recht. Es wird ganz trocken, das Teilchen, wenn wir es liegen lassen. Gunter, wollen wir teilen, die eine Hälfte du, die andere ich?«

»Ehe ich mich schlagen lasse«, brummte der Oberkommissar und nahm die halbe Mohnschnecke, die Montag ihm reichte.

Gerhard öffnete die Tür und trat auf den Flur. Ehe er ging,

rief er noch einmal zurück: »Macht's gut, und nochmals vielen Dank.«

Die beiden Polizisten, die sich gerade die letzten Bissen einverleibt hatten, bewegten die Lippen. Gerhard ahnte, dass das undeutliche Geräusch, das aus ihrem Mund kam, so etwas wie ein Abschiedsgruß ihrerseits sein sollte.

Lächelnd stieg er die Treppe hinunter, nickte noch einmal der hübschen Beamtin zu und verließ die Polizeistation. Ein sanfter, warmer Wind war inzwischen aufgekommen. Er kam aus Südwest, aus der Richtung, in der Mallorca lag. Gerhard freute sich auf die Reise, die er in wenigen Tagen dorthin antreten würde. Er freute sich auf die blühende Insel, auf das Wiedersehen mit seinem Sohn und auf die Zeit, die er zusammen mit Franziska verbringen würde.

Er zog seine Winterjacke aus und legte sie auf den Rücksitz seines Wagens. Er bedauerte, mit dem Auto gekommen zu sein, wie viel lieber wäre er jetzt zu Fuß nach Hause gegangen.

8

»Was bin ich froh, dass wir einen Fensterplatz bekommen konnten.« Franziska drehte sich halb um und sah ihn mit staunenden Kinderaugen an. Dann schaute sie wieder hinunter auf das Land, über das gerade ihr Flugzeug glitt. Gerhard beugte sich ganz zu ihr hin, sein Kopf lag eng an dem ihren. Gemeinsam genossen sie den Anblick, der sie jedes Mal erneut in seinen Bann zog, wenn sie Mallorca überflogen.

Heute war ein außergewöhnlich klarer Tag mit guter Sicht. Die Insel präsentierte sich so deutlich wie noch nie unter ihnen, wie eine Spielzeuglandschaft, die mit flachen Händen modelliert und geformt worden war, ohne Kanten und Ecken. Selbst die Gebirgskolosse des Tramuntana hatten ihre Schroffheit verloren. Die großen Buchten von Pollensa und Alcudia, über die sie eingeschwebt waren, sahen von hier oben so rund und glatt aus, als seien sie mit der Sandkuchenform ausgestochen worden.

»Schau, die Albufera.«

»Der Puig Major.«

»Da hinten Inca und Santa Magdalena.«

Sie warfen sich die geografischen Objekte gegenseitig zu und gaben sich damit zu verstehen, dass sie ihre Insel kannten, dass sie die vertrauten Orte, Städte und Landschaften wiedererkannten, so wie man einen liebgewordenen Menschen an Haltung, Gang und Schritt, an seinem Lächeln und an seinen Gesten erkennt und die Arme ausbreitet, um ihn zu empfangen.

Franziska ergriff die Hand ihres Mannes, streichelte sie eine Weile gedankenverloren und erinnerungsvoll, dann sagte sie nur: »Ich freue mich.« Auf was sie sich freute, sprach sie nicht aus. Gerhard wusste, dass er und die gemeinsamen Stunden einen gewichtigen Teil dieser Vorfreude darstellten, aber er war sich nicht sicher über die Größenordnung, denn immerhin erwartete dort unten ein Sohn seine Mutter oder auch umgekehrt.

Nach einer weiten Rechtskurve begann die Maschine mit dem Landeanflug auf den Flughafen von Palma.

Wenig später traten sie in die warme Sonne eines mallorquinischen Februarnachmittags. Matthias war nicht gekommen, um sie abzuholen. Er hatte ihnen beim letzten Telefongespräch angedeutet, dass er während ihrer Ankunftszeit höchstwahrscheinlich arbeiten müsse. Franziska, die Mutter, war natürlich enttäuscht.

Als sie das Flughafengelände verließen und ihren Mietwagen in den lebhaften Verkehr der vierspurigen Autovia in Richtung Palma einfädelten, fragte Gerhard überflüssigerweise: »Außen rum oder an der Kathedrale vorbei?«

»Natürlich am Meer entlang«, antwortete Franziska, die zwar wusste, dass die Umgehungsautobahn der schnellste Weg zu ihrem Sohn war, die aber dennoch die Hafenpromenade von

Palma, einer der schönsten und eindruckvollsten Straßenverläufe der Welt, vorzog.

Als sie Port d'Andratx erreichten, stand die Sonne schon tief im Westen. Der kleine Hafenort an der Ostseite einer nahezu kreisrunden Bucht war in warmes Licht getaucht.

Ihr Hotel »Brismar« lag, nur durch die Ortsstraße getrennt, an der Hafenmauer, gegen die sanft die leichte Dünung schlug. Aus ihrem Zimmer hatten sie jenen wundervollen Blick über die Bucht, der ihnen von einem früheren, dreißig Jahre zurückliegenden Aufenthalt in dieser Stadt in Erinnerung geblieben war.

»Lass uns duschen und dann einen schönen Spaziergang machen. Erinnerungen auffrischen an damals«, schlug Gerhard vor.

Auf ihrem Rundgang um die Bucht, den sie kurze Zeit später antraten, blieben sie immer wieder stehen. »Weißt du noch?« Es gab vieles, an das sie sich gemeinsam erinnerten, manches hingegen wusste nur noch der eine Partner, der das Gedächtnis des anderen erst auffrischen musste. Einiges jedoch war nur noch ganz verschwommen erinnerlich. »Hier irgendwo«, begann dann meist der hilflose Versuch, Vergangenes, Vergessenes wieder gegenwärtig zu machen.

Als sie in ihr Hotel zurückkehrten, warteten Matthias und Susann, seine Freundin, schon an der Rezeption. Franziska stürzte sich sofort auf ihren Sohn, der sie um gut einen Kopf überragte und drückte und herzte ihn in einer Intensität, die sich seit seinen Kindertagen nicht vermindert hatte und die sich voraussichtlich bis in sein Seniorenalter, sofern sie es erleben sollte, nicht ändern würde.

Gerhard begrüßte seinen Sohn gesetzter, drückte ihn aber nicht weniger herzlich an sich und gratulierte ihm zu seinem Geburtstag. »Lasst uns vor dem Essen erst noch einen Nostalgietrunk nehmen«, schlug er vor, nachdem sie auch Susann begrüßt hatten, und ging voran in den Aufenthaltsraum des Hotels, den sie früher immer großartig als Salon bezeichnet hatten.

Hier war fast alles noch so, wie es vor dreißig Jahren gewesen war: Tische und Stühle, vielleicht neu gepolstert inzwischen, die gleichen altertümlichen Wandlampen, die kleine Theke mit den lehnenlosen Barhockern und schließlich der offene Kamin, in dem jetzt wie vor Jahren ein anheimelndes Feuer brannte. Hier um den runden Tisch, an den sie sich jetzt setzten, hatten sie seinerzeit an langen Abenden oft gesessen und in die wärmende Glut geschaut. So wie damals blickten sie auch jetzt in die hellen Flammen, die aus dicken Olivenscheiten züngelten, und die Kinder hörten den Eltern zu, die von alten Zeiten erzählten.

Einmal fragte Gerhard seine Frau: »Verspürst du Wehmut, wenn du daran denkst, dass inzwischen dreißig Jahre vergangen sind?«

Nach kurzem Nachdenken schüttelte Franziska den Kopf. »Nein, Heinrich, Wehmut empfindet man, wenn etwas vorbei ist, das nicht wiederkommt, vielleicht unwiederbringlich. Dabei meine ich gar nicht einzelne Episoden, Ereignisse, wie sie immer im Verlauf eines Lebens kommen und gehen. Ich meine vielmehr die großen, positiven Gefühlslagen: Zufriedenheit, Erfüllung, Glück. Solange ich diese noch in mir spüre, gibt es für mich keinen Anlass zu Wehmutsgedanken.« Mit einem Blick auf den Sohn, der, die Hand der Freundin in der seinen, der Mutter lauschte, schloss sie mit einer ausholenden Handbewegung: »Alles hat seine Zeit, alles vergeht, um Raum zu schaffen für Neues. Jetzt habe ich euch, wie soll da Wehmut in mir aufkommen?«

Am nächsten Morgen gingen sie getrennte Wege. Nach einem ausgiebigen Frühstück, das sie auf der verglasten Veranda ihres Hotels eingenommen hatten, fuhr Franziska mit dem Wagen in den Nordosten der Insel. Einige Unklarheiten mit den Hotels, in denen sie ihre Reisegruppen unterbringen wollte, mussten ausgeräumt werden.

Gerhard entschloss sich, die Zeit der Abwesenheit seiner Frau zu nutzen und den geplanten Besuch bei der Familie Sauras in Andratx zu machen. Seine ursprüngliche Absicht, mit dem Bus zu fahren, hatte er augenblicklich geändert, als er in den lichten Morgen hinausgetreten war und die wärmenden Sonnenstrahlen auf der Haut gespürt hatte. Nein, die wenigen Kilometer würde er zu Fuß bewältigen. Er machte sich auf den Weg, landeinwärts Richtung Norden. Die Mandelbaumplantagen, die er passierte, waren jetzt voll erblüht, in den Wiesen und Gärten wuchsen Blumen in allen Farben und der falsche Klee färbte ganze Hänge und Äcker gelb. Der Frühling hatte auf Mallorca schon begonnen.

Nach einer guten Stunde Fußmarsch erreichte Gerhard die ersten Häuser von Andratx. Er kannte sich von früheren Besuchen einigermaßen in der Stadt aus. Es war nicht schwer, sich zurecht zu finden. Die Straßen und Gassen waren gerade und weitgehend rechtwinklig angelegt und führten sanft bergan zur zentralen *Plaza España*.

Gerhard kramte aus seiner Jackentasche die Adresse der Familie Sauras. Aus Gunters Schilderung wusste er, dass sich das Haus in der Nähe der Plaza befand. Er bog in den *Carrer de sa constitució* ein, deren Anstieg er bis zu ihrem Ende folgte, und gelangte auf den palmen- und pinienbestandenen Platz, der den geografischen und gesellschaftlichen Mittelpunkt der Stadt bildete. Um das von Oleander und Hibiskus eingefasste Platzinnere herum hatten die umliegenden Cafés ihre Tische und Stühle aufgestellt. Jetzt am Vormittag waren lediglich die Plätze, die in der Sonne lagen, spärlich besetzt.

Gerhard betrat eines der Cafés und bat um Auskunft, wie er das Haus der Sauras finden konnte. Der Mann hinter der Theke zögerte. Er war sich offensichtlich nicht sicher, wie er sich verhalten sollte. Unschlüssig wandte er sich dem Regal an der Rückwand zu, ordnete einige Gläser und stellte Flaschen gerade. Schließlich jedoch drehte er sich wieder zu Gerhard um und erklärte ihm, wie er zu dem Haus gelangen konnte.

Es war tatsächlich nur eine kurze Entfernung von der Plaza bis dahin, nur wenige hundert Meter. Auf den schmalen Gehsteigen musste Gerhard stets auf der Hut sein, nicht in eines der vielen Löcher zu treten, die der unebene Plattenbelag aufwies, oder von einem Auto, das zentimetergenau zwischen die beiden Bürgersteige der engen Gasse zu passen schien, angefahren zu werden.

Als er vor dem Haus stand, war er zunächst irritiert. Nach Gunters Beschreibung hatte er erwartet, ein hochherrschaftliches Gebäude mit überdachtem Portal und dekorativer Eingangsfassade vorzufinden. Stattdessen stand er vor einer Mauerwand, die keinerlei Schmuck oder Verzierungen aufwies. Die zwei einzigen Fenster waren durch blaue Läden verschlossen. Lediglich eine große Eingangstür aus dunklem Holz mit einer Vielzahl von figurativen Schnitzereien ließ darauf schließen, dass in diesem Haus wohlhabende Leute wohnten.

Gerhard schaute noch einmal auf den Zettel. Hausnummer und Straße stimmten, dies hier musste das Haus der Sauras sein. Dann fiel ihm ein, wie oft in Spanien sich hinter unscheinbaren Fassaden prächtige Innenhöfe mit schattigen Bogengängen und prachtvollen Treppenaufgängen verbargen, die vom Wohlstand der Besitzer zeugten. Und nicht selten lagen hinter den rückwärtigen Hauspartien ausgedehnte Gärten, die gelegentlich parkähnliche Ausmaße hatten.

Gerhard drückte auf den Klingelknopf, der, ohne dass ein Namensschild Hinweis auf die Bewohner gab, im Mauerwerk neben der Eingangstür eingelassen war. Ein gebrochener Dreiklang – oder war es ein Vierklang? – ertönte. Im Hausinnern rührte sich nichts. Gerhard betätigte noch einmal die Türklingel. Jetzt war er sich sicher, es war ein Vierklang, ein Mollakkord, der aber ebenso wenig wie die erste Tonfolge einen Erfolg zeitigte. Es war wohl niemand zu Hause. Oder wohnte die Familie Sauras nicht mehr hier?

Gerhard beschloss, Alonso zu fragen. Erneut überquerte er die *Plaza España*, stellte fest, dass mit dem Wandern der Sonne und mit dem Eintauchen weiterer Tisch- und Stuhlreihen in ihren wärmenden Strahlungsradius die Zahl der Gäste, die neben ihrem Kaffee ein Sonnenbad nahmen, deutlich zugenommen hatte, bog auf die *Avenida Juan Carlos* I ein und folgte ihr bis zur *Plaza des Pou*. Dort fand er Alonso, der mit der Schulter an den Rahmen gelehnt in der Tür seiner Gaststätte stand und offensichtlich Ausschau nach Gästen hielt, denn bis auf ein junges Pärchen waren Tische und Stühle, die er auf dem kleinen Platz aufgestellt hatte, leer. Seine »Bar cubano« lag etwas abseits, aber immerhin an der Straße, die hinauf zur Kirche führte. Das gab ihm die Hoffnung, dass der kunstbeflissene Tourist früher oder später an seiner Kneipe vorbeikommen musste und zumindest die Möglichkeit bestand, dass er auch hereinkam.

Als Gerhard jetzt über den Platz auf ihn zukam, stutzte Alonso kurz und versuchte, in seinen Erinnerungen die richtige Schublade zu finden. Dann aber, als er Gerhard erkannte, kam er ihm mit ausgestreckter Hand entgegen.

»*Hola, doctor*«, rief er in einer solchen Lautstärke, dass halb Andratx seine Begrüßung mitbekommen musste. »Bist du aus ‚Hessisch Sibirien' wieder in die Sonne von Mallorca gekommen.« Er schüttelte Gerhard kräftig die Hand und schlug ihm auf die Schulter.

»Hallo, Alonso, wie geht es dir? Was macht das Geschäft?«, fragte Gerhard, während sie die Bar betraten.

»Ah«, knurrte der Wirt mit einer wegwerfenden Handbewegung. Er deutete nach draußen: »Du siehst selbst, die Gäste kommen nicht mehr so wie früher. Die fetten Jahre sind vorbei.« Er hob die Arme, als wolle er sich dem Schicksal ergeben.

»Na, Kopf hoch, Alonso; im Sommer werden auch die Touristen wieder strömen. Machst du mir einen café con leche?«

»*Claro, amigo.*«

Alonso hatte einige Jahre als Gastarbeiter in Deutschland, genauer gesagt in Baunatal bei VW gearbeitet. Auf dieser gemeinsamen nordhessischen Basis war Gerhard vor zwei, drei Jahren bei einem seiner Besuche in der »Bar cubano« mit dem

Wirt ins Gespräch gekommen, hatte festgestellt, dass zwischen ihnen viele verbindende Anknüpfungspunkte bestanden: Örtlichkeiten im Kasseler Raum, die sie beide kannten, Vereine, die sie gleichermaßen bewunderten. Sie hatten ihre gemeinsamen Kenntnisse ausgetauscht und einen halben Abend damit verbracht, in Erinnerungen zu schwelgen, sehr zum Leidwesen der übrigen Gäste, die, wenn Alonso gerade ein wichtiges Spiel seines KSV Hessen Kassel rekapitulierte, länger als gewöhnlich auf ihr Bier oder ihren Wein warten mussten. Ihre gemeinsamen Bindungen an »Hessisch Sibirien«, wie der Nordhesse selbstironisch seine Region nannte, hatten ihrer Bekanntschaft einen persönlichen Stempel aufgedrückt und sie über das normalerweise lockere Verhältnis eines Wirtes zu seinem Gast herausgehoben.

»Machst du Urlaub in Mallorca?«, fragte Alonso, während er den Kaffee auf die Theke stellte.

»Urlaub? Wie man's nimmt.« Gerhard erzählte vom Geburtstag seines Sohnes, den beruflichen Verpflichtungen seiner Frau und erwähnte die im Herbst ins Auge gefasste Wandertour in diesem Inselteil, den zu erkunden ein Hauptmotiv für die Reise darstellte.

»Aber du weißt, wie viel Freude mir diese Wandererkundungen machen. Also doch Urlaub, wenn du so willst.«

Inzwischen waren neue Gäste gekommen, Alonso hatte kurzfristig alle Hände voll zu tun, das Bestellte nach draußen zu bringen. Als er mit dem leeren Tablett zurückkehrte und wieder hinter die Theke gegangen war, fragte ihn Gerhard: »Du, Alonso, – die Familie Sauras – wohnt die noch in der« – Gerhard schaute auf seinen Zettel – »*Carrer des metge D. Gaspar Pujol*?«

Der Wirt, der gerade dabei war, das Tablett mit einem Lappen abzuwischen, hielt in seiner Tätigkeit inne und schaute Gerhard verwundert von der Seite her an. »Warum willst du das wissen?«

»Ich muss dort etwas abgeben«, antwortete Gerhard. »Ich

hatte vorhin schon einmal versucht, einen Besuch bei den Sauras zu machen, aber auf mein Klingeln hat niemand aufgemacht.«

»Das ist auch nicht verwunderlich, denn vormittags sind beide Sauras normalerweise nicht zu Hause. Der Professor hält dann Vorlesungen an der Universität und Alicia, seine Frau, unterrichtet Klavierschüler an einer privaten Musikschule in Palma.« Alonso kam um die Theke herum und stellte sich neben Gerhard. »Es ist kein guter Zeitpunkt, jetzt dort einen Besuch zu machen«, sagte er und fügte in einem für ihn ungewöhnlich gedämpften, fast traurigen Ton hinzu: »Über die Familie ist das Unglück gekommen.« Er ging zur Tür, schaute kurz hinaus, um zu sehen, ob seine Gäste noch irgendwelche Wünsche hatten. Als er wieder eintrat, sagte er leise: »Der Sohn hat sich vor einigen Tagen das Leben genommen.«

»Ich weiß, ich war Zeuge, als man seine Leiche fand.«

»Du?«, fragte Alonso ungläubig. Er setzte sich neben Gerhard. »Du warst Zeuge?«

Gerhard gab einen kurzen Abriss der Umstände, unter denen der Tote gefunden wurde, fasste die Ermittlungsergebnisse, die auf einen Selbstmord hindeuteten, zusammen und schloss: »Ein Ring und die Armbanduhr von Jaime Sauras wurden versehentlich nicht mit zurückgesandt. Die will ich nun den Eltern bringen.«

Der Wirt hatte schweigend zugehört, jetzt stand er auf und trat wieder hinter die Theke. »Geh um ein Uhr hin, dann ist zumindest der Professor zu Hause.«

»Angeblich sollen die Sauras eine angesehene und wohlhabende Familie sein. Ihr Haus aber, vor dem ich vorhin stand, macht nicht gerade den Eindruck, reichen Bewohnern zu gehören.«

»Das täuscht. Im Innern ist es eines der prachtvollsten Häuser dieser Stadt mit einem Patio, der fast so groß ist wie dieser Platz«, er wies nach draußen, »und einem Garten, in dem man sich verlaufen kann. Die Sauras zählen zu den reichsten Familien in Andratx.« Er stockte und fuhr bekümmert fort: »Zumindest war das früher so, heute ist von dem Reichtum offenbar nicht mehr viel geblieben.«

»Wie meinst du das?«, forschte Gerhard.

»Nun, es gibt einige Anzeichen, die darauf hindeuten, dass das Geld der Sauras knapp zu werden beginnt.« Alonsos Gesicht drückte Besorgnis aus. »Vor einem Monat wurde das Hausmädchen entlassen, die letzte des vierköpfigen Personals, das noch vor zwei Jahren für die Familie tätig war. Offensichtlich können sich die Sauras kein Personal mehr leisten.«

»Und wer macht jetzt die Arbeit, die bei einem so großen Anwesen anfällt?«

»Niemand. Nach der Entlassung des Gärtners verwildert der Garten und ohne Putzfrau kann ein solch großes Haus nicht sauber gehalten werden. Es ist ein Jammer, wie alles verkommt und verfällt.« Er seufzte und hob die Schultern, eher als Ausdruck des Mitleids als des Vorwurfes. »Francisco Sauras, der Professor, hat sich in den letzten Monaten völlig zurückgezogen, er nimmt so gut wie nicht mehr teil am Leben und den Ereignissen in der Stadt. Dabei war er früher trotz seines Titels und seines hohen Ansehens ein lustiger, geselliger Mensch. Da, wo du jetzt sitzt, hat er oft gesessen, getrunken und grobe Späße gemacht. Aber, wie gesagt, seit einiger Zeit ist er wie verwandelt. Früher hätte er auch selbst angepackt, um seinen Garten in Ordnung zu halten. Jetzt aber lässt er alles schleifen und kümmert sich um nichts mehr.«

»Ja, aber warum? Wenn ich dich richtig verstanden habe, hat diese Veränderung in Francisco Sauras schon lange vor dem Tod seines Sohnes stattgefunden, kann also mit dessen Selbstmord nichts zu tun haben. Hast du vielleicht eine Erklärung?«

Von draußen riefen Gäste, die bezahlen wollten. Alonso legte die Kassenbons auf ein Tellerchen. »Möglicherweise hat es etwas mit der schweren, seelischen Krise zu tun, die sein Sohn nach einem Verkehrsunfall, bei dem er seine Freundin zu Tode gefahren hat, durchmachte.« Er zuckte mit den Schultern, nahm das Tellerchen auf und ging hinaus.

Gerhard trank seinen inzwischen kalt gewordenen Kaffee aus. Er schaute auf die Uhr. Bis eins blieb ihm noch über eine Stunde Zeit. Er wollte noch ein bisschen im Ort bummeln, zur Kirche hinaufgehen und vielleicht auch den Friedhof besuchen, bevor er sich nochmals zum Haus der Sauras begeben würde. Er war jetzt neugierig, den Professor kennen zu lernen, nach dem, was er eben über ihn gehört hatte.

Aber wie hing das alles zusammen? War da überhaupt ein Zusammenhang zwischen den Veränderungen im Verhalten des Professors und den finanziellen Schwierigkeiten der Familie Sauras? Und wie spielte der Tod der Freundin von Jaime da mit hinein? Wenn er sich richtig erinnerte, lag dieses Unfallereignis gerade mal ein Jahr zurück. Er musste Klarheit haben.

»Weißt du denn«, fragte Gerhard, als Alonso mit dem Tellerchen, auf dem ein 50-Euro-Schein lag, zurückkehrte, »wann in etwa die Geldschwierigkeiten der Sauras begannen? War das ein plötzliches Geschehen oder eher ein schleichender Prozess?«

Alonso, der gerade die Kassenschublade herausgezogen hatte, um ihr das Wechselgeld zu entnehmen, verharrte einen Moment, als müsse er sich konzentrieren und nachdenken. »Ich würde sagen, vor zwei Jahren begann augenfällig zu werden, dass der Professor finanziell in Nöten war. Ja, fast genau zwei Jahre ist es her, da verkaufte er seinen Mercedes, für mich ein erster Hinweis auf einen Finanzierungsengpass. Die Familie begnügte sich fortan mit dem Kleinwagen seiner Frau. Ich weiß das deshalb so genau, weil ich den Mercedes gekauft habe. Einen 300 SL, er steht hinter dem Haus«, sagte er stolz und ging mit dem Wechselgeld nach draußen. »Nur wenig später war dann die Entlassung von Pilar«, erinnerte sich Alonso, als er zurückkam. »Pilar wohnt auf der anderen Seite des Platzes, sie hatte damals den Haushalt der Sauras geführt und als Köchin fungiert und war völlig überrascht, als sie erfuhr, dass sie gehen musste.«

»Und in dieser Zeit, vor zwei Jahren also, begann sich Francisco Sauras zu verändern, wurde verschlossen, teilnahmslos, zog sich zurück? Ist das richtig?«

Nach kurzem Nachdenken nickte Alonso: »Ja, das könnte stimmen.«

»Und einen Grund für die finanziellen Schwierigkeiten, gibt es den?«

»Es wird viel geredet in so einem kleinen Ort. An den Einnahmen kann es nicht liegen, denn die sind unverändert geblieben. Beide Sauras sind noch im gleichen Beruf wie früher tätig und verdienen das gleiche.«

»Was wird denn so geredet?«, hakte Gerhard nach.

Alonso fuhr mit dem Handrücken über die Thekenplatte, als wollte er dort die Fliegen verscheuchen; offenbar hatte Gerhard ein heikles Thema berührt. »Na, so allerlei, zum Beispiel spricht man davon, dass er spielt.«

»Spielt?«

»Ja, Roulett oder so etwas Ähnliches. Vielleicht lässt er sein Geld auch in diesen Spielsalons mit den Automaten. Ich habe gelesen, dass das Spielen an diesen Apparaturen zu einer regelrechten Sucht werden kann.«

»Das ist richtig. Manche Menschen bringen sich um Haus und Hof, weil sie nicht mehr damit aufhören können, Geldstücke in den Schlitz zu werfen. Aber ein Professor, ein geachteter Musikpädagoge, das erscheint mir doch ein bisschen unwahrscheinlich.«

»Ist ja auch nur ein Gerücht, genauso wie das, dass eine andere Frau existiert, die er mit Geld versorgt. Tatsache ist jedenfalls, dass er in regelmäßigen Abständen größere Geldsummen abhebt, von denen keiner weiß, wofür er sie verwendet.«

»Und woher weißt du das mit dem Geldabheben?«

»Ich sagte doch, wir leben in einem kleinen Ort.«

»Aber das Bankgeheimnis?«

»Existiert offiziell auch bei uns.« Alonso drehte sich abrupt zu einem Regal, entnahm diesem eine eigenwillig geformte, dickbauchige Flasche mit einer grünen Flüssigkeit, in der alle möglichen Stengel, Blätter und Kräuter schwammen. Er goss schweigend zwei Gläser voll.

Gerhard erkannte, dass er zu weit gegangen war mit seiner Fragerei. Ihn, den Fremden, was hatte ihn geritten, plötzlich so viel Interesse an der finanziellen Notsituation eines geachteten Andratxer Bürgers zu zeigen.

»*Salud!*« Alonso hob sein Glas, Gerhard nahm das seine. »Tut mir leid, ich hätte nicht so viel fragen sollen«, bedauerte er.

»Schon gut«, winkte Alonso ab. Gerhard kippte seinen *Hierbas* hinunter.

»Übrigens bist du nicht der einzige, der an den Sauras interessiert ist. Vor einigen Wochen war schon einmal ein junger Deutscher hier, der sich nach dem *Carrer des metge D. Gaspar Pujol* erkundigte. Er hat nicht ausdrücklich nach dem Haus der Sauras gefragt, aber als er mir den aufgeschriebenen Straßennamen, den er wohl nicht aussprechen konnte, zeigte, konnte ich darüber den Namen Francisco Sauras lesen.«

»Hhm«, machte Gerhard, aber er hatte keine Möglichkeit zu einer weiteren Nachfrage, da sich in diesem Moment eine größere Gruppe Touristen, ganz offensichtlich Engländer, wie die bleiche Hautfarbe und die koloniale Khakikleidung verrieten, der »Bar cubano« näherte.

Gerhards Versuch, zu bezahlen, scheiterte: »Nimm's als Begrüßungstrunk«, sagte Alonso und verschwand mit Block und Stift nach draußen, um die Bestellungen aufzunehmen.

Er verließ die Bar und stieg hangaufwärts zum Friedhof hinauf. Er war gern hier oben über der Stadt, über den Dingen des Lebens, die an einem solchen Ort einiges ihrer Wichtigkeit und Bedeutung verloren.

Gerhard betrachtete, während er langsam an den Gräbern vorbeiging, die Fotos der Verstorbenen, die neben den Inschriften auf den Deckplatten der Grabnischen angebracht waren. Er mochte diese südländische Sitte, sie gab Trost und ein Gefühl von lebendigem Verbundensein, wenn man dem Toten in die Augen schauen konnte. Ein Zwiegespräch mit einem Menschen von Angesicht zu Angesicht war leichter zu führen als mit einer bloßen Grabinschrift.

Vor einer Grabplatte blieb er stehen. Auf ihr waren die Fotos eines alten Mannes und einer attraktiven, jungen Frau zu sehen. Als er die dazugehörigen Grabinschriften las, die neben dem Namen der Toten auch deren Alter und Sterbetag angaben, musste er lächeln. Er war nicht amüsiert, eher berührt von dieser wundervollen, menschlichen Geste, aus der soviel Lebendiges sprach. Der Mann hatte ein Alter von 70 Jahren erreicht, die Frau war 89 geworden.

Pünktlich um ein Uhr stand Gerhard vor dem Haus der Sauras und betätigte die Klingel. Wieder verhallte das akustische Zeichen, ohne dass sich im Innern des Hauses etwas rührte. Gerhard drückte noch einmal auf den Knopf. In dem obersten Ton des Vierklangs, der noch leise nachklang, mischte sich jetzt das Geräusch des Drehens eines Schlüssels. Die Tür öffnete sich einen Spalt und zeigte das Gesicht eines Mannes, der in augenscheinlicher Abwehrhaltung Gerhard musterte.

»*Si?*«, fragte er mit einer klaren Stimme, die nicht zu dem eingefallenen, blassen Gesicht passte. »*Si? Qué quiere Usted?*«

»Mein Name ist Heinrich Gerhard. Ich komme aus Deutschland, war dabei, als man Jaime fand und habe eine Uhr und einen Ring Ihres Sohnes, die ich Ihnen bringen möchte.«

Gerhard hatte Angst, die Tür könnte sich jeden Augenblick wieder schließen, bevor er sein Anliegen vorgetragen hatte, deshalb legte er ein Möglichstes an Informationen in seinen ersten Satz. Nach Sekunden absoluter Stille, als Gerhard schon befürchtete, nicht verstanden worden zu sein, und er gerade dazu ansetzte, eine erneute Erklärung für seinen Besuch zu geben, öffnete die Tür sich ganz.

Der Mann, der vor ihm stand, machte eine müde, einladende Handbewegung und sagte in perfektem Deutsch: »Kommen Sie herein. Ich bin Francisco Sauras, der Vater von Jaime.« Er streckte Gerhard seine Hand entgegen, an der er die gleichen feingliedrigen Finger erkannte, die er bei dem Toten damals bemerkt hatte. Der Händedruck war kräftig und widersprach der hinfälligen Gestalt, die mit hängenden Schultern und hohlwangigem Gesicht vor ihm stand.

»Ich hoffe, ich komme nicht ungelegen, und ich hätte Verständnis dafür, wenn Sie nicht mit mir sprechen wollen«, sagte Gerhard, der sich jetzt auch seiner Heimatsprache bediente. Er erinnerte sich daran, dass der Professor einige Jahre in Marburg gelebt und unterrichtet hatte und deshalb mit der deutschen Sprache vertraut sein musste.

»Jeder, der mich in diesen Tagen aufsucht, kommt ungelegen. Aber treten Sie bitte trotzdem ein.«

Gerhard betrat einen dunklen, langen Flur, der, als sich die Haustür hinter ihm schloss, sein einziges Licht von einem Glasfenster erhielt, das an seinem Ende eingelassen war und den Blick auf einen Innenhof erlaubte. An jeder Wand des Ganges befand sich ein Zugang zu den Räumen des Hauses.

Francisco Sauras öffnete die Tür auf der linken Flurseite und bat Gerhard mit einer stummen Geste, ihm zu folgen. Der Raum, in den sie eintraten, wurde offensichtlich als Lese- und Arbeitszimmer genutzt. Wie in einer Bibliothek standen an den Wänden hohe Regale voller Bücher und Zeitschriften, auch Partituren von Opern und anderen klassischen Werken konnte Gerhard erkennen. Der niedrige Schreibtisch unter dem Fenster war bedeckt mit aufgeschlagenen Notenheften. Über einem zur Hälfte beschriebenen Blatt Papier lag quer ein offener Füllfederhalter; offenbar war der Professor gerade dabei gewesen, etwas auszuarbeiten und aufzuschreiben.

Gerhard blickte aus dem Fenster auf ein rundes Beet mit einem Brunnen, das sich in der Mitte des Patio befand. Das Unkraut wucherte, das Wasser war versiegt und durch einen Torbogen, der sich an der gegenüberliegenden Seite des Innenhofs befand, konnte er den dahinterliegenden Garten erkennen. Er sah, dass Büsche, Bäume und Wege dort sich in dem gleichen vernachlässigten Zustand befanden.

»Bitte, nehmen Sie doch Platz.« Der Professor wies auf einen hochlehnigen, gepolsterten Stuhl, der wie auch das übrige Mobiliar in diesem Zimmer aus einem dunklen Holz angefertigt war. »Ich wäre sehr daran interessiert, wenn Sie mir alles, was Sie über den Tod meines Sohnes wissen, erzählen würden. Und, bitte, ohne Auslassung von Details und ohne falsche Rücksichtnahme auf die Gefühle eines Vaters, der inzwischen gelernt hat, mit Schicksalsschlägen fertig zu werden.«

Es war deutlich, dass es ihn große Anstrengung kostete, seiner Stimme eine Festigkeit und Sachlichkeit zu geben, die den wahren Gefühlen seines Innern nicht entsprach.

Gerhard berichtete. Er kam der Aufforderung des Vaters nach und erzählte ohne schönende Veränderungen in allen Einzelheiten von der Auffindung und dem Verschwinden des Rucksacks, von der Entdeckung des Toten am Bahndamm und von den polizeilichen Erkenntnissen, die die Selbstmordthese stützten. Lediglich, als er davon sprach, wie er den Toten vorgefunden hatte, unterbrach ihn der Professor und wollte wissen, ob die Lage des Körpers den Eindruck von etwas Lächerlichem, Würdelosem vermittelt hätte.

»Nein«, konnte Gerhard, ohne die Unwahrheit zu sagen, beruhigen, »Jaime strahlte auch im Tod noch Würde und Haltung aus. Der Ausdruck seines Gesichts war der eines Menschen, der auf der Suche war nach etwas, was er noch nicht gefunden hatte. Ich weiß nicht, wie ich es beschreiben soll, es war ein Gesicht, das absolut nichts Lächerliches hatte, das im Gegenteil durch einen für einen jungen Menschen ungewöhnlichen Ernst beeindruckte.« Gerhard wusste nicht, ob seine Worte ein Trost für den Vater bedeuteten oder ihm den Verlust eher noch schmerzlicher erscheinen ließen.

Als er am Ende seines Berichtes angelangt war, griff er in seine Tasche und holte Ring und Uhr hervor, die er auf den Schreibtisch legte.

Francisco Sauras betrachtete die Gegenstände, ohne sie in die Hand zu nehmen.

»Der Ring von Maria«, sprach er vor sich hin. Er blickte

seinen Gegenüber an. »Kennen Sie die unglückliche Geschichte mit Maria?«

Gerhard nickte: »Ich weiß von dem Unfall und dem Tod seiner Freundin. Ich nehme an, dass das Maria war?«

»Eine schlimme Zeit, damals nach dem Unfall. Jaime gab sich alle Schuld. Wir haben geglaubt, er würde daran zerbrechen.«

Nun nahm er den Ring doch auf, hielt ihn zwischen zwei Fingern und drehte ihn langsam. »Sie können sich nicht vorstellen, welche Erleichterung es für uns, meine Frau und mich, bedeutet hat, als Jaime langsam wieder aus seinem Tal herauskam. Als er wieder anfing, Kontakt aufzunehmen mit uns und seiner Umgebung und endlich wieder begann, sich der Musik zuzuwenden. – Und dann dies.«

Er legte den Ring vor sich auf das halbbeschriebene Blatt, bemerkte, dass der Füllfederhalter noch immer offen war und schraubte ihn zu.

»Haben Sie denn eine Erklärung dafür, warum Ihr Sohn nach Deutschland fuhr?«, wollte Gerhard wissen.

Francisco Sauras stand müde auf, ging einige Schritte im Zimmer umher, dann lehnte er sich mit dem Rücken an ein Bücherregal und schüttelte den Kopf. Er sah dabei gedankenverloren ins Leere und antwortete, als spräche er zu sich selbst. »Nein, wir haben keine Ahnung, was er in Deutschland wollte. Jaime brach häufig auf, ohne uns wissen zu lassen, wohin er fuhr. Manchmal hat er uns mitgeteilt, wohin es ging, meist aber machte er sich auf, ohne sein Ziel zu nennen.«

»Vielleicht wollte er nach Marburg, um die Stadt kennen zu lernen, in der sein Vater früher gewirkt hatte«, versuchte Gerhard eine Erklärung. »Marburg liegt ja nicht allzu weit weg von Eschwege, dem Ort, an dem er seinen Tod fand. Wäre das möglich?«

Verwirrt schaute Sauras auf, eine gewisse Unruhe zeigte sich in seinem Blick. Dann aber beruhigte er sich wieder.

»Möglich, ja«, räumte er ein, »er hatte früher einmal davon

gesprochen, eventuell seine Klavierstudien in Marburg fortzusetzen. Aber ich glaube nicht, dass er diesen Schritt unternommen hätte, ohne uns zu informieren.«

»Gab es vielleicht irgendetwas aus Ihrer Zeit, die Sie in Deutschland verbrachten? Irgendetwas, das Sie erwähnten und von dem Sie berichteten? Vielleicht fand Ihr Sohn Interesse daran und fuhr deshalb nach Deutschland, um es sich anzusehen?«

»Nein, es gibt nichts«, stieß Sauras mit einer plötzlichen Heftigkeit hervor. Gerhard spürte die Qual, die in dieser Antwort lag, und er war sich sicher, dass der Professor nicht die Wahrheit sagte. Die ganze Fassade, die Sauras bisher mühsam aufrechterhalten hatte, brach jetzt zusammen. Zitternd hielt er sich an einer Regalstrebe fest.

Gerhard wusste nicht, wie er sich verhalten sollte. Er hatte eine aus seiner Sicht völlig harmlose Frage gestellt, hatte lediglich wissen wollen, ob es etwas gab, das die Reise des Sohnes nach Deutschland erklären konnte. Nun hatte er ganz offensichtlich einen Punkt berührt, der eine tiefe Bedeutung für Sauras besaß.

Draußen ging die Haustür. Die Schritte einer Frau, deren Absätze auf den Steinfliesen des Flurs zu hören waren, näherten sich der Tür. Der Professor richtete sich auf und strich sich mit einer hastigen Bewegung die Haare aus dem Gesicht.

»Francisco?«, rief eine weiche Frauenstimme.

»*Aquí, Alicia.*« Sauras ging zur Tür und öffnete seiner Frau, die verwundert stehen blieb, als sie Gerhard erblickte.

»Der Herr kommt aus Deutschland. Er war dabei, als man Jaime fand.« Sauras hatte sich wieder einigermaßen gefangen, seine Stimme hatte erneut ihren vorherigen klaren Tonfall angenommen. »Das ist Alicia«, stellte er seine Frau vor. Er nahm ihr die schwere Einkaufstüte, die sie in der Hand trug, ab und stellte sie auf den Boden. Dann rückte er ihr einen Stuhl zurecht und half ihr, sich darauf zu setzen.

»Meine Frau spricht leider nicht gut deutsch. Können wir uns wieder spanisch unterhalten?«

»*Desde luego*«, antwortete Gerhard und betrachtete die Mutter von Jaime. Er war verblüfft, welche Ähnlichkeit der junge Spanier mit seiner Mutter hatte: Die gleiche Feinheit der Gesichtszüge, die gleiche Harmonie von Augen, Mund und Nase, der gleiche durchgeistigte Ausdruck. Es war unbestreitbar, auch in der Mitte ihres Lebens war Alicia Sauras eine schöne Frau.

»Sie kannten unseren Sohn?«, wandte sie sich mit leiser Stimme an Gerhard.

»Nein, Liebes, der Herr hat Jaime zum ersten Mal gesehen, als er schon tot war«, antwortete Francisco Sauras an Gerhards Stelle. Er gab seiner Frau in sanften Worten einen Bericht von dem, was er kurz zuvor erfahren hatte. Die Mutter hörte schweigend zu, ihr Blick war fest auf einen Punkt der Regalwand gerichtet, aber Gerhard wusste, dass sie jetzt andere Bilder sah als die dort aufgereihten Buchrücken.

Als die Mutter den Ring ihres Sohnes in die Hand nahm, schloss sie die Augen. Die Mundwinkel waren leicht nach unten gebogen, sonst aber ließ sie nichts von ihrem Schmerz nach außen dringen.

»Es ist so schwer zu begreifen.« Alicia Sauras sprach so leise, dass Gerhard Mühe hatte, sie zu verstehen. »Es ist wie eine Anklage, ein Vorwurf an die Eltern, wenn ein Kind davongeht, wenn es bereit ist, die elterliche Bindung so endgültig zu unterbrechen. Was haben wir falsch gemacht? Was haben wir versäumt, dass es uns nicht gelungen ist, dieses Band aus Vertrauen und Liebe so zu verstärken, dass es unserem Sohn trotz aller Bedrängnis, die in ihm war, sichern und am Leben halten konnte? Von allen möglichen Arten des Todes ist der Selbstmord des eigenen Kindes für die Eltern das Schlimmste.«

»Es war kein Selbstmord!« Unerwartet heftig begehrte Francisco Sauras mit einer plötzlichen Bewegung auf, er schrie fast, als er hinzufügte: »Jaime hat sich nicht umgebracht!«

Alicia stand auf und trat zu ihrem Mann. Unendlich sanft nahm sie seine Hände und schaute ihn an: »Wir können uns nicht vor den Tatsachen verschließen, Francisco, alles spricht dafür, dass es ein Selbstmord war. Unser Sohn ist aus dem Leben gegangen, wir aber müssen mit dieser Schuld weiterleben.« Sie drehte sich zu Gerhard um. »Können Sie verstehen, wie es in Eltern aussieht, wenn sie ihren Sohn auf diese Weise verlieren?«

Es war für Gerhard, den Vater, nicht schwer, sich in die Gefühlslage der Sauras hineinzuversetzen. »Ich glaube, ich kann nachempfinden, was in Ihnen vorgeht. Auch ich habe einen Sohn.«

»Es gibt Leid, für das kein Wort groß genug ist, es zu beschreiben.« Der Professor war vor Gerhard hingetreten. »Vielleicht ist nur die Musik in der Lage, eine Ahnung davon zu geben. Kommen Sie.« Er fasste Gerhard am Arm und zog ihn zu einer Tür, die zwischen den Regalwänden in ein Nebenzimmer führte.

Es war ein großer Raum, den sie betraten, fast schon ein Saal, in dessen Mitte ein schwarzer Flügel stand. In besseren Zeiten mochte so manches gesellschaftliche Musikereignis im Hause Sauras hier stattgefunden haben.

Alicia, die ihnen gefolgt war, schritt, ohne mit ihrem Mann ein Wort gewechselt zu haben, zum Flügel. Sie nahm ein dünnes Notenheft, das zu oberst auf dem Stapel lag, und stellte es auf den Notenständer des Instruments. Francisco Sauras hatte sich in einen der hohen Sessel gesetzt, so, dass er seine Frau beim Spielen ansehen konnte. Er forderte Gerhard auf, ebenfalls Platz zu nehmen.

Bevor sich Alicia auf dem Klavierschemel niederließ, schauten sich die Eheleute an; Leid und Liebe, so empfand Gerhard, lagen selten so nah beieinander wie in diesem Augenblick. Dann setzte Alicia sich und begann zu spielen.

Gerhard kannte das Stück, er hatte es selbst oft gespielt, und er begriff, dass diese Musik in ihrer Ambivalenz zwischen tiefer Trauer und beglückendem Erinnern an einen jungen Menschen in dem jetzigen Seelenzustand der Sauras seinen Widerhall finden musste. Die Tiefe des Schmerzes, die sie diesen

Tönen nachempfanden, macht ihnen die Größe ihrer Zuneigung deutlich.

Alicia spielte die »Pavane«, die Maurice Ravel über den Tod einer Infantin komponiert hatte. Sie spielte mit all der Schwere, die das Sterben eines jungen Menschen in sich trägt. Aber auch der süße Trost, den Ravel der Melodie anvertraut hatte, erblühte unter ihrem ruhigen Spiel.

Es war offensichtlich, die Mutter, in Trauer um ihren Sohn, spielte für dessen Vater. Ihm tat sie kund, dass sie gerade jetzt in der schweren Stunde für ihn da war. Und Francisco Sauras erwiderte dieses Gefühl, auch dies wurde Gerhard klar, als er die Blicke voller Wärme und Hingabe zu seiner Frau während sie spielte bemerkte. Professor Sauras liebte Alicia, ja mehr noch, er betete sie an und verehrte sie. Es war absolut abwegig, dass es eine andere Frau gab, die, wie das Gerücht es vermutete, für die Geldnöte der Familie ursächlich war; soviel war sich Gerhard sicher.

Er spürte, dass es Zeit für ihn war, sich zu verabschieden. Er kam sich vor wie ein unfreiwilliger Voyeur, der Zeuge eines intimen Geschehens geworden war und der fühlte, dass er sich jetzt leise davonstehlen sollte, um die Intimität nicht weiter zu stören.

Sie waren nach Beendigung des Klavierspiels schweigend in das Arbeitszimmer zurückgegangen. Gerhard hatte sich erst gar nicht wieder gesetzt, er hatte angedeutet, dass er zu gehen beabsichtigte.

Alicia Sauras reichte ihm die Hand: »Danke, dass Sie gekommen sind. Es ist wichtig für uns, alles aus dem kurzen Leben unseres Sohnes und sogar alles, was mit seinem Tod zu tun hat, zu wissen. Es wird nun nichts mehr dazu kommen«, sagte sie traurig und schüttelte langsam den Kopf.

Francisco Sauras geleitete Gerhard zur Haustür.

»Wie kann ich Sie erreichen, falls ich noch eine Frage habe oder eine Auskunft brauche«, fragte er, als sie am Ende des Flurs angekommen waren.

»Wenn Sie Papier und Stift haben, schreibe ich Ihnen gerne meine Adresse und Telefonnummer auf.«

»Bitte, dort.« Er deutete auf ein kleines Schränkchen, auf dem neben dem Telefon ein Notizblock und ein Kugelschreiber lagen. Gerhard notierte seine Anschrift und die Rufnummer. Dann wandte er sich zur Tür. Er hatte sich schon von Francisco Sauras verabschiedet, als ihm noch etwas einfiel:

»Professor, ich weiß nicht, ob es irgendeine Bedeutung hat, aber vor einigen Wochen hat Sie ein junger Mann aus Deutschland besucht.«

Gerhard erschrak über die plötzliche Veränderung, die nach seinen Worten in Sauras vorging: Eine angstvolle Grimasse verzerrte das eingefallene Gesicht, ein Stöhnen kam aus seiner Brust und eine unendliche Qual lag in seinen Augen. Er rang um Fassung, was ihm aber nicht gelingen wollte. Mit augenscheinlich letzter Kraft stieß er hervor:

»Hier war niemand. Gehen Sie jetzt!«

Dann schloss er die Tür hinter Gerhard.

Die laue Nachmittagsluft lag über den zu dieser Siestazeit verlassenen Gassen der Stadt. Kein Auto fuhr, lediglich ein paar Touristen strebten den Cafés der *Plaza España* zu. Gerhard beschloss, auch zurück den Fußweg nach Port d'Andratx zu nehmen. Er wollte jetzt allein sein mit seinen Gedanken.

Er spürte, dass er an etwas gerührt hatte, von dem er selbst nicht wusste, was es war. Es stand am Rande eines Abgrunds, aber noch nicht nahe genug, um hineinschauen zu können. Die Familie Sauras, das stand für ihn fest, umgab ein Geheimnis. Ein Geheimnis, das sich ihm noch nicht erschloss. Vielleicht stellte sich jetzt der Tod des Sohnes in einem anderen Licht dar als bisher. War es wirklich der offensichtliche Selbstmord, der aus Schuldgefühlen wegen des Todes der Freundin begangen worden war?

Gerhard war verwirrt. Er musste seine Gedanken sammeln. Der Fußmarsch durch die Felder und Plantagen würde ihm gut tun.

9

Die Tage auf Mallorca lagen hinter ihm. Gerhard hatte einen günstigen Rückflug nach Düsseldorf bekommen, dort würde er sich von seinen Töchtern, die beide in Köln wohnten, am Flughafen abholen lassen. Er wollte die Nacht in Köln verbringen und vorher seine Töchter zu einem gemeinsamen Abendessen einladen. Dabei würde er ihnen in seiner väterlichen Neugier alles über den Studienverlauf und ihre neuesten Liebesverbindungen – danach würde Franziska ihn zuallererst fragen – aus der Nase ziehen und dann am nächsten Morgen mit dem Zug zurück nach Eschwege fahren. So war es geplant.

Franziska war schon vor fünf Tagen zurückgeflogen. Ihr voller Terminkalender hatte ihr keine weitere Faulenzerzeit, wie sie die gemeinsame Woche auf Mallorca genannt hatte, erlaubt.

Nun, die letzten Tage waren für Gerhard wahrlich keine Faulenzertage gewesen. Er hatte ausgedehnte Fahrten und Wanderungen unternommen, hatte mögliche Ausflugsziele ausgekundschaftet, ihm unbekannte Ziele, zu denen zu wandern es sich lohnte, entdeckt, hatte Anderes, allzu Überlaufenes und touristisch zu sehr Verändertes verworfen. Sein Wanderkonzept für die Herbsttour stand jetzt in groben Umrissen.

Auf dem Rückweg von einer seiner Wanderungen war Gerhard vor einigen Tagen ein weiteres Mal nach Andratx gefahren, hatte versucht, vom Wirt der »Bar cubano« noch etwas mehr über den deutschen Besucher der Sauras zu erfahren. Die Auskunft, die Alonso ihm geben konnte, war wenig ergiebig gewesen. Lediglich die rötlichen Haare des Mannes, den er zwischen zwanzig und dreißig schätzte, waren ihm in Erinnerung geblieben – und dass er so gut wie kein Spanisch sprach, Alonso musste sich in deutsch mit ihm unterhalten.

Gerhard hatte sich bemüht, die Erlebnisse seines ersten Aufenthalts in Andratx, die Andeutungen, die Alonso damals über die Familie Sauras gemacht hatte und vor allem die Eindrücke, die sein Besuch im Hause des Professors hinterlassen hatte, zu verdrängen. Zumindest in der Zeit, in der er mit der Inselerkundung beschäftigt war, wollte er sich nicht damit befassen. Es war ihm nur ungenügend gelungen, zu tief hatten sich die Bilder und Worte jenes Tages in ihm eingegraben.

Am Abend, als er damals aus Andratx zurückgekehrt war, hatte er Franziska seine Tageserlebnisse erzählt. Beide hatten sie gespürt, dass auf der Familie Sauras ein Schatten lag, aber sie hatten nicht erkennen können, was oder wer diesen Schatten warf.

Gerhard war entschlossen, nach seiner Rückkehr mit Hauptkommissar Montag über das, was er in Andratx gesehen, gehört und erlebt hatte, zu sprechen. Er würde ihm seine Ahnungen mitteilen, dass sich um die Familie Sauras Dinge abspielten, die weiterer Nachforschungen wert waren. Wenn dann die Polizei die Sache verfolgte, würde man weitersehen.

Das Flugzeug landete zehn Minuten vor der offiziellen Ankunftszeit. Sie hatten Rückenwind gehabt, der Pilot hatte ihnen unterwegs die Windgeschwindigkeiten mitgeteilt und sie außerdem über die Außentemperaturen, die sie in Düsseldorf erwarteten, informiert. Es würde leichten Frost geben in dieser Nacht, Gerhard war froh, dass er seine Winterjacke angezogen hatte.

Johanna und Judith warteten vor der Tür der Gepäckausgabe im Ankunftsbereich. Dies war stets der schönste Augenblick eines Wiedersehen für Gerhard, wenn die automatische Schiebetür sich wie von Zauberhand öffnete und seine schönen, blonden Töchter vor ihm standen und ihm zuwinkten.

»Ihr Bleichgesichter«, sagte er, während er sie umarmte und liebevoll anschaute.

»Möchtegern-Playboy«, gab Judith zurück, »nur Playboys und solche, die es gern sein möchten, laufen im Winter in Deutschland mit einer solch unverschämten Bräune herum.«

»Die Sonne Mallorcas eben«, verkündete Gerhard, der wohl wusste, dass er bei seinen Wanderungen unter dem wolkenlosen Himmel kräftig Farbe bekommen hatte.

Als sie im Auto saßen, einem alten Golf, den sich Johanna

von ihrem zur Zeit aktuellen Freund ausgeliehen hatte, und das Flughafengelände in Richtung Autobahn verließen, fragte Judith, die sich auf dem Beifahrersitz zu ihrem auf der Rückbank sitzenden Vater umdrehte: »Sag mal, weißt du eigentlich, was heute für ein Tag ist?«

Gerhard überlegte: »Na, Samstag auf jeden Fall. Und wenn ich mich nicht irre, ist heute der 21. Februar.«

»Ja, ja, das ist schon richtig.« Judith und Johanna sahen sich an und schüttelten beide ihre Köpfe. »Und sonst fällt dir nichts zu dem Tag ein?«, fragte Judith weiter.

Gerhard war jetzt verunsichert, er rief sich noch einmal das heutige Datum ins Gedächtnis, aber ihm kam keine Erinnerung, die mit diesem Datum zusammenhing.

»Habe ich wieder einen Geburtstag vergessen?«, fragte er. Ihm war noch allzu gegenwärtig, als ihn vor drei oder vier Jahren Franziska nachmittags aus dem hundert Kilometer entfernten Alsfeld angerufen hatte. Er hatte sie gefragt, was sie um Gottes willen in Alsfeld mache, so einfach, ohne Bescheid zu sagen. »Ich bin zu Ilse gefahren« – Ilse war ihre beste Freundin – »die weiß wenigstens, dass ich heute Geburtstag habe.« Er hatte damals wahrhaftig den Geburtstag seiner Frau vergessen.

»Nein, viel schlimmer«, meldete sich jetzt Johanna, »du fährst nach Köln und weißt nicht, was heute dort los ist?« Sie schnalzte mit der Zunge, als wolle sie damit ihrem Vater ein Igittigitt-schäm-dich zukommen lassen.

»Nun macht's doch nicht so spannend, was ist denn heute? Kommt der amerikanische Präsident nach Köln?«

»Oh, bist du weltfremd!«, rief Judith in verzweifelter Theatralik und warf die Arme bis unters Autodach. »Heute ist Samstag«, sie machte eine Pause, »Karnevalssamstag – und du wagst dich nach Köln?«

»Oh weh«, klagte Gerhard, »das habe ich nicht gewusst.«

Despektierlich und schadenfroh begannen die Töchter loszulachen, sie konnten sich ihren Vater beim besten Willen nicht im Kölner Karnevalstrubel vorstellen.

Gerhard hatte in den letzten Jahren sein Image als Fastnachtsmuffel so ausgebaut, dass keiner mehr auf die Idee gekommen war, ihn zu einer Veranstaltung mit närrischem Treiben einzuladen oder ihn auf eine Sitzung mitzunehmen. Er war kein Freund verordneter Fröhlichkeit.

Jetzt aber näherten sie sich Köln, das an diesem Abend ein einziges Tollhaus sein würde.

»Nun gut, man muss sein Schicksal annehmen«, sagte Gerhard. »Lassen wir uns überraschen, wie der Abend läuft.«

In der WG am Ehrenfeldgürtel, die seine Töchter mit Annika, einer jungen Sozialpädagogin, gemeinsam bewohnten, herrschte, als sie ankamen, rege Betriebsamkeit. Die karnevalistische Einstimmungsphase war in vollem Gang. Aus dem CD-Player ertönten Stimmungslieder, gesungen in einer für Gerhard zunächst undefinierbaren Sprache. Seine Tochter Johanna erklärte ihm mit vorwurfsvollem Blick, dass es sich um den Kölner Dialekt handelte, und dass man die Sängergruppen, die Höhner und die Bläck Fööss, eigentlich kennen müsste. Die in der Wohnung Anwesenden, es waren nicht wenige, hielten Bierflaschen in der Hand, tätigten letzte Veränderungen oder Ergänzungen ihrer Karnevalskostüme und verabreichten sich gegenseitig die obligatorische Kriegsbemalung in Form von Herzchen, Kussmündern und ähnlich sinnlichen Symbolen.

Gerhard wurde mit großem Gejohle im Kreis der jungen Leute begrüßt, so als heiße man den großen Weisen willkommen, den Einsiedler, der aus den Schneehöhen des Himalaja auf der Suche nach der Sinnfindung des Lebens endlich herabgestiegen war zur richtigen Zeit an den richtigen Ort, denn alle waren sich einig, dass der Sinn des Lebens nur im Karneval und nur hier in Köln zu finden sein würde.

»Was ziehen wir dir denn an?« Judith stand vor ihrem Vater, selbst schon in einem entzückenden Rotkäppchenkostüm, stemmte die Arme in die Seite und taxierte ihn. Kurzzeitig erstarb das Johlen, denn man hatte ein Problem: Der Weise war in seiner Einfalt wahrhaftig erschienen, ohne die geringste Kostümierung zu tragen.

»Jeder guckt mal, was er noch hat!« Diesen Einfall hatte Annika, die in ihrem Zimmer verschwand auf der Suche nach möglichen Verkleidungsutensilien. Auch die Töchter öffneten die Kleiderschränke und durchwühlten die Kommodenschubladen.

Wenig später trat Gerhard vor den großen Badspiegel und betrachtete, erst ein wenig erschrocken, dann aber laut lachend, seine Metamorphose vom weltfernen Weisen zum bunten Karnevalsjecken. Er war zum clownesken Piratocowboy mutiert: In einem Anflug von überschießender Kreativität hatten sie ihn in eine weite, gelbblaukarierte Pumphose gesteckt, ihm ein viel zu enges Ringelhemd übergezogen und einen Seidenschal von der Größe eines Tischtuchs umgebunden. Eine schwarze Klappe bedeckte sein linkes Auge und ein purpurfarbenes Tuch war nach Piratenart um seinen Kopf geknotet. Zur Verstärkung der Seeräuberaura hatten seine Töchter ihm einen Totenschädel mit gekreuzten Gebeinen auf jede Wange gemalt und als Krönung des Ganzen einen weißen Cowboyhut mit schwarzen Punkten aufgesetzt. Er kam sich vor wie ein Tanzbär, der zum Auftritt ausstaffiert worden war. Nun, er würde ihnen den Spaß nicht verderben, er war bereit, heute Abend zu tanzen.

Die karnevalskundigen Töchter und ihre Freunde hatten eine Art Schlachtplan für den heutigen Abend entworfen. Zunächst wollte man sich gemeinsam den Geisterzug ansehen, der wie an jedem Faschingssamstag durch einen der Stadtteile Kölns zog. In diesem Jahr war Ehrenfeld dran. Danach würde man sich in das eigentliche Getümmel der Kölner Karnevalsszene, das bunte Treiben in der Zülpicher Straße stürzen.

»O.k.?«

Gerhard nickte als Antwort auf diese kürzest mögliche Form einer Frage. Er hatte sich entschieden, heute alles über sich ergehen zu lassen.

Als sie hinaustraten ins Freie, wurden sie sogleich von der

Menge, die sich die Venloer Straße hinauf- und hinabbewegte, aufgesaugt und hin- und hergeschoben. Johanna, die in ihrem geschlitzten roten Rock, der engen schwarzen Bluse und der magentafarbenen Perücke ein geradezu verführerisches Straßenmädchen abgab, eine Irma la douce zum Anbeißen, rief über den Kopf der Passanten hinweg: »Vater, halte dich an meine roten Haare, wir gehen zur Stammstraße. Da können wir den Geisterzug besser sehen.«

Gerhard folgte den roten Köpfen seiner Töchter, der sündigen Perücke Johannas und dem unschuldigen Käppchen Judiths, zwei Leuchtfeuer in der Brandung des Menschenmeers, das ihn umflutete.

Als sie die Stammstraße erreichten, erfuhren sie, dass der Zug zwar im Anmarsch war, es aber noch eine Weile dauern würde, bis er sich hierher durchgekämpft hatte, denn es war Sitte, dass sich die Zuschauer dem Zug anschlossen, ihn vergrößerten und damit natürlich auch verlangsamten.

Gerhard sah sich um. Es gab sie noch immer, die Cowboys und Indianer, die Seeräuber und Kapitäne, die Prinzessinnen und Zigeunerinnen seiner Jugendzeit. Er glaubte aber, eine deutliche Zunahme an Hexen und Teufeln, Zauberern und Dämonen bemerken zu können, was im Umfeld eines Geisterzuges nicht ungewöhnlich war.

Es kam Bewegung in die Menge, offensichtlich nahte der Zug. Eine Gruppe Trommler, sechs oder sieben Männer und Frauen, die schon seit fünfzehn Minuten pausenlos ihre Instrumente bearbeiteten, verstärkten den Schlag und beschleunigten den Rhythmus.

Ein Indianerhäuptling mit prächtigem Federschmuck hatte den hohen Sockel eines Denkmals erklommen in der Absicht, von da oben besser sehen zu können. Jetzt stand er dort, selbst einem Denkmal gleich, und blickte dem heranziehenden Zug entgegen.

Gerhard, den es zu frösteln begann, kuschelte sich an seine Töchter. Am liebsten hätte er das kleine Rotkäppchen auf seine

Schultern gesetzt, damit sie wie der Indianerhäuptling von höherer Warte das anrückende Spektakel verfolgen konnte. Dann aber erinnerte er sich, dass Judith bereits 23 Jahre alt war und er beließ es dabei, seinen Töchtern die Arme um die Schultern zu legen.

Der Zug hatte inzwischen ihre Höhe erreicht. Polizei und Krankenwagen mussten mit eingeschaltetem Blaulicht eine Gasse bahnen, um ein Vorwärtsschreiten überhaupt erst möglich zu machen. Auf einem weißen Betttuch, das, an zwei Stöcke befestigt, vorangetragen wurde, war für alle, die es noch nicht wussten, zu lesen: »De Jeisterzoch kütt.«

Und dann war er da, der schaurig schöne Zug fröhlicher Karnevalsjecken, die sich mit hu-hu-hu-hu-Rufen, Tröten und Trillerpfeifen bemühten, eine akustische Gruselatmosphäre zu schaffen, die ihrer Geister- und Gespensterkostümierung entsprach. Aber so genau nahm man es nicht in diesem Zug, auch Seebären, Krankenschwestern, Clowns und Funkenmariechen marschierten mit; Gerhard sah den einen oder anderen Ritter, der sein Burgfräulein an der Hand führte. Offensichtlich waren nicht allein die schwebenden Astralleiber bei diesem Geisterzug gefragt, sondern auch alle, die sich dem Geist des Karnevals und seinem närrischen Treiben verschrieben hatten.

Gerhard, plötzlich auch von jenem Geist ergriffen, ließ die Schultern seiner Töchter los, riss beide Arme in die Höhe und schrie begeistert: »Ein dreifach närrisches Helau, Helau, Helau!«

Verwundert sah er, dass diese Art von Enthusiasmus von seinen nächsten Nachbarn überhaupt nicht geteilt wurde. Entgeistert starrten sie Gerhard an, der nicht wusste, wie ihm geschah, als seine Töchter ihn mit sanfter Gewalt in eine Nebengasse bugsierten und Johanna ihn in strengem Ton belehrte: »Vater, du hast gerade eine Todsünde begangen. Wir sind in Köln und nicht in Mainz. Wenn du nicht riskieren willst, Objekt einer Schlägerei zu werden, dann brüll, wenn dir danach zumute ist, in Zukunft alaaf, oder noch besser Kölle alaaf, aber nie wieder helau.«

Beide Töchter hatten sich vor ihrem Vater aufgebaut, wie Richter des jüngsten Gerichtes, die im Begriff waren, den Richtspruch über eine fürchterliche Lebenssünde zu fällen.

»Ach Vater«, seufzte das Rotkäppchen. Dann besann sie sich jedoch auf das Praktische. »Es wird Zeit, dass wir zur Zülpicher gehen«, sagte sie und schritt energisch die Hansemannstraße hinunter in Richtung Ehrenfeldgürtel. Die Schwester hielt sich an ihre Seite. Gerhard trottete hinterher, er war froh, dass sie ihn nicht an die Hand genommen hatten.

Mit der überfüllten U-Bahn fuhren sie Richtung Barbarossaplatz und stiegen am Zülpicher Platz aus.

Noch immer war Gerhard entschlossen, heute alles, was man von ihm verlangte, mitzumachen.

Das Gedränge hier und vor allem auf der Zülpicher Straße war groß. Tausende von feierfreudigen Karnevalsanhängern standen trotz frostiger Temperaturen im Freien oder bewegten sich langsam die Straße auf und ab. Vor den vielen Lokalen, offenbar bekannte Szenelokalitäten, hatten sich Menschentrauben gebildet, die hofften, noch Zutritt zu den vollkommen überfüllten Räumlichkeiten zu erhalten.

»Willst du wirklich mitkommen, Vater?«, fragte Rotkäppchen in warnendem, aber auch besorgtem Ton. »Wir gehen ins ‚Cucchini'. Es wird eng drin werden und leise ist es auch nicht gerade.«

»Du hältst es dort keine fünf Minuten aus«, prognostizierte Irma la douce und sah ihren Vater skeptisch und zweifelnd an.

»Ich habe gesagt, ich mache alles mit. Ein Mann, ein Wort. Also auf ins ‚Puccini'!«

»‚Cucchini'«, verbesserte Johanna und fügte resignierend hinzu: »Also gut, meinetwegen. Aber nimm lieber hier den Wohnungsschlüssel, damit du nicht auf der Straße stehst, wenn du die Flucht ergreifst und nach Hause willst.«

Vor der Tür des »Cucchini« stand ein Ringelbehemdeter mit Matrosenmütze, der die Aufgabe hatte, nur noch handverlesene und ausgewählte Gäste in das völlig überfüllte Lokal einzulassen. Gerhard wunderte schon nichts mehr: Seine Töchter begrüßte Ringelhemd mit Umarmung und Küsschen auf die Wange, einem Bützchen, wie Gerhard inzwischen gelernt hatte, und schon öffnete sich der Sesam für sie alle.

Aber bereits wenige Minuten später bewahrheitete sich Johannas Voraussage: Gerhard bahnte sich unter Einsatz aller seiner Kräfte einen Weg durch die zusammengepferchten Menschenleiber, drückte, schob und stieß und trat endlich, begierig wie ein gerade vom Ertrinken Geretteter die klare Nachtluft einatmend, hinaus auf die Straße.

Noch einmal schaute er zum »Cucchini« zurück. Von außen war der bescheidenen Eingangsfassade nicht anzusehen, welche Dynamik sich hinter ihr verbarg. Da hatten zu ohrenbetäubender Musik, meist kölsche Lieder, gegen die nichts einzuwenden wäre, wenn sie in erträglicher Lautstärke gespielt würden, bunt kostümierte Gestalten mit in die Höhe gestreckten Armen und verdrehten Hüften gezuckt. Mit jedem Taktschlag der Musik waren ihre Leiber konvulsivisch zusammengefahren, so, als fände eine unsichtbare Geißelung statt. Tänzer und Gäste hatten Körper an Körper im Rauch ihrer Zigaretten gestanden, der wie eine wogende Nebelbank um und über ihren sich rhythmisch hin und her bewegenden Köpfen lag.

Die wenigen Minuten, die es Gerhard geschafft hatte, im Innern der Kneipe auszuhalten, hatte er im Toilettenvorraum verbracht, in einer Art akustischer und atmosphärischer Luftblase. Dann aber hatte er die Flucht ergriffen.

Als er seinen Töchtern »ich gehe« zugeschrieen hatte, war hinter ihm ein fröhliches Auflachen erklungen. Sie kannten ihren Vater, vielleicht freuten sie sich auch, dass er sich nicht geändert hatte.

Als Gerhard nun unter all den vielen Menschen stand, die die Zülpicher Straße noch immer bevölkerten, gestand er sich ein, dass er überhaupt keine Lust hatte, sich jetzt schon in sein Gastdomizil am Ehrenfeldgürtel zu begeben. Er war viel zu aufgekratzt, um schlafen zu können. Er würde langsam zurückschlendern, sich unterwegs eine ruhige Kölner Kneipe suchen. Dort würde er drei, vier Biere trinken und dann mit der richtigen Bettschwere den endgültigen Heimweg antreten.

Er verließ den belebten Bereich rund um den Zülpicher Platz und genoss die Stille, die die Kölner Nacht auch an Karnevalstagen über den Seitenstraßen ausbreitete. Nach dem Qualm der Kneipe prickelte die kalte Winterluft in der Nase wie Champagner auf der Zunge.

Gerhard war noch nicht lange gegangen, als ihm ein Gaststättenschild, auf dem er »Bei Karin« las, einladend entgegenleuchtete. Durch die butzenscheiben-verglasten Fenster fiel warmes Licht und gedämpfte Schunkelmusik drang nach draußen.

»Oh weh, ein Familienfest«, kam es ihm zunächst in den Sinn, als er eintrat und die zu langen Tafeln zusammengeschobenen Tische sah, an denen dichtgedrängt verkleidete Menschen jeden Alters saßen, sich an und in den Armen hielten und sangen, lachten und schunkelten. An den Decken waren Lampions und Girlanden befestigt, Luftschlangen hingen herab oder lagen auf den Tischen. Der Boden war übersät mit Konfetti.

Diesmal überwog eindeutig das gesetztere Alter, Gerhard registrierte, dass er hier nicht auffallen würde. Die Musik war angenehm melodisch und dem Lautstärkeempfinden der etwas älteren Generation angepasst. Voll war es auch hier, aber beileibe nicht überfüllt. Gerhard gelang es, nachdem er sich überzeugt hatte, dass er nicht in die geschlossene Gesellschaft einer Familienfeier, sondern in eine erst an diesem Abend zu einer Karnevalsfamilie verschmolzenen Gästegemeinschaft geraten war, einen Platz an der Theke zu erobern.

Hinter dem Tresen standen zwei Frauen. Die eine, etwas ältere, zapfte Bier. Gerhard nahm an, dass es Karin, die Wirtin war. Die andere spülte Gläser und sortierte Flaschen in die unter der Theke stehenden Kästen. Die fröhliche Stimmung, die behagliche Ausstrahlung, das Gefühl, hier dem echten Kölner Karneval zu begegnen, übertrug sich auf Gerhard. Er erinnerte sich vage, dass die Kölner ihr eigenes obergäriges Bier tranken. Auch er würde sich jetzt ein solches bestellen und damit offenkundig machen, dass er sich mit dieser Stadt und seiner Atmosphäre in diesem Augenblick identifizierte.

»Ein Alt, bitte«, rief er der Wirtin hinter dem Zapfhahn zu, laut genug, um Musik und Stimmen zu übertönen.

Von einem Moment auf den anderen verstummten die Gespräche an der Theke, alle Augen richteten sich auf Gerhard, auch die Wirtin blickte ihn an.

»Ein Alt«, wiederholte er, indem er sich dabei etwas nach vorne beugte und die Hand hob.

Erst jetzt fiel ihm auf, dass er Objekt der allgemeinen Betrachtung war. Die Blicke, die ihm zugeworfen wurden, spiegelten Verwunderung und Irritation, aber auch Ablehnung wider.

»Ich glauve, dä weeß dat wirklich nit besser«, eine Vermutung, die seine Thekennachbarin zur Linken aussprach und die allgemeines Kopfnicken nach sich zog. Es gab einfach keine andere Erklärung für eine solche Ungeheuerlichkeit.

»Karin, zwei Kölsch«, rief seine Nachbarin und drehte sich danach zu Gerhard um. Dieser noch immer etwas verwirrt über die Reaktion, die er mit seiner harmlosen Bestellung ausgelöst hatte, hob wie zur Abwehr beide Arme: »Habe ich etwas falsch gemacht?«

Die Nachbarin sah ihm freundlich ins Gesicht. »Du bes vielleicht ne Jeck«, lachte sie, dann nahm sie die beiden schmalen Biergläser, die Karin inzwischen gebracht hatte, reichte eines Gerhard und hob das ihre: »Willkommen en Kölle. Du bes wohl nit von he? Ich ben et Helga.« Sie trank und als sie das Glas absetzte, hing an ihrer Nasenspitze ein kleiner Eisberg aus Bierschaum.

Gerhard betrachtete Helga über sein Bierglas hinweg. Sie war nur wenig jünger als er, trug ein buntes, aus vielen farbigen Stoffen zusammengeschneidertes Kleid und hatte auf dem Kopf ein goldenes Diadem befestigt. Dies gab ihr ein vornehmes, herrschaftliches Aussehen. Obwohl ihre Gestalt kräftig war, wirkte alles an ihr sehr weich und feminin, und der Schalk kroch ihr aus den Augen und Mundwinkeln.

Gerhard bemerkte, dass auch sie ihn musterte. Er setzte sein Bierglas ab.

»Heiner, aus Nordhessen«, stellte er sich vor in der Hoffnung, dass dieses Bekenntnis eine Generalabsolution für alle begangenen und zukünftigen Fehler war.

Aber vor der Vergebung stand die Belehrung, diesmal in dozierendem Hochdeutsch: »Wie kann man denn in Köln ein Alt bestellen?« Helga war unerbittlich, er wurde an seine Töchter erinnert. »Alt wird in Düsseldorf getrunken und bei der Rivalität beider Städte ist es eine Todsünde, in Köln ein Alt zu bestellen. Hier trinkt man Kölsch.«

Schon wieder eine Todsünde, dachte Gerhard. Helga fuhr versöhnlich in ihrem breiten Kölner Dialekt fort: »Dat es jenau esu schlemm, als dätste en Kölle statt alaaf helau roofe.«

»Hab ich schon hinter mir«, beichtete Gerhard und erzählte, wie er, der Fastnachtsmuffel, ahnungslos in den Kölner Fasching geraten war und nichtwissend von einem Fettnäpfchen in das nächste trat.

»Um dir zu ersparen, in ein weiteres zu treten, solltest du dir angewöhnen, hier in Köln nur von Karneval zu reden«, informierte ihn Helga. »Fasching und Fastnacht feiert man woanders.«

»Zu Befehl, Hoheit.« Er verbeugte sich in einer unterwürfigen Geste. Beide mussten lachen. Gerhard hob die Hand und spreizte Zeige- und Mittelfinger. »Karin, zwei Kölsch«, bestellte er. Als er sich umsah, stellte er fest, dass die Blicke der anderen Gäste jetzt wohlwollend und anerkennend auf ihm ruhten. Er war nun einer der Ihren geworden.

Helga und Heiner mochten sich vom ersten Augenblick an. Es hatte sich sehr schnell zwischen ihnen eine Vertrautheit entwickelt, wie sie bei Menschen entsteht, die merken, dass sie auf derselben Wellenlänge liegen. Sie waren an den gleichen Dingen interessiert, die gleichen Missstände stießen sie ab und die gleichen Neigungen verbanden sie.

Sie erzählten sich aus ihrem Leben, hatten schnell ein Berührungsfeld in der gemeinsamen Liebe zur Musik gefunden, gestanden sich, zunächst schamhaft, später enthusiastisch bekennend, ihre Begeisterung für Sibelius ein und vergaßen Zeit, Raum und Lokal, in dem unverändert fröhlich weiter geschunkelt, gesungen und gebützt wurde.

Helga, die Kölnerin, die jetzt in dem nahen Overath mit ihrem Mann, einem freischaffenden Künstler, lebte, hatte sich heute Abend mit zwei Freundinnen aufgemacht, um in Köln Karneval zu feiern. Dies hatte auch dem Wunsch ihres Mannes entsprochen, der, selbst kein Karnevalsfreund, gemeint hatte, dass man nicht darauf warten sollte, bis das Leben zu einem käme, sondern ihm entgegengehen müsse. Deshalb also waren sie losgefahren nach Köln, hatten noch einen Stadtbummel gemacht und waren schließlich hier bei Karin, die Helga noch aus ihrer früheren Kölner Zeit kannte, gelandet.

Die Freundinnen hatten inzwischen männliche Partner kennen gelernt, mit denen sie an den langen Tischen saßen und sich vergnügten.

»Und du, warum sitzt du nicht da? Und vor allem, warum hast du dir keinen Partner geangelt oder dich wenigstens angeln lassen?«, fragte Gerhard.

Helga strich sich verlegen durch ihr Haar, rückte das verrutschte Diadem zurecht und sah auf ihre Hände, die sie auf die Thekenplatte gelegt hatte.

Schließlich flüsterte sie so leise, dass Gerhard sich zu ihr hinbeugen musste, um sie zu verstehen: »Das geht nicht so einfach«, sagte sie, »ich kann das nicht und ich will das auch nicht, denn ich liebe meinen Mann.« Dabei errötete sie, die Mittfünfzigerin, wie eine 15jährige, die dem ersten Freund gerade ihre Liebe gestanden hat.

Es wurde für beide ein besonderer Abend, so ganz und gar unkarnevalesk.

Sie saßen an der Theke, inmitten feiernder Jecken, hatten sich an der Hand gefasst und sprachen von dem Menschen, den sie liebten: Sie von ihrem Künstler, dem eigenwilligen, sensiblen Mann, an den Gerhard sie, wie Helga gestand, ein wenig erinnerte. Er von Franziska, deren leuchtende, humorvolle Augen er bei Helga wiederzufinden glaubte. Sie waren so eingesponnen in den Zauber ihres gegenseitigen Bekennens und Verstehens, dass sie das lebhafte Treiben um sie herum längst nicht mehr wahrnahmen.

Als um vier Uhr die beiden Freundinnen zum raschen Aufbruch drängten, da das Taxi schon vor der Tür wartete, waren beide froh, dass sie zu einem schnellen Abschied gezwungen waren, der Banalitäten keinen Raum mehr ließ.

»Grüße an deinen Mann, den Künstler«, rief Gerhard, als die Freundinnen Helga zum Ausgang zogen.

»Mach ich. Und du, grüß Franziska«, war das letzte, was er von Helga hörte und sah.

Gerhard blieb nun auch nicht mehr lange. Er bezahlte und trat hinaus in den Kölner Morgen. Er hatte noch eine beträchtliche Strecke bis Ehrenfeld zu laufen. Nicht nur, weil es kalt war, beschleunigte er die Schritte. Er würde sich beeilen müssen, wenn er noch ein bisschen Schlaf finden wollte, bevor er sich in den Zug setzte und nach Hause fuhr, nach Oberhone und zu Franziska.

10

Nach über fünfstündiger Zugfahrt kam Gerhard müde und zerschlagen am Bahnhof Eschwege West an. Er hatte noch bis in den späten Vormittag warten müssen, bis seine Töchter nach der ausgiebig durchfeierten Karnevalsnacht in der Lage waren, die Augen zu öffnen und sich von ihrem Vater zu verabschieden. Als er dann schließlich losgefahren war, hatte sich ein Gefühl der Erleichterung seiner bemächtigt, dem närrischen Weltentrubel der Großstadt entronnen zu sein und in die Geborgenheit seiner provinziellen nordhessischen Heimat zurückkehren zu dürfen.

Während er vor dem Bahnhofsgebäude auf sein Taxi wartete, ging sein Blick hinüber zu der flachen Baracke, in der er erst vor wenigen Tagen mit Hauptkommissar Montag gesessen hatte. Bilder jenes Morgens, an dem sie den toten Spanier am Bahndamm gefunden hatten, tauchten vor ihm auf. Damals war Jaime Sauras für ihn noch ein unbekannter Selbstmörder gewesen, von dem er nicht mehr wusste als Namen und Herkunftsort in Mallorca. Inzwischen jedoch hatte er soviel aus dem Leben und der Vergangenheit des Spaniers erfahren, hatte sein Umfeld gesehen und seine Familie kennen gelernt, dass es ihm leicht fiel, sich jetzt eine lebendige Vorstellung von dem Toten zu machen.

Er blickte über die Bahnarbeiterbaracke hinweg, ging in Gedanken weiter über die Wehrebrücke bis zu der Stelle am Bahndamm, an der der junge Mann seinen Tod gefunden hatte. Jaime war jetzt nicht mehr nur das leblose Bündel, das in bizarrer Stellung am Hang gelegen hatte. Er hatte Gestalt angenommen, war ein Mensch, der Gerhard nun vertraut geworden war. Ein Mensch, von dem er wusste, wie er gelitten hatte, gerungen mit seinem Schicksal, von dessen Tod er aber nur die vage Ahnung hatte, dass die Umstände so einfach, wie sie sich darstellten, nicht waren.

Er fröstelte. Der Ostwind blies ungehindert über den ungeschützten Bahnhofsvorplatz. Gleich morgen früh würde er mit Charly Montag reden. Er musste sich von der Bürde des Erlebten und von der Unruhe, die in ihm entstanden war, befreien und die Last seines zweifelnden Argwohns anderen übertragen. Die Polizei, so nahm er an, hatte diesbezüglich die breiteren Schultern.

Als er zwei Stunden später in seinem Bett lag, purzelten die Bilder der letzten Tage in seinen Gedanken über- und durcheinander. In dem großen Festzug, der in seinen Träumen an ihm vorbeizog, marschierten sie alle mit: Alonso im Gewand eines Toreros mit umgebundener Schürze, Matthias, Arm in Arm mit seinen Schwestern, dem Rotkäppchen rechts und Irma links, dahinter Francisco Sauras in einer Clownsmaske, traurig und mit müdem Schritt. Helga war dabei mit ihrem in einen farbbekleckstem Malerkittel gekleideten Künstler. Und schließlich, mitten im Gewühl, Franziska, die fast nichts anhatte, ihm zulächelte und winkte.

Der Morgen war schon fortgeschritten, als Gerhard erwachte. Der Zug seiner Traumgestalten war schnell vorübergezogen, er hatte die restliche Nacht weitgehend traumlos verbracht und tief geschlafen. Jetzt fühlte er sich erholt und bereit, den neuen Tag in Angriff zu nehmen.

Er rief Franziska an. Er wollte sich zurückmelden und ihre Stimme hören. Vielleicht würde er ihr auch von seinem Traum heute Nacht erzählen.

Siggi war am Apparat, ihre Mitarbeiterin und rechte Hand, deren lebhafte und fröhliche Stimme aller Welt zu verkünden schien, dass das Leben zwar schön, aber das Reisen mit Franziska das Allerschönste auf Erden war.

Die Chefin sei, Siggi klang vorwurfsvoll, mal wieder abwesend. Sie befände sich auf Kontaktpflegetour, eine Wortschöpfung, die ausdrücken sollte, dass Franziska irgendwo in der Stadt in einem Café saß und ein Schwätzchen hielt. Gerhard kannte das, eine Lieblingsbeschäftigung seiner Frau.

Nach einem kurzen Moment der Enttäuschung darüber, dass er Franziska nicht angetroffen hatte, fasste er einen spontanen Entschluss: »Siggi, sei so gut und sag Franziska, wenn sie zurückkehrt, dass ich heute Abend nach Göttingen kommen werde. Sie soll nichts vorbereiten, ich führe sie aus, ins Nachtleben von Göttingen.«

Erst, als er die Verbindung beendet hatte, wurde ihm seine pompöse Ankündigung bewusst. Er hatte keine Ahnung, ob es überhaupt ein Nachtleben in Göttingen gab und, wenn ja, wie es aussah und wo es stattfand.

Gerhard sah auf die Uhr. Es war kurz vor zwölf, hoffentlich würde er den Hauptkommissar noch vor der Mittagspause erreichen. Er wählte die Nummer der Polizeidirektion.

Charly Montag war noch im Dienst. Er müsse aber, teilte er Gerhard mit, an diesem Nachmittag zu einer Besprechung ins Polizeipräsidium nach Kassel. Hatte die Unterredung, die Gerhard in der Angelegenheit Sauras wünschte, bis heute Abend Zeit?

»Heute Abend bin ich mit Franziska in Göttingen verabredet«, bedauerte Gerhard.

»Pass auf, Heiner«, entschied Montag nach kurzem Überlegen, »Oberhone liegt so gut wie auf dem Weg nach Kassel. Ich komme in einer halben Stunde bei dir vorbei, dann können wir reden. Diesmal kochst du den Kaffee und ich bringe die Gebäckstückchen mit. – Und versuch, Gunter zu erreichen. Er hat heute frei und ist nicht im Dienst. Es wäre gut, wenn er bei dem Gespräch dabei ist.«

»Gut, ich versuchs. Bis gleich, Charly.«

Gunter war zu Hause und versprach zu kommen. Als Gerhard ihm von den Kaffeestückchen, die Charly mitbringen wollte, erzählte, beeilte er sich, das Telefongespräch mit einem »Ich mache mich sofort auf den Weg« zu beenden.

Gerhard setzte Kaffee auf und stellte Tassen, Teller, Milch und Zucker auf den Kamintisch. Es war ein trüber Februartag heute, selbst jetzt am Mittag wollte es nicht richtig hell werden. Er entschloss sich, ein Feuer zu machen. Der wärmende Feuerschein würde es ihm erleichtern, über die beklemmenden Eindrücke im Hause Sauras zu berichten.

Gunter kam zuerst. Er sah blendend aus, gut genährt und offensichtlich auch gut erholt, anders jedenfalls als in der zurückliegenden Zeit, in der er oft völlig erschöpft und abgespannt von seinem Dienst in Frankfurt zurückgekehrt war.

»Na, dein Wandel vom Großstadtpolizisten zum Provinzsheriff scheint dir gut zu tun.« Gerhard musterte den Oberkommissar, wobei sein Blick auf dem Bauch, den auch der weite Pullover nicht verbergen konnte, hängen blieb.

»Ich müsste ein bisschen abnehmen«, räumte Gunter ohne überzeugende Zerknirschung ein. »Aber jetzt, wo ich jeden Tag zu Hause essen kann, ist das nicht so einfach.«

»Und der Dienst? Angenehmer als in Frankfurt?«, fragte Gerhard.

»Überhaupt kein Vergleich. Was Arbeitsbelastung und Hektik angeht, ist der hiesige Dienst paradiesisch ruhig und geordnet. Und außerdem hat man, wenn man eine Straftat aufgedeckt oder verhindert hat, das befriedigende Gefühl, etwas Nützliches und Sinnvolles für die hier lebenden Menschen getan zu haben. In Frankfurt dagegen ist jeder Aufgriff, jede Verhaftung nur ein Tropfen auf den heißen Stein. Die entstandene Lücke wird im Handumdrehen aus einem unerschöpflichen kriminellen Reservoir wieder aufgefüllt.« Gunter seufzte, Gott sei Dank war diese Zeit jetzt, da er in Eschwege seinen Dienst verrichten konnte, für ihn vorbei.

Hauptkommissar Montag trug bei seiner Ankunft in jeder Hand eine Tüte. »Frische Quarktaschen«, verkündete er triumphierend, während er dabei die rechte Hand hochhielt. »Und hier noch von allem etwas: Mohnteilchen, Schweinsohren, Blätterteig und Nussecken.« Die linke ging in die Höhe.

Gerhard räumte den Teller, den er schon für die erwarteten Kaffeestückchen zurechtgestellt hatte, wieder beiseite und ersetzte ihn durch die größte Kuchenplatte, die er im Schrank finden konnte. Dann holte er den Kaffee und goss ein. Die Kommissare hatten es sich inzwischen vor dem Kamin bequem gemacht und wiegten sich, Wärme und Feuerschein genießend, in ihren federnden Sesseln.

»Fühlt euch wie zu Hause«, lud Gerhard seine Gäste ein und forderte sie gleichzeitig mit einer Handbewegung auf, zuzugreifen.

Auf den weiten Wiesen rings um das Haus lag ein nasser Dunst, durch den die dunkle Wolkenfront, die über das Land zog, nur zu erahnen war. Der kräftige Wind, der noch immer aus Osten wehte, zerrte an den alten Weidenbäumen und trieb herabgefallene Äste und dürres Laub vor sich her.

Im Zimmer vor dem knisternden Kaminfeuer herrschte jene zufriedene Stimmung, wie sie beim Zusammentreffen von behaglicher Umgebung, wohltuender Sättigung und bequemer Körperhaltung entsteht. Die Gebäckstückchen waren bis auf die zwei obligatorischen Anstandsteilchen, die, Gerhard war sich sicher, am Ende auch verschwunden sein würden, gegessen. Die erste Kanne Kaffee war getrunken, die zweite aufgesetzt, das Vorspiel beendet. Jetzt konnte man zur Sache kommen.

»Du hast am Telefon angedeutet, Heiner«, eröffnete Montag das Gespräch, »dass dir in der Angelegenheit Sauras nach deinem Besuch bei der Familie Zweifel gekommen sind hinsichtlich der Selbstmordthese. Du hast von deinem Gefühl gesprochen, das dir sagt, dass irgendetwas bei dieser Geschichte nicht stimmen könnte. Am besten ist, du erzählst uns, was du dort in Mallorca in Erfahrung gebracht hast und auf was sich deine Vermutungen gründen.«

Montag lehnte sich in seinem Sessel zurück und begann, seinen Oberkörper langsam vor- und zurückzuschaukeln. Er schaute dabei kurz zu seinem Oberkommissar, der die gleiche entspannte Sitzhaltung eingenommen hatte. Dann forderte er mit einem ermunternden Kopfnicken Gerhard auf, zu berichten.

»Ausgangspunkt meiner Kontaktaufnahme mit der Familie Sauras war, wie ihr wisst, der vergessene Ring und die Uhr des Sohnes, die ich den Eltern zurückbringen sollte«, begann Gerhard. Er saß nahe am Feuer, hatte sich vorgebeugt und schaute in die Flammen. »Zugleich hatte ich auch das Bedürfnis, mich den Eltern anzubieten als eine Art Verbindung zu dem fernen Geschehen in Deutschland. Als jemand, der ihnen möglicherweise mehr als nur die nackten Polizeifakten berichten konnte, weil er dabei war, als man den Sohn fand. Ihr wisst ja, wie Ärzte manchmal sind: Durch das viele Leid, mit dem sie konfrontiert werden, fühlen sie sich verpflichtet, Trost zu spenden.«

»War die Adresse, die ich dir aufgeschrieben habe, in Ordnung?«, fragte Gunter dazwischen..

»Ja, die Adresse stimmte. Ich habe den Wirt der ‚Bar cubano‘ in Andratx, einen alten Bekannten, nach dem Weg gefragt.« Gerhard gab nun seine Unterhaltung mit Alonso wieder. Er erzählte von den Veränderungen Francisco Sauras', wie dieser sich aus dem öffentlichen Leben zurückgezogen hatte. Erzählte von der Entlassung der Dienstboten und der Vernachlässigung von Haus und Anwesen. Er berichtete von den zunehmenden Geldschwierigkeiten der Familie, die laut Alonso vor etwa zwei Jahren begonnen hatten, sprach von den Beträgen, die der Professor regelmäßig von der Bank abhob, und von den Gerüchten über die Verwendung des Geldes. Auch den jungen Deutschen, der vor einigen Monaten nach dem Haus der Sauras gefragt hatte, erwähnte er.

»Nach Alonsos Erzählungen und Andeutungen ahnte ich, dass den Veränderungen im Leben des Professors möglicherweise ein schwerwiegendes zurückliegendes Ereignis zugrunde lag. Irgendetwas musste vor zwei Jahren geschehen sein, das die rätselhafte Verwandlung des Professors bewirkt und den finanziellen Niedergang eingeleitet hatte.«

Das Feuer im Kamin war heruntergebrannt, Gerhard legte ein Scheit Holz nach und öffnete die Zuluftklappe, um die Glut neu zu entfachen. Dann fuhr er fort: »Meine weiteren Fragen blockte Alonso ab. Er sah es ganz offensichtlich nicht gerne, dass man an das traurige Schicksal des beliebten und angesehenen Professors rührte.«

Nachdenklich schwiegen sie eine Weile, dann fragte Montag: »Der Besucher bei Sauras, konnte Alonso dazu Näheres sagen oder eine Beschreibung geben?«

»Ich habe ihn später noch einmal deswegen befragt. Er konnte sich lediglich erinnern, dass der Mann jung und deutsch war und rötliche Haare hatte, mehr nicht.«

Als er sich Kaffee nachschenken wollte, merkte Gerhard, dass die Kanne leer war. Er ging in die Küche und füllte die

Thermoskanne neu. Er wartete, bis sich alle eingegossen hatten, dann berichtete er weiter: Er erzählte, wie er zum ersten Mal vor dem Haus der Sauras gestanden hatte, enttäuscht über die schmucklose Fassade, wie er später von Francisco Sauras eingelassen wurde in ein Haus, das im Innern noch die Pracht und den Glanz früherer Tage erahnen ließ, dessen Hof und Garten aber jetzt einen deprimierend ungepflegten Eindruck machten.

Er schilderte den ganzen Ablauf des Gesprächs mit Francisco Sauras, das Erscheinen Alicias und deren ergreifendes Klavierspiel und hob vor allem die überschießenden Reaktionen hervor, die der Professor auf seine harmlosen Fragen gezeigt hatte: »In drei Gesprächssituationen hat Francisco Sauras völlig die Kontrolle über sich verloren, zum Teil in einem so dramatischen Ausmaß, dass man regelrecht von panikartigen Reaktionen sprechen kann: Das erste Mal verlor er die Haltung, als ich ihn nach einem möglichen Grund fragte, der Jaime nach Deutschland geführt haben könnte. Ich deutete an, dass vielleicht ein Erlebnis aus seiner Marburger Zeit Anreiz für seinen Sohn gewesen sein könnte, diesen Ort zu besuchen. Es war ein regelrechter Zusammenbruch, den der Professor erlitt. Nur noch mit Mühe konnte er eine solche Möglichkeit verneinen, aber es war offensichtlich, dass er die Unwahrheit sagte.

Die zweite Überreaktion, die mir auffiel, war sein Verhalten, als seine Frau vom Selbstmord Jaimes sprach. ‚Es war kein Selbstmord', schrie der Professor, und ich bin mir sicher, dass er in diesem Moment auch fest davon überzeugt war. Ich hatte das Empfinden, er ahnte es nicht nur, er wusste, dass sein Sohn sich nicht selbst umgebracht hatte.

Und dann die dritte und vielleicht gravierendste Entgleisung an diesem Nachmittag. Meine Frage nach dem Deutschen, der ihn vor einigen Monaten besucht hatte, überfiel ihn mit einer solchen Gewalt, dass ich Angst hatte, er würde zu Boden stürzen. ‚Hier war niemand', konnte er gerade noch stammeln, bevor er mir die Haustür vor der Nase zuschlug. Aber es war ganz offenkundig, dass ein Besuch dieses Deutschen stattgefunden hatte.«

Gerhard stand auf. Er war aufgewühlt von den Bildern, die während des Erzählens wieder in ihm entstanden waren. Während er ans Fenster trat und in den Dunst hinausblickte, fragte er sich, ob er das Recht hatte, sich mit Vorgängen, die im Grunde nur die Familie Sauras angingen, zu beschäftigen, er, der doch nur zufällig in diese ganze Angelegenheit hineingeraten war. Er tröstete sich mit Ausflüchten: Schließlich kam er doch nur seiner Bürgerpflicht nach, gab Wahrnehmungen weiter, die möglicherweise Aufhellung in einen Todesfall bringen konnten. Vielleicht trug er auch dazu bei, die offensichtlich unerträgliche Bürde von den Schultern Francisco Sauras' zu nehmen und half ihm, sich von seinem erdrückenden Leid zu befreien.

Aber jetzt, nachdem er seine Beobachtungen und Befürchtungen bereits der Polizei mitgeteilt hatte, war es sowieso zu spät, sich darüber Gedanken zu machen.

Es war still im Zimmer vor dem Kamin geworden. Jeder brauchte jetzt eine Pause. Der Oberkommissar hatte die Toilette aufgesucht. Hauptkommissar Montag biss gerade in das vorletzte Kaffeestückchen. Gedankenverloren kaute er vor sich hin.

Gerhard fürchtete die nächste Frage, die zwangsläufig kommen musste und die Charly Montag, nachdem er das angebissene Schweinsohr auf seinen Teller gelegt hatte, stellte.

»Wenn ich dich richtig verstanden habe, Heiner, beruhen deine Vermutungen, dass es bei der Familie Sauras Ungereimtheiten mit eventuellem strafrechtlichem Hintergrund geben könnte, auf Gerüchten, die ein Gastwirt dir mitgeteilt hat. Außerdem auf gefühlsmäßigen Eindrücken, die du bei einem Besuch im Hause Sauras gewonnen hast. Gibt es darüber hinaus irgendwelche Beweise für das, was du vermutest?«

»Ich weiß ja noch nicht einmal, was ich vermute. Ich habe nur so ein Gefühl, dass etwas faul ist bei dem Ganzen.« Hilflos hob Gerhard die Hände. »Wenn ihr dabei gewesen wäret und die düstere Atmosphäre und die Gefühlsausbrüche des Professors miterlebt hättet, würdet ihr mich sofort verstehen.«

»Aber wir waren nicht dabei und sind deshalb gezwungen,

uns auf Fakten und greifbare Anhaltspunkte zu verlassen«, sagte Montag.

Oberkommissar Schröder, offenbar bemüht, einerseits seinen Chef zu unterstützen, andererseits aber auch einem verwirrten Heinrich Gerhard beizustehen, erklärte:

»Sieh mal, Heiner, genauso wie Charly dir das eben in seiner sachlichen Art dargelegt hat, werden alle Stellen, die mit den Ermittlungen zu tun haben, das sehen. Die Angelegenheit ist abgeschlossen, der Selbstmord erwiesen, und es bedarf schon erheblicher, handfester Argumente, um einen erledigten Fall wieder aufzurollen und erneut Untersuchungen einzuleiten.«

»Wo sollen wir denn ansetzen?«, fragte Montag. »Vielleicht bei der Tatsache, dass der Professor sich fürchterlich erschreckt hat, als du ihm Fragen gestellt hast? Erschrecken ist kein Straftatbestand. Selbst, wenn du dahinter einen vermutest, ist das für die Ermittlungsbehörden noch lange kein Grund, Nachforschungen anzustellen.«

»Zu vage das Ganze«, ergänzte Schröder. Und als er die Enttäuschung bei Gerhard sah, fügte er besänftigend hinzu: »Versteh uns recht, Heiner, wir glauben dir das, was du uns erzählst, und möglicherweise steckt ja wirklich ein aufklärungswürdiges Geheimnis dahinter. Aber eben nur vielleicht, das ist der Punkt, der uns die Hände bindet.«

»Aber die finanziellen Schwierigkeiten, in die Sauras geraten ist, die regelmäßig abgehobenen Geldbeträge. Das sind doch Fakten, die überprüfbar sind!«, ereiferte sich Gerhard.

Hauptkommissar Montag seufzte und sprach mit ruhiger Stimme wie zu einem Kind, das in dem davonfliegenden Vogel das Christkind zu sehen geglaubt hatte und dem er seine Illusionen nicht nehmen wollte: »Klar sind das Fakten, Heiner, aber nachprüfbar sind sie nur, wenn ein Zusammenhang mit einer Straftat besteht. Jeder kann ungeprüft mit seinem Geld machen, was er will, solange er sich an die Gesetze hält.«

Verstandesmäßig konnte Gerhard das, was ihm die beiden Kommissare soeben zu bedenken gegeben hatten, nachvollziehen. Aus ihrer Sicht hatten sie wahrscheinlich Recht. Aber gerade, weil er in seinem Innern wusste, dass er sich nicht täuschte, jenes untrügliche Gefühl hatte, auf etwas gestoßen zu sein, dass sehr wohl einen kriminellen Hintergrund haben konnte, war er nicht bereit, sich so einfach damit abzufinden.

»Und jetzt?«, fragte er herausfordernd.

Charly Montag sah Gerhard an, dass er mit dem Ergebnis ihrer Unterredung, von der er sich offensichtlich das sofortige Anlaufen weitergehender Untersuchungen erwartet hatte, unzufrieden war. »Also gut, Heiner, damit du siehst, dass wir deinen Bericht ernst nehmen. Gunter wird gleich morgen früh Kontakt zu der Polizei in Palma aufnehmen. Wir werden die spanischen Kollegen bitten, das Finanzgebaren Professor Sauras' in den letzten zwei Jahren zu durchleuchten und zu überprüfen, für welchen Zweck er seine Geldbeträge verwendet hat. Vielleicht kommt ja etwas dabei heraus. Einverstanden?«

Gerhard wiegte leicht den Kopf und sagte nur: »Besser als nichts.«

Montag sah auf die Uhr. »Ich muss los nach Kassel.« Er stand auf und gab Gerhard die Hand. »War gemütlich bei dir. Ich rufe dich an, wenn ich ein Ergebnis aus Mallorca habe.«

»Warte, ich komme mit. Ich muss sowieso nach Hause, zum Essen. Heute gibt es Kohlrouladen«. Oberkommissar Schröder begleitete seinen Chef zur Tür. Nachdenklich sah Gerhard ihm nach. Wo, um Gotteswillen, konnte man nach einer solchen Kaffeestückchenorgie noch eine Kohlroulade unterbringen.

Ahnungsvoll kehrte er ins Zimmer zurück und blickte auf die Kuchenplatte. Sie war jetzt leer. Er hätte beim besten Willen nicht sagen können, wer von den beiden das letzte Teilchen genommen hatte.

11

Gerhard befand sich auf dem Weg nach Göttingen. Er hatte nochmals versucht, Franziska anzurufen, aber sie war noch immer unterwegs. Siggi würde ihr ausrichten, dass er gegen sieben Uhr am Abend bei ihr sein wollte.

Nach dem Gespräch am Kamin hatte Gerhard jetzt nur den einen Wunsch, allein zu sein mit seinen Gefühlen und seinen Gedanken. Er sehnte sich nach der Harmonie des Waldes, der Stille und Ruhe, die ihm ein langer Gang durch die Natur geben würde.

Kurz vor Oberrieden bog er von der Bundesstraße ab, durchfuhr den Ort und parkte am Sportplatz. Er zog sich seine festen Laufschuhe an, die er immer im Auto parat hatte, und machte sich auf den Weg. Es blieb ihm noch genügend Zeit für eine ausgedehnte Wanderung. Er wollte über den Habichtstein hinauf zum Schnellerskopf und dann durch das weitläufige Waldgebiet in großem Bogen wieder zurückkehren. Ausreichend Zeit, die innere Balance wiederzufinden.

Auf halbem Weg fing es an zu regnen. Zunächst war es nur ein Nieseln, aber je höher er kam, desto dichter fielen die Tropfen. Gerhard hielt sich nicht lange mit Abwägungen auf, ob er weitergehen oder umkehren sollte, nass würde er auf jeden Fall werden. So stapfte er weiter durch den feuchten Dunst des Waldes.

Als er schließlich zu seinem Wagen zurückkehrte, spürte er feine Rinnsale den Rücken herunterlaufen und das Quatschen des Wassers in seinen Schuhen war mit jedem Schritt zu hören. Er war nass bis auf die Haut und durchgefroren. Aber der Spaziergang hatte ihm gut getan. Sein aufgewühltes Inneres war besänftigt, die Unruhe, die die Unterredung mit den Kommissaren in ihm hervorgerufen hatte, fast vollständig verschwunden. Der Gedanke an seine Frau und die Freude auf die vor ihm liegende Begegnung mit ihr begannen mehr und mehr von ihm Besitz zu ergreifen.

Es war zu früh, jetzt schon zu Franziska zu fahren. Sie würde wahrscheinlich noch nicht zurück in ihrer Wohnung sein. Sie, die in ihrer Tätigkeit so völlig aufging, würde den Arbeitstag bis zur Neige auskosten.

Er entschloss sich, ein Stück mit voll aufgedrehter Heizung zu fahren. Er mußte sich aufwärmen und die Kleidung trocknen. Unterwegs wollte er dann noch in Ruhe einen Kaffee trinken, denn je später er nach Göttingen kam, desto größer war die Wahrscheinlichkeit, einen Parkplatz in Wohnungsnähe zu finden.

Erst, als er das Ortsschild von Friedland sah, wurde Gerhard bewusst, dass er heute anders gefahren war, als er sonst zu fahren pflegte. Statt wie gewöhnlich auf dem letzten Stück die Autobahn zu nehmen, war er unbewusst schon vorher abgefahren, um auf Nebenstraßen nach Göttingen zu gelangen.

Friedland, wie lange war das schon her? Zehn, zwölf Tage vielleicht, als er hier mit Erwin durch Sturm und Schnee gegangen war. Einer instinktiven Eingebung folgend trat er, als er am Gasthaus »Zur Krone« vorbeifuhr, auf die Bremse. Er konnte genauso gut auch hier seinen Kaffee trinken.

Es war die gleiche Wärme wie an jenem Schneeabend, die ihn beim Betreten der Gaststätte umfing. Die letzten feuchten Stellen seiner Kleidung würden hier schnell trocknen. Das damalige Bild des überfüllten Raumes kam Gerhard in Erinnerung, als er jetzt den nahezu leeren Schankraum sah. Lediglich am runden Tisch saßen einige Kartenspieler, ein älterer Mann spielte an einem Automaten.

Der Wirt erkannte ihn sofort und begrüßte ihn mit Handschlag. »Schön, Sie wiederzusehen.«

»Das letzte Mal war ein bisschen mehr los in Ihrer Gaststätte«, bemerkte Gerhard und ließ den Blick über die unbesetzten Tische und Stühle gleiten.

»Ja«, seufzte der Wirt, »die Rettungs- und Bergungsdienste und die Schneepflüge waren zu effizient. Schon am Mittag lief der Verkehr wieder und die Karawane zog weiter. Am Abend dann noch einmal ein volles Haus, die Aufarbeitung aller Heldentaten, die die Dorfbewohner während des Verkehrs- und Schneechaos begangen hatten. Das war's dann auch. Nun liegt die Oase Friedland wieder so verlassen wie vorher da.« Jetzt erst erinnerte er sich seiner Wirtspflichten. »Wollen Sie denn auch etwas trinken?«, fragte er und legte einen Bierdeckel vor Gerhard.

»Ein Kännchen Kaffee, bitte«, sagte Gerhard und fügte wie zur Entschuldigung, dass er soviel Mühe bereitete, schnell hinzu: »Ich brauche jetzt etwas Warmes. Ich war im Wald und dort hat mich der Regen überrascht. Ich muss mich innerlich aufwärmen.«

Der Wirt sah Gerhard von der Seite an, dann ging er in Richtung Küche. Es war ihm deutlich anzusehen, dass ihm etwas Anderes zum Aufwärmen eingefallen wäre.

Gerhard genoss seinen Kaffee in Gesellschaft von Erwin, auch Franziska war bei ihm. Der Wirt, der ihn in Erinnerungen versunken dasitzen sah, hatte das Feingefühl, ihn nicht dabei zu stören.

»Eigentlich ist es schade«, sagte er, als Gerhard zahlte. »Sie haben Friedland immer nur unter extremen Witterungsbedingungen kennen gelernt, ob im Schnee oder, wie heute, im Regen. Im Sommer, wenn ringsherum die Wiesen in Blüte und die Felder in voller Frucht stehen, ist unser Dorf wunderschön. Kommen Sie doch dann mal wieder.«

»Mach ich«, sagte Gerhard und trat hinaus in den noch immer unvermindert fallenden Regen. Bei dem feuchten Dunst, der ihn sofort umfing, fiel es ihm allerdings schwer, sich die Schönheiten Friedlands im Sommer vorzustellen.

Kurz vor sieben stand er vor der Wohnungstür seiner Frau und schellte. Er hatte Franziska nichts mitgebracht, das war sie schon gewohnt. Sie hatte selten von ihrem Mann Aufmerksamkeiten wie Blumen, Pralinen oder Ähnliches, was Männer normalerweise ihren Frauen schenkten, erhalten. »Man kann einer Frau auch auf andere Weise zeigen, dass man sie liebt«, war sein Postulat gewesen. Im Stillen hatte Franziska ihm Recht gegeben, auch, weil die andere Art bei Heinrich Gerhard nie zu kurz gekommen war.

So auch jetzt, als Franziska die Tür öffnete und er seine schöne Frau in die Arme schloss.

»Gut, dass du da bist, Heinrich«, freute sie sich. Franziska war die einzige, die ihn mit seinem vollen Vornamen und nicht mit dem verkürzten Heiner anredete, ein Privileg, das allseits von ihren Freunden und Bekannten respektiert wurde.

»Hm, hier riechts aber gut«, schnüffelte Gerhard über die Schulter seiner Frau und sog den Duft, der aus der Wohnung kam, genießerisch ein. »Ich dachte, wir gehen heute Abend aus?«, wunderte er sich.

»Machen wir auch, Heinrich, aber erst nach dem Essen. Komm herein, ich erzähle dir dann alles.« Sie nahm ihren Mann an der Hand und führte ihn in die Wohnung.

Das geräumige Zimmer, das sie betraten, war wohl früher einmal durch Einreißen der Wände mehrerer kleiner Zimmer entstanden, wie das verbliebene Balkenfachwerk, das es unterteilte, bezeugte. Der größere quadratische Teil des Raumes bildete den Wohnbereich. Ein seitlicher Erker diente als Essecke.

Die Wohnung, zu der noch ein Schlafzimmer mit Bad sowie eine Kochnische gehörte, strahlte den unverwechselbaren Charme einer weiblichen Hand und einer femininen Lebenssicht aus: Grüngewächse in jeder Ecke, Palmen, Gummibäume und Hängepflanzen, die ihre Ranken von den Schränken herabließen. Auf Tisch und Fensterbänken Röschen und Alpenveilchen, aber auch Trockenblumensträuße in allen Größen, platziert ohne erkennbares System in Schrankfächern und Regalen. Dazwischen, wo auch immer noch ein Platz frei war, Krimskrams und Nippes jeder Art, dessen einzige Gemeinsamkeit seine offenkundige Nutzlosigkeit war.

»In zehn Minuten können wir essen«, informierte ihn Franziska.

»Gut, dann will ich vorher noch kurz unter die Dusche und

mir frische Sachen anziehen, meine Unterwäsche ist immer noch nicht ganz trocken.« Und erklärend fügte er hinzu: »Ich bin etwas nass geworden, im Wald vorhin.«

»Alter Waldschrat«, hörte er Franziska liebevoll hinter ihm herlachen, als er ins Bad ging.

Das Essen hielt, was der Bratenduft versprochen hatte: Kleine Schweinelendchen brutzelten unter einem Berg von Champignons in der Pfanne, auf einer Platte schichteten sich Räucherlachsscheiben und ein Shrimpssalat verlockte in einer Schüssel. Frisches Kräuter-Baguettebrot diente als pikante Grundlage.

»Zuerst einmal will ich dich aufklären, warum wir hier bei mir essen und nicht zum Essen ausgehen, wie du es geplant hattest.« Franziska machte eine kurze Pause, um ein Lendenstückchen in den Mund zu schieben und genüsslich zu kauen. Dann erklärte sie: »Ich habe heute Mittag auf der Weender Straße deine Cousine Regine getroffen. Wir haben über dies und jenes gesprochen, auch darüber, was ihr Mann zur Zeit macht. Sie hat erzählt, dass Uwe nach wie vor im Schuldienst ist, aber seine Freizeit in zunehmendem Maße als Musiker verbringt. Er leitet eine Jazzband, die regelmäßig in Göttingen und Umgebung auftritt. Heute Abend spielen sie im »Nörgelbuff«, einem Jazzkeller in der Innenstadt. Als ich Regine sagte, dass du heute hierher kommst, um mich zu besuchen und mir das Nachtleben Göttingens zu zeigen, haben wir sofort eine Verabredung für heute Abend um neun Uhr im ‚Nörgelbuff' getroffen. Dort, so sagt Regine, tobt das wahre Nachtleben Göttingens.«

Franziska füllte sich zwei Löffel des Shrimpssalats auf ihren Teller und schnitt eine Scheibe vom Baguette. »Ich hoffe, du bist einverstanden.«

Als Gerhard mit vollem Mund zustimmend nickte, sagte sie: »Wir haben noch genügend Zeit, um in Ruhe zu essen und uns vor allem zu erzählen, was sich seit unseren gemeinsamen Tagen auf Mallorca ereignet hat.«

Gerhard, der gerade dem Lachs zu Leibe rückte, bat: »Erzähl du zuerst. Was hast du in der letzten Zeit gemacht?«

Der Bericht, den Franziska gab, war kurz. Sie steckte, jetzt so kurz vor Beginn der Reisesaison, bis über beide Ohren in langweiliger, aber wichtiger Büroarbeit: Die Fluglisten und Busfahrpläne mussten erstellt und koordiniert, Versicherungen abgeschlossen werden. »Eintöniger Schreibkram, nichts, über das sich zu berichten lohnt. Heute war ich seit langem mal wieder in der Stadt unterwegs: Erst ein Geburtstagsbrunch bei einer Kundin, später ein Vortrag in einem Altenheim. - Aber du, du bist in der Welt herumgekommen. Unsere Töchter haben mir schon von deinem Kölner Abenteuer berichtet. Du hättest dich saugut gehalten, hat Johanna gesagt, und ich hatte den Eindruck, dass sie nicht damit gerechnet hatten, dass du einen Fastnachtstag in Köln überleben würdest.«

»Karnevalstag«, berichtigte Gerhard.

»Von mir aus. Aber erzähl jetzt, wie es dir in der letzten Zeit ergangen ist.«

Sie hatte Recht, er würde einiges erzählen können. Zunächst gab er ihr einen kurzen Abriss seiner Wanderungen auf Mallorca, gab ihr zu verstehen, dass aus seiner Sicht die Wandertour wie geplant im Herbst durchgeführt werden konnte.

Als er ihr von seinem naiven, ungewollten Hineinstolpern in den Kölner Karneval erzählte, sah sie ihn an. Wissend lächelte sie und strich ihm mit der Hand über den Kopf, was soviel wie »das lernen wir noch« bedeuten konnte. Er verschwieg auch Helga nicht, vor seiner Frau hatte er keine Geheimnisse. Franziska bestand auf einer ausführlichen Schilderung der Kostüme und Befindlichkeiten ihrer Töchter, bis sie schließlich alles über Irma und Rotkäppchen wusste.

Die Shrimpsschüssel war inzwischen leer, zwei letzte Schweinelendchen verloren sich in der Pfanne. Gerhard verteilte sie auf seinen und Franziskas Teller, schnitt noch einmal Brot ab und setzte seinen Bericht fort. Er erzählte von dem heutigen Gespräch mit Charly und Gunter am Kamin und von der für ihn enttäuschenden Reaktion der Polizisten, die auf seine Verdachtsäußerungen kaum reagiert hatten.

»Du musst sie verstehen«, machte Franziska ihm klar, »sie müssen sich an Fakten und Gesetze, die die Privatsphäre eines Menschen schützen, halten.«

Das wusste er auch, aber dennoch, die Situation war unbefriedigend.

Gerhard stellte die Teller zusammen und Franziska begann, den Tisch abzuräumen. »Mach dich fertig, wir müssen gleich los«, sagte sie. »Ich wasche später ab.«

Es war nicht weit von Franziskas Wohnung bis zur Groner Straße, in der der »Nörgelbuff« lag. Der Abend war frisch, aber nicht kalt, hier in den Gassen der Stadt war der Wind nicht zu spüren. Der Regen hatte aufgehört und am Himmel konnte man vereinzelt Sterne sehen.

Als sie die Treppen zum Jazzkeller hinunterstiegen, fasste Gerhard Franziska am Arm. »Du, sag mir vorher noch eins: Wie viele Kinder haben Regine und Uwe? Einer heißt Lukas, das weiß ich, aber wie heißen die anderen?«

Dies war ein Schwachpunkt im Leben Heinrich Gerhards. Er stand auf Kriegsfuß mit den Generationen, die nahezu inflationsartig die Familie vergrößerten. Er kam nicht zurecht mit den vielen neuen Namen und der Zuordnung zu den Familienteilen. Es war aber auch nicht leicht, bei der Größe der Verwandtschaft den Überblick zu behalten. Immerhin waren es im Hause seiner Mutter neun Geschwister gewesen, die ihrerseits zahlreiche Kinder in die Welt gesetzt hatten. Inzwischen waren auch diese eifrig und fruchtbar gewesen, ein Tatbestand, der den Verlust der Übersicht erklärte.

»Es gibt außer Lukas nur noch den Philipp. Und Regine ist die Tochter von Onkel Kurt und Tante Hedi. Sie ist deine Cousine und nicht deine Nichte.«

»Na, jetzt weiß ich's«, brummte Gerhard und stieg weiter die Treppe hinab. Franziska schüttelte den Kopf, sagte leise »Heinrich, Heinrich« und folgte ihrem Mann.

Wenn man sich einen Jazzkeller vorstellt, denkt man an niedrige Decken und Wände aus unverputztem Naturstein, alles gedrängt und verwinkelt. Man stellt sich einfache Holzstühle und -tische vor, die ohne Ordnung im Raum verteilt sind, denkt an verrauchte Luft und schummrige Beleuchtung, in deren spärlichem Licht sich die Gäste mehr schemenhaft als deutlich erkennbar ausmachen lassen. Genauso und nicht anders sah es im »Nörgelbuff« aus, den sie jetzt, leicht verspätet, betraten.

Regine und Uwe sowie Lukas, der ältere der Söhne, saßen auf einer Bank an einem länglichen Tisch und unterhielten sich mit Gonzo, dem Wirt. Auch Gonzo passte in die Vorstellungen, die man sich von einem Jazzkellerwirt machte: Schlank und schwarz gekleidet, mit schwingenden Bewegungen, die immer der Phrasierung der Musik zu folgen schienen. Die wenigen Haare standen wirr von einem Kopf, dessen freundliches Gesicht den Eindruck vermittelte, als freue er sich über jeden Gast, der in sein Etablissement kam, dessen leicht trauriger Ausdruck aber auch das Bedauern darüber ausdrückte, dass er diese Freude nicht häufiger äußern durfte. Jazz, das war seine deprimierende Erfahrung, war etwas für Kenner, die als Publikum zu haben gut tat, von denen man aber nur mit Mühe leben konnte.

Heute Abend jedoch hatte Gonzo allen Grund zur Freude, denn das Lokal war gut gefüllt, und nach einer herzlichen Begrüßung quetschten sich Heinrich und Franziska zu den anderen auf die Bank. Es war eng, aber urig gemütlich, und da Uwes Band noch nicht zu spielen begonnen hatte, blieb Zeit und Gelegenheit, sich zu unterhalten.

Als sich kurz darauf Vater und Sohn für ihren Auftritt bereit machten, gab es Platz auf der Bank. Gerhard setzte sich so, dass er einen guten Blick auf das Geschehen hatte. Der Begrüßungsapplaus für die Musiker war herzlich, als sie die kleine Bühne betraten. Offenbar kannte man die Band und schätzte sie.

Die Musik, die sie spielten, gefiel Gerhard, sie war eingängig und melodiös, der Rhythmus begleitend und nicht dominierend. Alte Standards, die er wiedererkannte, wechselten mit eigenen Themen, über die sie frei improvisierten, ohne dabei das harmonische Gerüst zu verlassen. Auch die Lautstärke hatte ein erträgliches Maß, man konnte sich ohne schreien zu müssen, dabei unterhalten.

»Entschuldigt mich bitte einen Moment.« Regine erhob sich. »Ein Kollege von mir ist gerade gekommen, ich will ihn nur schnell begrüßen«, sagte sie und ging zur Theke.

Heinrich und Franziska genossen den Moment, da sie nun allein waren. Sie rückten so eng zusammen, dass sich ihre Schultern berührten und lauschten der Musik. Die Band spielte einen Blues, dessen traurige Melodie sich über dunklen, schreitenden Bässen dahinbewegte. Ein Onkel, erinnerte sich Gerhard, hatte einmal erwähnt, dass, wenn er Blues hörte, vor ihm stets dasselbe Bild auftauchte: Ein Neger, der sich in Ketten über die Felder schleppt. Gerhard konnte es seitdem nicht verhindern, dass auch ihm beim Hören eines Blues dieses Bild vor Augen kam.

Und auch dies konnte er nicht verhindern, dass heute die Gestalt, die er vor sich sah, das Gesicht Francisco Sauras' annahm, der sich mit seiner schweren Last, unter der er zusammenzubrechen drohte, über das Land quälte.

»Wo bist du in Gedanken? Wieder bei dieser Selbstmordgeschichte?«, fragte Franziska.

»Es ist wie verflixt, ich komme nicht los davon. Wie Phantome tauchen Gestalten, Bilder von Personen und Orten auf, die auf irgendeine Weise mit dem Toten am Bahndamm zu tun haben. Stell dir vor, soeben habe ich den Professor vor mir gesehen, in Ketten. Er kam kaum vorwärts, taumelte, war kurz vor dem Niederstürzen.« Er beugte sich vor, stützte die Ellbogen auf den Tisch und vergrub seinen Kopf in den Händen. »Ich muss versuchen, Klarheit zu bekommen, sonst werde ich meine Gedanken nicht los.«

»Und was willst du unternehmen?«

Der Blues war zu Ende und die Band intonierte, als wolle sie die dunklen Schatten der vorangegangenen Musik vertreiben, einen beschwingten Foxtrott.

Gerhard richtete sich auf. »Ich muss herausfinden, welches Geheimnis auf der Familie Sauras lastet. Ich bin sicher, dass der

Schlüssel dazu in der Vergangenheit des Professors liegt. Und wenn ich seine Reaktionen auf meine Andeutungen und Fragen richtig deute, dann muss etwas in der Zeit, als er noch in Marburg lehrte, geschehen sein.«

Er blickte vor sich hin. Gedankenverloren hob er sein Glas, trank aber nicht. Franziska ließ ihn in Ruhe, sie sah, dass er um einen Entschluss rang.

»Ich fahre nach Marburg, schon in den nächsten Tagen.« Seine Stimme klang jetzt bestimmt, er hatte sich durchgerungen, nicht länger darauf zu warten, dass andere ihm Lösungen auf die offenen Fragen servierten. Er wollte die Angelegenheit selbst in die Hand nehmen, Gewissheit haben, ob er tatsächlich Recht hatte mit seinen Vermutungen oder sich doch vielleicht irrte, sich von seinen Gefühlen fehlleiten ließ.

Glenn Millers »In the Mood« erklang, die richtige Musik, seinen Unternehmungsgeist weiter zu aktivieren. »Ich werde seine Marburger Vergangenheit beleuchten und sehen, ob es in dieser Zeit ein besonderes Vorkommnis gab. Und wenn ich die ganze Stadt auf den Kopf stellen muss: Wenn da etwas mit dem Professor war, finde ich es!«, verkündete er kämpferisch. Auch in seiner Körperhaltung lag etwas Trotziges und Herausforderndes, als er sich zurücklehnte und die Arme über der Brust verschränkte.

Franziska kannte die spontanen Entschlüsse ihres Mannes, die in eine oft besessene Begeisterung münden konnten. Dann hielt ihn nichts davon ab, einmal Vorgenommenes zu verwirklichen.

Sie hätte einiges gegen die geplante Nachforschungsaktion in Marburg einwenden können. So zum Beispiel, dass die Ereignisse, in die er den Professor verwickelt glaubte, so weit zurücklagen, dass jetzt wohl kaum noch jemand in der Lage war, Auskunft darüber zu geben. Aber es war ihr klar, dass es zum einem nichts genutzt hätte, zu opponieren. In dem jetzigen euphorischen Stadium hätte ihn jeder Versuch, ihn von der Idee abzubringen, nur noch in seiner Absicht bestärkt. Zum anderen, warum sollte sie ihm etwas ausreden, das er, ein im Grunde neugieriger und wissbegieriger Mann, der es liebte, Erkundungen anzustellen und den Dingen auf den Grund zu gehen, leidenschaftlich gern tat.

Wie so oft war auch hier der Weg das Ziel, deshalb sagte sie jetzt nur: »Ja, du solltest fahren. Eher wirst du deinen Frieden nicht finden.«

12

Es war März geworden. Der meteorologische Frühlingsbeginn heute am ersten Tag des Monats stand im Einklang mit der lauen Luft, die über einem sonnenbeschienenen Land lag. Eine plötzliche Südwestströmung hatte die Wärme herangeführt und machte den gestrigen kalten und regnerischen Tag vergessen. Im Gegensatz zu den vagen Februarahnungen lag in den Märztagen die Verheißung, dass der Frühling endlich zu bleibendem Durchbruch gelangen könnte.

Es war später Vormittag. Gerhard war gerade aus Göttingen zurückgekehrt und hatte sich entschlossen, den freundlichen Morgen dazu zu nutzen, Ordnung rings um das Haus zu schaffen. Er wollte die herabgefallenen Äste auflesen, Hof und Einfahrt kehren und damit seinen Beitrag zur Begrüßung des Frühlings leisten.

Das Licht, das auf den umgebenden Wiesen und Feldern lag, hatte noch nicht die Leuchtkraft und die Klarheit späterer Maitage, aber es reichte aus, um ruhende Aktivitäten wieder zu beleben. Scharen von Spaziergängern ergossen sich an diesem Morgen aus dem Dorf heraus auf die Gehsteige und die Wege der umliegenden Felder. Aufbruchstimmung allerorten. Gerhard zog sich die Jacke aus und arbeitete im Hemd weiter.

Als er später ins Haus zurückkehrte, sah er, dass auf seinem

Anrufbeantworter eine Nachricht war. Er drückte den Wiedergabeknopf und nahm Block und Stift zur Hand. Aber er musste nicht mitschreiben, das aufgezeichnete Telefonat enthielt nur eine kurze Aufforderung: »Ruf mich mal an!« war alles, was Charly Montag ihm hinterlassen hatte. Gerhard sah auf die Uhr. Es war die Zeit der Mittagspause, auch bei der Polizei stärkte man sich und ruhte. Er wollte später nach dem Essen anrufen. Jetzt würde er sich erst einmal eine Siesta gönnen. Der fehlende Schlaf der vergangenen Nacht machte ihm zu schaffen.

Als er zwei Stunden später zum Telefon griff, war er erfrischt und mit neuer Spannkraft versehen. Er wählte die Nummer der Polizeidirektion.

»Hallo, Charly, du hattest heute Vormittag versucht, mit mir zu telefonieren, aber nur meinen Anrufbeantworter erreicht. Ich war im Garten draußen, mit dem Frühling ist die Arbeitslust gekommen. Gibt's denn etwas Besonderes?«

»Nichts Besonderes, Heiner. Ich wollte dir nur mitteilen, dass es keine weiteren Untersuchungen in der Sache Sauras geben wird«, kam er gleich zur Sache. Er wollte es hinter sich haben, denn er wusste, dass diese Nachricht eine Enttäuschung für Gerhard bedeutete. »Die mallorquinische Polizei lehnt es ab, ohne triftige Gründe und Verdachtsmomente gegen Professor Sauras zu ermitteln. Gunter hat heute Morgen lange mit den spanischen Kollegen gesprochen, ihnen deine Beobachtungen und Vermutungen detailliert dargelegt. Vergebens. Ohne hieb- und stichfeste Gründe keine weiteren Ermittlungen. Tut mir leid, Heiner.«

»Das heißt, die Sache ist jetzt endgültig abgeschlossen?«

»Ja, definitiv. Der Professor ist eine international anerkannte Persönlichkeit und hoch angesehen in Mallorca. Du musst die dortigen Kollegen verstehen. Sie können und wollen nicht so ohne weiteres im Privatleben dieses renommierten Mannes herumschnüffeln.«

»Dann nehme ich das eben so zur Kenntnis«, sagte Gerhard scheinbar gelassen und beendete das Gespräch. An seinem

Entschluss, auf eigene Faust Nachforschungen anzustellen, änderte das soeben Gehörte nichts, es beschleunigte lediglich die Durchführung. Er beschloss, schon am folgenden Tag nach Marburg zu fahren.

Als er am nächsten Morgen auf der Autobahn in Richtung Alsfeld fuhr, war die Sonne noch nicht zu sehen. Der orangefarbene, helle Himmel im Osten verriet aber, dass sie bald über dem Vogelsberg aufsteigen und das Land mit ihrem Licht durchfluten würde. Der heutige Tag versprach mindestens ebenso frühlingshaft wie der gestrige zu werden.

Um zeitig loszukommen, hatte er auf sein morgendliches Frühstück verzichtet, sich mit einem Becher Cappuccino begnügt und sich dann auf den Weg gemacht. Er würde in Marburg ausgiebig frühstücken. Ein Café war ein guter Ausgangspunkt für die Erkundung einer Stadt. Dort, am besten in einem Café am Marktplatz mit Blick auf das geschäftige Treiben, konnte er beim Studium des Stadtplans und der lokalen Tageszeitung mit der Örtlichkeit in einen ersten Kontakt treten, sich wieder die früher so vertrauten Lokalitäten ins Gedächtnis rufen, ehe er dann mit seinen Nachforschungen begann.

Mein Gott, wie weit lag das schon zurück, dass er in den siebziger Jahren einige Semester in Marburg studiert hatte. Trotz der langen Spanne, die seitdem vergangen war, waren die Erinnerungen an diese Zeit noch immer gegenwärtig und lebendig. Bilder tauchten vor ihm auf; Bilder von stattlichen Fachwerkhäusern in gekrümmten Straßen und kopfsteingepflasterten Gassen, die sich vom westlichen Lahnufer zum Schlossberg hinaufwanden. Das imposante, ehrwürdige Gebäude der alten Universität sah er vor sich, den anheimelnden Marktplatz mit Rathaus und Brunnen, mit der »Sonne« und dem »Karzer«, in deren verrauchten Räumen sie damals so manches Glas Maibowle in ihre sangesfreudigen Studentenkehlen geschüttet hatten. Und natürlich schwebte Franziska zwischen allem, denn mit ihr verbanden sich die Erinnerungen in besonderem Maße, hatten sie sich doch in der alten Universitätsstadt kennen- und liebengelernt.

Als er am frühen Vormittag in Marburg ankam, stand die Sonne bereits hoch am Himmel. Die Luft hatte sich schon so erwärmt, dass er die Jacke im Auto ließ und sich zu Fuß in Richtung Zentrum aufmachte. Er hatte seinen Wagen bewusst etwas außerhalb, in der Nähe des Hauptbahnhofes, geparkt. Er liebte es, sich einer Stadt von ihrem Rand her zu nähern, in die immer dichter werdende Bebauung einzudringen bis in ihren innersten Bereich, in dem sich in den Gassen die Häuser dicht aneinander drängten und gegenseitig stützten. Er hatte den Fußweg zum Marktplatz so gewählt, dass er ihn vorbeiführte an den alten, heute nur noch zum Teil genutzten Kliniken, in denen er während seines Medizinstudiums zum Arzt ausgebildet worden war. Er passierte die ehemalige Chirurgie, bog ein in die Firmaneistrasse und erreichte vorbei an der Kinderklinik die Elisabethkirche.

Die Touristinformation am Pilgrimstein hatte gerade ihre Pforten geöffnet, als er vorsprach. Er erbat einen Stadtplan und ließ sich zeigen, wie er später zur Musikhochschule gelangen konnte. Er musste jetzt in Ruhe sein weiteres Vorgehen überdenken, außerdem brauchte er ein gutes Frühstück.

Das Café am Marktplatz trug den süßen, verlockenden Namen »Schokolade«. Aber ihm war eher nach etwas Herzhaftem zumute. Er hatte noch die alte, längst überholte Vorstellung, dass Leistungsfähigkeit mit Speck und Eiern besser zu erreichen war als mit Honig- und Marmeladenbrötchen. Deshalb bestellte er, als er die Frühstückskarte studiert hatte, »Ham und eggs«, und war erstaunt, dass sich auf seinem Teller neben Eiern, Speck und Schinken noch andere Köstlichkeiten eines insularen Frühstücks - Bohnen, gedünstete Tomaten und kleine Würstchen - fanden. Er würde nachlesen müssen, ob die hier im kontinentalen Marburg residierenden Landgrafen englisches Blut in den Adern hatten.

Gerhard, den Stadtplan und eine Tasse Kaffee vor sich, begann zu überlegen, wo er mit seinen Nachforschungen anfangen wollte und wie er sie durchführen sollte. Im Grunde reduzierte sich alles auf die Beantwortung einer Frage: Gab es in der Zeit, als Francisco Sauras als feste Lehrkraft an der hiesigen Musikhochschule unterrichtete, irgendeinen oder mehrere Vorfälle, die das jetzige auffällige Verhalten des Professors erklären konnten.

Zunächst einmal musste Gerhard herausbekommen, wann genau Sauras in Marburg gelehrt und gelebt hatte. Außerdem musste er seinen damaligen Wohnort in Erfahrung bringen, um eventuell im dortigen Umfeld Erkundigungen einziehen zu können. Die eine Möglichkeit war, beim Einwohnermeldeamt nachzufragen. Aber genauso gut würde die Hochschule für Musik ihm Auskunft, vielleicht sogar darüber hinausgehende Informationen geben können.

Er beschloss, zunächst einmal einen nostalgischen Bummel durch die Altstadt zu machen und den Gang so zu legen, dass an seinem Ende die Musikhochschule lag. Dort würde er dann mit der Suche nach Spuren, die Francisco Sauras in dieser Stadt hinterlassen hatte, beginnen. Es war wenig sinnvoll, sich jetzt schon Gedanken über die weiteren Schritte zu machen, erst musste er sehen, wie viel er in der Hochschule erfahren konnte.

Was sich gestern erst erahnen ließ, wurde heute zur Gewissheit: Der Frühling war gekommen. Die dunklen Wintermäntel waren aus dem Straßenbild verschwunden, die Menschen richteten sich aus ihrer geduckten Haltung auf und schritten fröhlich in bunten Jacken und Pullovern über die sonnenbeschienenen Plätze. Eine erste Gruppe Japaner stand vor dem Rathaus und lauschte den Ausführungen einer Stadtführerin.

Gerhard stieg den Schlossberg empor. Bevor er in die Rittergasse einbog, blieb er auf der Höhe der Lutherkirche stehen. Lange schaute er hinauf zum Duisberg-Haus, das sich unterhalb des Landgrafenschlosses an den Südhang des Berges anschmiegte. Er überließ sich seinen Erinnerungen. Dort hatte er während einiger Semester gewohnt, in Zeiten, in denen abendliche Damenbesuche in Studentenheimen noch unerwünscht waren. Er seufzte, wenn er an die herrlichen Nächte, die er mit Franziska heimlich in diesem Haus verbracht hatte, dachte.

Imposante, alte Burschenschaftsvillen säumten die Lutherstrasse, deren Verlauf Gerhard nun bergauf folgte. Er merkte, dass sein Schritt auf den letzten Metern zögerlicher geworden war. Er näherte sich jetzt der Musikhochschule. Wie sollte er vorgehen? Einfach hineingehen, seine Befürchtungen und seinen Argwohn darlegen, dass eine ehemalige Lehrkraft ihrer Institution möglicherweise früher einmal eine strafbare Handlung begangen hatte? Bitten, dass man ihm, der Privatperson Heinrich Gerhard, Auskunft über den Verdächtigen erteilte? Es war wenig wahrscheinlich, dass diese Vorgehensweise zum Erfolg führen würde. Eher war zu erwarten, dass man ihm Informationen über Francisco Sauras mit der Begründung der Vertraulichkeit und der Zuständigkeit der Polizei für Auskunftsersuchen verweigern würde. Nein, so vorzugehen wäre von vornherein zum Scheitern verurteilt.

Als er zu dem kleinen Platz gelangte, zu dem sich die Straße an ihrem Ende erweiterte und an dem die Musikhochschule lag, kam ihm eine Idee: Wie, wenn er sich als Verfasser eines Artikels über Francisco Sauras ausgab? Immerhin hatte der Professor sowohl als Pianist als auch als Musikpädagoge ein hervorragendes, internationales Renommee. Grund genug, über ihn in einer Musikzeitschrift eine Abhandlung zu veröffentlichen. Und es war doch nur natürlich, dass man dann Erkundigungen am Ort seines Wirkens einzog.

Gerhard beschleunigte wieder die Schritte. Dies war eine glaubhafte Lösung, die, so hoffte er, zum Erfolg führen würde.

»Hochschule für Musik« stand über dem auf dicken Säulen ruhenden Eingangsportal. Das große, rechteckige Gebäude war alt, die Patina vieler Jahrzehnte, wenn nicht Jahrhunderte lag auf den Wänden, die dringend reparaturbedürftig waren und deren unverputzte Steine Löcher und Scharten aufwiesen, die Wind und Regen im Laufe der Zeit ausgespült hatten.

Die hohe Eingangshalle, die Gerhard jetzt betrat, mündete an beiden Seiten in dekorative Treppenaufgänge, die ins Obergeschoss führten. An der dem Eingang gegenüberliegenden Wand waren mehrere Schaukästen aufgehängt, die über Stundenverteilung und Unterrichtspläne, aber auch über Examenskonzerte und Vorspieltermine Auskunft gaben.

In einer seitlich aufgestellten verglasten Kabine, die als Empfangsinformation diente, saß eine junge Frau, die in einer Illustrierten las. Als Gerhard an das Fenster trat, sah sie auf und legte die Zeitschrift zur Seite.

»Guten Tag, kann ich Ihnen helfen?«, fragte sie.

Gerhard sah die aparte Frau an und schenkte ihr ein Lächeln, von dem er hoffte, dass es verführerisch wirken und zugleich eine gewisse Würde ausstrahlen könnte. »Wissen Sie, ich schreibe einen Artikel über Professor Sauras, und dazu benötige ich einige Auskünfte.«

Verständnislos blickte sie ihn an. »Professor Sauras, den gibt es hier nicht. In welchem Fach soll der denn unterrichten?«

»Klavier. Das heißt, jetzt unterrichtet er nur noch sporadisch, in gelegentlichen Meisterkursen. Aber vor Jahren war er Mitglied des Lehrkörpers dieser Hochschule, und aus dieser Zeit brauche ich Informationen.«

Sie schüttelte den Kopf. »Da kann ich Ihnen nicht weiterhelfen. Da müssten Sie bei der Verwaltung nachfragen. Hier in diesem Gebäude findet lediglich der Musikbetrieb statt. Unterrichts- und Übungsräume, Räume für Chor- und Orchesterproben, auch der Konzertsaal für die Vorspiele – das alles ist in diesem Gebäude. Aber über Personaldaten verfügen wir hier nicht.«

»Und wo finde ich die Verwaltung?«

»Im Gisonenweg. Gehen Sie hinter dem Haus durch den Schlosspark, dann stoßen Sie drauf.«

Bevor Gerhard sich auf den Weg zum Verwaltungsgebäude

begab, stieg er über eine der Treppen ins Obergeschoss empor. Langsam schlenderte er durch den langen Korridor, der durch das gesamte Gebäude bis zur anderen Treppe führte. Aus den vom Gang aus begehbaren Räumen ertönte Musik, in der Mehrzahl Klavierspiel, aber auch Geigen, Flöten und Gesangsstimmen waren zu hören. Vor einigen Türen blieb er stehen und versuchte, die gespielten Stücke zu erraten. Schumanns »Carneval« erkannte er, ebenso eine Mozartsonate. Kurz schloss er die Augen und hörte zu, dann stieg er wieder die Treppe hinab und verließ die Hochschule.

Im Schlosspark, den er unter hohen Kastanienbäumen durchschritt, blühten Krokusse und Stiefmütterchen. Auf den Bänken im Rosengarten vor der Freilichtbühne saßen Studenten und Spaziergänger und genossen die Frühlingswärme.

Auch im Verwaltungsgebäude empfing ihn an der Pforte eine Dame, etwas älter schon, was zur Folge hatte, dass sie sich, nachdem Gerhard sein Anliegen unter dem Vorwand des zu schreibenden Zeitungsartikels vorgebracht hatte, sofort an Francisco Sauras erinnerte.

»Ja, der Professor«, sagte sie träumerisch. »Das ist schon so lange her«, wobei nicht klar war, ob sie die Lehrtätigkeit Sauras' oder ihre eigene Jugend meinte.

»Könnten Sie mir denn vielleicht ein paar Auskünfte geben?«, fragte Gerhard schüchtern an. Hier würde ein hilfloses, Mutterinstinkte weckendes Auftreten möglicherweise eher zum Ziel führen.

»Tut mir leid, da muss ich Sie an unsere Personalabteilung oder die Pressestelle weiterleiten. Dort müsste das, was Sie suchen, archiviert sein.«

»Wo finde ich die Pressestelle?«, beeilte sich Gerhard zu fragen. Er versprach sich von einer flexiblen, in der Öffentlichkeitsarbeit versierten Person ein größeres Informationsspektrum als von einem Personalsachbearbeiter, der sich streng an seine aus der Akte hervorgehenden Daten halten und kaum über weitergehende Details verfügen würde.

»Die Treppe rauf, dann links den Gang, das zweite Zimmer«, gab sie eine verkürzte Wegbeschreibung, um dann warm und unverkürzt hinzuzufügen, »Herr Weber wird Ihnen dort sicher gerne weiterhelfen. Unsere Pressestelle, und vor allem Herr Weber, sind bekannt für ihre Hilfsbereitschaft.« Das Leuchten ihrer Augen verriet, dass sie ihn um das bevorstehende Gespräch beneidete.

Herr Weber war ganz anders, als Gerhard ihn sich vorgestellt hatte. Er hatte einen gutmütigen, älteren Herrn erwartet, der mit erfahrener Hand die Präsentation der Hochschule in den Medien steuerte. Stattdessen empfing ihn ein junger, dynamischer Mann in Jeans und T-Shirt, der ihn mit angenehm ruhiger Stimme, aus der Gerhard den Kasseler Dialekt herauszuhören glaubte, begrüßte.

»Sie sind aber auch nicht von hier?«, fragte Gerhard.

»Hört man's?«, lachte Herr Weber. »Sie haben Recht, ich komme aus dem schönen Nordhessen. Genau genommen aus Lohfelden. Kennen Sie sich aus in Nordhessen? »

»Ich bin Eschweger!«, Gerhards stolze Antwort hatte zur Folge, dass sie einen freundschaftlichen Blick tauschten und mit einem Kopfnicken ihre gegenseitige Wertschätzung kundtaten. Dann bat Herr Weber seinen Gast, Platz zu nehmen.

»Wollen Sie einen Kaffee?«, fragte er und holte eine Tasse für Gerhard aus dem Wandschrank. »Milch? Zucker?«

»Nur Milch«, sagte Gerhard und nahm die Tasse entgegen, die Herr Weber ihm reichte. Kaffee und Landsmannschaft schufen eine vertraute Atmosphäre, der Boden für ein gutes Gespräch war bereitet.

»Die Dame am Empfang schickt mich zu Ihnen.«

»Ah, Rosi, Frau Siebert, schickt Sie also.« Er lächelte, offenbar kannte er die anbetende Zuneigung, die Rosi ihm entgegenbrachte. »Was kann ich für Sie tun?« Mit ausgebreiteten Armen gab er zu verstehen, dass er für alles offen war und ihm zur Verfügung stand.

»Mein Name ist Heinrich Gerhard. Ich schreibe einen Artikel in einer Musikzeitschrift und dafür brauche ich einige Hintergrundinformationen.«

»Geht es um etwas Bestimmtes?«

»Es geht um eine Lehrkraft, die vor einigen Jahren an Ihrer Hochschule unterrichtet hat.«

Weber war jetzt aufmerksam geworden, er sah Gerhard gespannt an. »Um wen geht es denn?«

»Um Francisco Sauras. Sagt Ihnen der Name etwas?« Aber er hätte sich die Frage ersparen können, denn die Reaktion seines Gegenübers gab eine deutliche Antwort. Erstaunt und ungläubig hatte er Gerhard bei der Nennung des Namens angesehen. Jetzt war er aufgestanden und ein paar Schritte ins Zimmer hineingegangen. Als er sich umdrehte, war die Bestürzung in seinem Gesicht verschwunden. »Was wollen Sie wissen?«

Gerhard war irritiert. Er hatte mit größerem Widerstand gerechnet, hatte erwartet, dass er selbst Auskünfte geben musste über die Art des Artikels, den er schreiben wollte. Dass von ihm eine Erklärung verlangt werden würde, warum er gerade Francisco Sauras zum Gegenstand seiner Publikation gewählt hatte. Auch hatte er befürchtet, dass er den Namen der Musikzeitschrift, in der der Artikel erscheinen sollte, nennen müsste. Stattdessen bot man ihm hier die gewünschten Informationen ohne weitere Befragung an. Er wunderte sich, nahm aber die Offerte an.

»Zunächst einmal wüsste ich gerne, wann Professor Sauras in Marburg gelebt und an der Hochschule unterrichtet hat?«

»Es war genau vor 25 Jahren, als der Professor Klavier und Kompositionslehre hier zu unterrichten begann und er tat dies exakt drei Jahre lang«, kam die spontane Antwort.

»Aha.« Gerhard wunderte sich über die prompte Auskunft, aber er forschte weiter. »Ist Professor Sauras nach dem Ende seiner Lehrtätigkeit von Marburg aus gleich nach Mallorca zurückgekehrt?«

»Soviel ich weiß, ja. Er hatte ein Lehrangebot an der Universität in Palma.«

»War sein Ausscheiden damals freiwillig oder wurde ihm gekündigt?«

Wieder schaute ihn Weber erstaunt an, ehe er antwortete. »Sauras hat selbst seinen Lehrvertrag gekündigt. Quasi über Nacht, ohne Vorankündigung und ohne Nennung von Gründen.«

Gerhard fühlte, dass er nun, wollte er glaubhaft bleiben und weiterhin als Artikelschreiber auftreten, einige Fragen über die musikalischen Qualitäten und Leistungen des Professors einschieben musste. Weber antwortete ihm bereitwillig, wenn auch, wie es Gerhard schien, gelegentlich mit einem Anflug von Belustigung. Er stellte auch seinerseits Fragen über musiktheoretische Arbeiten, die der Professor gemacht hatte, und Gerhard hatte alle Mühe, eine Antwort zu improvisieren oder sie zu umgehen. Er fühlte sich nicht wohl in seiner Haut. Er hatte das Empfinden, dass sein Gesprächspartner ihn längst durchschaut hatte und das Frage- und Antwortspiel nur mitmachte, weil es ihn amüsierte. Er musste wieder zu den für ihn wichtigen privaten Lebensdaten und Geschehnissen kommen und das Gespräch bald beenden.

»Sie sagten vorhin, dass Sauras ohne Angabe von Gründen gekündigt hat. Gab es denn« – Gerhard sprach zögernd und deutete damit an, dass er auch an Gerüchten interessiert war – »gab es denn Hinweise, einen Verdacht vielleicht, was der Grund seines Ausscheidens gewesen sein könnte?«

»Nein, das war lange vor meiner Zeit, ich weiß nichts über die Gründe.«

Der lässt mich zappeln, der spielt mit mir, dachte Gerhard und stellte eine letzte Frage: »Wissen Sie, wo Francisco Sauras in seiner Marburger Zeit gewohnt hat?« Erklärend fügte er hinzu: »Es lockert einen Fachbericht auf, wenn einiges Persönliches von dem Menschen Francisco Sauras eingeflochten wird. Vielleicht weiß jemand aus seinem alten Wohnumfeld etwas zu berichten, das zu schreiben lohnt.«

»Professor Sauras wohnte während seiner drei Marburger

Jahre in einer kleinen Wohnung in der Barfüßerstrasse 27«, sagte Weber und weidete sich offensichtlich an der zunehmenden Verwirrung und Verwunderung Gerhards. Dieser klappte sein Notizbuch zu und steckte es umständlich in die Hosentasche, holte es noch einmal heraus, schlug es auf, als wollte er etwas nachlesen. Als er es schließlich wieder verstauen wollte, sprach er die Frage aus, die ihm schon die ganze Zeit auf dem Herzen gelegen hatte: »Wie kommt es, dass Sie all die Fakten und Daten, ja sogar die Adresse mit Hausnummer, auswendig aufsagen können? Immerhin liegt der Aufenthalt von Sauras schon 25 Jahre zurück. Wie ist das möglich?«

Jetzt lachte Weber laut, stand auf und goss Kaffee nach. »Klar ist es nicht möglich, nach 25 Jahren sich noch an die Details zu erinnern, zumal ich diese Zeit nicht selbst miterlebt habe. Ich werde Ihnen gleich erklären, warum mir all die Einzelheiten aus Professor Sauras' Marburger Zeit bekannt sind. Aber zuerst, Herr Gerhard«, hier machte er eine Pause und sah seinen Gast an, »– und ich bitte um eine ehrliche Antwort – was führt Sie in Wirklichkeit zu mir. Mit der Geschichte von dem Artikel in der Musikzeitschrift, den Sie angeblich über Sauras schreiben wollen, können Sie vielleicht Rosi oder einen Verwaltungsmenschen hinters Licht führen, aber nicht einen Fachmann wie mich. Also, raus mit der Sprache, was steckt wirklich hinter den Erkundigungen über den Professor?« Weber nahm seine Tasse auf, trank einen Schluck und behielt sie in der Hand. Dann lehnte er sich zurück, sah Gerhard auffordernd an und wartete auf dessen Bericht. Und Gerhard berichtete, einmal weil ein Festhalten an seiner gespielten Autorenrolle zwecklos war und zum anderen, weil er Vertrauen zu dem jungen Mann gefasst hatte, von dem er instinktiv wusste, dass er ihn und seine Gefühle in der Angelegenheit Sauras verstehen würde. Er erzählte die Geschehnisse der letzten Wochen. Er ließ nichts aus, nicht den Tod des Sohnes noch die Verzweiflung des Vaters. Er berichtete von seiner eigenen Ruhelosigkeit und seinem Entschluss, dem vermuteten

Mysterium, das möglicherweise über Sauras‘ Marburger Zeit lag, nachzugehen.

»So bin ich bei Ihnen, Herr Weber, gelandet. Ich bitte um Entschuldigung, dass ich unter einem falschen Vorwand versucht habe, Ihnen die Informationen zu entlocken. Aber ich fürchtete, mit der Offenlegung der wahren Geschichte, so wie ich sie Ihnen eben erzählt habe, abgewiesen zu werden.« Sein bedauerndes Schulterzucken tat Weber mit einer Handbewegung ab.

»Ist schon in Ordnung. Ich kann Sie ja verstehen.« Er stellte seine Kaffeetasse ab und sah eine Weile wortlos vor sich hin, er war offensichtlich betroffen von dem Erzählten. Dann ging er zu seinem Schreibtisch, kramte kurz in einem dicken Stapel von Papieren und zog schließlich einen dünnen Heftordner hervor, den er vor Gerhard auf das Tischchen legte. »Das ist das Geheimnis meines detaillierten Wissens zur Person Sauras.«

Gerhard sah die Überschrift auf der dünnen, dunkelblauen Mappe: »Personalakte Prof. Francisco Sauras«, las er laut und verstand nicht.

Weber erklärte: »Die Akte liegt seit etwa vier Wochen auf meinem Schreibtisch, denn die gleichen Auskünfte, die ich heute Ihnen gegeben habe, gab ich auch damals.« Er wiegte traurig den Kopf bei der Erinnerung. »Sie können sich denken, wer mich aufgesucht hat und Fragen gestellt hat, so wie Sie heute?«

Gerhard nickte. »Jaime Sauras?«

»Ja, der Sohn. Er wollte alles über seinen Vater wissen. Auf meine Frage, warum, sagte er nur, er wolle seinen Vater besser kennen lernen und da er zufällig in Marburg sei, wolle er erfahren, wie und wo er hier gelebt hatte.«

Weber nahm die Mappe auf, blätterte ohne zu lesen darin und schlug mit der Hand darauf: »Nun, ich gab ihm die Daten, die in der Akte standen, so wie ich sie Ihnen heute gegeben habe. Es sind ja keine persönlichen, vertraulichen Informationen, sondern Fakten, die jedem zugänglich sind.«

»Welchen Eindruck machte Jaime Sauras denn auf Sie? War er erregt, verwirrt oder irgendwie anderweitig auffällig?«

Weber sann nach: »Nein, nichts von dem. Er wirkte traurig, fast melancholisch. In seinen Fragen, die er mir stellte, war er eher zurückhaltend und höflich. Jetzt, da ich weiß, dass er nur wenige Tage vor seinem Tod bei mir gewesen ist, erhält diese düstere Stimmung, die mir damals aufgefallen ist, natürlich eine besondere Bedeutung.«

»Hat er denn angedeutet, was er als nächstes plante, wohin er gehen wollte?«

»Nein, überhaupt nicht. Er hat sich bedankt und ist dann gegangen.«

Beide schwiegen, denn es war ihnen bewusst, dass der Weg, den Jaime gegangen war, in seinen Tod geführt hatte.

Gerhard stand auf. »Vielen Dank, Herr Weber, für die Zeit, die Sie sich für mich genommen haben. Und vielen Dank für Ihr Verständnis – dass Sie mir mein Täuschungsmanöver nicht übel genommen haben.«

»Es war mir ein Vergnügen, mit Ihnen zu reden. So von Nordhesse zu Nordhesse. Sollten Sie Hilfe in dieser Angelegenheit benötigen, so wissen Sie, wo Sie mich finden.«

Sie schüttelten sich herzlich die Hand. Gerhard verließ die Pressestelle und ging zur Treppe. Als er die Stufen herunterkam, sah Frau Siebert ihn erwartungsvoll an. »Ist er nicht nett?«, fragte sie.

»Ja, Rosi, ein reizender Mann,« entgegnete er. Das Klingeln des Telefons und das Abheben des Hörers ermöglichten es Frau Siebert, ihre Verlegenheit zu verbergen. Gerhard ging weiter zum Ausgang.

»Hallo, Sie«, rief Rosi hinter ihm her und deutete auf den Telefonhörer. »Herr Weber will Sie noch einmal kurz sprechen.« Gerhard kehrte um und übernahm den Hörer. »Ja?«, fragte er.

»Mir ist da gerade noch etwas eingefallen, was Ihnen vielleicht weiterhelfen könnte«, sagte Weber. »Es gibt da noch eine alte Kollegin des Professors, alt im wahrsten Sinne des Wortes, denn sie dürfte jetzt an die achtzig sein. Die kann Ihnen möglicherweise aus eigener Erfahrung Dinge über Sauras erzählen, die in keiner Akte stehen. Es könnte sich lohnen, mit ihr zu reden.«

»Ja, natürlich, das könnte wirklich eine lohnende Informationsquelle sein. Haben Sie ihre Adresse?«

»Gleich, ich habe gerade das Telefonbuch vor mir.« Gerhard hörte das Blättern der Seiten. »Haben Sie etwas zum Schreiben?«

»Einen Moment.« Gerhard war gerade dabei, sein Notizbuch aus der Tasche zu ziehen, als Rosi ihm schon Block und Kuli zuschob. Dankend nickte er ihr zu. »So, ich bin bereit.«

»Also, der Name ist Elisabeth Conradi, Conradi mit c. Sie wohnt am Rotenberg 8. Wissen Sie, wo das ist?«

»Ja, ein Kommilitone hatte dort früher ein Zimmer.«

»Gut«, Weber diktierte noch die Telefonnummer, dann wünschte er ihm viel Glück und legte auf.

Gerhard riss den beschriebenen Zettel ab und gab Block und Kuli zurück. »Dankeschön und tschüß, Rosi.« Diesmal rettete kein Telefon die errötende Frau Siebert. Gerhard trat in den warmen, sonnigen Tag hinaus und freute sich, dass der Frühling auch im Verwaltungsgebäude der Musikhochschule Einzug gehalten hatte.

13

Gerhard war guten Mutes, als er den Rückweg in die Innenstadt antrat. Entgegen seiner geheimen Befürchtung, dass seine Nachforschungen vielleicht ins Leere laufen könnten, hatte er doch einiges in Erfahrung bringen können. Vor allem hatte er zwei Adressen, die er aufsuchen konnte. Dort würde er möglicherweise weitere Einblicke in die Vergangenheit Francisco Sauras erhalten.

Während er die Fußgängerzone Marburgs entlang ging,

grübelte er darüber nach, was Jaime Sauras bewogen haben mochte, Erkundigungen über seinen Vater an dessen früherer Wirkungsstätte einzuziehen. War er wirklich, wie er behauptet hatte, zufällig nach Marburg gekommen? Eher unwahrscheinlich. Aber vielleicht war er nur deshalb hierher gefahren, um sich die Stadt seiner künftigen Musikhochschule anzusehen. Sich dabei nach Lebensstationen seines Vaters zu erkundigen, war nichts Ungewöhnliches oder gar Verdächtiges. Zumindest war jetzt geklärt, was Jaime in diesen mitteldeutschen Raum geführt hatte: Sein Ziel war ganz offensichtlich Marburg gewesen.

Ungeklärt blieb aber nach wie vor, was ihn später in die Eschweger Region verschlagen hatte, in der er seinen frühen Tod fand. Unklar war auch, ob seine Nachforschungen über den Vater und die Erkenntnisse, die er dadurch gewonnen hatte, in irgendeinem Zusammenhang mit dem Selbstmord standen.

Die Touristinformation, die er gerade wieder passierte, rief Gerhard in Erinnerung, dass er sich bis jetzt noch nicht darum gekümmert hatte, wo er die Nacht verbringen würde. »Eine nette, saubere Pension, am besten in der Innenstadt«, trug er seinen Wunsch der Dame vor, die für die Zimmervermittlung zuständig war.

»Dann empfehle ich Ihnen die Pension Schmidt in der Hofstatt.« Sie trat ans Fenster und zeigte mit dem Arm nach draußen. »Hier runter bis zum Rudolphsplatz, dort hoch an der Uni vorbei und dann die zweite rechts. Das ist die Hofstatt.« Offensichtlich waren kurze, prägnante Wegbeschreibungen ein Marburger Markenzeichen. »Ich will aber erst anrufen, ob noch etwas frei ist.«

Sie wählte, gab ihm zu verstehen, dass er ein Zimmer haben könne und fragte, wie viele Nächte er zu bleiben gedächte. Gerhard spreizte zwei Finger. Zwei Nächte, um die sich drei Tage gruppierten, würden voraussichtlich ausreichen für seine Erkundigungen.

Er fand die Pension auf Anhieb. Seinen Wünschen entsprechend war das Zimmer sauber, Frau Schmidt nett und die Lage ausgesprochen zentral.

Gerhard machte sich frisch und zog sich dünnere Kleidung an, denn die Außentemperaturen hatten sich unter der Sonneneinstrahlung weiter erwärmt. Auf dem Weg zu seiner Pension hatte er ein Café entdeckt, das seine großen Flügeltüren weit geöffnet und Tische und Stühle in die Sonne gestellt hatte. Dieses wollte er jetzt aufsuchen. In der Mittagszeit waren ihm sowieso die Hände gebunden. Älteren Menschen, denen die Mittagsruhe heilig und der Mittagsschlaf notwendig war, konnte man in dieser Zeit keinen Besuch abstatten. Bei einem Kaffee wollte er eine Weile die Seele baumeln lassen, Sonne und Wärme genießen und seine weitere Verfahrensweise überdenken.

Die Tische vor dem »Café Central« waren größtenteils besetzt, Jacken und Pullover hingen über den Rückenlehnen. Statt formloser Mäntel bedeckten jetzt T-Shirts männliche Muskeln und Blusen weibliche Formen. Die Gesichter der Gäste waren, Sonnenblumen gleich, der Sonne zugewendet, deren Schein und Wärme sie zu beleben schien. Goethe hatte, nahm Gerhard an, vor diesem Café gestanden, als er den Osterspaziergang schrieb, denn wo, wenn nicht hier, wären ihm die Zeilen: »Jeder sonnt sich heut so gern« und »sind sie alle ans Licht gebracht« in den Sinn gekommen.

Gerhard, der einen freien Tisch fand, setzte sich, den allgemeinen Trend ignorierend, so mit dem Rücken zur Sonne, dass er über den kleinen Platz mit der alten Kirche blicken konnte. Auch er sah die Sonne, wie sie sich in den großen Glasfenstern spiegelte und spürte ihre Wärme auf seinen Schultern. Ein Siestagefühl machte sich in ihm breit. Er schloss die Augen und genoss einige Minuten das völlige Nichtstun und –denken. Dann erinnerte er sich, weswegen er nach Marburg gekommen war.

Es war nicht weit bis zu der Adresse in der Barfüßerstrasse, die ihm Herr Weber gegeben hatte. Dort im ehemaligen Wohnhaus des Professors konnte er seine Nachforschungen beginnen, konnte feststellen, ob es noch Personen gab, die sich an Francisco Sauras erinnerten. Eventuell würde er seine Befragungen auch auf die Nachbarhäuser ausdehnen müssen. Dies alles, schätzte er, könnte den ganzen Nachmittag beanspruchen.

Ein Besuch bei der Kollegin des Professors, dieser Elisabeth soundso – er hatte den Nachnamen vergessen – würde nicht vor den frühen Abendstunden möglich sein. Ihm fiel ein, dass ältere, allein stehende Damen möglicherweise nicht so ohne weiteres Fremde in ihre Wohnung einließen, er sollte sich besser telefonisch anmelden und sein Kommen ankündigen. Auf Nachfragen nach dem Zweck seines Besuches würde er diesmal nicht den Vorwand des Artikelschreibens verwenden, denn trotz ihres Alters war die Dame sicher noch immer so bewandert im Musiktheoretischen, dass er eine erneute Entlarvung mit der Folge, dass sie ihm Auskünfte verweigerte, befürchtete. Er würde den wahren Grund seiner Nachforschungen nennen. Von den Nachbarn in der Barfüßerstraße würde die Mär von der Recherche für einen Artikel sicherlich geschluckt werden. Dort würde er sie auch verwenden, aber nicht bei einer erfahrenen Musikdozentin.

Ruhe und Kaffee hatten neue Energien in ihm geweckt. Er zahlte und machte sich auf den Weg. Es war Zeit, seine Aufgaben, die er sich für diesen Tag gestellt hatte, in Angriff zu nehmen. Zunächst einmal wollte er den Anruf tätigen. Er zog den Zettel aus seiner Tasche, auf dem er Adresse und Telefonnummer der Musiklehrerin notiert hatte. Conradi hieß die alte Dame mit Nachnamen, das sah er jetzt. In der Universitätsstraße fand er eine Telefonzelle, in der das Telefon, was nicht selbstverständlich war, auch funktionierte. Er wählte und wartete. Nach dem sechsten Klingeln, als er schon überlegte, ob er auflegen sollte, meldete sich eine klare Stimme: »Hier Telefonanschluss Elisabeth Conradi. Guten Tag. Mit wem spreche ich?«

Im ersten Moment glaubte Gerhard, mit einem automatischen Anrufbeantworter verbunden zu sein, so unpersönlich und distanziert hatte die Stimme geklungen. Dann jedoch fiel ihm auf, dass das Gespräch nicht mit einer Aufforderung, wie sonst üblich bei diesen Geräten, sondern mit einer Frage geendet hatte. Er beschloss, zu antworten: »Hier spricht Heinrich Gerhard. Frau Conradi, ich störe doch nicht?«

»Das weiß ich noch nicht. Sie sollten mir erst verraten, was der Grund Ihres Anrufs ist. Ich hoffe, es ist ein triftiger.«

Gerhard schluckte. »Ja, zumindest für mich ist er triftig und wichtig. Es geht um Ihren Kollegen Professor Sauras.« Er machte eine Pause, um die Spannung und die Neugier zu erhöhen – schließlich sprach er mit einer Frau. Aber vom anderen Ende der Leitung kam keine Reaktion.

»Sind Sie noch da, Frau Conradi?«, fragte er ängstlich. Vielleicht hatte sie schon aufgelegt.

»Natürlich«, kam die spitze Antwort, »ich höre.«

Gerhard entschloss sich, einen starken Köder auszuwerfen. »Der Sohn von Professor Sauras ist vor ein paar Tagen ums Leben gekommen und da gibt es einige Ungereimtheiten…« Welche, ließ er offen; er hoffte, ihr die Sache genügend schmackhaft gemacht zu haben.

»Sind Sie von der Polizei ?«

»Nein, nein«, wehrte Gerhard ab.

»Was sind Sie dann?«

»Ich bin Arzt«, sagte er und verschwieg, dass er bereits seit einem Jahr nicht mehr praktizierte.

»Noch schlimmer«, war die bissige Antwort.

Gerhard zwang sich, die offensichtliche Abneigung gegen seinen Berufsstand zu überhören.

»Frau Conradi, würde es Ihnen etwas ausmachen, mich heute Abend zu empfangen, damit ich Ihnen ein paar Fragen über Professor Sauras stellen kann? Es wird nicht lange dauern.«

»Von mir erfahren Sie nichts, das sage ich Ihnen gleich. Aber kommen Sie, ich werde mir anhören, was Sie zu sagen haben. Ich erwarte Sie um Punkt sieben Uhr.«

»Vielen Dank, Frau …« Das Klicken in der Leitung zeigte ihm, dass sie aufgelegt hatte.

»Puh.« Er blies die Backen auf und stieß laut hörbar die

Luft aus. Das würde ein harter Brocken werden heute Abend. Er verließ die Telefonzelle und machte sich auf den Weg in die Barfüßerstraße.

Das Haus mit der Nummer 27, vor dem er nur wenig später stand, war ein altes Fachwerkgebäude, dessen Obergeschoss, auf dicken Eichenbalken ruhend, gut einen Meter über das Erdgeschoss hinaus ragte. Gerhard fand neben der Eingangstür eine Klingel mit einem Namensschild, das inzwischen aber so verblasst war, dass er nicht entziffern konnte, wer hier wohnte. Er drückte den Knopf, hörte ein helles Schellen im Innern und wartete. Er legte sich noch einmal seine Artikelgeschichte zurecht und hoffte, dass sie ihm diesmal abgenommen würde. Als die Haustür sich schließlich öffnete, starrte Gerhard verwundert auf die junge Frau, die ein Kleinkind auf dem Arm und ein Tuch um den Kopf trug. Im Hintergrund hörte er orientalische Musik.

»Ja?«, fragte die Frau und sah ihn mit dunklen Augen fragend an.

Gerhard zögerte, er war verunsichert. »Ich«, radebrechte er und zeigte mit dem Finger auf seine Brust »ich schreiben Artikel – über Professor – hat gewohnt in diesem Haus – früher – verstehen? – Schreibe für Zeitung – ich«, wieder zeigte er mit dem Finger auf die Brust, während seine andere Hand die Schreibbewegung nachahmte.

Die junge Mutter schaute ihn verständnislos an und auch ihr Kind konnte Gerhards Mitteilungsversuch augenscheinlich nichts abgewinnen, denn es begann zu quengeln und mit den Beinchen zu schlagen. Ein paar Worte seiner Mutter in einer Sprache, die er nicht verstand, beruhigten das Kleine und Gerhard fuhr fort, der ausländischen Frau sein Anliegen vorzutragen.

»Dieses Haus – Professor – hier wohnen«, vereinfachte er weiter die deutsche Sprache. »Lange her – 25 Jahre – Professor Sauras – hier wohnen«, betonte er noch einmal. Zur Illustration des Gesagten legte er beide Hände zusammen, führte sie an seine linke Wange und neigte über ihnen den Kopf. Wenn sie jetzt nicht begriff, was er aussagen wollte, war die ganze Sache hoffnungslos.

»Ich verstehe nicht, was Sie wollen? Welcher Professor soll hier wohnen?« Gerhard stand wie versteinert. In bestem Deutsch, er meinte sogar, ein wenig den oberhessischen Zungenschlag herausgehört zu haben, hatte die Frau ihre Fragen formuliert. Er spürte, wie die Schamesröte in sein Gesicht stieg. Kleinlaut gab er Antwort: »Professor Sauras war früher an der Musikhochschule tätig. Er hat drei Jahre lang in diesem Haus gewohnt. Da ich einen Artikel über sein Leben und Wirken schreibe, benötige ich noch einige Auskünfte von Leuten, die ihn gekannt haben.« Jetzt blieb auch das Kleine ruhig, mit dieser Art Ansprache war es einverstanden. Seine Mutter fragte: »Wie lange, sagten Sie, ist das her?«

»25 Jahre – ich weiß, das ist eine lange Zeit.«

»Vor 25 Jahren bin ich gerade geboren worden. Wie soll ich da etwas von Ihrem Professor wissen?«

»Und oben«, Gerhard deutete auf das Obergeschoss, »wohnt da vielleicht noch jemand, der sich an den Professor erinnern könnte?«

»Über uns wohnt Kemal, der Bruder meines Mannes mit seiner Familie. Der weiß genauso wenig über diesen Professor wie ich.« Sie schaute ihn selbstbewusst und herausfordernd an. »War's das?«, fragte sie.

Gerhard nickte: »Tut mir leid, wenn ich Sie gestört habe«, sagte er, aber die letzten Worte trafen auf eine Tür, die sich bereits geschlossen hatte.

Gerhard war unschlüssig, was er jetzt machen sollte. Vielleicht stimmte die Adresse, die Herr Weber ihm gegeben hatte, nicht? Aber was hatte er eigentlich erwartet? Dass ein altes Mütterchen ihm die Tür öffnete, ihn hereinbat und bereitwillig alles, was er über Professor Sauras wissen wollte, erzählte? Aus dem gegenüberliegenden Haus trat eine ältere Frau, die den Temperaturen dieses Frühlingstages nicht so recht traute, denn sie trug noch ihren Wintermantel. In der Hand hielt sie – welch Anachronismus im Zeitalter zusammenfaltbarer Taschen und Plastiktüten – einen weidengeflochtenen Korb, mit dem sie offensichtlich Einkäufe machen wollte.

Gerhard sprach sie an: »Guten Tag. Bitte entschuldigen Sie, können Sie mir helfen?«

Misstrauisch schaute die Frau ihn an, als habe er ihr gerade ein unanständiges Angebot gemacht. Schnell beeilte er sich, sie von seiner Harmlosigkeit zu überzeugen »Ich suche jemanden, der sich noch an einen spanischen Musikprofessor erinnern kann, der hier«, er deutete auf das Haus Nummer 27, »vor über zwanzig Jahren gewohnt hat.« Um seinem Anliegen jede Brisanz zu nehmen, fügte er hinzu: »Als Zeitzeugen sozusagen, für einen Artikel, den ich über den Professor schreiben will. Kennen Sie vielleicht jemanden? Oder wissen Sie selbst etwas aus dieser Zeit?« Er sah sie freundlich an und machte eine Handbewegung, die sie ermuntern sollte, ihm alles mitzuteilen, was sie über den Professor wusste.

Unwillkürlich trat die Frau einen Schritt zurück und nahm instinktiv eine abwehrende Haltung an. Dann aber, wahrscheinlich um ihn schnell loszuwerden, antwortete sie ihm: »Nein, von einem Professor weiß ich nichts, ich bin erst vor zwölf Jahren in diese Straße gezogen. Aber wenn Sie etwas aus früheren Zeiten erfahren wollen, dann fragen Sie den alten Burmeister. Der weiß, was hier in der Straße passiert ist. Dort drüben«, sie wies mit der Hand, die den Einkaufskorb hielt, auf das Nachbarhaus der Nummer 27, »dort hat er in Parterre gewohnt. Den halben Tag lag er im Fenster, um das Geschehen auf der Straße zu verfolgen.« Jetzt nachdem sie beruhigt festgestellt hatte, dass ihr Gesprächspartner harmlos war, wurde sie mitteilsam: »Wilhelm Burmeister, müssen Sie wissen, hat im Krieg beide Beine verloren. Er konnte sich nur noch im Rollstuhl fortbewegen. Deshalb legte er sich oft stundenlang in sein Fenster und hielt so Kontakt zur Außenwelt. Wenn einer etwas über diesen Professor weiß, dann ist er es.«

Gerhard blickte auf das Haus, in dem Burmeister wohnte. »Dann will ich gleich zu ihm hinüber gehen.«

»Das können Sie sich sparen, der wohnt da nicht mehr.«

»Ist er tot?«, fragte Gerhard erschrocken.

Jetzt sah sie ihn fast mitleidig an und trat wieder einen Schritt näher zu ihm hin. »Hatte ich Ihnen nicht vorgeschlagen, dass, wenn Sie etwas über Ihren Professor wissen wollen, Sie Burmeister fragen sollen? Wenn das, was ich sagte, Sinn machen soll, dann kann er nicht tot sein«, belehrte sie ihn und schüttelte den Kopf.

»Und wo kann ich Herrn Burmeister finden?«

»Dort, wo heutzutage alle alten Leute zu finden sind: Im Altersheim. So, nun muss ich aber los.« Sie nickte ihm gnädig zu und setzte sich in Bewegung.

»Nur noch eins«, rief Gerhard ihr nach. »Wissen Sie, in welchem Altersheim Herr Burmeister untergebracht ist?«

Sie drehte sich um. »Wohnt, meinen Sie wohl, untergebracht ist ein hässliches Wort. Wilhelm Burmeister wohnt im Christopherus-Haus in der Liebigstraße«, gab sie ihm ein letztes Mal Auskunft und schritt dann ihren Einkaufspflichten entgegen.

Gerhard sah ihr nach, bis sie aus seinem Blickfeld verschwand. Er schaute auf die Uhr, es war kurz nach vier. Da ihm noch ausreichend Zeit bis zu seinem Rendezvous mit Frau Conradi blieb und die Liebigstraße nur wenige Minuten entfernt lag, beschloss er, jetzt gleich Herrn Burmeister einen Besuch abzustatten. Er war neugierig, ob und was dem alten Mann nach so langer Zeit in Erinnerung geblieben war.

Viele Berufstätige, deren Feierabend angebrochen war, drängten sich jetzt in der Fußgängerzone. Sie wollten ihre Einkäufe tätigen oder auch nur die laue Luft nach einem Tag im Büro genießen. Das Christopherus-Haus, das er nach einigem Suchen schließlich fand, war ein stattliches, altes, aus Natursteinen gemauertes Gebäude, das in einem parkähnlichen Garten etwas zurückgesetzt von der Häuserreihe der Liebigstraße lag.

Auf einem Schild neben der Eingangstür war zu lesen, dass es ein katholisch geführtes Altersheim war.

Eine Schwester in Ordenstracht, die an einem Empfangspult im Eingangsbereich saß, nickte ihm freundlich zu.

»Guten Tag«, grüßte er und verbeugte sich, ein Reflex, den Talare, Roben und Ordenskleider häufig bei ihm auszulösen pflegten. »Ich möchte gerne zu Herrn Burmeister, können Sie mir bitte sagen, wo ich ihn finde?«

Die Schwester lächelte ihn an, stand auf und nahm ihn beim Arm

»Kommen Sie«, sagte sie und begleitete ihn durch einen breiten Flur bis zu einer Treppe, die zur linken Hand in das darüber liegende Stockwerk führte. Mit beiden Armen zeigte sie nach oben und wies ihn mit weicher Stimme ein: »Wenn Sie bitte hinaufgehen möchten. Gleich auf der rechten Seite stoßen Sie auf unseren Musiksaal. Dort finden Sie Herrn Burmeister.« Als er zögerte, stieß sie ihn leicht mit der Hand an. »Gehen Sie, Sie werden erwartet.«

Gerhard registrierte auf seinem Weg die Treppe hinauf, dass er diesmal eine unverkürzte, aus vollständigen Sätzen bestehende Wegbeschreibung erhalten hatte, ein nach seinen bisherigen Erfahrungen für Marburg ungewöhnliches Verhalten. Vielleicht lag es daran, dass ihm vorher immer nur Protestanten den Weg erklärt hatten. Er wunderte sich außerdem über die Bemerkung der Schwester, dass er im Musiksaal erwartet würde. Sollte die Frau mit dem Einkaufskorb, mit der er sich in der Barfüßerstraße unterhalten hatte, hier angerufen und sein Kommen angekündigt haben?

Der Musiksaal war nicht zu verfehlen, schon auf der Treppe klangen Gerhard dünne, weibliche Gesangsstimmen entgegen, die von dem durch den grünen Wald reitenden Jäger aus Kurpfalz kündeten. Und noch bevor er den Treppenabsatz erreichte, fielen einige dissonante Männerstimmen ein und sangen unter hali, halo von der gar lustigen Jägerei.

Gerhard näherte sich vorsichtig der offenstehenden Tür und

schaute in den Musiksaal. Mitten im Raum stand, ihm den Rücken zukehrend, eine Ordensschwester in ihrer weiten, grauen Tracht, die vergeblich versuchte, mit anmutigen Dirigierbewegungen, unter denen ihr bis auf die Schulter fallender Kopfumhang rhythmisch hin und her schwang, die einzelnen Stimmen zu wohl tönendem Zusammenklingen zu vereinen. Eine Gruppe von vielleicht zwanzig Senioren, die den Chor bildete, saß auf Holzstühlen im Halbkreis um die Dirigentin herum und sang mit viel Inbrunst, aber wenig Harmonie das Lied vom Jäger aus Kurpfalz. Auch drei, vier Rollstühle entdeckte Gerhard. Als die Schwester bemerkte, dass das sowieso schon geringe Stimmvolumen ihres Chores in dem Maße weiter abnahm, in dem sich ihre Sänger und Sängerinnen von dem in der Tür stehenden Gerhard ablenken ließen, drehte sie sich um.

Ihre erste, etwas unwillige Reaktion über die Störung wich nach wenigen Sekunden einem herzlichen Erfreuen, das sich ihren Augen und ihrem Gesicht mitteilte. Mit einem warmen Lächeln und ausgebreiteten Armen kam sie Gerhard entgegen. »Da sind Sie ja. Schön, dass doch noch jemand kommen konnte. Ich will Sie gleich den Chormitgliedern vorstellen. Wenn Sie mir bitte Ihren Namen sagen könnten?«

Sprachlos stand Gerhard da, zwanzig erwartungsvolle Augenpaare waren auf ihn gerichtet und er konnte sich beim besten Willen nicht erklären, was das Ganze zu bedeuten hatte. Automatisch antwortete er: »Gerhard, Heinrich Gerhard ist mein Name, aber...«

Die dirigierende Schwester zog ihn nun ganz in den großen Raum, schloss die Tür und wandte sich an die Mitglieder des Heimbewohnerchors: »Liebe Sängerinnen und Sänger, wir freuen uns, Herrn Gerhard heute in unseren Reihen begrüßen zu dürfen. Wir wollen jetzt alle Lieder noch einmal mit Klavierbegleitung singen. Bitte, Herr Gerhard.« Sie zeigte auf ein weißlackiertes Klavier, das auf einem kleinen, aus rohen Brettern gezimmerten Podium stand.

»Wir singen alle Lieder, die mit einem roten Punkt versehen

sind, Herr Gerhard. Das Notenheft steht schon aufgeschlagen auf dem Piano.« Mit einladender Handbewegung wies sie ihm seinen Platz auf dem Klavierschemel zu.

Noch einmal versuchte Gerhard, den offensichtlichen Irrtum aufzuklären: »Schwester, eigentlich bin ich hierher gekommen...«

»Sie spielen doch Klavier?« Zwei Falten bildeten sich zwischen den Augen der Chorleiterin.

»Ja, ja, ich spiele Klavier«, beeilte er sich zu versichern, um die unschönen Falten wieder aus dem sanften Gesicht verschwinden zu sehen, »aber ich...«

»Dann wollen wir uns nicht lange mit Reden aufhalten«, unterbrach sie ihn. »Die Essenszeit rückt immer näher, bis dahin wollen wir möglichst alle Lieder durchgesungen haben. Bitte, Herr Gerhard.«

Mit geöffneter Hand, die Handfläche nach oben gerichtet, wie ein Präsentator, der bei der Auslosung den Hauptpreis vorstellt, wies sie ein zweites Mal auf den Klavierhocker. Gerhards letzter Versuch, die Sache klarzustellen, indem er anführte, dass er eigentlich wegen Herrn Burmeister gekommen sei, endete damit, dass ein kahlköpfiger Rollstuhlfahrer mit schelmischen Lachfalten um den Mund und vielen anderen Falten im zerfurchten Gesicht die Hand hob und rief: »Wilhelm Burmeister, das bin ich. Aber ich schlage vor, wir regeln alles später und fangen jetzt erst einmal zu singen an.«

»Herr Gerhard, bitte, Sie sehen doch, wir wollen musizieren. Die Lieder im Notenbuch sind alphabetisch geordnet. Wir fangen bei A an und singen jeweils zwei Strophen.«

Die Schwester duldete jetzt keinen Aufschub mehr, sie stellte sich mit erhobener Hand vor ihren Chor, wie ein Orchesterdirigent, der mit dem Erheben des Taktstockes von seinen Musikern volle Aufmerksamkeit für den Einsatz erwartete. Wie an unsichtbaren Schnüren gezogen, ging Gerhard zum Klavier, setzte sich und blätterte das Notenheft zum Anfang zurück.

»Ach, wie ist's möglich dann« hieß das erste mit einem roten Punkt gekennzeichnete Lied. Während er die leicht gesetzte Klavierstimme ohne Mühe vom Blatt spielte und der Chor mit Herzblut sang, diesmal durch seine Begleitung sicherer in Tonhöhe und Rhythmus, hielt er sich seine jetzige Situation vor Augen. Unwillkürlich musste er leise vor sich hinlachen.

Ach wie ist's möglich dann, fragte auch er sich, dass ich hier sitze und den Klavierbegleiter für einen Altersheimchor mache? Aber warum eigentlich nicht? Er vergab sich doch dadurch nichts, bereitete den alten Menschen, ohne dass es ihn mehr kostete als ein bisschen Zeit, eine hörbar große Freude. Mit Erstaunen stellte er fest, dass er beim zweiten Lied mitzusingen begann und am gemeinsamen Musizieren Gefallen fand. Das Leben war bunt und hielt an jeder Ecke Überraschungen bereit.

Sie schafften es wahrhaftig alle einundzwanzig rotgepunkteten Lieder zu singen. Die belebende Wirkung der Musik hatte sich auf die welken Körper und schlaffen Stimmbänder übertragen und ihnen Kraft gegeben, diese Chorprobe ohne sichtbare Ermüdung durchzustehen. Und schließlich wie ein Vorhang sich am Ende einer gelungenen Vorstellung schließt, ertönte exakt mit dem Schlussakkord des letzten Liedes »zwischen Berg und tiefem, tiefem Tal« der Gong zum Abendessen.

Die Gruppe, die sich vorher sehr diszipliniert, ruhig und andächtig dem gemeinsamen Singen hingegeben hatte, kam jetzt in Bewegung. Zurückgeschobene Stühle scharrten über den Boden, das Klicken der Gehhilfen ertönte. Die Rollstühle versuchten die langsameren Fußgänger zu überholen. Es ging zum Essen, und so, wie die Tiere im Angesicht der Oase ihren Gang beschleunigten, entwickelten auch die Senioren dieses Heimes eine ungeahnte Bewegungsenergie.

Gerhard, der seiner Frau einmal vorgehalten hatte, viel zu viel Augenmerk auf die Güte des Essens in den Hotels, in die sie sich mit ihren Reisegruppen einquartierte, zu legen, war von Franziska vehement widersprochen worden: »Du glaubst gar nicht, welchen Wert und Lustgewinn das Essen für ältere

Menschen hat. Essen ist die Erotik des Alters.« Nun also brach man zum kulinarischen Gruppensex auf.

»Herr Burmeister«, rief Gerhard dem Rollstuhl hinterher, der gerade auf den Flur hinausrollte, »bitte, kann ich Sie ein paar Minuten sprechen?« Er trat nun ebenfalls auf den Flur und sah auf den beinlosen Wilhelm Burmeister herunter, der trotz des schweren Kriegsschicksals den Eindruck erweckte, als freue er sich durchaus seines wenn auch eingeschränkten Lebens. »Herr Burmeister, ich brauche ein paar Auskünfte von Ihnen über Professor Sauras, ich hoffe, Sie können sich noch an ihn erinnern?«

»Junger Mann, wissen Sie, wie lange das her ist?« Gerhard registrierte mit Freude die Anrede, die der offensichtlich schon über Achtzigjährige gerade gebraucht hatte. Alles war eben relativ. Selbst der Sechzigjährige war jung in einem Altersheim.

»Aber jetzt muss ich zum Abendessen«, sagte Burmeister. »Heute gibt es Heringssalat, und wer nicht rechtzeitig kommt, hat das Nachsehen.« Dann fiel ihm ein: »Wir müssen noch abrechnen.« Er fummelte aus seiner weiten Hose, die die Beinstümpfe verbarg, ein Portemonnaie heraus und öffnete es.

»Um Gotteswillen, wieso denn abrechnen?«, entsetzte sich Gerhard.

»Ja, so wie immer«, erstaunte sich jetzt der alte Mann. »Unsere Spende an die Musikschule für die Klavierbegleitung. Sind Sie mit zehn Euro zufrieden? Wir haben nicht so viel in der Kasse, dass wir große Sprünge machen können.« Er hielt Gerhard einen Zehn-Euroschein hin.

»Herr Burmeister«, flehte Gerhard, »begreifen Sie bitte, ich komme weder von einer Musikschule noch bin ich professioneller Klavierbegleiter. Ich bin nicht aus Marburg und ich bin heute nur hierher gekommen, um mit Ihnen zu sprechen. Aus keinem anderen Grund.«

Burmeister saß mit offenem Mund in seinem Rollstuhl und sah ihn an. Man merkte, dass seine Gedanken arbeiteten, das Arbeitstempo aber mit den Jahren beträchtlich abgenommen hatte. »Sie sind nicht der von uns angeforderte Klavierbegleiter?«, forschte er nochmals nach. Er konnte es nicht fassen.

»Nein, ich bin Heinrich Gerhard, der Privatmann, der dieses Haus nur zu dem einen Zweck betreten hat, mit Ihnen über Professor Sauras zu reden.« Es dauerte einige Sekunden bis das Gesagte in Burmeisters Kopf angekommen und verstanden wurde. Dann aber stieß er ein so lautes und fröhliches Lachen aus, dass seine an ihm vorbeihastenden Mitbewohner erschreckt zu ihm hinsahen.

»Das gibt's doch nicht«, prustete er. »Und wir haben alle geglaubt, Sie seien der bestellte Begleiter von der Musikschule.« Er konnte sich kaum beruhigen und klatschte sich nochmals mit der freien Hand auf den Rest des Oberschenkels, der ihm geblieben war.

»Ich will Ihnen erklären, warum diese Verwechslung heute überhaupt möglich war. Unser üblicher Klavierbegleiter, Herr Gerken, ist plötzlich erkrankt. Deshalb habe ich es als Sprecher des Chors übernommen, die Musikschule anzurufen und um eine Vertretung zu bitten. Man hat mir vage in Aussicht gestellt, dass man eventuell auf die Schnelle noch jemanden finden könnte, es aber wahrscheinlicher sei, dass so kurzfristig niemand aufzutreiben wäre. Wir hatten uns heute auf eine Chorprobe ohne Klavierbegleitung eingestellt. Und dann kommen Sie und fragen nach Burmeister«, sein Lachen verstärkte sich wieder, »und spielen zufälligerweise auch noch Klavier. Das muss man sich mal vorstellen«, was er ganz offensichtlich in diesem Moment tat, denn er schlug sich, während er lachte, ein um das andere Mal mit der flachen Hand vor die Stirn, um das Unfassbare auszudrücken. »Klar, dass jeder glaubte, Sie seien die Vertretung von Herrn Gerken.«

Der Musiksaal hatte sich inzwischen geleert, die letzten und langsamsten der Chormitglieder verschwanden gerade am Flurende. Das brachte Herrn Burmeister den Heringssalat wieder in Erinnerung. »Ich muss jetzt erst zum Essen, sonst ist alles weg«, bedauerte er, und bemerkte, dass er noch immer den

Geldschein in der Hand hielt. »Wollen Sie nicht doch?«, fragte er Gerhard und hielt ihm die zehn Euro hin. »Sie waren so gut.«

»Nein, Herr Burmeister, um Himmels willen, ich will doch kein Geld. Es hat mir Spaß gemacht, für Sie Klavier zu spielen. Das einzige, was ich möchte, sind ein paar Auskünfte von Ihnen. Lässt sich das machen?«

»Lassen Sie mich nur gerade essen, danach stehe ich Ihnen zur Verfügung.«

»Das geht leider nicht, Herr Burmeister, ich habe um sieben Uhr eine Verabredung, und die will ich einhalten. Aber ich mache Ihnen einen Vorschlag: Wir machen für morgen Vormittag einen Termin aus, an dem wir uns ohne Zeitdruck unterhalten können. Einverstanden?«

»Ja, einverstanden. Das gibt mir Zeit, in Ruhe darüber nachzudenken, was damals alles mit Professor Sauras gewesen ist und vor allem, was über sein plötzliches Weggehen geredet wurde. Ich nehme an, dass Sie daran interessiert sind?« Er blickte Gerhard verschwörerisch an. Als dieser bejahend nickte, brachte er seinen Rollstuhl in Fahrtrichtung und sagte abschließend: »Ich denke darüber nach. Ich hoffe, ich bringe alles noch zusammen.« Er setzte sich in Bewegung. »Wie wäre es morgen Vormittag zehn Uhr?«

»Um zehn bin ich hier. Jetzt aber guten Appetit«, rief Gerhard dem davonrollenden, kahlköpfigen Faltengesicht hinterher, »und viel Glück beim Heringssalat.«

»Wenn's nicht schon zu spät ist«, hörte er Wilhelm Burmeister noch sagen, ehe dieser hinter der Biegung des Flurs verschwand.

Ein Blick auf die Uhr zeigte, dass ihm nur noch eine Viertelstunde Zeit blieb, ehe er sich mit Elisabeth Conradi treffen wollte. Er ging den jetzt leeren Flur entlang zur Treppe und stieg über diese in den Eingangsbereich hinunter, der nun verwaist dalag. Das ganze Haus war wie ausgestorben. Essenszeit.

Gerhard beeilte sich nun, das Altenheim zu verlassen. Er schlug den direkten Weg zurück zur Innenstadt ein und schritt zügig aus. Auf keinen Fall wollte er zu spät kommen zu dem vereinbarten Gespräch, von dem er befürchtete, dass die Rollenverteilung sich anders entwickeln könnte, als er sich das vorstellte, dass er schnell aus der Rolle des Verhörers in die des Verhörten gedrängt werden könnte. Die Seniorin hatte zumindest am Telefon den Eindruck gemacht, als sei sie es gewohnt, die Richtung zu bestimmen.

Wenn er Elisabeth Conradi richtig einschätzte, bedeutete ihre Aufforderung, Punkt sieben Uhr zu erscheinen, dass sie ihn nicht eine Minute vorher, aber auch nicht eine Minute nach dem vereinbarten Termin erwartete. Jede Abweichung würde die Basis für ein gutes Gespräch schwächen. Dies galt es zu vermeiden, deshalb tat Gerhard Frau Conradi und sich selbst den Gefallen, überpünktlich zu sein. Vor dem Haus am Rotenberg angekommen verfolgte er den Lauf seines Sekundenzeigers, bis er die zwölf erreicht hatte und von der nahen Kirche der erste Glockenschlag zu hören war. Dann drückte er den Klingelknopf. Entgegen seiner Erwartung, in der Wohnung einer Musikerin müsse ein konsonantes Lautzeichen aufklingen, ertönte ein schrilles Klingeln, dem kurz darauf aus dem Lautsprecher der Türsprechanlage ein »Sind Sie es, Herr Gerhard?« folgte.

»Ja, Frau Conradi, ich bin's. Pünktlich wie die Feuerwehr.« Hoffentlich, überlegte er, während er auf das Öffnen der Tür wartete, war sein Scherz angekommen.

Hätte ihn jemand gefragt, wie er sich Elisabeth Conradi nach den Eindrücken seines Telefongesprächs vorstellte, er hätte sie genauso beschrieben, wie sie jetzt vor ihm stand. Sie entsprach punktgenau dem Klischee einer alten Lehrerin: Es fehlte weder der Faltenrock noch die weiße, gestärkte Bluse mit Stehkragen. Das graue, glatte Haar war hinten hochgesteckt und der Blick, mit dem sie Gerhard musterte, war streng und unbestechlich.

Aber augenscheinlich hatte er die kurze, abschätzende Überprüfung bestanden, denn sie bat ihn einzutreten und reichte ihm überraschenderweise sogar die Hand. »Ich begrüße

Sie in meiner Wohnung, und ich weiß es zu schätzen, dass Sie pünktlich sind.«

Sie ging voran in ein akkurat aufgeräumtes Wohnzimmer, in dem jedes Buch, jede Zeitschrift in rechtem Winkel auf seiner Unterlage angeordnet war. Nichts, nicht der kleinste Faltenwurf der schweren Gardinen, war zufällig, alles war nach einem festen System aufgestellt und den Regeln der Symmetrie unterworfen. Der Sessel, in den sie ihn sich zu setzen bat, war hart mit steiler Rückenlehne, das hohe, runde Holztischchen vor ihm glänzte und roch nach Möbelpolitur.

Frau Conradis schlanke Gestalt hatte die gerade, aufrechte Haltung, die Menschen mit Prinzipien und hehren Moralbegriffen oft annehmen. Gerhard war sich sicher, dass die Klavierschüler Elisabeth Conradis vor dem Klavierspielen erst das richtige Sitzen erlernen mussten.

Die alte Musiklehrerin, der man die achtzig, die sie angeblich sein sollte, nicht ansah, brachte auf einem Tablett eine schlanke Flasche aus Weißglas, die zu drei Vierteln mit einer dunkelroten Flüssigkeit gefüllt war. »Selbst angesetzter Schlehenlikör«, verkündete sie stolz und goss zwei bauchige Gläser, wie sie normalerweise als Kognakschwenker verwendet werden, bis zum Rand voll. Ohne ihn gefragt zu haben, ob er überhaupt etwas trinken wollte, prostete sie ihm zu und leerte das Glas zur Hälfte. Unter ihrem kontrollierenden Blick blieb Gerhard keine andere Wahl, als ebenfalls sein Glas zu heben. »Auf ein gutes Gespräch«, sagte er und nippte an dem Selbstgemachten. Ein Feuerstrom wie flüssiges Eisen rann ihm Rachen und Kehle hinunter, als er die wenigen Tropfen schluckte. Das Brennen auf Zunge und Gaumen zwang ihn, den Mund weit zu öffnen und keuchend die kühle Luft einzusaugen, um die Glut auf seiner Schleimhaut zu lindern. Teufel auch, dachte Gerhard, das ist ja purer Alkohol, den sie ihren Schlehen zugesetzt hat.

»Schmeckt Ihnen mein Likör?«, fragte die alte Dame mit einem, wie er herauszuhören meinte, guten Schuss Boshaftigkeit.

»Ja, ja, doch, ausgezeichnet. Ein umwerfender Likör«, sagte er doppeldeutig.

»Gut«, stellte sie fest und schloss den unverbindlichen Eröffnungsteil des Besuchs. »Und nun, junger Mann, zu Ihrem Anliegen. Sie wollen also etwas über meinen Freund und Kollegen Francisco Sauras in Erfahrung bringen. Bevor ich ein Sterbenswörtchen sage, wenn ich überhaupt etwas sage, will ich genau wissen, was Sie mit dem Professor zu tun haben, was Sie wissen wollen und vor allem, wofür Sie das Wissen verwenden wollen. Und keine Ausflüchte und Vorwände, keine Täuschungen, die reine Wahrheit will ich wissen.« Und tatsächlich, sie streckte den Zeigefinger in die Höhe und neigte ihn schließlich so, dass er wie eine Pistole auf seine Brust zeigte.

Gerhard war sich darüber klar, dass er unter den Röntgenaugen der alten Dame gar keine andere Möglichkeit hatte, als das Geschehene und Beobachtete wahrheitsgemäß zu schildern. Also begann er, die Ereignisse der letzten Wochen, seine Wahrnehmungen und Folgerungen, wieder einmal zu erzählen. Er hatte in Elisabeth Conradi eine aufmerksame Zuhörerin, die ihn nur einmal unterbrach, als sie ihn zum Trinken aufforderte und dabei ihr Glas in einem Zug leerte.

Als er die Schilderung des Erlebten beendet und seine Rolle, seine ihm eher zufällig zugefallene Verwicklung in die Angelegenheit Sauras dargelegt hatte, war er im Gegensatz zu Frau Conradi, die ihm teilnahmslos, aufrecht und unbeweglich zugehört hatte, erregt und aufgewühlt. Nun war er doch froh, dass er sein noch fast volles Glas vor sich stehen hatte. Er nahm einen kräftigen Schluck daraus, registrierte, dass das Brennen der Erstberührung jetzt bei weiterem Kontakt längst nicht mehr so schlimm war wie vorher und wollte das Glas gerade wieder auf dem Tisch absetzen, als die alte Musiklehrerin ihn in strengem Ton ermahnte: »Wollen Sie nicht austrinken? Es ist unhöflich, eine Dame vor ihrem leeren Glas sitzen zu lassen.« Und als er ihr nachschenken wollte, wehrte sie ab und sah ihn, wenn möglich, noch strenger an: »Es ziemt sich nicht, der

Dame nachzuschenken, wenn der Herr noch nicht ausgetrunken hat.«

Oh Gott, dachte Gerhard, war sie vielleicht schon 140 Jahre alt und nicht, wie vermutet, erst 80? Ihre Sitten- und Moralvorstellungen jedenfalls schienen aus der Vorkaiserzeit zu stammen und hatten mit der heutigen Realität nichts mehr zu tun, in der Frauen häufig genug ein Trinktempo vorlegten, dem der Mann nicht gewachsen war. Wenn Franziska jedes Mal nach dem Herunterkippen ihres Martinis hätte warten müssen, bis er sein Bier ausgetrunken hatte, wäre ihr manche Migräne am nächsten Tag erspart geblieben.

Frau Conradis Blick ruhte unverändert streng auf ihm und machte ihm klar, was sie von ihm erwartete. Also trank er aus und füllte erneut beide Gläser.

»So, nun kenne ich die Vorgeschichte.« Elisabeth Conradis Stimme war ruhig, aber einige unsichere Unterschwingungen waren herauszuhören. Sollte sie doch emotionaler Regungen fähig sein? »Aus Ihrer Erzählung geht hervor, dass Sie vermuten, in Francisco Sauras' Marburger Zeit gäbe es etwas, das mit seinen jetzigen finanziellen Schwierigkeiten, den Veränderungen seines sozialen Verhaltens und seinem Wesenswandel zu tun haben könnte. Richtig?«

»Ja, und deshalb….«

»Lassen Sie mich ausreden, junger Mann. Sie glauben also, dass ich als Franciscos alte Freundin und Kollegin Ihnen eine Antwort darauf geben kann, ob es ein Ereignis, einen Vorfall gab, der das alles erklären kann. Richtig?«

»Ja.« Er kam sich vor wie ein Angeklagter, der vom Richter gerade belehrt worden war, dass er nur mit ja oder nein zu antworten hatte.

»Schön.« Sie hob ihr Glas und trank es wieder zur Hälfte aus, auch hierin schien sie feste Regeln zu haben. Mit blitzenden Augen blickte sie Gerhard an. Diese glänzenden Augen hatte er schon bei seiner Ankunft bemerkt, sie jedoch auf den inquisitorischen Eifer bei der Begutachtung ihres Gastes zurückgeführt.

Nun aber war er davon überzeugt, dass der Urheber dieser funkelnden Augen in dem teuflischen Schlehenlikör zu finden war und ihr verstärktes Aufblitzen jetzt möglicherweise eine neue Boshaftigkeit signalisierte. Als wolle sie dies bestätigen, erhob sie sich, stellte sich kerzengerade hin, was ihr, obwohl Gerhard erste Unsicherheiten beim Aufstehen bemerkte, noch tadellos gelang, und verkündete. »Jawohl, es gab ein Ereignis damals, das sehr wohl das Leben von Francisco durcheinander gebracht haben könnte, obgleich ich nicht sehe, wie es nach so langer Zeit heute noch Wirkung entfalten kann. Ich kenne, zumindest in groben Umrissen, das Geheimnis von Franciscos plötzlicher Kündigung und Abreise.«

Sie beugte sich zum Tischchen hinab, ergriff ihr Glas und hob es in die Höhe, ehe sie triumphierend sagte: »Ich kenne es oder ahne es vielmehr, ja, aber ich werde es Ihnen nicht sagen!«

Sie trank aus, stellte ihr Glas zurück und sah ihn an. Schnell leerte Gerhard das seine und schenkte beide Gläser wieder voll. Das Gespräch, erkannte er, war jetzt an einem entscheidenden Punkt angelangt: Sollte er mit weiteren insistierenden Fragen versuchen, sie dazu zu bewegen, ihm ihr Wissen, das zurückzuhalten sie Francisco Sauras schuldig zu sein glaubte, anzuvertrauen? Es konnte dann aber gut sein, dass sie sich in dem Maße, wie er auf einer Enthüllung beharrte, mehr und mehr verschloss und ihm das Geheimnis schließlich nicht offenbarte. Er musste einen anderen Weg einschlagen, musste sie dazu bringen, unbewusst und ungewollt ihre Kenntnisse von sich zu geben.

Das Lehrerhafte, das sie in Erscheinung und Auftreten verkörperte, erinnerte ihn an einen früheren Patienten, einen Pädagogen. Dieser hatte die Konsultationen in der Sprechstunde stets dazu benutzt, seine eigenen medizinischen Kenntnisse vor ihm, dem Arzt, auszubreiten und ihm Vorschläge, fast schon Anordnungen hinsichtlich Diagnose, Therapie und Verfahrensweise zu machen. Diese belehrenden Ausführungen wurden um so intensiver, je mehr er, Gerhard, ihn durch begründete

Einwände zu Widerspruch reizte. Zweifel an der Allwissenheit eines Lehrers zu haben, hatte zumindest für diesen Pädagogen eine sofortige verbale Widerlegung zur Folge.

Eine solche Reaktion auf Widerspruch war möglicherweise auch, wenn man es nur geschickt anstellte, bei der Musikpädagogin Elisabeth Conradi hervorzurufen. Vielleicht war sie auf diese Weise, ohne dass sie es merkte, zu Auskünften zu verleiten, die sie sonst nicht preisgegeben hätte.

»Ich habe gehört«, spekulierte Gerhard ins Blaue, »dass finanzielle Unregelmäßigkeiten bei den Stundenabrechnungen, man sprach sogar von Veruntreuungen und Unterschlagungen, der Grund für das Ausscheiden des Professors gewesen sein könnten. Man hat ihm deshalb von Seiten der Hochschule nahe gelegt, selbst zu kündigen und...«

»Unsinn«, unterbrach sie ihn, »Geldangelegenheiten waren für Francisco lediglich ein notwendiges Übel. Geld hatte für ihn nur insoweit Bedeutung, dass es dazu diente, ihm den Freiraum zu schaffen, den er für seine Kunst brauchte. Pah!« Sie zeigte ihre Verachtung für diesen abwegigen Gedankengang.

Aus ihrer emotionalen Reaktion schloss er, dass seine Vorgehensweise, Widerspruch in ihr zu wecken, durchaus erfolgreich sein könnte. So hatte er soeben erfahren, dass Geld nicht das Motiv für die Flucht des Professors aus Marburg gewesen war. Er würde die Reizintensität noch erhöhen müssen, um sie weiter aus der Reserve zu locken. Bei der Suche nach Gründen für Taten und Untaten von Männern galt schon immer und gilt auch noch heute das Prinzip: Cherchez la femme. Vielleicht steckte eine Frau hinter allem? Gerhard beschloss, Elisabeth Conradi mit einer drastischen Unterstellung herauszufordern.

»Man munkelt, dass der Professor eine Dauerbeziehung zu einer Prostituierten unterhalten haben soll. Wahrscheinlich ein notwendiges Ventil für einen musischen, schöpferischen Geist!« behauptete er und beobachtete die alte Dame, die inzwischen wieder Platz genommen hatte und steif und unerschütterlich in ihrem Sessel saß.

Wenn sie überhaupt eine äußere Reaktion zeigte, dann war es die, dass sie zu ihrem Glas griff und es in einem Zug austrank. Gerhard tat es ihr nach. Ihr Vorabtrinken und sein Hinterhertrinken war inzwischen ein ebenso vertrautes Ritual geworden wie das sofortige Nachfüllen der Gläser.

»Ihr Informant ist ein Schwachkopf«, sagte sie mit einer Stimme, die einen ungewohnten Tonfall wehmütiger Erinnerung in sich trug. »Francisco Sauras war ein Mann, der auf das weibliche Geschlecht eine große Anziehungskraft entfaltete. An jedem Finger hätte er zehn Frauen haben können, wenn er es nur gewollt hätte.« Es war offenkundig, dass auch sie, die ältere Kollegin, gerne wenigstens eine der zehn an seinem linken Kleinfinger gewesen wäre. »Prostituierte!? Lächerlich! Seine Schülerinnen verehrten ihn, beteten ihn an.« Versonnen schaute sie ins Leere. Sie sah ganz augenscheinlich jetzt ein Bild vor sich, das sie veranlasste, die Lippen fest aufeinander zu pressen. Bitterkeit? Traurigkeit? Gerhard wusste, dass er dem Geheimnis sehr nahe gekommen war.

Frau Conradi schreckte aus ihren Gedanken auf, warf ihm einen ängstlichen Blick zu, als fühle sie sich ertappt, Einblicke in ihr Inneres gewährt zu haben, und fügte hinzu: »Wissen Sie eigentlich, dass Franciscos Frau ebenfalls an dieser Hochschule war? Aber Alicia war nicht seine Schülerin, sie besuchte vielmehr meine Klavierkurse. Ich habe sie ausgebildet, und ich muss sagen, dass ich selten eine Schülerin hatte, die schon in jungen Jahren eine solche Sensibilität und Ausdrucksstärke in ihrem Klavierspiel besaß wie sie. Francisco lernte sie auf einem Semesterabschlussfest kennen und lieben. Es war Liebe auf den ersten Blick, und schon bald darauf erfolgte die Heirat. Sie sehen also, wie hirnrissig Ihre Information ist.«

»Dann ist also nichts dran an der Sache mit der Prostituierten, und Sauras war seiner Frau, mit der er hier in Marburg zusammen lebte, treu und in Liebe verbunden?«

Wieder der erbitterte Zug um ihren Mund und das ihre Gefühle verratende Austrinken des Glases. »Alicia hat nur während des ersten Jahres mit Francisco in Marburg zusammengelebt. Als sie kurz nach ihrer Heirat schwanger wurde, kehrte sie in sein Elternhaus nach Mallorca zurück. Sie wollte sich auf ihre Mutterrolle vorbereiten und das Haus einrichten, in dem sie später einmal wohnen wollten – und inzwischen auch wohnen, wie Sie wissen.« Gerhard nickte. »Zwei Jahre hat Francisco ohne Alicia hier in Marburg leben und unterrichten müssen. Lediglich in den Semesterferien ist er zu ihr und seinem Kind nach Mallorca gefahren. Zwei Jahre alleine sind viel.« Sie schüttelte den Kopf.

Gerhard sah sie an und ahnte, was die alte Frau jetzt dachte. Er glaubte, ihre Gedanken so klar und deutlich lesen zu können, als würde sie sie aussprechen: Ein Mann, jung, begehrt und allein, der von so vielen Versuchungen umgeben war, musste letztendlich diesen erliegen. Gerhard entschloss sich, jetzt aufs Ganze zu gehen.

»Und in dieser Zeit, als er allein in Marburg lebte, hat er seine Frau betrogen!«

Nun war kein Aufbegehren mehr bei Elisabeth Conradi festzustellen. Müde und resignierend, vielleicht auch eine Wirkung des Schlehenlikörs, widersprach sie Gerhards Behauptung nicht. Sie flüsterte lediglich: »Ich sage nichts.«

Dann doch noch einmal ein Aufflackern ihres Widerspruchsgeistes, als Gerhard feststellte: »Nun, für Francisco Sauras war es sicherlich ein Leichtes, mit seinen Schülerinnen, die ihn anhimmelten, ein Verhältnis anzufangen.«

»Nein«, rief sie laut, »so war es nicht, sie hat ihn verführt.« Als ihr klar wurde, was sie gesagt hatte, presste sie die Hand auf den Mund und verstummte. Instinktiv fühlte Gerhard, dass jetzt der Punkt erreicht war, an dem er nicht mehr weiterkommen würde. Zuviel schon hatte Elisabeth Conradi von ihrer anfänglichen Standhaftigkeit und ihrer Absicht, nichts über Francisco Sauras zu sagen, preisgegeben. Wie eine Frau, die sich zögernd und widerstrebend hatte entkleiden lassen, sich dem Fallenlassen der letzten Hüllen aber widersetzte, würde sie möglicherweise, wenn er weiter in sie drang, sich vor ihm verschließen und ihm den Zugang zu ihrem Wissen für immer verwehren.

Nun also wusste er, dass Professor Sauras ein Verhältnis mit einer seiner Schülerinnen gehabt hatte, kannte einen Teil des Geheimnisses, aber es blieben noch viele Fragen offen. Was zum Beispiel mochte der Grund für die plötzliche Beendigung seines Lehrverhältnisses und die überstürzte Rückkehr nach Mallorca gewesen sein? War ihm nach Bekanntwerden der Lehrer-Schüler-Beziehung von der Hochschule das Ausscheiden nahe gelegt worden? Oder war ihm selbst das Unhaltbare der Situation klar geworden und hatte ihn zu dem fluchtartigen Aufbruch veranlasst? Er würde heute keine Antwort darauf finden. Genauso wenig würde Elisabeth Conradi ihm den Namen der Schülerin nennen, die nach ihrer eigenen, ungewollten Aussage den Professor verführt haben sollte. Heute Abend würde er ihr nichts mehr entlocken können, das fühlte er.

Mit einer stummen Handbewegung forderte die alte Dame ihn jetzt auf, noch einmal die Gläser zu füllen. Er spürte, dass er eigentlich aufhören sollte zu trinken. Die Wirkung des Schlehenlikörs erschwerte den Denkvorgang, und seine Sprache, soviel begriff er noch, hatte bereits ihre Prägnanz verloren. Aber unter dem imperativen Blick seiner Gastgeberin blieb ihm nichts anderes übrig, als nochmals beide Gläser voll zu schenken. Erleichtert registrierte er, dass die Füllung nur zur Hälfte gelang, da die Flasche inzwischen leer geworden war.

Auch Frau Conradi hatte dies bemerkt. Sie erhob sich, jetzt schon deutlich weniger sicher, und bewegte sich langsam auf den an der gegenüberliegenden Zimmerwand stehenden Schrank zu. Ihr gestelzter, storchenartiger Gang verriet, dass sie sich erheblich konzentrieren musste, um die Geradlinigkeit aufrechtzuerhalten. Aus einem Barfach des Schrankes holte sie eine Flasche, die den gleichen, dunkelroten Inhalt wie die vorherige enthielt, balancierte sie mit Vorsicht durch den Raum und stellte sie mit einer unmissverständlichen Geste des Einschüttens auf das Tischchen.

Gerhard versuchte mit schwerer Zunge, dem Gespräch jetzt eine andere, abschließende Wendung zu geben. Er würde bald den Rückzug antreten müssen, wollte er nicht die Schlacht gegen die roten Schlehenhusaren verlieren.

»Spielen Sie noch immer Klavier, Frau Conradi?« fragte er und wurde sich trotz seiner vernebelten Gedanken augenblicklich der ungeschickten Fragestellung bewusst.

Aber Elisabeth Conradi war offensichtlich froh, das verfängliche Thema Francisco Sauras verlassen zu können und gab bereitwillig und nicht ohne Stolz Antwort: »Aber ja, solange es meine alten Finger zulassen und sooft es eben geht, spiele ich auf meinem Flügel.« Dabei zeigte sie auf eine etwas erhöhte Nische ihres Zimmers, in dem, wie Gerhard erst jetzt bemerkte, ein schwarzer Blüthner-Flügel stand.

»Darf ich raten, wer ihre Lieblingskomponisten sind?«, kokettierte er mit der alten Dame, die ihn neugierig ansah. »Ich wette, es sind Bach und Mozart, habe ich Recht?« Er war sich sicher, dass die strenge Form der Bachschen Musik und der reine Mozartsche Klang ihrem Wesen am ehesten entsprachen.

Umso mehr erstaunte es ihn, als sie empört und vehement gestikulierend entgegnete: »Bach und Mozart auch, natürlich, aber es sind die Impressionisten, Debussy, Ravel, Fauré, die ich über alles liebe.« In einer emphatischen Geste schlug sie sich zweimal gegen die Brust, dort, wo sie das Herz vermutete, dann ergriff sie den Kognakschwenker und nahm einen kräftigen Schluck.

Gerhard hatte schon früher bemerkt, dass der Griff zum Glas, der ihn unglücklicherweise immer zum Mittrinken verpflichtete, bei ihr eine gängige Reaktion war, um mit ihrer Erregung fertig zu werden. Er würde ab jetzt vorsichtiger sein müssen und ihr keinen Anlass mehr geben, sich aufzuregen, denn er beabsichtigte, noch auf eigenen Beinen diese Wohnung zu verlassen.

»Verstehen Sie denn etwas von Musik?« Auch Ihre Stimme klang jetzt reichlich verwaschen und hatte alle vorherige Klarheit verloren. Der Glanz ihrer Augen hatte womöglich noch zugenommen und ihre aufrechte Körperposition war einer lässigen Sitzhaltung gewichen.

»Ich möchte, ohne zu prahlen, mich als ausgesprochenen Musikliebhaber und -kenner bezeichnen«, verkündete Gerhard pompös und fügte, leichtsinnigerweise, noch hinzu: »Auch ich spiele Klavier.«

Ein Lächeln ging über das würdevolle Gesicht Elisabeth Conradis. Alles Distanzierte, Abweisende verschwand, Augen, Mund und Haltung verrieten die Zuneigung, die sie in diesem Moment für eine verwandte Seele empfand.

Sie beugte sich vor, legte ihre Hand auf seinen Arm und sagte: »Heinrich – so heißen Sie doch? – ich möchte Sie um einen Gefallen bitten.«

»Einen Gefallen?« Normalerweise hätte er einer Dame sofort zugesichert, alles in seiner Macht Stehende zu tun. In diesem Fall aber beschloss er, vorsichtig zu sein. »Um was handelt es sich denn?«, fragte er und griff unwillkürlich nach seinem Glas, um es der vermuteten Gefälligkeit zu entziehen.

Elisabeth Conradi, die diese Geste als Trinkaufforderung missdeutete, stieß mit ihm an, trank aus, ließ auch ihn austrinken und nachschenken.

»Heinrich, würden Sie mir den Gefallen tun, mit mir vierhändig zu spielen?« Sie sah ihn erwartungsvoll an.

»Vierhändig? Wieso vierhändig?« Die Wiederholung der Frage zeigte seine ganze Verwirrung. Wunsch und Likör der alten Dame brachten ihn völlig durcheinander. »Ich, ich weiß nicht, Frau Conradi...«

»Elisabeth, bitte. – Kommen Sie, Heinrich, es ist nicht schwer.«

Schwankend standen beide auf, Elisabeth hakte sich bei Heinrich unter und schwerfällig, einer den anderen stützend, steuerten sie dem Flügel zu.

»Was spielen wir denn, Elisabeth?«

»Die Petite Suite von Debussy. Sie können die leichtere Oberstimme übernehmen, ich spiele unten.«

Und so spielten sie, nachdem sie beide mit Mühe auf dem breiten Klavierhocker Platz genommen hatten, die schillernde Musik Debussys. Nach dem Ende der vier Sätze ergriff Elisabeth Gerhards Hand und bat: »Noch einmal den ersten Satz, Heinrich, ‚en bateau', bitte!«

Und während sie gefühlvoll mit vielen Fehlern, die sie aber selbst kaum noch wahrnahmen, den Kahn dahingleiten ließen, spürten sie auch in sich das Schaukeln und Wiegen des Bootes in Wind, Wellen und dunkelrotem Schlehenlikör.

Als Heinrich sich kurz darauf verabschiedete, ließ er eine zwar ein wenig betrunkene, aber glückliche Elisabeth Conradi zurück.

Auf dem Weg zu seiner Pension purzelten in ihm die Töne dieses Tages in beschwingtem Reigen durcheinander: Das Spiel der Übenden in der Musikhochschule, die Volkslieder des Altenheimchores und schließlich das vierhändige Musizieren vor wenigen Minuten mit Elisabeth. ‚En bateau' hatten sie gespielt, ‚im Boot'. Noch immer fühlte er den wiegenden Rhythmus in sich, als er jetzt durch die stillen abendlichen Gassen in die Hofstatt zurückschwankte. Selbst die Stufen der Treppe zu seinem Zimmer hatten sich in kleine Wellen verwandelt, über die er vorsichtig hinüberstieg. Alles war in Bewegung. Er spürte, als er schließlich im Bett lag, das besänftigende Schwanken der Wände, das Neigen und Heben der Decke und das beruhigende Auf und Ab des Nachthimmels im Fenster, das ihn, wie das Schaukeln der Wiege das Kind, endlich in einen tiefen Schlaf fallen ließ.

14

Die Schwester, die ihn heute begrüßte, als er das Christopherus-Haus betrat, schien dieselbe zu sein, die ihn am gestrigen Tag empfangen hatte. Aber es konnte genauso gut eine andere Ordensfrau sein, denn es war nicht leicht, die immer freundlichen Gesichter der Frauen unter der geschlossenen Haube und dem langen Schultertuch zu unterscheiden, zumal ihre Stimmen alle von gleicher Sanftheit und Demut waren und stets auszudrücken schienen, dass es ihnen die größte Freude bereitete, zu Diensten zu sein.

»Wo finde ich das Zimmer von Herrn Burmeister?«, fragte Gerhard, nachdem er ihre liebenswürdige Begrüßung erwidert hatte.

»Er wohnt in Nummer 37. Wenn Sie gleich hier links den Gang bis fast zu seinem Ende gehen, sehen Sie an der vorletzten Tür auf der rechten Seite sein Namensschild. Herr Burmeister dürfte jetzt auf seinem Zimmer sein.«

Er bedankte sich für die wiederum syntaktisch einwandfreie, offensichtlich doch konfessionsspezifische Beschreibung und machte sich auf zu seinem verabredeten Rendezvous mit dem alten Mann.

Er fühlte sich wider Erwarten frisch und erholt heute. Sein gestriger Schlehenlikörexzess hatte erstaunlicherweise keine Folgen hinterlassen. Sein Kopf war klar und voller Pläne. Er war bisher mehr noch, als er erwartet hatte, bei seiner Suche nach den Spuren Francisco Sauras' vorangekommen. Auch wenn sie schon vor über zwanzig Jahren gelegt worden waren, hatte er sie aufspüren können, war, als er ihnen nachgegangen war, auf Herrn Weber, später auf Elisabeth Conradi gestoßen. Heute wollte er eine weitere Spur verfolgen, wozu er der Hilfe Wilhelm Burmeisters bedurfte.

Der Blick auf die Uhr zeigte ihm, dass er noch etwas Zeit hatte bis zu dem vereinbarten Treffen. Er konnte sich vorstellen, dass die Tagesabläufe in einem solchen Heim streng geregelt und in genau festgelegten Zeitschienen verliefen. Es war also gut möglich, dass er, falls er früher erschien, Herrn Burmeister unvorbereitet oder noch beschäftigt antraf.

Er würde die wenigen Minuten warten, bis dahin im Gang ein bisschen auf- und abgehen und die Wandbilder betrachten. Eigentlich hatte er erwartet, in einem christlichen Altenheim Bilder mit biblischen Motiven oder zumindest Bilder alter Meister, die harmonische Landschaften und einladende Städteansichten zeigten, aufgehängt zu sehen. Stattdessen fand er großformatige Kunstdrucke deutscher Expressionisten an den Wänden. Eine ungewöhnliche Bildauswahl für ein Seniorendomizil. Gerhard hatte seine Freude daran.

Punkt zehn klopfte er an die Tür des Zimmers Nr. 37. Es dauerte nur wenige Sekunden, bis ihm geöffnet wurde. Wilhelm Burmeister schien in seinem Rollstuhl schon hinter der Tür gewartet zu haben.

Das Zimmer, das Gerhard betrat, war das Zuhause eines Menschen, der mit Meer und Seefahrt ganz augenscheinlich mehr als nur flüchtig verbunden war. Überall an den Wänden hingen Relikte eines Seemannsdaseins, Gegenstände, die auf die eine oder andere Weise mit dem Leben auf einem Schiff zu tun hatten: Seekarten mit abgesteckten Routen, Bootspfeifen, Schäkel. Ein Brett mit allen möglichen Seemannsknoten, Schiffsmützen und vieles mehr. Auf den Schränken und in den Regalen standen Buddelschiffe und Ankermodelle. Sogar ein ganzes Rettungsset mit rot-weiß-gestreiftem Ring und Schwimmweste war aufgehängt. In dieser maritimen Umgebung hätte es Gerhard nicht verwundert, wenn ihn der alte Herr im Matrosenanzug empfangen hätte.

»Sie sind allem Anschein nach einmal zur See gefahren, Herr Burmeister«, eröffnete Gerhard das Gespräch.

»Ja, das kann man wohl sagen. Von Kind an war ich auf dem Meer. Erst auf dem väterlichen Schiff, einem Küstentrawler, der in der Nordsee auf Fischfang ging, später im Krieg dann auf einem Schnellboot. Aber wir waren nicht schnell genug für die Geschosse eines englischen Zerstörers, der seinem Namen alle Ehre machte und erst unser Schiff und dann meine Seemannslaufbahn zerstörte.« Burmeister hob die Decke, die über seinem Schoß lag, und zeigte auf die Beinstümpfe. »Mein Leben haben sie mir erhalten können, aber meine Beine konnten sie nicht retten.« Wehmütig hob er die Schultern und ließ die Decke zurückgleiten. »Danach bin ich zu meiner Schwester hierher nach Marburg gezogen. Ich habe das Meer zwar räumlich verlassen, aber hier« – er legte die linke geballte Faust aufs Herz – »lebt es in mir weiter bis zu meinem Tod.« Schnell, als wäre ihm sein Bekenntnis peinlich, kam er nun auf Gerhards Anliegen, Auskünfte über Francisco Sauras zu erhalten, zu sprechen.

»Ich habe gestern Abend und auch heute Morgen noch über das, was damals vor fünfundzwanzig Jahren war, nachgedacht. Dabei habe ich festgestellt, dass erstaunlicherweise noch viele Bilder aus dieser Zeit präsent sind oder, wenn man sich nur genügend Mühe gibt, wieder auftauchen. Um sich aber in dem Wirrwarr von Erinnerungen nicht zu verlieren, ist es, glaube ich, am besten, Sie sagen mir, was Sie an meinem damaligen Nachbarn, dem Professor, interessiert.«

Er rollte zu einem weißen Küchenschränkchen, holte zwei große Porzellanbecher heraus und brachte sie an den Tisch, an dem Gerhard sich gleich nach seinem Eintreten gesetzt hatte, um mit dem beinamputierten Rollstuhlfahrer auf Augenhöhe sein zu können. Er bat Gerhard, sich aus der vorbereiteten Kaffeekanne und der Schale mit Teegebäck zu bedienen.

»Also, was wollen Sie wissen?«, forderte der alte Mann sein Gegenüber auf und lehnte sich in seinem Rollstuhl, die Arme über der Brust verschränkt, zurück. Er wirkte wie ein Examenskandidat, der seinen Stoff gut gelernt hat und nun den Fragen des Prüfers entgegensieht.

Gerhard war froh, dass er diesmal auf den Vorwand, einen Artikel über Sauras schreiben zu wollen, verzichten konnte. Er hätte es nur schwerlich fertiggebracht, den freundlichen alten

Herrn zu belügen. Wilhelm Burmeister war ja auch so ohne Vorbehalte bereit, das, was er wusste, mitzuteilen. Deshalb begann Gerhard jetzt ohne weitere Erklärungen die Befragung: »Sie wohnten im Nachbarhaus des Professors. Ich nehme an, dass Sie einiges von dem, was dort vorging, mitbekamen, zum Beispiel, wer dort ein- und ausging, vielleicht auch über Nacht blieb…«

Burmeister lachte: »Ich verstehe schon, auf was Sie hinauswollen. Aber ich will Ihnen kurz erklären, welche Art nachbarlicher Beziehungen ich zu Professor Sauras hatte. Nach dem Tod meiner Schwester lebte ich alleine und ein bisschen einsam in dem alten Fachwerkhaus in der Barfüßerstraße. Sie können sich vorstellen, dass es als Rollstuhlfahrer nicht einfach ist, am Leben in der Stadt teilzunehmen. Bis auf die tägliche Ausfahrt einmal die Straße rauf und runter gibt es nicht viele Möglichkeiten zur Kontaktaufnahme. Meine Methode, über das Straßengeschehen dennoch gut informiert zu sein, war die Einrichtung eines Beobachtungspostens. Ja, schmunzeln Sie ruhig, aber es war wirklich so. Ich hing nicht einfach aus dem Fenster, so wie es alte Frauen oft tun, die sich nach einer halben Stunde wieder zurückziehen, weil ihnen die Ellbogen wehtun oder es ihnen kalt wird. Nein, mein Fensterbrett war gut gepolstert, hatte an den Seiten hochklappbare Bretter, die den Wind abhalten konnten. Vor dem Fenster im Rauminnern hatte ich mit Wolldecken eine Art Zelt errichtet, in das ein elektrisches Heizöfchen strahlte. Dorthinein fuhr ich mit meinem Rollstuhl, bevor ich mich ins Fenster legte, und war so auch im Winter vor der Kälte geschützt. Es machte mir nichts aus, zwei, drei Stunden ununterbrochen aus meinem Fenster nach draußen zu sehen.«

Wohl in unbewusster Nachahmung der damaligen Situation beugte sich Burmeister jetzt nach vorne, stützte die Ellbogen auf die Rollstuhlarmlehnen und fuhr fort: »Über die täglichen Begrüßungen und Höflichkeitsfloskeln hinaus hatten wir ein gutes Nachbarschaftsverhältnis. So erkundigte sich der Professor regelmäßig, ob mich sein Klavierspiel oder das Spiel seiner Frau störe. Ich konnte ihm nur immer wieder versichern, dass ich mich im Gegenteil freute, wenn Klaviermusik aus dem Nachbarhaus zu mir herüberdrang. Es waren ja alles Könner, die dort musizierten, keine Anfänger, die einem mit ihren Fingerübungen auf die Nerven gehen. Auch seine Schüler spielten in meinen Augen meisterhaft, soweit ich, der ich von dieser Art Musik nicht viel verstehe, das beurteilen kann.«

»Sie sprachen soeben von der Frau des Professors. Was für einen Eindruck hatten Sie von dem Ehepaar? Ich meine, gab es Differenzen?«

Burmeister schüttelte den Kopf. Dann aber verdrehte er die Augen und lächelte vor sich hin: »Die junge Frau Sauras war eine bildschöne Frau mit einer großen Ausstrahlung. Nichts Erotisches, nein, das meine ich nicht. Es war eher eine große Menschlichkeit und Güte, die sie besaß und ausstrahlte, und aus der Art, wie die beiden sich ansahen, wie sie miteinander umgingen, musste jedem klar werden, dass sie sich liebten. Von Differenzen habe ich nie etwas gesehen oder gehört. Ich kann mir nicht vorstellen, dass es sie je gegeben hat.«

»Nachdem Frau Sauras nach einem gemeinsamen Jahr in Marburg wegen ihrer Schwangerschaft nach Mallorca zurückgekehrt war, haben Sie da in der Folgezeit eine Veränderung bei ihrem Mann festgestellt? Ich spreche nicht nur von einem Wandel in seinem Wesen, sondern auch Veränderungen in seinem Verhalten, in seinen Gewohnheiten?«

»Natürlich war dem Mann anzumerken, dass ihm das Fehlen seiner Frau nicht schmeckte. In jeden Ferien, und waren sie auch noch so kurz, flog er nach Mallorca zu seiner Frau und seinem inzwischen geborenen Kind. Aber eine gravierende Veränderung im Verhalten des Professors, der stets freundlich, höflich und hilfsbereit war, ließ sich anfangs nicht feststellen.«

»Anfangs?«, fragte Gerhard nach, »Heißt das, dass es eine Veränderung zu einem späteren Zeitpunkt gab?«

»Ja, allerdings sehr viel später. Eigentlich war erst kurz vor seinem plötzlichen Weggehen aus Marburg zu erkennen, dass er sichtbar anders wurde.«

»Anders? Wie anders?« Auch Gerhard hatte sich jetzt vorgebeugt. Ihre Gesichter waren sich nahegekommen. Zwei Magnete, die durch die Annäherung die Spannung ihrer Felder verstärkten.

»Ich weiß nicht, wie ich's beschreiben soll. Nach so vielen Jahren ist es schwer, von Eindrücken, gefühlsmäßigem Erahnen und so etwas zu sprechen. Man merkte einfach, dass den Professor etwas bedrückte. Seine vorherige Ungezwungenheit war wie fortgeblasen. Das lebhafte Ein- und Ausgehen in seinem Haus hörte abrupt auf, als er nahezu über Nacht die Unterrichtung fast aller seiner Schüler einstellte. Lediglich eine junge Studentin kam auch weiterhin zu ihm.«

Gerhard stand auf, die Spannung war jetzt zu groß geworden. Das musste auch Burmeister so empfunden haben, denn er setzte mit einer heftigen Bewegung seinen Rollstuhl zurück und sah Gerhard erstaunt an.

»Die Studentin, erinnern Sie sich, wie sie aussah?«

Der alte Mann hob um Nachsicht bittend die Hände: »Nach dieser langen Zeit? Verlangen Sie da nicht ein bisschen viel, Herr Gerhard?« Er kratzte sich an der Stirn. Offensichtlich versuchte er, das Bild dieses Mädchens zurückzuholen. »Soviel jedenfalls weiß ich noch: Sie war verdammt attraktiv, die Kleine.« Er schürzte die Lippen und nickte vor sich hin. »Attraktiv, diesmal im Sinne von erotisch attraktiv. Jung noch, aber mit allem gesegnet, was eine reife Frau ausmacht. Ein erfreulicher Anblick, das weiß ich auch heute noch.«

Gerhard hatte sich wieder gesetzt. Der Kaffee war kalt geworden. »Diese junge Dame, nahm sie Klavierstunden bei Sauras?«

»Eher nicht. Das Klavierspiel im Nachbarhaus war in den letzten Wochen, bevor der Professor nach Spanien zurückkehrte, fast völlig eingeschlafen. Ich nehme vielmehr an, dass es um theoretischen Unterricht oder Ausarbeitungen von Examensarbeiten ging.«

Als Gerhard ihn verwundert ansah, erklärte er: »Ich weiß das deshalb, weil Nicole, meine Großnichte, ebenfalls zu dieser Zeit Studentin an der Musikhochschule war. Auch sie kam damals regelmäßig zu Unterrichten in die Barfüßerstraße. Wir haben uns oft darüber unterhalten, was im Haus des Professors vor sich ging.«

»Um nochmals auf diese Studentin, die als einzige Schülerin übriggeblieben war, zurückzukommen: Wissen Sie, Herr Burmeister, ob sie vielleicht – sagen wir mal so – länger, als eine Unterrichtsstunde dauert, bei ihm im Haus blieb? Oder sogar bei ihm übernachtete?«

Der alte Herr sah zunächst erschrocken auf, dann aber lachte er los. »Sie haben vielleicht eine Fantasie, Herr Gerhard. Also nein, von einer Liebesbeziehung, wie Sie sie gerade andeuten, habe ich damals nichts bemerkt. Und sollte es sie gegeben haben, dann hat man sie geschickt zu verbergen gewusst.«

»Aber der Grund für das plötzliche Wegziehen und die Veränderungen des Professors in den letzten Wochen davor, hat Sie das nie interessiert? Sie müssen sich doch damals gefragt und vielleicht auch in der Nachbarschaft diskutiert haben, ob sich etwas ereignet hat. Ob etwas mit Francisco Sauras geschehen war, das sein Verhalten erklärte.«

Burmeister zuckte mit den Schultern. »Natürlich ist darüber in der Straße geredet worden. Sie wissen ja, wie bei jeder sich nur bietenden Gelegenheit sich die Mäuler zerrissen und Gerüchte verbreitet werden. Aber der allgemeine Tenor war, dass der Professor Heimweh nach Mallorca hatte, Sehnsucht nach Frau und Kind. Das war ja auch durchaus einleuchtend, denn so eine Ferienehe ist für ein jung verheiratetes Paar nur schwer erträglich. Solch eine Trennungssituation birgt immer die Gefahr, dass eine Ehe daran kaputtgehen kann. Das wird dem Professor über Nacht klar geworden sein, deshalb der plötzliche Aufbruch.«

Burmeister nahm seinen leeren Kaffeebecher, rollte mit ihm zum Waschbecken und spülte ihn aus. Gerhard verstand, dass der alte Herr nun glaubte, alles gesagt zu haben. Möglicherweise wartete jetzt auch eine gemeinsame Unternehmung der Heimbewohner, so etwas wie die gestrige Chorprobe, auf ihn.

Gerhard erhob sich und wusch seinerseits den Becher aus. Dabei fragte er, in der verzweifelten Anstrengung, doch noch etwas Näheres über die junge, attraktive Studentin, die letzte Schülerin Francisco Sauras', zu erfahren: »Sie wissen nichts weiter über diese junge Frau, die zuletzt als einzige noch zu dem Professor kam? Wie sie hieß? Wo sie wohnte? Ob sie Deutsche war? Bitte, Herr Burmeister, versuchen Sie sich zu erinnern, es könnte für mich sehr wichtig sein.«

Es war offenkundig, dass der Alte eine Verabredung hatte, die ihm jetzt ein wenig unter den Nägeln zu brennen begann. Er rollte zu einem niedrigen Schränkchen und entnahm der obersten Schublade eine zusammengefaltete Strickjacke. Während er sie anzog, schien er nachzudenken. »Nein, ich bedaure. Ich weiß weder, wie sie hieß, noch, woher sie kam. Bedenken Sie, dass ich – außer vielleicht mal einen Gruß – kein Wort mit ihr gesprochen habe. Ich glaube nicht, dass sie Ausländerin war. Sie war eher ein nordischer Typ. Sie wissen schon«, er stieß Gerhard mit einer Wir-sind-unter-Männern-Geste die Faust in die Seite, »so ein blondes Mädchen, das aussieht wie ein Engel mit Unschuldsgesicht, das aber die Sünde in den Augen, die Verführung auf der Zunge und die Versuchung zwischen den Lenden trägt.« Burmeister, der Achtzigjährige, schnalzte mit den Fingern.

Gerhard wunderte nichts mehr in diesem Altenheim, in dem Expressionisten an den Flurwänden hingen und alte Männer in blumiger Sprache erotische Gedanken von sich gaben.

Doch auch ihm selbst kam jetzt ein nicht erotischer, aber vielleicht weiterführender Gedanke: »Ihre Großnichte Nicole, wäre es möglich, dass eventuell sie Näheres über diese Studentin weiß?«

»Möglich schon. Immerhin waren sie im selben Studienjahrgang. Es ist allerdings fraglich, ob sie sich nach so vielen Jahren noch erinnern kann. Aber Sie können es ja versuchen, indem Sie sie fragen.«

»Wohnt Ihre Großnichte denn in Marburg?« Gerhard war jetzt unruhig geworden wie ein Spürhund, der eine neue Witterung aufgenommen hat. Vielleicht ging die Spurensuche ja doch weiter. Erst vor wenigen Augenblicken hatte er noch befürchtet, dass seine Nachforschungen an der Identifizierung der jungen Frau scheitern und im Sande verlaufen könnten.

Burmeister lächelte, er bemerkte die Erregung, die Gerhard ergriffen hatte. Da es ihm offensichtlich Spaß machte, anderen gefällig zu sein, drehte er den Rollstuhl und fuhr zu seinem kleinen Schreibtisch. Dort holte er aus einer Schublade ein Adressbuch hervor, blätterte darin und schrieb schließlich etwas auf einen Zettel. »Hier, die Adresse von Nicole.« Er reichte Gerhard das Papier. »Sie heißt jetzt nicht mehr Burmeister, sondern Kirschner und wohnt in Kirchhain, einer kleinen Stadt nur zehn Kilometer von hier entfernt. Sie ist dort als Musiklehrerin tätig. Nachmittags dürfte sie zu Hause sein, versuchen Sie es einfach.«

Jetzt aber schien er es eilig zu haben, das geplante Vorhaben musste unmittelbar bevorstehen.

»Herr Burmeister«, Gerhard ergriff die faltige Hand des alten Mannes, »vielen Dank, dass Sie mir Ihre Zeit gewidmet haben. Mit Ihren Auskünften haben Sie mir sehr geholfen.«

»Ist doch gerne geschehen, Herr Gerhard. Sollten Sie wieder einmal etwas wissen wollen oder das Bedürfnis haben, mit einem Spitzenchor zu musizieren« – jetzt lachte er schelmisch wie ein Lausbub – »dann kommen Sie ins Christopherus-Haus nach Marburg.« Von einem Haken hinter dem Schrank nahm er einen farbverkleckten Kittel und legte ihn über die Schulter. »Ich muss zum Malkurs. Sie sehen, ich singe nicht nur, ich versuche mich auch mit Pinsel und Farbe; ich bin der Kunst völlig verfallen.«

Als Gerhard durch den langen Flur zurückging, war er froh, dass Burmeister weder Zeit noch Interesse hatte, eine Erklärung von ihm zu fordern, wofür er die Informationen über Francisco Sauras eigentlich brauchte. Er hätte jetzt wenig Lust verspürt, die ganze Vorgeschichte noch einmal aufrollen zu müssen. Die erfolgversprechende, nach Kirchhain führende Spur vor Augen verließ er voller Zuversicht das Altenheim.

15

Auf dem Weg nach Kirchhain überlegte er, wie er vorgehen sollte. Es war nicht zu erwarten, dass Nicole, die jetzige Frau Kirschner, gleichermaßen aufgeschlossen und rückhaltlos auskunftsbereit war wie ihr Großonkel. Es würde am einfachsten sein, wieder in die Rolle des artikelschreibenden Fachzeitschriftenjournalisten zu schlüpfen. Er konnte anführen, dass ihm noch Name und Adresse jener Studentin fehlten, die die letzte Schülerin des Professors in seiner Marburger Zeit gewesen war. Er bräuchte sie als Zeitzeugin für einen Beitrag zu seiner Artikelbiographie über Francisco Sauras. Das war durchaus glaubhaft. Er würde Frau Kirschner lediglich um die Personalien ihrer früheren Kommilitonin bitten, ohne von ihr die Preisgabe vertraulicher Kenntnisse zu fordern und ohne selbst genötigt zu sein, die jüngsten Ereignisse um die Familie Sauras erwähnen zu müssen.

Als er jetzt von den Lahnbergen herunter in die Flussebene der Ohm hineinfuhr, tauchte vor ihm das Ortsbild Kirchhains auf. Wie eine geduckte, lauernde Katze, die die Stadt bewachte, lag die Kirche mit ihrem großen schiefergedeckten Schiff und dem gedrungenen Turm über den Häusern des Ortskerns.

Gerhard stellte seinen Wagen auf dem Parkplatz an der Römerstraße ab. Es war früher Nachmittag, erst kurz nach zwei, zu früh, einen Besuch zu machen. Ihm blieb also Zeit, vorher noch ein wenig durch die Altstadt zu streifen. Die warme Märzluft hatte auch Kirchhain zum Leben erweckt. Wie in Marburg standen Tische und Stühle vor den Gaststätten und Cafés, die Eisdiele hatte wieder geöffnet und der erste Blumenschmuck fand sich in Kästen und Beeten.

Gerhard ließ sich ohne Plan durch die stillen Gassen treiben. Er schloss sich dem bedächtigen Rhythmus der kleinen Landstadt an, bummelte an der alten Stadtmauer entlang, passierte dabei den Hexenturm und gelangte schließlich – wie fast zwangsläufig in jeder hessischen Kleinstadt – auf den Marktplatz. Hier bewunderte er ein wievieltes Mal den Respekt, den die Bürger in früheren Zeiten ihrer Obrigkeit entgegengebracht hatten, als er auf das imposante Rathaus mit der großen goldziffrigen Uhr blickte. Wenn man aus der Schönheit dieser alten städtischen Renommierbauten auf die Wertschätzung schloss, die damals den Ratsherren entgegengebracht wurde, dann war es – in Fortführung dieses Gedankens – mit der Achtung vor heutigen Stadtverwaltungen in ihren oftmals architektonischen Abscheulichkeiten offensichtlich nicht weit her.

Im »Café Noll« an der Briesselstraße studierte er bei einem Cappuccino den Stadtplan und stellte fest, dass das Haus der Kirschners ganz in der Nähe lag. Er schaute auf die Uhr, die zwischen Bildern oberhessischer Landschaften gegenüber an der Wand hing. Inzwischen war es halb vier geworden, die richtige Zeit jetzt, um jemanden unangemeldet aufzusuchen.

Die Balken des stattlichen Fachwerkhauses, vor dem er kurz darauf stand, hatten erst kürzlich einen farbigen Anstrich bekommen. Efeu rankte an den Seitenwänden bis fast unters Dach. Gerhard drückte auf den Klingelknopf.

Ein freundlicher Mann mittleren Alters öffnete die Tür. Sein an den Seiten angegrautes Haar, die große, dunkelgerahmte Brille und die ruhige Stimme vermittelten den Eindruck eines belesenen und gebildeten Menschen, der durch das Läuten gerade kurzfristig aus dem Studium der Weltzusammenhänge herausgerissen worden war. »Guten Tag, ich hätte gern Frau Kirschner gesprochen«, sagte Gerhard. »Ich komme von Herrn

Burmeister.« Es war immer gut, etwas vermittelndes Gemeinsames zu haben, das einen nicht als völlig Fremden erscheinen ließ.

»Wilhelm Burmeister?« Der Mann lächelte. »Na, wie geht's denn dem alten Seebären?« Noch ehe Gerhard antworten konnte, bat er ihn einzutreten, hielt ihm die Tür auf und stellte sich vor: »Ich bin Herbert Kirschner«, sagte er und reichte Gerhard die Hand. »Meine Frau ist leider im Augenblick nicht zu Hause, aber ich rechne jeden Moment damit, dass sie zurückkommt. Ihre Klavierschülerin sitzt nämlich schon im Wohnzimmer und wartet auf die Unterrichtsstunde.«

»Ich bitte um Entschuldigung, dass ich einfach so hereinplatze. Aber der Besuch bei Ihrer Frau hat sich heute erst kurzfristig nach dem Gespräch mit Herrn Burmeister ergeben. Mein Name ist Heinrich Gerhard«, stellte auch er sich vor und fügte in Anbetracht der wartenden Klavierschülerin hinzu: »Ich brauche nur eine kurze Auskunft von Ihrer Frau, lediglich den Namen und die Adresse einer Mitstudentin aus ihrer Marburger Studienzeit.«

Herr Kirschner nickte, als wäre die Einholung einer zwanzig Jahre zurückliegenden Personalie etwas Alltägliches. Aber ganz offenbar war er auch nicht ganz bei der Sache.

»Am besten Sie warten im Wohnzimmer. Meine Frau müsste eigentlich längst hier sein. Ich weiß gar nicht, wo sie bleibt.« Er schüttelte mit dem Kopf, aber es war eine eher resignierende Bewegung, die zeigte, dass er aufgegeben hatte, Frauen mit Pünktlichkeit in Verbindung zu bringen. Er führte Gerhard durch einen langen Flur, an dessen Ende er eine Flügeltür öffnete und ihm in das geräumige Wohnzimmer voranging.

»Bitte machen Sie es sich bequem«, forderte er Gerhard mit einer Handbewegung auf. »Sie müssen mich entschuldigen«, bat er, »ich bin gerade dabei, die Abiturarbeiten meiner Klasse zu korrigieren. Thema: Faust. Nicht nur für die Schüler eine schwere Kost, auch für den korrigierenden Lehrer.«

Gerhard sah sich genötigt, den gestressten Studienrat aufzurichten: »Wer immer strebend sich bemüht, den können wir erlösen«, tröstete er und hoffte, richtig zitiert zu haben.

Herbert Kirschner lachte: »Ein Faustzitat, passend zu jeder Lebenssituation. Nun, dann will ich an meiner Erlösung weiterarbeiten«, sagte er und verließ das Zimmer.

Gerhard sah sich um. Er saß, das konnte man mit Fug und Recht behaupten, in einem ehrwürdigen Raum, der die Gemütlichkeit, aber auch die Repräsentanz eines Biedermeierwohnzimmers hatte. Die Möbel waren alt, aber offenbar restauriert und kostbar. Schwere Übergardinen reichten bis auf den Fußboden, den dicke, ganz augenscheinlich wertvolle Teppiche bedeckten. Viele Anzeichen deuteten darauf hin, dass dieser Raum intensiv bewohnt wurde und nicht nur als vorzeigbare »Gute Stube« diente: Die Bücher in den Regalen machten einen gelesenen Eindruck, herumstehende Gläser und Flaschen, verstreute Zeitschriften zeugten davon, dass sich in diesem Raum Menschen trafen, sich unterhielten, lebten.

Ein hellbrauner Flügel dominierte den hinteren Teil des großen Zimmers. Gerhard konnte das Fabrikat nicht erkennen, da der mächtige Flügelkörper die Tastatur und den Namen der Produktionsfirma verdeckte. Also stand er auf, um um das Instrument herumzugehen. Plötzlich nahm er eine scheue Bewegung wahr, die hinter dem aufgeklappten Flügeldeckel hervorzukommen schien. Er beugte den Kopf, um die Ursache erkennen zu können. Aber erst, als er zwei weitere Schritte machte, sah er den lebenden Grund vor sich: Ein kleines Mädchen saß zusammengekauert auf dem Klavierschemel und blickte ihn stumm an. Natürlich, die wartende Klavierschülerin, die hatte er ganz vergessen. Das Kind, das nicht älter als acht, neun Jahre war, hatte, als hätte es sich eigens für dieses Zimmer passend angezogen, ein langes, dunkelblaues Kleid an, das ihr bis an die Knöchel reichte. Die blonden Haare waren zu einem Pferdeschwanz zusammengebunden und auf ihrem Schoß hielt sie eine Mappe, die offenbar ihre Übungsnoten enthielt.

»Hallo«, rief er ihr leise zu, »du wartest bestimmt auf die Frau Kirschner.«

Das Kind nickte, es hatte die Lippen fest zusammengekniffen.

»Na, dann geht es dir genauso wie mir, denn ich warte auch auf sie.«

»Kriegst du auch Klavierstunde?« Die Neugier hatte ihre Scheu überwunden. Mit ihrem dünnen Stimmchen wollte sie weiter wissen: »Wo hast du denn deine Noten?«

»Ich kann schon ein bisschen Klavier spielen«, sagte er, »ich brauche jetzt keine Stunden mehr. Aber du, was spielst du denn? Zeig mir doch mal deine Noten«, ermunterte Gerhard das Mädchen.

Eifrig, offensichtlich froh, das langweilige Herumsitzen beenden zu können, stand sie auf, legte ihre Mappe auf den Klavierhocker und schlug sie auf. Gerhard fühlte sich an seine eigene Klavierstunde zurückerinnert, der Inhalt seiner Tasche hatte ähnlich ausgesehen: Eine Klavierschule, natürlich, dazu Czernys Etüden und ein Sonatinenbuch. Außerdem gab es ein Notenheft für Schreibübungen und einen Vokabelblock, in den Frau Kirschner Aufgaben und zu übende Stücke schrieb. Gerhard sah unter dem Datum der letzten Woche nach. Für die heutige Stunde sollte die Kleine neben Fingerübungen und Tonleitern eine Passage von mehreren Takten aus einer Clementisonatine auswendig spielen.

Gerhard staunte. »Du bist aber schon ganz schön weit. Würdest du mir denn den Clementi vorspielen?« Dann fiel ihm ein, dass er ihren Namen noch nicht wusste. »Wie heißt du eigentlich?«

»Lisa«, sagte sie. Sie begann jetzt langsam aufzutauen, ihre Kinderstimme gewann an Festigkeit. »Und du? Wie heißt du?«

»Sag einfach Heiner zu mir, das sagen alle.«

»Heiner? Komischer Name«, sagte sie, zog ihr Näschen hoch und versuchte, die Stirn zu runzeln.

»Findest du?« So hatte er es noch nie gesehen. Für einen

Hessen war Heiner das Natürlichste der Welt und alles andere als komisch. »Immer noch besser als Posemuckel«, behauptete er. »Aber sag, spielst du mir den Clementi?« Als Antwort stellte Lisa den Sonatinenband auf den Notenständer des Flügels, ließ ihn aber unaufgeschlagen, räumte den übrigen Inhalt ihrer Mappe auf den Boden und setzte sich auf den Klavierstuhl.

»Ich spiele aber nur, wenn du mir auch etwas vorspielst«, sagte sie bestimmt und legte als Zeichen ihrer festen Entschlossenheit beide Hände flach auf die Oberschenkel.

Oh weh, sein Auswendigrepertoire war klein, aber ihm würde schon ein Stück einfallen.

»Na gut, Lisa, ich spiele auch etwas. Aber jetzt fang zuerst einmal mit deinem Clementi an.«

Lisa spielte wie die Feuerwehr. In rasendem Tempo glitt ihre linke Hand über die Tasten, deren Triolenbegleitung der schlichten Melodie der rechten Hand immer etwas voraus war. Gerhard fragte sich, ob Clementi dieses Stück wirklich als Geschwindmarsch angelegt hatte. Er argwöhnte eher, dass Lisa dieses Wahnsinnstempo deshalb anschlug, um schnell fertig zu werden und endlich ihn spielen zu hören. Und wirklich, nach zwanzig Sekunden hatte sie ihr Stück beendet.

Sie drehte sich freudestrahlend zu Gerhard um, der sich hinter sie gestellt hatte, und rief: »So, jetzt bist du dran.« Die Doppeldeutigkeit ihres Ausrufs, der, anders betont und ausgelegt, ihre vernichtende Kritik in Aussicht stellte, machte ihn unsicher.

Um ein bisschen Zeit zu gewinnen, nahm Gerhard den Sonatinenband vom Notenbrett und schlug den gerade gespielten Clementi auf. Wie er es vermutet hatte, stand über dem Satz, den Lisa durcheilt hatte, Allegretto und nicht Presto. Lisa hatte inzwischen Platz gemacht, der Klavierhocker stand zu seiner Verfügung. Jetzt musste er sein Versprechen einlösen.

Was aber sollte er spielen?

Ihm fielen Schumanns »Kinderszenen« ein. Einige Stücke daraus hatte er beim letzten gemeinsamen Familienmusizieren, das traditionell an Heilig Abend vor der Bescherung stattfand, vorgetragen; er hoffte, dass er sie noch auswendig parat hatte.

Er setzte sich an den Flügel. Vorsichtig versuchte er die ersten Takte, wiederholte noch einmal den Anfangsteil, und bald liefen seine Hände wie von alleine über die Tasten und gaben der zauberhaften Musik Leben.

Er spielte »Von fremden Ländern und Menschen«, das erste Stück der Sammlung, das Lisa mit einem »Das war schön« kommentierte, spielte den »Hasche-Mann«, den Lisa lustig fand und gab schließlich auf ihr Drängen, etwas ganz Schnelles zu spielen, noch den »Ritter vom Steckenpferd«. Er schlug ein halsbrecherisches Tempo an, ließ den Reiter in einem wahren Parforceritt über die Tastatur galoppieren und warf mit dem letzten Akkord beide Hände theatralisch in die Höhe, so, wie es die großen Virtuosen gelegentlich tun, um den Effekt ihres Spiels optisch noch zu verstärken. Dann stand er auf und verbeugte sich, die eine Hand aufs Herz gelegt, die andere in lässig winkender Geste erhoben, nach allen Seiten.

Beifälliges Klatschen erklang von der jetzt offenen Flügeltür her, in der eine Frau stand und ihm applaudierte.

Auch Lisa klatschte in ihre kleinen Hände und rannte mit leuchtenden Augen zur Tür. »Ist der nicht gut, Frau Kirschner«, rief sie noch im Laufen, »obwohl er Heiner heißt.«

Gerhard war die Sache peinlich. Es war ein Unterschied, vor einem Kind eine Schau abzuziehen – das war wie Theater – oder von einem Erwachsenen bei seiner Selbstdarstellung ertappt zu werden. Verlegen ging er auf Frau Kirschner zu, die ihm ihrerseits entgegenkam und die Hand reichte: »Guten Tag, Herr Gerhard – oder Heiner«, sie zwinkerte dem Mädchen an ihrer Seite zu und lachte. »Sie haben einen gewaltigen Eindruck auf Lisa gemacht und so, wie es aussieht, einen begeisterten Fan gewonnen.«

»Ach, das war doch nichts«, wehrte Gerhard ab, »wir haben uns nur die Zeit vertrieben, bis Sie kamen.«

»Ja, ich weiß auch nicht, warum ich nie pünktlich sein kann.

Man trifft hier mal jemanden zum Plaudern, wird unerwartet zum Kaffee eingeladen…« Sie hob die Hände in einer Geste der Verzweiflung. »Kennen Sie so was auch?«

»Ich bin verheiratet«, sagte er nur, eine Antwort, die keiner Ergänzung bedurfte.

Frau Kirschner war eine gutmütige Frau, der man ihre gespielte Entrüstung nicht glaubte. Sie war wohltuend weiblich und hatte runde Formen überall, besonders an Bauch und Hüften, die noch dadurch betont wurden, dass sie sich in eine enge Jeanshose gezwängt und deren Gürtel bis ins letzte Loch gezogen hatte. Sie war der Typ Lehrerin, der gewöhnlich Kunst, Musik und Handarbeit unterrichtete, und der, obwohl – oder auch weil – keines Tadels und keiner Bestrafung fähig, bestens und beneidet von den Kollegen mit seinen Schülern zurechtkam.

»Mein Mann hat mir gesagt, dass Sie die Adresse einer früheren Kommilitonin von mir zu erfahren hoffen. Ich fürchte, Herr Gerhard, das wird nicht ganz einfach. Das ist jetzt über zwanzig Jahre her.«

»Ich weiß, ich weiß, Frau Kirschner. Aber einen Versuch könnte es wert sein. Ich will Sie nicht lange aufhalten, denn ich sehe, Lisa wartet auf ihre Stunde.«

Die Kleine saß inzwischen wieder auf ihrem Klavierhocker und blätterte in den Noten.

»Das hat keine Eile, Herr Gerhard, Lisa ist das Nachbarskind, sie bleibt meist sowieso nach der Stunde noch hier. Aber vielleicht sagen Sie mir jetzt erst einmal, wer die Mitstudentin ist, deren Adresse Sie suchen.« Nicole Kirschner setzte sich und forderte auch Gerhard zum Platznehmen auf. Es würde das einfachste sein, überlegte er, sein Gespräch mit Wilhelm Burmeister wiederzugeben und ihr seine Hoffnung darzulegen, dass jene Studentin, die als letzte bei Sauras Unterricht erhalten hatte, vielleicht einige für seinen Artikel nützliche Angaben machen könnte.

So erzählte er der Großnichte, welche Fragen er gestellt hatte und welche Antworten ihm von ihrem Großonkel gegeben worden waren. »Es ist mir reichlich verwunderlich, dass Professor Sauras mit allen seinen Schülern die Unterrichte beendete und nur diese eine Studentin behielt«, schloss Gerhard seinen Bericht und ließ den letzten Satz als Frage im Raum stehen.

»Wir alle waren damals überrascht«, ging sie darauf ein, »waren wie vor den Kopf gestoßen, als der Professor ohne Vorankündigungen mitteilte, dass er keine Unterrichte mehr geben wollte.«

»Aber die eine junge Dame, die unterrichtete er weiter?«

»Helene?«

Gerhard horchte auf, seine Spur nahm jetzt Konturen an.

»Helene Adelmann war etwas Besonderes in jeder Hinsicht. Musikalisch war sie ohne Zweifel hochbegabt, pianistisch so weit, wie es keine von uns in ihrem Alter gewesen war. Nicht direkt ein Wunderkind, aber überdurchschnittlich gut. Außerdem war sie bildschön, sie sah umwerfend aus. So ein Jungmädchentyp, der Männern jeden Alters den Kopf verdreht.«

»Und Sie meinen, das könnte bei Professor Sauras der Fall gewesen sein? Dass ihre Beziehung nicht nur eine rein musikalische war?«

»Das will ich nicht gesagt haben. Es gab zwar Leute, die so etwas behaupteten. Aber genauso gut ist es möglich, dass er den Unterricht deshalb fortsetzte, weil sie eine so große Begabung war.«

Gerhard atmete tief durch. Er hatte jetzt den Namen der Studentin, damit ließ sich etwas anfangen. Alles Weitere war Zugabe.

»Hatten Sie, Frau Kirschner, denn engen Kontakt mit Helene Adelmann? Wissen Sie vielleicht, was aus ihr geworden ist?«

»Nein, ich habe sie völlig aus den Augen verloren, als sie die Hochschule überraschend verließ. Und auch vorher war ich nicht eng mit ihr befreundet, dafür war der Altersunterschied zu groß.«

Gerhard hakte nach: »Helene verließ die Hochschule überraschend, sagten Sie? Können Sie sich vielleicht noch erinnern, wann das war? Und was, glauben Sie, war der Grund?«

In Gerhard war jetzt wieder die alte Spürhunderregung aufgekommen, die sich auch Nicole Kirschner mitteilte. Sie sah ihn an und fragte: »Wollen Sie etwas trinken?«

»Nein, nein.« Er deutete zu Lisa hinüber, die wieder zusammengekauert vor dem Flügel saß. »Sehr freundlich von Ihnen, aber ich muss jetzt gehen, Lisa soll nicht länger warten. Wenn Sie mir nur noch meine Frage beantworten könnten: Wann verließ Helene die Hochschule und warum?«

»Das Wann ist einfach zu beantworten. Helene ging nur wenig später als der Professor aus Marburg fort. Das gab den Gerüchten über ein Verhältnis natürlich Nahrung. Über das Warum hingegen kann ich absolut nichts sagen, denn ich weiß es nicht.«

Gerhard stand auf. »Der Altersunterschied, den Sie angesprochen haben. – Wie alt war Helene, als sie ihr Studium abbrach?«

»Vom Alter her fast noch ein Kind, geistig und körperlich schon eine richtige Frau. Helene war zu dieser Zeit 14 Jahre.«

Gerhard konnte gerade noch einen Pfiff der Überraschung unterdrücken. Jetzt musste er doch noch etwas wissen.

»Wie ist es denn möglich, dass eine 14jährige an einer Hochschule studieren kann?«

»An Musik- und Kunsthochschulen gibt es Ausnahmen für begabte und künstlerisch frühreife Bewerber. Gerade in der Musik finden sich viele Beispiele für Frühbegabte, denken Sie nur an Mozart, der schon mit 6 Jahren komponierte. Helene war, wie ich Ihnen schon sagte, ein solches Talent, das besonders gefördert wurde.«

»Danke, vielen Dank, Frau Kirschner«, Gerhard streckte der Musiklehrerin die Hand hin, er hatte ein schlechtes Gewissen. »Jetzt gehe ich wirklich, ich habe Sie schon viel zu lange beansprucht. Dort sitzt auch ein Talent und will gefördert werden.«

Er ging um den Flügel herum zu Lisa, gab auch ihr die

Hand und ermunterte sie: »Wenn ich das nächste Mal komme, dann spielst du mir den »Ritter vom Steckenpferd« vor. Abgemacht?«

»Genauso schnell?«

»Noch schneller.«

»Mann, cool«, drückte Lisa ihre Begeisterung in neudeutscher Kurzfassung aus.

Nicole Kirschner geleitete Gerhard zur Haustür. »Wollten Sie nicht auch Helenes Adresse wissen?«, fragte sie Gerhard, als dieser schon im Freien stand.

»Ja natürlich, das hätte ich beinahe vergessen. Und, haben Sie ihre Anschrift?« Frau Kirschner schüttelte den Kopf: »Eigentlich nicht.«

»Schade«, sagte Gerhard. Er war nicht wirklich enttäuscht. Mit dem Namen, den er jetzt kannte, würde der Wohnort herauszufinden sein.

»Aber soviel weiß ich noch, dass Helenes Vater Arzt in Treysa war.«

»Treysa? Die Kleinstadt in der Schwalm?«, fragte er nach.

»Ja, genau die. Der Vater war Gynäkologe, wenn ich mich richtig erinnere.«

»Na, das ist doch etwas«, sagte Gerhard und ging endlich.

Er war gut gelaunt, als er die Stadtmauer entlang zurück zu seinem Auto schlenderte. Der Nachmittag war ergiebig gewesen, er hatte mehr erfahren, als er erhofft hatte. Helene Adelmann, das 14jährige Kindweib, war aus ihrer Anonymität aufgetaucht und hatte eine Spur hinterlassen, die nach Treysa führte.

Außerdem hatte er heute Menschen kennen gelernt, die es wert waren, nicht so schnell vergessen zu werden. Wenn er zukünftig an Kirchhain dachte, würde ihm stets die gutherzige Nicole Kirschner mit den viel zu engen Hosen und ihr faustkorrigierender Mann sowie die kleine Lisa, die nicht glauben wollte, dass er Heiner hieß, in den Sinn kommen und in liebenswerter Erinnerung bleiben.

16

Gerhard verließ Kirchhain in südlicher Richtung. Zufrieden lehnte er sich in seinem Autositz zurück. Er hatte heute Ergebnisse erzielt, die ihn wirklich weiterbrachten. In seinem Bestreben, das Marburger Geheimnis Francisco Sauras aufzudecken oder zumindest für sich selbst erkennbar zu machen, war er mehr vorangekommen, als er es erhofft hatte.

Während er aus der Stadt herausfuhr, dachte er darüber nach, was mit den Erkenntnissen, die er inzwischen gewonnen hatte, geschehen sollte. Er beschloss, diese Frage zunächst solange offen zu lassen, bis er seine Nachforschungen abgeschlossen hatte. Dann erst würde er in einer Zusammenschau aller Fakten darüber entscheiden, welche Bedeutung das Wissen um die damaligen Vorgänge für die aktuelle Situation hatte. Erst dann war der richtige Zeitpunkt, weitere Schritte zu überlegen.

Vor ihm tauchte die Amöneburg auf. Unvermittelt und trutzig erhob sich der markante Basaltkegel aus dem flachen Land. Wie aus einer verwunschenen Wolkenstadt schauten von seinem Gipfel ein Kirchturm und dicht aneinander gedrängte Häuser auf den Betrachter hinunter. Gerhard beschloss, dem Bergstädtchen einen Besuch abzustatten. Wie oft schon war er an diesem Naturwunder vorbeigefahren, ohne die Muße zu einer Visite gefunden zu haben. Es war noch gut eine Stunde bis zum Sonnenuntergang, genügend Zeit, das Versäumte nun endlich nachzuholen.

Gerhard fuhr die steile Straße hinauf bis zum Rand der kleinen Gipfelstadt. Nach einem prüfenden Blick in die engen Gassen entschied er sich, sein Auto außerhalb des Ortskerns stehen zu lassen und zu Fuß die Erkundung in Angriff zu nehmen. Deshalb wendete er den Wagen und stellte ihn auf einem abschüssigen Seitenweg am Ortseingang ab, dort wo ehemals das Lindauer Tor gestanden hatte, wie ein Schild verkündete. Dann machte er sich auf den Weg, Amöneburg zu entdecken.

Auch hier war der Markplatz das Zentrum, auf den alle Gassen hinliefen. Prächtige Fachwerkbauten säumten das baumumrahmte Geviert mit dem Martinsbrunnen im Inneren und den einladenden Gasthäusern an den Seiten. Gerhard stieg weiter bergan bis zum höchsten Punkt der Erhebung. Dort hatte, las er auf einer Hinweistafel, das Kloster gestanden, das Bonifatius 721 gegründet hatte und von dem seine Missionsarbeit in Hessen und Thüringen ausgegangen war. Heute dominierten die Stiftskirche und die Ruinen der alten Burg das Gipfelplateau.

Gerhard trat an den Rand des steil abfallenden Felsens und ließ den Blick über das unter ihm liegende weite Land gleiten. Parzellierte Äcker und Wiesen, teutonisch akkurat und rechtwinklig aufgeteilt, umgaben anheimelnde Dörfer, deren rote Ziegeldächer in der späten Nachmittagssonne leuchteten. Welch herrlicher Anblick, dachte Gerhard, musste das im Sommer sein, wenn die Wiesen im Saft standen und die Kornfelder im Wind wogten.

Er genoss noch einige Augenblicke die freie, unbegrenzte Sicht und die untergehende Sonne, dann machte er sich auf den Weg zurück zu seinem Auto.

Er ließ sich Zeit, trödelte langsam vor sich hin. Das, was er sich für heute vorgenommen hatte, war getan. Ein ruhiges Abendessen noch in einem gemütlichen Gasthof, später das weiche Bett in der freundlichen Pension von Frau Schmidt und dann hieß es morgen Abschied von Marburg zu nehmen. Zwei schöne Tage mit interessanten und bewegenden Begegnungen würden bald hinter ihm liegen und Erinnerung werden.

Inzwischen war er an dem Ort angelangt, wo sein Auto eigentlich hätte stehen sollen. Aber sein Wagen war verschwunden. Er starrte auf die verwaiste Stelle, auf der noch vor kurzem sein Fahrzeug gestanden hatte. Aber so sehr er den Hals nach allen Richtungen verdrehte, sein Auto war nirgends zu sehen.

»Das gibt's doch nicht«, flüsterte er. Mitten in Deutschland, in einem unschuldig ländlichen Raum und am helllichten Tag hatte man ihm sein Auto geklaut. In einer lärmenden Großstadt wie Frankfurt oder Köln meinetwegen, aber niemals hier. Eine Illusion, ein Weltbild brach in ihm zusammen.

Dann aber besann er sich und begann, logisch zu denken. Zunächst überzeugte er sich, auch wirklich an der Stelle zu stehen, an der er seinen Wagen abgestellt hatte. Aber es gab keinen Zweifel, hier hatte er gestanden. Er erkannte den großen Stein, dem er beim Einparken ausgewichen war. Er dachte weiter nach. Konnte es vielleicht möglich sein...?

Er ging langsam den abfallenden Weg, an dem er sein Fahrzeug geparkt hatte, hinunter, zehn, zwanzig, fünfundzwanzig Meter. Und dann sah er, dass es nicht nur möglich, sondern geschehen war: Das Vorderteil seines Autos ragte aus dem dichten Buschwerk, das den Weg an dieser Stelle begrenzte, der Rest steckte zwischen Ästen und Zweigen.

Gerhard stieg die flache Böschung zu dem Fahrzeug hinunter und inspizierte es. Erleichtert stellte er fest, dass bis auf einige Kratzer an den Seiten, an denen die Äste entlang geschrammt waren, keine Schäden zu erkennen waren. Der Wagen war weich in den Büschen gelandet.

Er befreite die Fahrertür so weit von Gestrüpp und Geäst, dass er einsteigen konnte. Tatsächlich, er hatte vergessen, die Handbremse anzuziehen. Auch der Gang, der die fehlende Bremse hätte ersetzen können, war nicht eingelegt. Es war jetzt nicht mehr festzustellen, ob er ihn einzulegen vergessen hatte oder ob er vielleicht herausgesprungen war. Er atmete tief und erleichtert durch. Diese Lage war zwar unangenehm, aber ein vom Weg abgekommener Wagen war immer noch besser als ein gestohlener. Sein illusionäres Weltbild, das ihm vorgaukelte, dass im gesunden, naturbelassenen Herzen Deutschlands ein skrupelloser Diebstahl nicht vorkam, begann sich wieder aufzubauen.

Jetzt aber musste er praktisch denken und die Bergung seines havarierten Gefährts in die Wege leiten. Vielleicht konnte er einen Autofahrer bitten, ihn mit seinem Wagen aus dem nur zwei, drei Meter vom Wegrand entfernten Gesträuch herauszuziehen. Er wollte auf alle Fälle schon einmal die Vorarbeiten für eine solche Rettungsaktion treffen. Welch ein Glück, dass er sich für das lange, mehrere Meter ausziehbare Abschleppseil entschieden hatte, das er jetzt an der Vorderöse seines Fahrzeuges befestigte. Mit dem dicken Tau in der Hand stieg er zum Weg hinauf und legte das Seilende auf die kiesige Oberfläche, wie eine Aufforderung oder eine Einladung, die Rettung seines Wagens in Angriff zu nehmen.

Die Sonne war inzwischen untergegangen, Touristenautos, die noch am Tag Amöneburg angefahren hatten, waren zu dieser späten Stunde nicht mehr zu erwarten. Gerhard überlegte, ob er in die Stadt zurückgehen sollte, um Hilfe zu holen, eventuell sogar ein Bergungsunternehmen damit beauftragen sollte, seinen Wagen aus der misslichen Lage zu befreien.

Ein schrilles Quietschen von Bremsen riss ihn aus seinen Gedanken und ließ ihn erschreckt den Kopf heben. Auf der oberhalb der Unglücksstelle verlaufenden Straße kam ein Reisebus mit einer abrupten Bremsung zum Stehen; undeutliche Gesichter hinter den spiegelnden Scheiben sahen zu ihm herunter. Unsicher starrte Gerhard auf das große Fahrzeug und den Mann, der nun auf dem steilen Weg auf ihn zukam und sich neben ihn stellte.

Er sah auf das Auto hinunter. »Schwierigkeiten?«, lachte der Hüne, dessen riesenhafte Gestalt Gerhard um Kopfhöhe überragte. Aber es war kein gehässiges Lachen, sondern eher ein Lachen, dass die Freude ausdrückte über die kuriose Situation, die sich seinen Augen bot. Offensichtlich erfasste er sofort die Bedeutung der Vorbereitungen, die zur Bergung des Wagens getroffen worden waren.

»Ich habe vergessen, die Handbremse anzuziehen«, bekannte Gerhard kleinlaut.

Eine bratpfannengroße Pranke legte sich erstaunlich sanft auf seine Schultern. »Ist mir auch schon passiert.«

Der Hüne schaute sich um. »Mister Tu-Fu«, rief er mit donnernder Stimme zu dem Reisebus hinauf. »Mister Tu-Fu, please!«

Ein kleines, dürres Männchen mit den schrägen Augen fernöstlicher Völker, offenbar ein Japaner, trat aus dem Bus, hob die Hand und eilte mit schnellen Schritten zu ihnen hinunter. Noch im Gehen verbeugte er sich einige Male und lächelte die beiden Männer an. »Mistel Leitel, can I help you, can I help you?« Er verbeugte sich erneut und lächelte noch immer.

Der riesige Mann legte seinen Arm, oder besser seine Hand um den kleinen Asiaten, drehte ihn zu dem gestrandeten Fahrzeug hin und sagte: »We must the Auto pull out.« Er nahm das Seil vom Boden auf und machte eine Bewegung des Ziehens.

Herr Tu-Fu begriff augenblicklich. Er nickte mehrmals verstehend, bis ihn der Hüne unterbrach:»Pick up your Leute, all together – and not forget your cameras.«

Unter weiteren Verbeugungen beeilte sich der Japaner, umgehend den Anordnungen Folge zu leisten.

»Das kriegen wir«, beruhigte der Riese Gerhard. »Die Jungs sind Klasse, denen macht das Spaß, Ihre Kiste da herauszuziehen. Sehen Sie, da kommen sie schon.«

Gerhard starrte die Invasion, die vom Bus auf ihn zukam, an. Vorneweg tippelt Herr Tu-Fu, der offenbar der Chef der Reisegruppe war, dahinter Männlein und Weiblein in buntem Haufen. Schon auf dem Weg erteilte der kleine Mann die ersten Anweisungen: Die Kameras wechselten zu den Frauen, die sich jetzt seitlich am Rande des Weges aufstellten, während die Männer sich um Herrn Tu-Fu gruppierten.

»Mistel Leitel, here we are«, sagte er, als sie sich vor dem Hünen und Gerhard aufstellten.

»Herhören«, forderte Goliath die versammelte Mannschaft - es mochten an die dreißig sein - auf. »This fellow«, er deutete auf Gerhard, »forgot his Bremse, for that the Auto run into the Büsche. Understand?«

Vielköpfiges Nicken bezeugte, dass er verstanden worden war.

»We take now the Auto out of the Büsche.«

Wieder Nicken. Erstaunlicherweise verstand man noch immer.

»Half of you on the Hecktür and schieben, other half zieht am Seil.«

Glücklicherweise hatte er das, was er wollte, mit eindeutigen Gesten demonstriert, und so kam es, dass nach kurzem Hin und Her die angegebenen Positionen besetzt waren und alles auf die weiteren Anordnungen des Wortführers wartete, der sich an die Spitze der Seilzugmannschaft gesetzt und das Tau um den rechten Arm gewickelt hatte.

»All wait of my Startkommando«, rief er laut. Dann beugte er seinen Oberkörper nach vorne, spannte das Seil und begann zu zählen: »Three, two, one, null, auf gehts!«

Gerhard blickte gebannt, so als sei er Zeuge eines plötzlichen, unerwarteten Naturereignisses, auf das Schauspiel, das sich vor seinen Augen abspielte. Neben ihm hüpfte Mister Tu-Fu begeistert auf und ab und feuerte seine Mannschaft mit lebhaften Gesten und unverständlichen Worten an.

Das Bild, das sich ihnen bot, war unvergesslich und wie für einen Maler geschaffen: In einer kraftvollen Diagonale stemmte sich die vordere Mannschaft in das Seil. Die mächtige Gestalt am Tauanfang überragte die sich dahinter Mühenden um ein Vieles. Gerhard vermeinte, Gulliver am Werke zu sehen, der mit seinen Liliputanern gerade ein Schiff an Land zog. Langsam wie ein großes, gefangenes Tier, in dessen Lampenaugen sich das letzte Tageslicht spiegelte, schob sich der weiße Wagen aus dem Buschwerk heraus. Von den schmächtigen, drückenden und ziehenden Leibern der keuchenden Asiaten ging eine solche Energie und Zähigkeit aus, dass man ihnen ohne weiteres zutraute, auch einen Panzer eine Böschung hinaufschieben zu können.

Die kleine Zuschauergruppe, die Gerhard und Herr Tu-Fu bildeten, lockerte die mächtige Bildtraversale ebenso auf, wie die knipsenden, schnatternden, hin und hertippelnden Frauen, die ihre Männer mit fröhlichen Zurufen antrieben.

Jetzt überkam auch Gerhard Enthusiasmus: »Hau ruck, hau ruck«, feuerte er den ostasiatischen Bergungstrupp an, und wirklich, kaum eine Minute später stand sein Fahrzeug wieder auf dem Weg. Schnell sprang er hinein und zog die Handbremse an.

Der Riese hatte das Seil inzwischen wieder auf den Boden gelegt und klopfte seinen fernöstlichen Freunden anerkennend auf die Schultern.

»Haben wir das nicht prima hingekriegt?«, wandte er sich an Gerhard.

»Toll, einfach toll. Wie soll ich Ihnen allen nur danken, Herr Leitel?«

Der Hüne lachte: »Reiter ist mein Name, Reiter, wie Pferd. Na, und danken brauchen Sie uns wirklich nicht. Sehen Sie nur, wie viel Freude Sie den Chinesen gemacht haben.«

»Chinesen?«, fragte Gerhard verblüfft. Na, jedenfalls auch Ostasiaten mit der Hilfsbereitschaft und Freundlichkeit, die diesen Menschen eigen ist. Gerhard musste sich mit Gruppen und Grüppchen seiner Retter vor das geborgene Auto stellen und als tragischer Held, der nichts anderes getan hatte, als das Anziehen der Handbremse zu vergessen, mit oder ohne Blitz ablichten lassen.

Erst ein donnerndes »We go on« des massigen Herrn Reiters beendete den Fototermin.

»Sind Sie der Reiseleiter?«, wollte Gerhard wissen.

»Nein, nein, ich bin der Busfahrer. Unser Reiseleiter hat sich heute Morgen krank abgemeldet. Da übernehme ich es eben, die Gruppe herumzuführen. Wir fahren jetzt schon zwei Wochen durch Deutschland. Sind alles prima Leute, immer fröhlich und vor allem zufrieden und dankbar. Macht Spaß, mit ihnen unterwegs zu sein. Und machen Sie sich mal keine Gedanken von wegen erkenntlich zeigen. Dass die Ihr Auto aus dem Gestrüpp ziehen durften, war für sie ein herrliches Abenteuer. Jetzt haben sie etwas zu erzählen, wenn sie heimkommen. Von einem deutschen Trottel, der vergessen hat, die Bremse anzuziehen.« Sie lachten beide. »Nichts für ungut«, er reichte Gerhard die Hand, »wir müssen weiter.«

»Danke, trotzdem, an alle.«

Herr Reiter, der polternde, gutmütige Hüne ging zu seinem Bus zurück. Gerhard konnte sich vorstellen, dass die Reisegruppe nicht traurig sein würde, wenn die Erkrankung des Reiseleiters noch ein paar Tage anhielt. Als der Bus losfuhr, grüßte Herr Reiter noch einmal mit der Lichthupe und hob die Hand. Hinter den Scheiben lächelte und winkte China. Gerhard verbeugte sich in stummer Dankbarkeit vor den fröhlichen Menschen, die in der Dämmerung verschwanden. Das Märchen vom Riesen und den Zwergen – er hatte es gerade erlebt.

Der Abschied von Marburg am nächsten Morgen fiel Gerhard schwerer, als er gedacht hatte; in den zwei Tagen seines Aufenthaltes hatte er die Stadt vergangener glücklicher Studentenjahre wiederentdeckt und erneut ins Herz geschlossen.

Der gestrige abendliche Wirtshausbesuch war ein stiller, runder Abschluss seiner Marburgvisite gewesen. Über einer oberhessischen Wurstplatte und einigen Gläsern Pilsner hatte er die Ereignisse und Personen der letzten zwei Tage noch einmal Revue passieren lassen und war wieder zu dem Schluss gekommen, dass es erst nach dem Zusammentragen aller Ermittlungsergebnisse möglich sein würde, Folgerungen zu ziehen. Er wollte auch das Ergebnis seines Besuchs in Treysa abwarten. Möglicherweise musste nach dem Gespräch mit Helene Adelmann die ganze Angelegenheit unter einem neuen Blickwinkel betrachtet werden.

Er verließ Marburg jetzt auf derselben Straße, auf der er auch hereingekommen war. Sein Zwischenziel, Treysa, lag direkt auf seinem Heimweg, es würde kein Umweg für ihn sein, dorthin zu fahren. Die kurze Frühlingsepisode der letzten Tage schien zu Ende zu gehen. Wolken zogen von Westen heran und ein böiger Wind kündigte den Wetterwechsel an.

Er hatte Zeit. Nichts, als der Wunsch, irgendwann heute Abend zu Hause zu sein, trieb ihn. Er entschloss sich, abseits der großen Verkehrswege auf Nebenstrecken über Land zu fahren, genoss die Fahrt durch stille Flusstäler und bewaldete Hügel, deren erste zarte Grüntupfer vom Nahen des Frühlings kündeten.

Der Wetterumschwung kam schneller als er erwartet hatte. In Rauschenberg fielen die ersten Tropfen auf die Windschutzscheibe, und als er in Treysa ankam, regnete es. Es war kurz vor elf Uhr, eine Arztpraxis, das wusste er, war mindestens bis zum Mittag besetzt. Ihm blieb also noch Zeit, sich in der kleinen Stadt erst einmal umzusehen. Während dieses Rundganges würde er die Adresse von Dr. Adelmann in Erfahrung bringen können und die Lage seiner Praxis ausfindig machen.

Er kannte Treysa von früheren Besuchen. In seiner Zeit, als er im nahen Alsfeld eine Arztpraxis betrieben hatte, war er gelegentlich in der kleinen Stadt im Herzen der Schwalm gewesen, meistens um Gäste vom dortigen Bahnhof abzuholen. Nie aber war er dabei über einen Bummel durch die Unterstadt mit ihrer lebhaften Geschäftsstrasse hinausgekommen. Als er jetzt vorbei an den Ruinen der Totenkirche zum Marktplatz hinaufstieg, bedauerte er, nicht schon früher Treysas Oberstadt besucht zu haben. Der Zauber der Stille und Ruhe, die Atmosphäre der Geborgenheit, die über den engen, holprigen Straßen, Gassen und Plätzen lag, teilte sich ihm mit, während er ohne Hast und Eile durch die verträumte Fachwerkstadt schlenderte. Am liebsten wäre er noch länger umher gewandert, aber dann erinnerte er sich an seine eigentliche Aufgabe, deretwillen er nach Treysa gekommen war.

Er fand das Praxishaus in der Wagnergasse auf halbem Weg zwischen der Unterstadt und dem Marktplatz. Das altmodische Arztschild neben der schweren Holztür, die mit einem abgenutzten Messinggriff zu öffnen war, verkündete konservativ und deutsch, dass Dr. Adelmann Frauenarzt und Geburtshelfer war.

Gerhard trat ein. Er hatte sich diesmal keine Geschichte zurechtgelegt. Er wollte ja eigentlich nichts anderes, als erfahren, wo er Helene Adelmann antreffen und wie er mit ihr in Kontakt kommen konnte.

Eine brünette, attraktive Arzthelferin – sie mochte um die vierzig sein – saß im Eingangsbereich hinter einer der in Arztpraxen üblichen Empfangstheken und begrüßte ihn freundlich: »Haben Sie einen Termin?«

Mit einem entwaffnenden Lächeln antwortete er: »Nein, ich habe keinen Termin. Mein Name ist Gerhard, Dr. Gerhard.« Normalerweise hielt er nichts davon, seinen Doktortitel herauszukehren, aber hier konnte er eventuell von Nutzen sein und ihm kollegiale Türen öffnen. »Ich möchte in einer privaten Angelegenheit ganz kurz mit Dr. Adelmann sprechen – eine Minute höchstens.« Er wusste, dass diese Zeit natürlich niemals ausreichen würde, aber Untertreibungen waren heutzutage genauso üblich wie Übertreibungen, niemand nahm Anstoß daran.

»Ich weiß nicht…« zögerte die Brünette.

Gerhard hakte ein: »Ich brauche im Grunde nur die Adresse seiner Tochter Helene.«

Erschreckt schaute die Arzthelferin zu ihm auf, drehte den Kopf nach beiden Seiten, als wolle sie sich davon überzeugen, das niemand sein Anliegen mitbekommen hatte. Dann sagte sie: »Dr. Adelmann, der Vater von Helene, praktiziert nicht mehr.« Als sie sein ratloses Gesicht sah, erklärte sie: »Er hat sich vor zwei Jahren nach einem Schlaganfall zurückgezogen und die Praxis seinem Sohn, Helenes Bruder, übergeben.«

Erleichtert schaute Gerhard Gerlinde Kramer an, deren Namen er inzwischen mit einem schnellen Blick dem Schild auf ihrer linken, ansehnlichen Brust entnommen hatte. Es war ein Kreuz mit diesen stets exponiert angesteckten Namensschildern bei Frauen: Wie leicht konnte man als Voyeur angesehen werden, wenn man allzu genau hinschaute, vielleicht weil die Schrift zu klein oder die Lichtverhältnisse zu schlecht waren. Manchmal aber, gestand Gerhard ein, war es verdammt schwer, wie in diesem Fall, den Blick sachlich über Schild und Umgebung gleiten zu lassen. »Ich nehme an, auch der Bruder wird wissen, wie und wo ich Helene erreichen kann«, vermutete Gerhard und legte seinen ganzen Charme in die folgenden Worte: »Nur ein Minütchen – bitte, Frau Gerlinde.«

Unschlüssig blätterte die Arzthelferin in einem Stoß Papiere, der vor ihr auf der Theke lag und rückte überflüssigerweise zwei Pappkästchen gerade, in denen sich Diätanweisungen bei Risikoschwangerschaft und Verhaltensratschläge für Krampfaderpatienten befanden. »So einfach, wie Sie sich das vorstellen, ist das nicht. Ich weiß nicht, ob der Doktor mit Ihnen über Helene reden will.«

Nach einer kleinen Pause, in der sie sichtbar mit sich rang, schien sie zu einem Entschluss gekommen zu sein. »Warten Sie hier, ich will versuchen, den Doktor kurz heraus zu bitten.« Damit verschwand sie in dem Flur, der zu den Praxisräumen führte.

Gerhard war verwundert, dass die Frage nach der Adresse einer Verwandten des Doktors eine so starke Reaktion bei Gerlinde Kramer hervorgerufen hatte. Auch ihre Bedenken hinsichtlich der Auskunftserteilung erschienen ihm überzogen.

Frau Kramer kam zurück: »Sie müssen sich einen Moment gedulden, bis die Patientin, die Dr. Adelmann gerade untersucht, gegangen ist. Aber…« Sie wiegte zweifelnd den Kopf und kehrte hinter die Theke zurück. Offensichtlich hatte der Doktor, wie die skeptische Geste der Arzthelferin vermuten ließ, eine Unmutsäußerung gezeigt, als ihm Gerhards Wunsch vorgetragen wurde.

Er ging in dem schmalen Flur auf und ab und betrachtete dabei die Bilder an der Wand. Es waren ausnahmslos luftige, mit geübter Hand hingeworfene Aquarelle von südlichen Landschaften. Die Bildunterschriften zeigten alle ein stilisiertes A, ähnlich dem der Initialen Albrecht Dürers. Gerhard kehrte zum Eingangsbereich zurück.

»Die Bilder, hat die Dr. Adelmann Junior gemalt?«, fragte

er Frau Kramer, die ihn eindringlich ansah. Gerhard hatte das Gefühl, von ihr taxiert und eingeschätzt zu werden.

»Ja«, antwortete sie und wies mit dem Kopf auf das vor ihr aufgehängte Aquarell. »Alle Motive stammen aus der Toskana. Der Doktor besitzt ein Haus dort in der Nähe von Siena. Gefallen Ihnen die Bilder?«

Gerhard nickte, aber er enthielt sich einer Beurteilung. Er bewunderte zwar die Leichtigkeit, mit der diese Landschaften auf das Papier gebracht waren – kolorierte Skizzen, die in der toskanischen Sonne verschwammen – aber er hatte mit dieser Art Aquarelle seine Schwierigkeiten. Es fiel ihm schwer, sich so in sie hinein zu vertiefen, wie er es bei einem Ölbild vermochte.

Die Tür eines der Flurzimmer öffnete sich. Eine Frau, die sich die Jacke zuknöpfte und einen Schirm in der Hand trug, kam den Gang herauf und ging an Gerhard vorbei zur Tür.

»Auf Wiedersehen, Frau Martin, bis zum nächsten Mal«, rief Frau Kramer ihr nach.

»Auf Wiedersehen, Gerlinde«, antwortete die Dame und trat in den Regen hinaus.

Dr. Adelmann, der aus seinem Zimmer stürmte, baute sich ohne Gruß vor Gerhard auf.

»Was wollen Sie?« In seiner drohenden Haltung ähnelte er dem Rausschmeißer eines Nachtlokals, der einem Gast, von dem er annahm, dass er Schwierigkeiten bereiten würde, den Zutritt verwehrte.

Gerhard hob halb abwehrend, halb beschwichtigend die Hände. »Herr Kollege Adelmann, ich will Sie um Gotteswillen nicht lange aufhalten. Ich weiß selbst, wie das ist, wenn man in der Sprechstunde gestört wird.«

»Also, was wollen Sie«, wiederholte er in etwas weniger feindseligem Ton.

Gerlinde Kramer hatte sich hinter ihrem Thekenaufbau versteckt und gab vor, etwas zu schreiben.

Gerhard beschloss, keine Umwege zu machen: »Ich brauche die Adresse Ihrer Schwester Helene.«

Dr. Adelmann schaute ihn finster an. »Warum?«

»Eine Studienkollegin aus ihrer Marburger Zeit, Nicole Burmeister, die ich gestern besuchte und der ich erzählte, dass ich heute in Treysa zu tun habe, bat mich, mich nach Helene zu erkundigen. Sie wollte wieder mit ihr in Kontakt treten.« Gerhard war sich sicher, Frau Kirschner würde ihm diese kleine Lüge verzeihen.

Offensichtlich hatte seine Erklärung Dr. Adelmann beruhigt. Er ließ die Hände, die er vorher in die Seite gestemmt hatte, sinken. Mit gebeugtem Kopf und unsicherer Stimme fragte er: »Sonst wollen Sie nichts von Helene?«

Ehe Gerhard eine Antwort geben konnte, klingelte das Telefon. Frau Kramer reichte den Hörer über den Tresen. »Herr Doktor, für Sie. Das Krankenhaus.«

Gerhard blieb verwirrt unter einem toskanischen Himmel zurück, der die ruhigen und gelassenen Empfindungen des Malers wiedergab und der in so krassem Gegensatz zu dem jetzigen Gefühlszustand Dr. Adelmanns stand.

Während der Gynäkologe telefonische Anordnungen für die Operationsvorbereitungen eines Kaiserschnitts gab, erhob sich Gerlinde Kramer, holte aus einem rückwärtigen Schrank ein Regencape und zog es über ihre weiße Berufskleidung. Dann trat sie hinter ihrer Empfangstheke hervor, öffnete die Tür eines Nebenzimmers und rief leise hinein: »Yvonne, ich mache Mittagspause.« Schließlich verließ sie, ohne Gerhard weiter anzusehen, das Haus.

Dr. Adelmann, der sein Gespräch beendet hatte, kehrte zu Gerhard zurück.

»Tut mir leid, ich kann Ihnen nicht helfen«, sagte er traurig. »Die Familie hat keine Kontakte mehr zu Helene. Tut mir leid.« Langsam ging er den Flur hinunter wie ein Boxer, der sich von einem Schlag erholen musste. Dann verschwand er in seinem Sprechzimmer.

Gerhard stand da und kam sich im wahrsten Sinne des Wortes verlassen vor. Der Doktor war gegangen, ohne ihm auch nur eine Andeutung zu machen, wo er Helene finden konnte. Gerlinde Kramer hatte ihre Mittagspause angetreten. Nur er stand noch immer an derselben Stelle und fühlte sich so fehl am Platz wie ein Mann eben in einer Frauenarztpraxis.

Yvonne trat aus ihrem Zimmer und blickte erstaunt auf Gerhard. »Brauchen Sie etwas?«, fragte sie mit besorgtem Blick.

Gerhard wachte aus seiner Erstarrung auf und schüttelte den Kopf. »Nein, danke, nichts.« Dann drehte er sich um und ging nach draußen.

Der Regen fiel sanft und warm. Er hatte keinen Schirm, aber das machte nichts. Später im Auto blieb ihm genügend Zeit, wieder trocken zu werden.

War dies nun das Ende seiner Nachforschungen, das Ende der Spur, die hier abrupt abbrach? Sollten seine Erkundungen mit all den gewonnenen Erkenntnissen, die ihn schließlich bis hierher gebracht hatten, doch noch in eine Sackgasse führen? Nein, so leicht wollte er nicht aufgeben. Es gab noch andere Wege, den Aufenthaltsort von Helene Adelmann, wenn sie inzwischen noch so hieß, in Erfahrung zu bringen. Er konnte Nachbarn befragen oder auf Ämtern nachforschen. Es gab noch Möglichkeiten.

Als er jetzt in tiefem Nachdenken die Straße hinunter ging, trat plötzlich aus einem Hauseingang eine Gestalt auf ihn zu und stellte sich ihm in den Weg. Gerhard blieb erschrocken stehen und musterte verwundert die Person, die die Regenkapuze tief über den Kopf gezogen vor ihm stand. Erst als sie sprach, erkannte er, dass er Dr. Adelmanns Arzthelferin vor sich hatte.

»Ich muss mit Ihnen sprechen, Dr. Gerhard«, sagte sie mit leiser Stimme und schaute ängstlich die Straße entlang. »Lassen Sie uns irgendwo hingehen, wo wir ungestört reden können.«

»Ungestört und vor allem trocken«, ergänzte Gerhard, der ein erstes Eindringen der Nässe durch Jacke und Hose bemerkte. »Gibt es ein Café in der Nähe?«

»Ja, nicht weit von hier. Kommen Sie.«

Sie ging voran mit dem resoluten Schritt, der fast allen im

Krankendienst tätigen Frauen eigen ist und bog rechts in die Steingasse ein. Infolge ihres zügigen Tempos blieb Gerhard immer etwas hinter ihr zurück. Sein Blick glitt über ihre Rückenansicht. Er konnte nicht umhin, die Weisheit der Schöpfung zu preisen, die einen wohlgerundeten Menschen auch von hinten ansehnlich machte.

Wenig später saßen sie sich im Café der Stadtbäckerei Möller an einem kleinen Fenstertisch gegenüber und schauten auf das an diesem Regentag spärliche Treiben draußen auf dem Marktplatz.

»Was wollen Sie trinken?«, fragte Gerhard, als ein Mädchen an ihren Tisch kam.

»Ein Wasser bitte«, sagte Gerlinde und hob den Blick zu der Bedienung empor.

»Mir bitte einen Cappuccino«, bestellte Gerhard.

Die Zeit, bis die Getränke kamen, überbrückte Frau Kramer mit Fragen, die Gerhards Person betrafen. Offensichtlich wollte sie noch etwas mehr von ihm wissen, bevor sie ihm das, was ihr am Herzen lag, anvertraute. Bereitwillig gab Gerhard Auskunft. Er wusste, dass es wichtig war, jetzt Vertrauen in ihr aufzubauen, das sich später vielleicht in der Qualität ihrer Mitteilungen niederschlug.

Als die Getränke vor ihnen standen, wollte Gerhard, um sie einen leichteren Einstieg in das Gespräch finden zu lassen, zunächst von ihr wissen, warum seine Frage nach Helenes Adresse eine solche Überreaktion sowohl bei ihr als auch bei Dr. Adelmann hervorgerufen hatte. »Ich kam mir vor wie ein Glaubensbruder, der einem Inquisitor eine ketzerische Frage gestellt hat.«

Gerlinde Kramer blickte sich um, bevor sie mit gedämpfter Stimme antwortete: »Sie müssen wissen, dass das Thema Helene in der Praxis Tabu ist. Helene ist das schwarze Schaf in dieser hochangesehenen, auf Werte und Formen bedachten Bürgerfamilie. Alle Versuche, dieses missratene Mitglied wieder in den Schoß der Familie zurückzuholen, sind missglückt. Jetzt hat man sie sozusagen verstoßen, oder noch schlimmer, man ignoriert ihre Existenz.«

»Erzählen Sie«, forderte Gerhard auf, denn zum Sprechen waren sie ja schließlich hierher gekommen.

»Ich weiß nicht, wie viel Sie von Helene Adelmann wissen«, begann sie und als von Gerhard keine Antwort kam, fuhr sie fort: »Helene war eine große musikalische Begabung, das zeigte sich sehr früh. In Treysa und Umgebung hat sie schon als Kind öffentlich Konzerte gegeben. Deshalb war es nur logisch, dass sie, als sie dreizehn war, von ihren Eltern zur Musikhochschule nach Marburg geschickt wurde mit dem klaren Ziel, zur Pianistin ausgebildet zu werden.

Schon ein Jahr später kehrte sie, schwanger im dritten Monat, nach Treysa zurück. Über den Vater des Kindes wurde offiziell nichts bekannt, es wurde jedoch geflüstert, dass es sich um einen Musiklehrer der Hochschule handelte. Die Eltern wollten, um den guten Ruf der Familie nicht aufs Spiel zu setzen, um jeden Preis einen Skandal vermeiden. Deshalb wurde auf eine Vaterschaftsklage verzichtet, die Schwangerschaft sollte unbedingt ausgetragen werden.«

»Wie das?«, unterbrach Gerhard. »Bei einem Vater, der Gynäkologe ist, gibt es doch bestimmt Wege, die Schwangerschaft zu unterbrechen.«

»Nicht bei Dr. Adelmann – den Senior meine ich. Als tiefgläubiger Katholik war jede Abtreibung für ihn eine Todsünde. Selbst bei der eigenen Tochter ging er nicht von seinen Grundsätzen ab. Er bestand darauf, die Schwangerschaft zu erhalten.«

»Und er hat nichts unternommen, um die Ehre seiner Tochter – wenn ich das mal so schwulstig ausdrücken darf – wieder herzustellen und den Vater des Kindes in irgendeiner Weise zu belangen?«

»Er wird seine Gründe gehabt haben. Zum einen waren keine Konsequenzen hinsichtlich einer Eheschließung und damit Legalisierung des Kindes zu erwarten. Der Musiklehrer war höchstwahrscheinlich verheiratet und hätte wegen einer Liaison mit einer Vierzehnjährigen kaum seine Frau verlassen. Zum anderen, und das wiegt viel schwerer, kannte Dr. Adelmann seine Tochter, ihre – sagen wir mal – Veranlagung und ihren Ruf.«

Frau Kramer nahm einen Schluck aus ihrem Glas. Gerhard schaute sie fragend an.

»Man muss sie gesehen haben, um das alles verstehen zu können. Helene war körperlich sehr früh ausgebildet. Sie hatte ihre Pubertät, so schien es, übersprungen. Mit zwölf Jahren war sie optisch eine vollentwickelte Frau, die mit allen verführerischen Reizen, die bei Männern Wirkung zeigen, ausgestattet war. Helene liebte es Menschen zu dominieren. Vielleicht war das ja auch ein Grund, warum sie Pianistin werden wollte: Der volle Saal, den sie mit ihrem Spiel in Atem hielt, der Applaus. Aber vor allem liebte sie es, den Männern den Kopf zu verdrehen. Helene, vom Alter her noch ein Kind, machte sich einen Spaß daraus, erwachsene Männer dazu zu bringen, sich wie verliebte Pennäler zu gebärden und ihren Verstand zu verlieren. Es gab damals in Treysa einige Affären, die viel Staub aufgewirbelt haben und die, um nicht publik zu werden, den alten Adelmann viel Anstrengung und Geld gekostet haben. Helene war, man muss es so bezeichnen, mannstoll, und wenn eine solche Veranlagung mit einer ungewöhnlichen Schönheit gepaart ist, ist das Ergebnis voraussehbar.«

Sie seufzte und blickte hinaus auf die Straße.

»Bei dieser Vorgeschichte«, wandte sie sich wieder Gerhard zu, »wird der Familie klar gewesen sein, dass die treibende Kraft, die zu den Intimitäten zwischen dem Lehrer und seiner Schülerin geführt hat, kaum der Mann gewesen sein dürfte.«

Gerhard kam der ungewollte Ausruf Elisabeth Conradis in Erinnerung: »Nein, so war es nicht, sie hat ihn verführt.« Nach dem, was Gerlinde Kramer ihm soeben erzählt hatte, war es sehr gut möglich, dass Francisco Sauras das Objekt der gezielten Verführung durch seine Schülerin geworden war. Dem triebhaften Wunsch der schönen, aufreizenden Helene, ihren

Lehrer gefügig zu machen, ihn zu beherrschen, statt ihm zu gehorchen, war Sauras zum Opfer gefallen.

»Und dann?«, fragte Gerhard, »Was ist nach der Geburt des Kindes aus Helene geworden? Wie ist sie mit ihrer frühen Mutterschaft klar gekommen?«

»Überhaupt nicht. Das Kind, oder vielmehr die mütterliche Pflege und Erziehung, die man von ihr erwartete, empfand sie als eine Fessel, die sie von ihrem bisherigen freien und freizügigen Leben ausschloss. Ihre jetzt wieder privaten Klavierstudien befriedigten sie nicht mehr, die Enge Treysas bedrückte sie. Und so kam es, dass sie eines Tages mitsamt ihrem Kind von zu Hause wegging. Das einzige Kapital, das sie mitnahm, waren ihre pianistischen Fähigkeiten und ihre laszive Schönheit.

Soviel ich weiß, ging sie zuerst nach Hannover, später nach Köln. Dort setzte sie ihr Kapital auf die eine oder andere Weise ein und hielt sich so über Wasser. Der Kontakt zur Familie brach völlig ab. Helene hatte die Verbindung so gründlich unterbrochen, dass die Eltern über Jahre nichts von Tochter und Enkel erfuhren. Anfängliche Nachforschungen über den Verbleib von Helene erbrachten keinen Hinweis über ihren Aufenthalt. Ich vermute, dass diese Nachforschungen auch nur halbherzig vorgenommen wurden, sozusagen als elterliches Alibi. Innerlich hatte man Helene längst aus dem Familienverband ausgeschlossen.

Erst Jahre später traf Dr. Adelmann durch Zufall auf seine Schwester. Ich weiß nicht alle Einzelheiten, aber es muss am Ende eines Ärztekongresses in Köln gewesen sein. Einige Mediziner beschlossen, den Tag zünftig – das, was Männer als zünftig bezeichnen – mit dem Besuch einiger Nachtlokale ausklingen zu lassen. In einem dieser Etablissements begegnete Dietmar Adelmann dann seiner Schwester. Er muss sie zunächst nicht erkannt haben, erst als sie auf dem Klavier spielte und mit ihrer tiefen Stimme zu singen begann, wurde ihm klar, dass dort am Piano seine Schwester saß.«

Gerhard hatte konzentriert und bewegt zugehört, das

Schicksal Helenes war für ihn inzwischen nach den vielen Stunden, die er sich mit ihr beschäftigt hatte, nicht mehr ein beliebiges: Es berührte ihn, fast so, als erführe er etwas aus dem Leben einer bekannten, vertrauten Person.

Frau Kramer glaubte, eine Erklärung schuldig zu sein: »Dietmar Adelmann hat an dem Tag, als er aus Köln zurückkehrte, mit mir über das dort Erlebte gesprochen. Deshalb weiß ich überhaupt davon. Vielleicht musste er das Ungeheuerliche einfach bei Jemandem loswerden. Danach hat er niemals mehr etwas über Helene geäußert. Das Thema war, wie ich Ihnen schon sagte, fortan tabu. Als er damals im Nachtclub seiner Schwester gegenüberstand, hatte er Schwierigkeiten, in ihr das schöne, junge Mädchen von einst wiederzuerkennen. Helene war körperlich verfallen, verlebt und ganz offenkundig abhängig von Drogen. Soviel erfuhr er jedenfalls, dass sie damals nach Verlassen ihres Elternhauses dank ihres Klavierspiels, ihres guten Aussehens und einer passablen Stimme in der Popmusikszene untergekommen war. Sie fand diese Welt – oder besser Scheinwelt – faszinierend, sie nahm sie begierig in sich auf mit allem, was dazugehörte: Drogen, Alkohol, Sex. Aber auch in diesen Kreisen gibt es bürgerliche Anwandlungen. Sie heiratete nämlich einige Jahre später einen ebenfalls drogenabhängigen Musiker und bekam mit ihm ein Kind.«

»Und die Familie? Hat sie nicht versucht, jetzt, da die verlorene Tochter wieder aufgefunden war, sie aus diesem Milieu herauszuholen?«, ereiferte sich Gerhard.

»Doch, man hat es versucht und ich glaube, anfangs auch ernsthaft und intensiv. Erst, als die Familie merkte, dass alles Bemühen vergebens war, dass die Sucht Helene schon soweit verändert hatte, dass sie allen vernünftigen Argumenten nicht mehr zugänglich war, haben Eltern und Bruder beschlossen, Helene aus ihrem Leben zu streichen. Einfach so.« Sie fuhr mit ihrer Hand waagerecht durch die Luft, in ihren Augen lag ein Anflug von Verbitterung.

»Frau Kramer«, sagte Gerhard und beugte sich über den

Tisch, »warum erzählen Sie mir das alles? Welche Beziehung haben Sie zu Helene?«

Der Fußgängerstrom draußen vor dem Fenster war lebhafter geworden, ein Zeichen, dass es aufgehört hatte, zu regnen.

»Helene war, bis sie nach Marburg ging, meine beste Freundin.« Gerlinde Kramer machte eine hilflose Geste. »Es bedrückt mich, dass ich, nachdem ich von Dr. Adelmann erfahren hatte, wo und unter welchen Umständen sie lebte, nicht den Mut aufgebracht habe, mit ihr in Kontakt zu treten. Vielleicht brauchte sie Hilfe, möglicherweise auch nur jemanden, der ihr ein Signal gab, dass die Welt, aus der sie ja ursprünglich stammte, für sie nicht völlig verschlossen ist. Ich hätte es längst tun müssen, hätte vor sie hintreten und sagen müssen: ‚Hier bin ich, kann ich dir helfen', auch wenn ich riskierte, dass sie mich auslacht oder rausschmeißt.«

Sie sah schuldbewusst vor sich hin. »Man ist feige, wenn es darum geht, etwas Unangenehmes tun zu müssen, wenn man damit rechnen muss, persönlich verletzt oder enttäuscht zu werden. Ich schäme mich, dass ich nichts unternommen habe.« Sie machte eine Pause, trank ihr Wasser aus und sah ihn an. »Und dann kommen Sie heute und fragen nach Helene.«

»Ja, hätten Sie denn überhaupt die Möglichkeit gehabt, mit ihr Kontakt aufzunehmen, Frau Kramer? Haben Sie eine Adresse von ihr?«

»Nein, eine Adresse habe ich nicht, aber ich habe eine Telefonnummer, die ich im Sprechzimmer des Doktors gefunden habe. Beim Auswechseln des alten gegen den aktuellen Kalender seiner Schreibunterlage habe ich einen Zettel gefunden, auf dem Helene und dahinter eine Telefonnummer stand.«

Gerhard hielt den Atem an.

»Als Sie vorhin in der Praxis davon sprachen, mit Helene in Verbindung treten zu wollen, habe ich gefühlt, dass dies eine Chance ist, mein schlechtes Gewissen wenigstens ein bisschen zu beruhigen. Besonders, als ich erfuhr, dass Sie Arzt sind, erschien es mir wichtig, mit Ihnen zu sprechen, Sie auf das, was

Sie erwartet, vorzubereiten und Sie zu bitten, bei Ihrem Besuch auszuloten, ob und wie man Helene vielleicht helfen kann.«

Sie sah ihn fragend an.

Er nickte: »Ja, das will ich gerne tun. Nur, dazu müsste ich wissen, wie ich an Helene herankomme.«

»Ja, natürlich.« Sie kramte in ihrer Handtasche und holte ein kleines Notizbuch heraus, in dessen seitlicher Schlaufe ein Bleistift steckte. Sie riss ein leeres Blatt aus dem Büchlein und begann zu schreiben.

»Ich gebe Ihnen meine Adresse und Telefonnummer. Sobald Sie etwas erfahren haben, informieren Sie mich bitte.«

Dann blätterte sie in dem Notizblock, bis sie das, was sie suchte, gefunden hatte, und schrieb es auf die Rückseite des Blattes. »Die Nummer von Helene. Ich hoffe, Sie haben Glück.« Gerlinde reichte ihm das Blatt und stand gleichzeitig auf. »Ich muss gehen.« Sie sah auf die Uhr. »Yvonne wird schon warten.«

Auch Gerhard erhob sich. Sie reichten sich die Hand und sahen sich an wie Gleichgesinnte, die sich der guten Sache, der sie sich verschrieben hatten, sicher waren.

»Verraten Sie bitte nicht dem Doktor, dass ich Ihnen geholfen habe«, bat sie.

»Ehrensache«, versicherte Gerhard und sah ihr nach, wie sie das Café verließ.

Er rief das Mädchen, das gerade den Nebentisch abräumte, und bezahlte. Dann trat er hinaus in die laue Märzluft. Die Wolkendecke hatte inzwischen Lücken bekommen, Flecken blauen Himmels waren zu sehen.

Gerhard sah auf das Notizbuchblatt, das er noch immer in der Hand hielt.

Gerlinde Kramer wohnte hier in Treysa, in der Königsberger Straße.

Er drehte das Blatt um.

Oben stand »Helene«, darunter ihre Telefonnummer. Verblüfft starrte Gerhard auf die Ziffernfolge, die ihm bestens vertraut war. Es war die Vorwahl von Eschwege.

17

War dies das bisher fehlende, verbindende Glied, überlegte Gerhard, als er wieder im Auto saß und Richtung Kassel fuhr. War das die Erklärung dafür, warum Jaimes Sauras nach Eschwege gekommen war? Nicht zufällig, wie zuerst angenommen, sondern mit der Adresse Helene Adelmanns in Händen? Jaime mußte den gleichen Weg gegangen sein wie er: Er hatte in Marburg Nachforschungen angestellt, war den Spuren seines Vaters gefolgt und dabei auf die Affäre mit Helene gestoßen. Wo Jaime letztendlich den entscheidenden Hinweis auf den Aufenthaltsort von Helene Adelmann erhalten hatte, war unklar. Offenkundig war jedenfalls, dass er, nachdem er die Adresse kannte, seine Mission in Marburg beendet und sich auf den Weg nach Eschwege gemacht hatte.

Was aber wollte er in Eschwege? Welche Ziele verfolgte er? War es ihm darum gegangen, die Geliebte seines Vaters und seinen Halbbruder kennenzulernen? Gab es vielleicht eine Abrechnung, eine Richtigstellung, die er vornehmen wollte? Oder hatte er eine andere Absicht, beschritt er einen Pfad, dessen Richtung im Moment noch nicht zu erkennen war?

Gerhard beendete seine Gedankenspiele und ermahnte sich, den Weg so weiterzugehen, wie er es sich vorgenommen hatte: Er wollte erst nach Abschluss der Nachforschungen die Schlüsse und Folgerungen daraus ziehen. Ein wichtiges, vielleicht das entscheidende Gespräch lag noch vor ihm. Nach der Begegnung mit Helene Adelmann würde er möglicherweise klarer sehen.

Es war Nachmittag, als er in Oberhone ankam. Ein stürmischer Wind musste in den Tagen seiner Abwesenheit über das umliegende Land gegangen sein. Viele große Zweige lagen auf dem Grundstück. Auch die Einfahrt war durch einen dicken Ast verlegt, der von dem alten Kirschbaum abgebrochen war. Gerhard stieg aus und räumte ihn beiseite. Da er schon einmal dabei war, beschloss er, auch die restlichen Äste einzusammeln und auf die Feuerstelle zu legen. Dann erst packte er seine Tasche aus dem Auto und ging ins Haus.

Er kam gerne heim. Auch wenn er nur, wie diesmal, knapp drei Tage außer Haus gewesen war, war das Zurückkehren stets mit der kribbelnden Erwartung verbunden, es könnte in der Zwischenzeit etwas Erfreuliches passiert sein: Eine Nachricht, die ihn interessierte, ein günstiges Angebot, ein Gruß oder ein Lebenszeichen eines lieben Menschen. Dass die Wahrscheinlichkeit genau so groß war, mit unschönen, negativen Angelegenheiten konfrontiert zu werden – Rechnungen, Krankheits- und Todesfälle – verdrängte er.

Aber, wie eigentlich immer, war nichts Wesentliches passiert. Die Post war unergiebig, die Zeitungen schnell überflogen. Auf dem Anrufbeantworter befand sich nur eine Aufzeichnung, ebenso kurz wie schön: »Ich liebe dich. Ruf an, wenn du zurück bist.«

Er wählte die Nummer von Franziska.

»Reisebüro Franziska Gerhard. Guten Tag.«

»Hallo, Siggi, steht Göttingen noch?«

»Hallo, Heiner. Ja, Göttingen steht noch. Aber hier ist die Hölle los, jetzt so kurz vor der Reisesaison. Du glaubst ja gar nicht, was die Kunden so alles wissen wollen«, stöhnte Siggi, doch im Grunde liebte sie den Kitzel der Aktion bis hin zur Hektik. Ruhige Zeiten setzten ihr zu und machten sie unzufrieden.

»Gut, ehe du zusammenbrichst, hol mir bitte Franziska ans Telefon.«

»Da hast du aber Glück, dass sie ausnahmsweise mal da ist.« Ein Vorwurf klang aus ihrer Stimme, die jetzt laut nach Franziska rief: »Komm, Heiner ist dran.«

Nach einigen Sekunden vernahm er die vertraute Stimme seiner Frau: »Hallo, Heinrich.«

»Hallo, Franziska. – Ich dich auch.«

»Wie? – Ach so.« Jetzt hatte sie verstanden und sagte nur: »Dann ist ja alles gut.« Dann fragte sie ihn: »Seit wann bist du zurück? Und vor allem, warst du erfolgreich?«

»Ich bin gerade erst zurückgekommen und ich glaube, meine Erkundungstour hat sich gelohnt. Ich habe mit vielen Menschen gesprochen und eine ganze Menge Hinweise erhalten, die jetzt langsam ein Bild ergeben. Morgen werde ich hier in Eschwege einer weiteren Spur nachgehen, von der ich mir viel verspreche.«

»Du, Heinrich«, unterbrach Franziska, »lass uns später darüber reden. Ich erwarte wichtige Anrufe. Ich mach dir einen Vorschlag: Morgen Nachmittag habe ich einen Termin in Bad Hersfeld. Auf dem Rückweg komme ich nach Oberhone und bleibe dort über Nacht. Dann können wir reden und du erzählst mir alles. Einverstanden?«

»Ich freue mich, Franziska. Sag, wohin möchtest du ausgehen, ins Ritz oder ins Hilton?«

»Erstens gibt es die nicht in Eschwege, und zweitens ziehe ich, selbst wenn es sie gäbe, es vor, mit dir, falls das Wetter mitspielt, am Lagerfeuer zu speisen. Anschließend gehen wir dann in ‚Knaufs Schänke'. Was meinst du dazu?«

»Schade«, spielte er den Enttäuschten.

»Heuchler. Bis morgen.« Franziska legte auf.

Gerhard, das Telefon noch in der Hand, überlegte, ob er nicht gleich jetzt versuchen sollte, die Nummer Helenes, die ihm Gerlinde Kramer aufgeschrieben hatte, anzurufen. Er war gespannt, wer sich melden würde. Er nahm den Zettel aus seinem Portemonnaie und wählte.

Ab dem fünften Klingeln rechnete er jeden Moment damit, dass sich der Anrufbeantworter einschalten könnte. Aber es war eine originale weibliche Stimme, die nach dem neunten Klingelton fragte: »Ja?«

Gerhard stellte sich überrascht: »Bin ich da richtig bei Maiwald?«

»Nein, hier ist Meunier.«

»Oh, dann bitte ich um Entschuldigung, ich habe mich verwählt«, log er und legte auf.

Erst jetzt fiel ihm auf, dass er während des Telefonats unbewusst seiner Stimme eine dunkle Einfärbung gegeben hatte, wohl um ein Wiedererkennen am nächsten Tag unmöglich zu machen. So langsam, stellte er erstaunt fest, entwickelte er detektivische Verhaltensweisen.

Meunier also. Er schlug im Telefonbuch nach. Unter diesem Namen fand er nur einen Eintrag: Meunier, G. u. H., Alter Steinweg 33. Sollte das H. für Helene stehen? War die Stimme mit der er soeben gesprochen hatte, die der ehemaligen Musikstudentin Helene Adelmann? Er würde es erfahren, wenn er morgen die Adresse aufsuchen würde.

Heute wollte er einen ruhigen Abend verbringen. Vielleicht würde er noch ein bisschen Gershwin spielen und danach früh zu Bett gehen. Für die morgige Begegnung mit den Frauen musste er im Vollbesitz seiner Kräfte sein. Das Treffen mit Helene würde ihm vor allen Dingen seelische Nehmerqualitäten abfordern. Franziska hingegen, da war er sich sicher, würde auch körperliche Frische erwarten.

Als er gerade aus dem Haupthaus treten wollte, um in sein Künstlerdomizil hinüberzuwechseln, kam ihm Kurt entgegen. Ganz augenscheinlich hatte er das dreitägige Alleinsein gut überstanden. Mit einem zufriedenen Miauen rieb er sich am Bein seines Herrn. Bei dem reichlichen Mäuseangebot, das Kurt in den umliegenden Feldern fand, verzichtete Gerhard bei kurzzeitiger Abwesenheit auf einen Fütterdienst. Kurt war mühelos in der Lage, sich selbst zu versorgen und die Zeit bis zu seiner Rückkehr zu überbrücken.

Gerhard füllte den Fressnapf und sah kurz zu, wie sich der Kater mit sichtlichem Vergnügen über die Fleischstückchen hermachte. Dann begab er sich in sein Atelier, zu seinem Klavier, um den Tag harmonisch ausklingen zu lassen.

Am folgenden Morgen war er voller Unruhe. Er fieberte dem Gespräch mit Helene entgegen und hatte Mühe, seine Ungeduld zu zügeln.

Zehn Uhr, glaubte Gerhard, war für einen Besuch am Vormittag eine angemessene Zeit. Nur kurz hatte er erwogen, sich telefonisch bei Helene Meunier, wie sie jetzt wahrscheinlich hieß, anzukündigen. Er hatte diesen Gedanken aber schnell wieder verworfen. Das Risiko, dass sie ihn schon am Telefon abwies, war zu groß.

Als er jetzt durch die Netergasse in Richtung Steinweg ging, überlegte er, wie er der inzwischen vierzig Jahre alten Frau gegenübertreten sollte. Es schien ihm nicht sinnvoll, wieder die Rolle des Artikelschreibers zu spielen. Wollte er von Helene wirklich intime Informationen, so würde er am Ende doch die Maske fallen lassen und mit der Wahrheit herausrücken müssen. Er entschloss sich, dies gleich zu tun. Wahrscheinlich gelang es ihm damit am ehesten, ihr Interesse und ihre Auskunftsbereitschaft zu wecken.

Das Haus im Alten Steinweg, vor dem er jetzt stand, war hoch, schmal und eingezwängt zwischen zwei stattlichen Nachbargebäuden, die in ihren Erdgeschossen jeweils Geschäfte beherbergten. Trotz seiner anheimelnden Fachwerkfassade machte das zweistöckige Häuschen einen abweisenden Eindruck auf Gerhard, so als verberge es etwas hinter seinen gestauchten und krummen Balken. Verstärkt wurde das Gefühl noch durch die zugezogenen, dunklen Vorhänge, die den Einblick in die Räume verwehrten.

Neben dem angerosteten Briefkasten hing, halb aus ihrer Wandbefestigung gelöst, eine Klingel, auf der handgeschrieben »Meunier« stand. Gerhard schellte.

Ein ungepflegter und auf den ersten Blick unsympathischer junger Mann öffnete die Haustür. Gerhard schätze ihn auf wenig mehr als zwanzig.

»Ja?« Kein Gruß, stattdessen ein herausfordernder Blick, der sagte: ‚Mach schnell, Alter, ich habe besseres zu tun als hier herumzustehen.‘

Gerhard spürte augenblicklich, dass er mit höflichem Auftreten und bittender Fragestellung bei einem dermaßen ungehobelten Menschen nichts ausrichten würde.

»Ich muss mit Frau Meunier sprechen«, sagte er und gab sich alle Mühe, barsch und streng zu erscheinen.

»Was wollen Sie von meiner Mutter?«

»Das werde ich ihr selbst sagen. Wenn Sie sie bitte rufen würden.«

»Sind Sie von der Polizei?«, fragte der junge Mann misstrauisch.

»Nein, aber ich bin mit einer Untersuchung beauftragt, bei der ich die Auskunft Ihrer Mutter brauche.« Gerhard verschwieg, dass er es selbst war, der sich den Ermittlungsauftrag erteilt hatte. Aus dem Hintergrund ertönte die Frauenstimme, mit der er gestern am Telefon gesprochen hatte: »Maurice, wer ist da gekommen?«

Ehe der Sohn antworten konnte, rief Gerhard ins Haus hinein: »Mein Name ist Heinrich Gerhard. Ich untersuche den Tod des Sohnes Francisco Sauras'. Ich muss Sie sprechen, Frau Meunier.«

In dem Augenblick der Stille, die jetzt folgte, sah Gerhard, wie sich die Züge Maurice Meuniers von einer Sekunde auf die andere veränderten: Die selbstsichere Arroganz war einem angstvollen Erschrecken, der herausfordernde Blick einer rastlosen Unsicherheit gewichen. Gerhard war sich seiner Beobachtung sicher, ihn bei der Erwähnung des Namens Francisco Sauras regelrecht zusammenzucken gesehen zu haben.

»Maurice, lass Herrn Gerhard herein«, wies die Mutter ihren Sohn an, der, unfähig ein Wort hervorzubringen, zur Seite trat.

Die kurze, dunkle Diele, von der linker Hand eine steile Treppe zu den oben liegenden Räumen führte, hatte an ihrer Stirnseite nur eine Tür, die offen stand. Dort erwartete ihn Frau Meunier.

Trotz der vorbereitenden Erzählungen Gerlinde Kramers war Gerhard entsetzt, als er die abgezehrte Frau, deren Gesicht die Konturen der Knochen überdeutlich hervortreten und die Augen in den Höhlen verschwinden ließ, vor sich sah.

Sie musste seine Reaktion wahrgenommen haben, denn mit

Bitternis in der Stimme sagte sie: »Sie hatten andere Vorstellungen, man sieht es Ihnen an. Ich weiß nicht, was Sie von mir wissen, aber wenn Sie die Helene Adelmann von früher erwartet haben, müssen Sie enttäuscht sein.« Mit einer müden Handbewegung forderte sie ihn auf: »Kommen Sie herein.«

Als ihr Sohn ebenfalls Anstalten machte, einzutreten, versperrte sie ihm mit ihrem knöchernen Arm den Zutritt. »Geh nach oben. Lass uns allein.«

Im ersten Moment schien Maurice aufbegehren zu wollen, dann aber drehte er sich wortlos um und stieg die Treppe hinauf.

Es war ein gesichtsloses Zimmer, das Gerhard jetzt betrat, spartanisch möbliert mit Tisch und Stühlen, einem glatten, braunen Schrank, der eher in ein Schlafzimmer gepasst hätte und einem alten Sofa. Auf dem Schreibtisch lagen zusammengerollt Socken und Unterwäsche in mehreren flachen Stapeln. Nichts war unordentlich oder ungepflegt, aber man verspürte das Fehlen jeglichen Interesses, den Raum wohnlich und behaglich zu machen.

»Hier hause ich also.« Helene Meunier deutete in die Runde des Raumes. Ihre dünnen Arme gingen dabei wie zerbrechliche Vogelflügel auf und nieder. Die Bewegungen waren unkontrolliert und schwebend, sie stand ganz augenscheinlich unter Drogen. Die euphorisierende Wirkung des Stoffes war unverkennbar.

Noch immer betroffen von dem sichtbaren Verfall, den der Körper zeigte, nahm Gerhard auf einem der Stühle Platz und betrachtete die abgemagerte Gestalt Helenes, die sich in eine Sofaecke gekauert hatte. Es war schwer vorstellbar, dass dieses eingefallende Gesicht, dessen welke, faltige Haut sich über den Knochen spannte und ihm eine starre Unbeweglichkeit verlieh, einst wegen seiner Schönheit gerühmt und geliebt wurde, dass diese Augen, die jetzt vor sich hinstarrten, einmal in der Lage waren, zu betören, zu verwirren, zu verführen.

»Ich habe damit gerechnet, dass jemand früher oder später

kommt«, sagte sie, ohne Gerhard anzusehen. »Seit ich den Namen Sauras in der Werra-Rundschau gelesen habe«, sie ergriff eine zusammengefaltete Zeitung, die auf der Sofalehne lag und schlug zweimal mit dem Handrücken dagegen, »seit ich von dem Selbstmord erfahren habe, den Franciscos Sohn hier verübt hat, wusste ich, dass irgendwann die Spur bis zu mir verfolgt werden würde.« Jetzt schaute sie Gerhard an. »Nun sind Sie da. Wer schickt Sie? Woher haben Sie meine Adresse?«

Gerhard fühlte: Hier in diesem schäbigen Zimmer im Angesicht dieser Frau, die auf der Schwelle zu ihrem endgültigen Verfall stand, war nicht der Ort für Täuschungen und Winkelzüge. Diese Begegnung erforderte Aufrichtigkeit, verlangte nach der Wahrheit. Er war froh über Helene Meuniers Interesse an dem Gespräch, dessen Zustandekommen er mit soviel bangem Zweifel entgegen gesehen hatte. Er entschloss sich, ihr nichts von dem, was er wusste, vorzuenthalten.

Also berichtete er unter Auslassung von Einzelheiten von der Rolle, die er in dieser Angelegenheit spielte, und von seinem Wunsch, am Ende der Ermittlungen die Zusammenhänge verstehen zu können. Er schilderte seinen Besuch in Andratx, die düstere Atmosphäre im Hause Sauras und die verzweifelte Pein, die den Professor quälte.

Hier unterbrach sie ihn: »Francisco leidet. Das wollte ich nicht«, sagte sie mit Trauer in der Stimme. »Aber fahren Sie fort.«

Gerhard erzählte von seinen Nachforschungen in Marburg, Kirchhain und Treysa, von ihrer Kommilitonin Nicole und ihrer Freundin Gerlinde. Helene hatte während des Berichts das Gesicht abgewendet. Ob sie die Augen geschlossen hatte, konnte Gerhard nicht erkennen. Vielleicht war sie unter seiner Erzählung in Gedanken in ihre Jugendzeit zurückgekehrt, waren Bilder ihres früheren Lebens vor ihr aufgetaucht und hatten Erinnerungen geweckt.

Als Gerhard seine Zusammenfassung beendet hatte, blieb sie lange stumm in der ihm abgewandten Haltung. Als er schon befürchtete, sie könnte eingeschlafen sein, drehte sie den Kopf zu ihm und sagte mit erstickter Stimme: »Gerlinde hat Ihnen von mir berichtet? Meine Freundin Gerlinde?« Gerhard sah, wie ihr Tränen über die eingesunkenen Wangen liefen.

»Ja, von ihr habe ich Ihre Telefonnummer. Danach war es leicht, die Adresse herauszufinden.«

»Sie waren das also, gestern.« Dann wandte sie sich ihm voll zu. »Sie sind Arzt, wie ich Ihrem Bericht entnommen habe.« Als Gerhard nickte, stand sie auf und kam zu ihm an den Tisch. Sie legte ihre Spinnenhände auf die seinen und fragte in einem so flehentlichen Ton, als ginge es um Leben und Tod.

»Wollen Sie mir helfen?«

Gerhard sah sie fest an. »Ja, ich helfe Ihnen.« Er wusste, es ging um Leben oder Tod. In diesem Stadium des körperlichen Verfalls würde Helene alleine nicht mehr die Kraft aufbringen können, sich ihrem unausweichlichen baldigen Ende entgegenzustemmen. Sie war auf Hilfe angewiesen, das war gleichermaßen ihr wie auch Gerhard bewußt.

»Ich helfe Ihnen«, wiederholte er. Er ergriff ihre Hände und drückte sie sanft. Dann zog er ihr einen Stuhl heran und stützte sie, als sie sich langsam darauf niederließ.

Eine kurze Zeit saßen sie sich schweigend gegenüber. Helene blickte vor sich auf die Tischplatte, um deren Rand sich die Finger ihrer linken Hand krallten. Mit der rechten trocknete sie sich die Tränen, die ihr noch immer über das Gesicht liefen.

Als sie schließlich aufschaute, lag in ihrem ruhigen Blick eine unerwartete Festigkeit, eine Bestimmtheit, so als wäre in ihr soeben ein Entschluß gereift. »Ich glaube, sie sollten vorher erfahren, wie ich in diese lebensunwürdige Situation geraten bin. Sie sollten wissen, dass ich mir hinsichtlich meines jetzigen Zustandes nichts vormache und auch niemanden als mir selbst die Schuld daran gebe.«

In dem offensichtlichen Bemühen, Kraft zu sammeln, legte sie beide Hände an die Schläfen und verharrte so einen Augenblick. Dann strich sie sich mit einer entschlossenen Bewegung die dünnen Haarsträhnen aus der Stirn und begann zu erzählen.

18

Helene sprach leise. Sie schien sich ihre Stimme einteilen zu wollen für das, was sie zu sagen hatte. Die Worte und Sätze kamen zunächst zögerlich, unsicher. Gerhard spürte dass sie sich schwertat, sich in eine Vergangenheit zurückzutasten, an die zu erinnern ihr offenbar nicht leicht fiel. Dann aber, wie ein lange aufgestautes Wasser, das sich jetzt einen Weg bahnte, redete sie sich die Last, die in den letzten Jahren auf ihrem Leben gelegen hatte, von der Seele: »Das Schicksal schien es vermeintlich gut mit mir gemeint zu haben. Es hatte mich überreichlich mit Gaben und Eigenschaften ausgestattet, um die mich andere beneideten. Ich war musikalisch talentiert, einige sagten sogar hochbegabt, und hatte in meinen Eltern Förderer meiner Musikalität. Ich besaß schon sehr früh einen gutentwickelten Körper und ein anziehendes Gesicht, von dem man behauptete, es sei schön. Aber ich besaß auch andere Eigenschaften, vielleicht die Folge der eben erwähnten: Ich war eitel und hochmütig, alles flog mir zu, lag mir zu Füßen: Erfolg, Applaus, Anerkennung.

Ich genoss es, Einfluss und Macht zu haben, zu dominieren und zu besitzen. Damals war ich unerfahren und jung. Das soll nichts entschuldigen, es soll lediglich erklären. Ich erkannte nicht die verhängnisvolle Kombination von Schönheit und Selbstgefälligkeit, ihre Nähe zur Selbstüberschätzung. Ich fand Gefallen daran, dass ohne großes Zutun Männer sich mir zuwandten, anvertrauten, ja sogar unterwarfen. Es war ein Spiel für mich geworden: Wird er oder wird er nicht? Mein gutes Aussehen öffnete mir, wenn ich nur wollte, Tür und Bett. Über eventuelle Folgen und Konsequenzen für meine Opfer – heute muss ich sie so bezeichnen – machte ich mir keine Gedanken. Wie gesagt, ich war jung und nur mit mir selbst beschäftigt.«

Sie machte eine Pause, als müsse sie über das Folgende erst nachdenken, sich erinnern.

»Francisco Sauras war eine Herausforderung für mich. Er war ein unnahbarer, gutaussehender Mann, der seine Frau abgöttisch verehrte, der nur für seine Kunst und die Tage, die er zu seiner Familie fahren konnte, lebte. Ihn, meinen hochangesehenen Lehrer zu verführen, ihn von seinem Podest der Unangreifbarkeit zu mir herunterzuholen, war damals zu einer regelrechten Obsession für mich geworden. Ich wollte ihn besitzen, wollte, dass er mir seine Ehrbarkeit zu Füßen legte und sich unterwürfig machte in seinem Begehren nach mir. So, wie Menschen andere erniedrigen, um sich selbst aufzuwerten, habe ich Befriedigung empfunden, ihn zu beherrschen. Er war leicht, ihn zu verführen. Er hatte keine Abwehrmechanismen, keine Erfahrung, wie er sich schützen konnte. Er war im Grunde zu naiv und unschuldig, dass er nicht in die Schlinge, die ich ihm legte, getappt wäre.«

Sie seufzte, fuhr sich in einer Geste der Sammlung mit der Hand über die Augen und fuhr fort: »Ich will Ihnen Einzelheiten ersparen, ich wollte Francisco Sauras haben und ich hatte ihn für zwei schöne Monate. Es war diesmal anders als bei meinen bisherigen Männerbeziehungen, bei denen oft, nachdem ich sie erobert hatte – oder richtiger gesagt, ihnen die Möglichkeit gegeben hatte, mich zu erobern – der Reiz verflogen war. Ich glaube, dass Francisco der erste Mann war, dem ich so etwas wie Liebe entgegenbrachte, bei dem ich mir sogar eine dauerhafte Bindung vorstellen konnte. Das erklärt vielleicht auch das Ergebnis unseres intimen Zusammenseins, die Tatsache nämlich, dass ich schwanger wurde. Bei jedem anderen Verhältnis habe ich Vorsichtsmaßnahmen getroffen, um so etwas zu verhindern; Francisco dagegen habe ich mich bedingungslos hingegeben, ohne auf mögliche Folgen zu achten. Ich wollte, dass er mir und ich ihm gehöre – um jeden Preis. Dass der Preis so hoch, nämlich meine Zukunft sein könnte, habe ich damals nicht geahnt. Wer weiß, wie mein Leben verlaufen wäre, wenn ich nicht schwanger geworden wäre.«

Als sie schwieg, fragte Gerhard nach: »Wie kam es, dass der Professor so überstürzt abgereist ist? Ist etwas Besonderes vorgefallen, dass ihn zu diesem plötzlichen Weggehen aus Marburg veranlasst hat?«

»Nichts anderes ist vorgefallen, als dass er erkannte, wie sehr er mir verfallen war. Der einzige Ausweg aus dieser aus seiner Sicht verbotenen Liebesbeziehung war für ihn die Flucht. Francisco hatte vorher mehrfach versucht, ein Ende unserer leidenschaftlichen Zusammenkünfte herbeizuführen. Aber er war wie eine Marionette, die ich sicher an der Schnur führte und die ich loszulassen nicht gewillt war. Nach seinem panikartigen Aufbruch bin ich noch einige Wochen in Marburg geblieben, bis ich merkte, dass ich schwanger war. Als ich mich meinem Vater anvertraute, bestand dieser auf dem Austragen des Kindes. Die Familie verzichtete auf Repressalien gegen Francisco, man wollte unbedingt einen Skandal vermeiden.«

»Heißt das, dass Professor Sauras gar nicht weiß, dass er der Vater Ihres Kindes ist?«

»So ist es, wir haben es ihm nie gesagt.«

»Und der Sohn, weiß er, wer sein Vater ist?«

»Nein, er weiß es nicht. Er glaubt, dass er aus einer flüchtigen Beziehung, die ich mit einem unbekannten Studenten hatte, hervorgegangen ist.«

Sie schwiegen jetzt beide, jeder noch mit dem Gehörten oder Gesagten beschäftigt.

»Ich will Ihnen kurz noch berichten, wie es mir danach ergangen ist, wie ich mein Leben zu meistern versucht habe und letztendlich gescheitert bin. Sie sollen verstehen, wie ich in diese Verfassung, in der Sie mich jetzt sehen, gekommen bin. Sie als Arzt werden vermutlich längst meine Drogensucht erkannt haben.«

Sie schilderte nun ausführlich ihr Ausreißen von zu Hause, dass sie sofort in der Musikszene Fuß gefasst hatte, später auch in Nachtbars aufgetreten war. Sie erzählte von ersten Kontakten mit Rauschmitteln, zunächst mit Haschisch und Designerdrogen, später mit Opiaten, die sie sich noch heute injizierte. Es war ein Leben zwischen Rausch, Alkoholexzessen und gelegentlichen Liebesgefälligkeiten gewesen.

Der anfängliche Reiz dieser Lebensform hatte sich für sie, die musisch gebildete, intelligente Frau, sehr bald erschöpft. Sie konnte in dieser Art des Dahinvegetierens keinen Lebenssinn mehr sehen. Mittels einer Ehe mit einem befreundeten Musiker, einem Belgier, der ebenfalls den Ausstieg aus dem Milieu anstrebte, versuchte sie einen Neuanfang. Aber ihrer beider Suchtabhängigkeit war zu groß gewesen, sie waren nur noch weiter in die Teufelsspirale von Rauschmittelkonsum und -beschaffung geraten. Die Erziehung der beiden Knaben – neben dem Saurassohn war aus ihrer Ehe mit Gaston Meunier Maurice hervorgegangen – hatte natürlich gelitten beziehungsweise gar nicht stattgefunden.

»Das Ergebnis war entsprechend. Ralf, Franciscos Sohn, ist schon mehrfach mit dem Gesetz in Konflikt gekommen. Er ist vorbestraft wegen Diebstahls, Einbruchs und Drogengeschichten. Seit über einem halben Jahr habe ich nichts mehr von ihm gehört. Vielleicht sitzt er wieder ein. Und Maurice haben Sie vorhin ja kennen gelernt. Arbeitslos, drogenabhängig wie ich. Die Bilanz einer Erziehung.« Sie lachte leise mit einem Klang verzweifelter Bitterkeit.

»Und Ihr Mann?«, fragte Gerhard vorsichtig.

»Die Bilanz einer gescheiterten Ehe. Er hat sich, als ihm sein oder besser unser Niedergang bewusst wurde, mit einer Überdosis erlöst.«

Es lag eine bedrückende Atmosphäre über dem Raum, in dem soeben Helene die Trümmer ihres gescheiterten Lebens ausgebreitet hatte. Gerhard brach das lastende Schweigen:

»Können Sie mir sagen, Frau Meunier, was Sie ausgerechnet nach Eschwege verschlagen hat?«

»Bitte, nennen Sie mich Helene, nicht Meunier, bitte«, bat sie, »Ich will versuchen, mit dieser Vergangenheit abzuschließen.« Wie zur Bekräftigung schlug sie mit ihrer kraftlosen Hand auf den Tisch. Es klang, als wäre ein Korken zu Boden gefallen.

»Die Beantwortung Ihrer Frage ist einfach. Mein Mann hat dieses Haus von einem Onkel geerbt. Und da unsere finanzielle Situation alles andere als rosig war, sind wir hierher gezogen, um wenigstens ein kostenloses Dach über dem Kopf zu haben. Auch lebt es sich in Eschwege billiger als in der Großstadt.«

Gerhard nickte, dies erfuhr er monatlich am eigenen Geldbeutel, wenn die Mietzahlungen und Lebenshaltungszuschüsse für die in Köln studierenden Töchter von seinem Konto abgezogen wurden.

»Helene, Ihre Rauschgiftsucht, wie finanzieren Sie die? Abgesehen von der Schwierigkeit, sich das Heroin zu besorgen, sind erhebliche Geldmengen erforderlich, die Beschaffung zu finanzieren. Wie geht das?«

Über ihre blassen, pergamentenen Lippen kam ein freudloses Lächeln: »Ich wundere mich selbst, dass ich bisher mit dem Quantum, das ich täglich benötige, versorgt wurde. Es sind meine Söhne, die trotz einer alles andere als engen Bindung zur Mutter mich diesbezüglich am Leben oder besser am Sterben halten. Woher sie die Mittel dafür haben, weiß ich nicht. Bisher habe ich es auch nicht wissen wollen, vielleicht, weil ich ahnte, dass auch die letzten Illusionen einer Mutter über ihre Söhne mit dem Wissen um die Herkunft des Geldes verschwinden würden.«

Sie stand auf und ging zur Glastür, die sich auf den engen Hof und ein dahinterliegendes Gartenstück öffnete. Mit unsicheren Handgriffen zog sie die unverschlossene Tür auf, trat zwei Schritte ins Freie und sog mit kurzen, flachen Atemzügen gierig die frische Luft ein. An der Art, wie sie sich jetzt bewegte, an der Unruhe ihrer Hände bemerkte Gerhard, dass die Wirkung der Droge nachzulassen begann.

Helene kam ins Zimmer zurück.

»Sie müssen jetzt gehen. Ich hoffe, Sie haben alles erfahren, was Sie wissen wollten.«

Auch Gerhard stand auf. Er trat zu ihr hin.

»Helene, ich habe Ihnen versprochen, dass ich Ihnen helfen will. Haben Sie wirklich den festen Vorsatz, aus diesem Leben und vor allem aus Ihrer Drogenabhängigkeit herauszukommen?«

»Ich muss da herauskommen, denn ich weiß, dass sonst der sichere Tod auf mich wartet. Mit Ihren Erzählungen, Ihren Erwähnungen früherer Ereignisse und Namen haben Sie in mir wieder eine Sehnsucht nach dem Leben geweckt, wie ich sie seit Jahren nicht mehr verspürt habe. Ich will hier herauskommen und zwar so schnell wie möglich. Es bleibt mir nicht mehr viel Zeit, einen solchen Versuch zu unternehmen. Ich weiß, dass mich auf meinem Weg aus der Sucht die Hölle erwartet. Aber ich glaube, wenn man mir ein bisschen hilft, werde ich es schaffen, durch diese Hölle zu gehen.«

»Gut, Helene, ich werde mich in den nächsten Tagen darum bemühen, einen Therapieplatz für die Entwöhnung zu finden. Sobald ich etwas in Erfahrung gebracht habe, rufe ich Sie an oder komme vorbei.«

Gerhard nahm ihre beiden abgemagerten Hände in die seinen und suchte ihren unruhigen, gequälten Blick. »Wir schaffen das, zusammen.«

Er ging zur Tür, verhielt aber nochmals und drehte sich zu ihr um: »Warum bitten Sie nicht Ihre Eltern oder Ihren Bruder, Ihnen zu helfen?«

Helene stand jetzt mitten im Raum. Ausgemergelt und schwach blickte sie vor sich auf den Boden. »In dem Zustand, in dem ich jetzt bin, kann ich nicht vor sie hintreten«, flüsterte sie. »Lassen Sie mir Zeit. Ich bin alleine fortgegangen, ich will auch alleine zurückkehren. Verstehen Sie das?« Sie hob den Kopf und sah ihn an. »Ich will es mit aller Kraft.«

Gerhard nickte, dann ging er. Auf halber Treppe stand Maurice und sah ihm mit angsterfülltem Blick hinterher.

Gerhard atmete auf, als er jetzt den Alten Steinweg hinunterging. Je weiter er sich von Helenes Haus entfernte, desto befreiter fühlte er sich. Die bedrückende Geschichte dieser verzweifelten Frau, die er soeben gehört hatte, lastete auf ihm. Aber sogleich schämte er sich seiner selbstsüchtigen Gefühle. Was hatte er anderes getan, als von seinem sicheren Aussichtspunkt in einen Abgrund zu schauen. Helene hingegen stand an dessen vordersten Rand, von dem sie hinabzustürzen drohte. Sie brauchte eine Hand, die sie davor bewahrte. Gerhard war entschlossener denn je, ihr diese zu reichen.

19

Die Wärme des Tages hielt sich bis in die Abendstunden. Die Temperaturen waren angenehm, das Einnehmen der Mahlzeit am Lagerfeuer, so wie es Franziska gewünscht hatte, würde möglich sein. Gerhard schichtete das Brennholz auf und bereitete das Essen vor. Er freute sich auf seine Frau.

Als Franziska auf den Hof fuhr, standen bereits die Gartenstühle um die Feuerstelle gruppiert. Aus seinem Atelier hatte er den runden Tisch geholt. Auf ihm würde er später sein vorbereitetes Menü anordnen. Unter die Äste und Zweige, die innerhalb eines Steinrings aufeinandergetürmt lagen, waren mehrere Würfel eines Kaminanzünders geschoben, die Streichhölzer auf einem der Steine bereitgelegt. Auf dem Landsitz der Gerhards war alles zum Empfang der Herrin gerichtet.

Mit einer tiefen Verbeugung unterstrich Baron Heinrich seine hochtrabenden Gedankenflüge, als er Baronesse Franziska jetzt die Autotür aufhielt und ihr beim Aussteigen behilflich war.

»Willkommen auf Gut Oberhone, Durchlaucht«, setzte Gerhard sein Aristokratenspiel fort.

»Heinrich, alter Spinner«, beendete Franziska vulgär die Posse und schloss ihren Mann in die Arme. Wie immer sah sie blendend aus, auch wenn sie heute etwas erschöpft wirkte.

»Was willst du trinken?«

»Das fragst du?«, erstaunte sich Franziska, »nach über dreißig Jahren Ehe?«

»Gehört doch zum Spiel, Spielverderber«, maulte Gerhard und ging, die Martiniflasche zu holen.

Franziska hatte inzwischen ihren alten Pullover übergezogen, der schon unzählige frühere Lagerfeuer an warmen Sommerabenden mitgemacht hatte und den einen oder anderen Fleck dort aufwies, wo sich von Hitze und Wind aufgewirbelte Funken niedergelassen hatten.

»Schön, dass du da bist«, sagte Gerhard, als sie schließlich vor dem hohen Reisighaufen saßen. Sie hatten beide ihre Getränke in der einen Hand, mit der anderen Hand hielten sie einander gefasst. »Wie geht es dir? Gibt es etwas Neues?«

»Nichts, was berichtenswert wäre. Die übliche Hektik und viel Arbeit. Aber du, du kommst aus der großen Welt, hast in einem möglichen Kriminalfall recherchiert und folglich viel zu erzählen. Ich bin schon ganz neugierig und warte auf deinen Bericht.«

»Nun, du hast Recht. Auch wenn Marburg nicht gerade die große Welt ist, ich habe einiges bei meinen Nachforschungen erfahren. Aber bevor ich dir alles erzähle, schlage ich vor, das Feuerwerk anzuzünden.«

Das erste Lagerfeuer des Jahres war immer etwas Besonderes. Die Bezeichnung Feuerwerk für das Abbrennen der dürren Winteräste war entstanden, weil nur bei diesem Anlass das Schauspiel einer meterhohen Flamme zu beobachten war, dann nämlich, wenn der harzige, vertrocknete Weihnachtsbaum auf den brennenden Reisighaufen geworfen wurde.

Mit der Würde eines Zeremonienmeisters entzündete Gerhard den Kaminanzünder, dessen kleine Flammen augenblicklich auf das dürre Geäst übergriffen, weitersprangen von Zweig zu Zweig, bis sie schließlich den ganzen Stapel erfassten und zu prasselndem Aufflammen brachten.

Der weitere Ablauf hatte schon ritualisierte Züge: Mit feierlichem Gestus ergriff der Hausherr den etwas abseits liegenden, inzwischen braun gefärbten Tannenbaum, hob ihn langsam über den Kopf und trat ans Feuer. Nach einigen Sekunden des Verharrens warf er die ausgedorrte Konifere in theatralischem Bogen auf den brennenden Ästehaufen.

Augenblicklich schoss wie nach einer Explosion eine Feuerlohe mit krachendem Zischen und Prasseln in den dämmrigen Abendhimmel. Schweigend beobachteten sie das faszinierende Schauspiel, die nur wenige Sekunden dauernde Entfesslung des Elements, denn genauso schnell, wie sie aufgelodert war, fiel die züngelnde Flamme wieder in sich zusammen. Gerhard schob nun die Äste so übereinander, dass ein stetiges Feuer Nahrung hatte.

»So«, unterbrach Franziska den Zauber, »jetzt, Heinrich, berichte.«

Der Abend war noch immer mild. Der Geruch des Rauches, das Flackern der brennenden Zweige schufen ein Gefühl der Behaglichkeit, die richtige Stimmung, der richtige Ort, um zu erzählen und Erlebtes lebendig werden zu lassen. Gerhard berichtete ausführlich von seinen Erkundungen, den Begegnungen mit den unterschiedlichen Menschen und von den Klavierexerzitien, in die er eingebunden war.

Franziska hörte gebannt zu. Sie wusste, es war gut, Heinrich seinem Redefluss zu überlassen und ihn nicht zu unterbrechen. Es kam nicht oft vor, dass ihr eher schweigsamer Mann so ausgiebig und detailverliebt wie an diesem Abend am Feuer fabulierte.

Nur einmal, nach seiner Treysaer Episode, bemerkte sie mit gespielter Empörung: »Ziemlich viele Frauen, mit denen du zu tun hattest, auffällig viele, muss ich sagen.«

»Nicht nur Frauen«, wendete er ein, »denk an Burmeister im Altenheim und den Herrn Weber.«

»Trotzdem verdächtig. Aber erzähle jetzt weiter.«

Gerhard legte einige Äste nach und brachte die Glut noch einmal zum Aufflackern. Dann schilderte er die heutige Begegnung mit Helene, spürte, wie seine Beklemmung sich auch auf Franziska übertrug. Als er geendet hatte, schwiegen sie und starrten ins Feuer. Es war dunkel geworden. Die wenigen Sterne, die am Himmel zu sehen waren, zeigten an, dass Wolken aufzogen. Ein leichter Wind kam von Westen.

»Jetzt wäre es Zeit, Schlüsse aus den Erkenntnissen, die wir gewonnen haben, zu ziehen«, sagte Franziska. Gerhard registrierte erfreut, dass sie die Angelegenheit Sauras nun auch zu der ihren gemacht hatte.

»Du hast Recht, das sollten wir tun. Aber ich schlage vor, dass wir erst einmal essen.«

»Gute Idee, ich sterbe vor Hunger.«

»Du bleibst aber bitte sitzen, genießt Feuer, Wärme und Martini«, bestimmte er, während er ihr noch einmal einschenkte, »ich hole inzwischen das Menü.«

Als Gerhard hinüber in das Haupthaus ging, ließ er eine nachdenkliche Franziska zurück. Gedankenvoll schaute sie in die Flammen und ließ sich das eben Gehörte noch einmal durch den Kopf gehen. Es waren inzwischen viele Mosaiksteinchen zusammengetragen worden; aber würden sie ausreichen, um schon ein Bild zu ergeben? Nach dem Essen mussten sie versuchen, emotionslos die Bedeutung des Ermittelten zu werten und die ersten Konturen des Bildes sichtbar zu machen.

Gerhard trug, als er jetzt zurückkam, ein großes Tablett, über das er eine noch zusammengefaltete Papiertischdecke gelegt hatte. »Sei so gut, und leg die Decke auf den Tisch, damit ich alles darauf absetzen kann«, bat er. Franziska beeilte sich, das riesige Papiertuch zu entfalten und über den Tisch zu breiten. Gerhard war dankbar, das vollbeladene Tablett endlich abstellen zu können.

»Hm, das riecht aber gut«, schnupperte sie über den Schüsseln und Schälchen, die er dicht an dicht auf den Tisch stellte.

Gerhard hatte sich bei ansonsten eher bescheidenen Kochkenntnissen heute, so glaubte er, selbst übertroffen. Dem Leitgedanken folgend, ein maritimes Ensemble zu schaffen, hatte er sich ausgedacht, eine Auswahl an kulinarischen Meeresköstlichkeiten zu präsentieren: Bismarckheringe, Rollmöpse und Schillerlocken, dazu gewürfelte Matjesstücke mit Zwiebelringen und Forellenfilets auf Rührei. Krabben in Mayonnaise häuften sich in kleinen Schälchen, Fischstäbchen lagen, mit Zitronensaft beträufelt, in Reih und Glied auf einer verchromten Platte. In einer flachen Pfanne brutzelte ein Dutzend Scampi in Knoblauchöl. Eine Tonschüssel enthielt den Salat, dessen raffiniertes Dressing von ihm selbst entworfen war: Distel-, Oliven- und Sonnenblumenöl hatte er zu gleichen Teilen gemischt, mit Paprika, Curry und einigen Tropfen Tabasco gewürzt und zwei Teelöffel Honig dazu gegeben. Dies würde die Schärfe mildern und dem Salat einen weichen, weiblichen Charakter geben. Er war gespannt, was Franziska zu seinen Kreationen sagen würde.

Er entzündete nun den Gaskocher, den er gelegentlich auf seinen Wanderungen im Rucksack mit sich führte, und stellte die Pfanne mit den Scampi darauf, um das Öl heiß zu halten.

»Du als Knoblauchfeind servierst ein Knoblauchgericht?«, wunderte sich Franziska.

»Was tut man nicht alles für sein Liebstes«, verkündete er großartig und ließ seinen Arm in einer umfassenden Geste über den Tisch gleiten. »Ich hole jetzt die Fischsuppe, eine Bouillabaisse.«

»Selbst gekocht?«, fragte sie argwöhnisch.

»Selbst geöffnet, die Dosen«, bekannte er kleinlaut und ging, um die Suppe zu holen.

Der Wind hatte weiter zugenommen und wehte böig. Lange würden sie jetzt nicht mehr am Feuer sitzen können, dachte Gerhard, als er die Küche betrat. Der Suppentopf stand noch auf der Platte. Er nahm ihn herunter, stellte den Herd aus und ging zur Anrichte. Gerade, als er den Schöpflöffel aus der Schublade geholt und in die Suppe getaucht hatte, ertönte von draußen ein gellender Schrei: »Heinrich! Heinrich!«

Er stürzte, den Topf in den Händen, ins Freie und sah ein Bild, das er nie mehr vergessen würde: Der Tisch, auf dem sein liebevoll und mit soviel Fantasie zubereitetes Essen stand, brannte lichterloh. Franziska tanzte, um Hilfe schreiend und wild gestikulierend wie eine afrikanische Ritualtänzerin um ihn herum. Warum, ging es Gerhard in diesen Sekundenbruchteilen durch den Kopf, verlegen sich Frauen in kritischen Situationen so oft aufs Schreien, anstatt zu agieren. Wieviel schneller würde ein halblautes »Husch« eine Maus zur Flucht veranlassen als schrille Schreie, die das arme Tier nur erschreckt erstarren und verharren ließen.

Nun aber galt es zu handeln. Er warf Suppentopf und Schöpflöffel von sich und stürzte zu dem brennenden Tisch. Mit einem Blick erkannte er, dass ganz offensichtlich der Gaskocher im Wind umgestürzt und die Tischdecke zum Brennen gebracht hatte. Das verschüttete Öl hatte zusätzliches Brennmaterial geliefert, sodass die Flammen sich über die ganze Tischoberfläche ausgebreitet hatten.

Hier war ein Mann von schneller Tat gefragt. Ohne sich lange zu besinnen, sprang Gerhard zu der Seite, an der das Feuer den wenigsten Nährstoff gefunden hatte. Er ergriff die Tischbeine, hob das brennende Möbelstück an und schleuderte es in einer Demonstration männlicher Kraftentfaltung in den nahen Gartenteich. Mit einem Zischen, Scheppern und Splittern versanken Tisch und Abendessen im trüben, kurzzeitig zauberhaft illuminierten Wasser. Reste des brennenden Öls hielten sich noch einige Sekunden an der Oberfläche, ehe auch sie verloschen und Dunkelheit und Stille sich wieder über das schwarze Gewässer legten.

Gerhard drehte sich triumphierend zu Franziska um, die, die Fäuste an den Mund gepresst, dastand und ihn ansah. Ein Mann, ein Held. Er erwartete verbalen Beifall.

»Schöne Sauerei, die du da angerichtet hast«, sagte stattdessen seine Frau, »du wirst deinen Spaß daran haben, den Teich zu säubern.«

Nun erst wurde Gerhard bewusst, wie überstürzt er gehandelt hatte.

Franziska hatte Recht. Wenn er an die Öllachen an der Teichoberfläche, die Heringe, Scampi und Rollmöpse dachte, an das Rührei und die Mayonnaisekrabben, die je nach spezifischem Gewicht obenauf schwammen oder auf dem Grund lagen und die er morgen entfernen musste, drehte sich ihm der Magen. Ratlos wandte er sich an Franziska: »Was nun?«

Diese zuckte die Schultern: »Da das Kind – oder besser der Tisch – nun in den Brunnen gefallen ist und du unser Essen gerade ersäuft hast, schlage ich vor, dass wir zu Hilde gehen, dort ein Schnitzel essen und den Schreck hinunterspülen. Was hältst du davon?«

»Geniale Idee«, stimmte er erleichtert seiner pragmatischen Frau zu. »Am besten, du rufst Hilde an und kündest unser Kommen und unseren Essenswunsch an. Ich lösche inzwischen das Feuer.«

Und so machten sie sich kurze Zeit später, vorbei an Kurt, der genüsslich die verschüttete Fischsuppe schlürfte, auf den Weg nach Eltmannshausen, zu »Knaufs Schänke« und zu Hilde, die für ihre guten Schnitzel bekannt und berühmt war, obgleich sich Gerhard sicher war, dass er ihr heute mit seinen Meeresvariationen den Rang abgelaufen hätte.

In »Knaufs Schänke« herrschte lebhaftes Treiben. Die Barhocker an der Theke waren alle besetzt, am großen Tisch saßen Otto, Torsten und Klaus beim Skatspielen und im benachbarten Saal übte das Blasorchester von Eltmannshausen. Mario, Hildes Schwiegersohn, hatte die Zapfposition hinter der Theke eingenommen.

»Das Essen kommt gleich. Hilde ist in der Küche und brutzelt schon«, rief er ihnen zu, und in der Tat, ein Geruch von gebratenem Fleisch drang aus der Küche und zog verführerisch durch den Gastraum. Der Tisch, an den Gerhard sich gewöhnlich setzte, war frei, und als Mario kurz darauf die gefüllten Biergläser vor sie hinstellte, war der Feuerzauber von eben fast vergessen.

Nur noch einmal wurden sie daran erinnert, als Hilde, während sie die Schnitzel heranbalancierte, bemerkte: »Na, ihr habt wohl nichts mehr zu essen daheim?«

»Wir hatten!«, antwortete Gerhard auf die eher rhetorisch gemeinte Frage. »Aber unser Abendessen ist erst den Flammen zum Opfer und später dann ins Wasser gefallen«. Hilde stellte abrupt die Teller auf den Tisch, trat einen Schritt zurück und sah sie mit großen Augen erschrocken an.

»Was hat in Flammen gestanden und wer ist ins Wasser gefallen?« Franziska lachte, als sie die entgeisterte Wirtin sah. Vergnügt breitete sie die Arme aus und deklamierte mit Pathos:

»Tisch, Speis und Trank ein Feuermeer,
doch Heinrich spielte Feuerwehr.«

Die Falttür zum Saal ging auf. »Wo hat's gebrannt?«, wollte Schorsch, der Blasorchesterleiter wissen, der die Worte gehört und missverstanden hatte. »Eine Brandstiftung nach der anderen.« Er zuckte mit den Schultern und ging weiter zur Toilette. Offensichtlich pressierte es.

Franziska und Heinrich lachten, die übrigen Gäste wunderten sich, während Hilde nur mit dem Kopf schüttelte, säuerlich »Guten Appetit« wünschte und in ihre Küche zurückging.

Der Skattisch nahm jetzt erneut die Karten auf. Die Barhockerhocker drehten ihre Gesichter wieder zur Theke, Schorsch kam sichtlich erleichtert von der Toilette zurück und verschwand durch die Falttür. Kurz darauf erklang, wenn auch nur vage erkennbar, der Zillertaler Hochzeitsmarsch. Zwei hungrige Gerhards machten sich über ihre Schnitzel her.

»Köstlich«, stöhnte Franziska, als sie den ersten Bissen kaute, aber vielleicht meinte sie auch die eben erlebte Szene. Schweigend aßen und genossen sie.

Als Hilde später die leergegessenen Teller abräumte und auf ihre Frage, ob es geschmeckt habe, die begeisterte Antwort erhielt: »Großartig wie immer. Himmlisches Manna ist nichts dagegen«, war sie wieder versöhnt und trug mit zufriedenem Lächeln das Geschirr in die Küche.

Eine kleine Unruhe entstand am Nebentisch, als Klaus aufstand und sagte: »Ich muss heim, ich bin schon überfällig. Antje wartet mit dem Essen auf mich.«

Otto brummte: »Kannst du nicht noch eine Runde mit uns spielen?«

Torsten war imperativer: »Komm, setz dich, eine spielen wir noch«, sagte er und begann zu mischen.

Klaus gehorchte – offensichtlich nicht ungern –, setzte sich wieder und streckte drei Finger in die Höhe. Mario verstand und zapfte drei Biere.

Das Blasorchester übte jetzt einen langsamen Walzer, der angenehm wiegend ans Ohr drang und weniger Schwierigkeiten als das vorige Stück zu bereiten schien.

Gerhard hielt nun den Zeitpunkt für gekommen, ein Resümee dessen, was er in Erfahrung bringen konnte, zu ziehen und die daraus resultierenden Folgerungen abzuleiten. »Habe ich denn überhaupt etwas herausbekommen, was mich definitiv weitergebracht hat?«, stellte er sich die Frage, um sie gleich selbst zu beantworten. »Zumindest zwei neue Erkenntnisse habe ich bei meinen Nachforschungen gewonnen: Zum einen weiß ich jetzt ziemlich genau, was damals in Marburg vorgefallen ist, weiß von Francisco Sauras Liebesverhältnis mit der 14jährigen Helene Adelmann und dem daraus hervorgegangenen gemeinsamen Kind. Zum anderen hat das Aufspüren von Helene hier in Eschwege eine Erklärung geliefert, warum Jaime Sauras ausgerechnet in unsere Gegend kam. Er wollte offensichtlich zu Helene.«

»Und war er bei Helene?«, wollte Franziska wissen.

»Gut, dass du das fragst. Ich habe vergessen, Helene deswegen anzusprechen; bei der nächsten Gelegenheit werde ich es nachholen. – Aber was bringen uns die ganzen Kenntnisse von dieser Liebesbeziehung. Sie bestätigen eigentlich, so paradox es klingt, das Bild des Professors als liebenden Ehemann, wie ich es schon bei meinem Besuch in Andratx gewonnen habe. Francisco war zwar physisch untreu, aber wohl eher ein Opfer als ein Täter, wie wir aus Helenes Bekenntnis wissen. Das hätte jedem Mann, auch mir, passieren können.«

Franziska schaute auf: »Aha, interessant zu hören. Aber du vergisst einen ganz anderen Aspekt, nämlich den strafrechtlichen. Wenn er sich auch moralisch vielleicht nur bedingt schuldig gemacht hat, so hat er, indem er intime Beziehungen zu einer Minderjährigen unterhielt, eine strafbare Handlung begangen.«

»Du hast Recht. Aus diesem Blickwinkel habe ich das Ganze noch nicht betrachtet. Aber ist diese Geschichte nicht schon längst verjährt?«

»Das weiß ich nicht.«

»Nun, das lässt sich herausfinden.« Ein anderer Gedanke ging ihm durch den Kopf: »Als ich mit dem Professor in Andratx gesprochen habe, reagierte er bei der Erwähnung seiner Marburger Zeit völlig überschießend. Er machte einen zwar in erster Linie abwehrenden, aber dann doch auch leidenden Eindruck. So, als bedrücke ihn eine schwere Schuld. Wir kennen zwar jetzt die Schuld, die er auf sich geladen hat. Aber ich frage mich, ob ein außereheliches Verhältnis – heutzutage ein fast alltägliches Ereignis – nach über zwanzig Jahren noch solch schwere Schuldgefühle, wie sie Sauras zeigt, hervorrufen kann. Zumal er von den Folgen des Verhältnisses, dem Kind – wollen wir Helene glauben – nichts weiß.«

»Vergiss die Minderjährigkeit nicht«, erinnerte Franziska.

»Auch dann ist seine Reaktion nicht nachvollziehbar. Angst vor Aufdeckung, vielleicht. Aber nicht diese Qual und Verzweiflung. Das passt nicht zusammen. Das vor Jahren in Marburg Geschehene reicht einfach nicht aus, um seinen heutigen Zustand zu erklären. Es muss noch etwas anderes geben.«

»Dafür spricht auch die Tatsache, dass der Professor – nach Auskunft deines Barbesitzers in Andratx – bis vor zwei Jahren ein normaler, lebensfroher Mann gewesen ist. Die Veränderungen mit ihm sollen erst weit nach den Marburger Geschehnissen begonnen haben. Das legt den Schluss nahe, dass das ursächliche Ereignis in dieser Zeit, also vor zwei Jahren bis heute, zu suchen ist. Haben wir denn irgendeinen Anhalt, was passiert sein kann?«

Gerhard seufzte: »Grundsätzlich besteht natürlich auch die Möglichkeit, dass es etwas gibt, das in überhaupt keinem Zusammenhang mit der damaligen Liebesaffäre steht. Aber ich glaube das nicht. Die extremen Reaktionen auf das Wort Marburg sind für mich nahezu beweisend, dass eine Verbindung existiert, auch wenn ich nicht erkennen kann, welche.« Gerhard stützte das Kinn in beide Hände und verfiel in Nachdenken.

»Was, wenn der Professor, vielleicht auch die ganze Familie Sauras, doch davon wusste, dass es ein Kind aus der damaligen Beziehung gab?«, stellte Franziska in den Raum.

»Und wie stellst du dir vor, hat der Professor von seiner Vaterschaft erfahren? Es könnte ja nur Helene selbst gewesen sein, die ihn informiert hat, denn nach ihren Worten, denen ich durchaus glaube, wissen ja selbst ihre beiden Söhne nichts über die Rolle Sauras' als Vater.«

»Da ist noch die Familie Adelmann, Eltern und Bruder, die von dem Geheimnis wissen. Auch die Arzthelferin, mit der du gesprochen hast, weiß Bescheid. Genügend potentielle Informanten also.«

»Dann sag mir, wer nach über zwanzig Jahren, nachdem inzwischen Gras über die Sache gewachsen ist, Interesse daran haben könnte, dies alles wieder aufzuwühlen. Das ergibt keinen Sinn.«

Franziska begann, von einem kleinen Zweig, den Hilde als Frühlingsdekoration auf den Tisch gelegt hatte, die Blätter abzuzupfen, ein Zeichen, dass sie etwas intensiv beschäftigte. »Was hältst du von folgender These.« Sie setzte sich gerade und nahm einen Schluck aus ihrem Glas: »Francisco Sauras erfährt vor zwei Jahren – wie, lassen wir mal dahingestellt sein –, dass er einen jetzt erwachsenen Sohn mit Helene hat. Schuldempfinden stellt sich ein. Er macht sich Vorwürfe, dass er Helene mit dieser Bürde allein gelassen hat. Das Schuldgefühl verstärkt sich noch, als er von den desaströsen Verhältnissen, in denen die Familie lebt, erfährt. Er versucht in der Folgezeit mit regelmäßigen Geldsendungen einen Teil der Schuld wieder gutzumachen. Aber er muss erkennen, dass trotz seiner Geldzuwendungen der Niedergang voranschreitet. Ralf, sein und Helenes Sohn, ist sozial völlig abgedriftet, kriminell und rauschgiftsüchtig wie seine Mutter. Dieses Mitansehenmüssen des Verfalls, an dem er sich möglicherweise die Schuld gibt, bedrücken und quälen ihn dermaßen, dass diese Last auch ihn zu zerstören beginnt.« Franziska beugte sich nach vorne, ihre Augen leuchteten. »Na, wie gefällt dir das?«

Gerhard wiegte den Kopf. »Na, ich weiß nicht. Deine These, so glatt und passend sie sich in Teilen anhört, beruht doch auf zu vielen Spekulationen. Wenn wir nur die Fakten beachten, dann müssen wir davon ausgehen, dass Helene und die Familie Adelmann das Geheimnis der Abkunft von Ralf nicht preisgegeben haben. Und damit stürzt deine Konstruktion zusammen.«

Tröstend legte er seine Hand auf die ihre, als er die Enttäuschung in ihrem Gesicht sah. »Aber trotzdem, die Idee war gut, erstaunlich logisch für eine Frau.«

»Alter Macho«, grollte Franziska.

»Schlafen wir erst noch einmal über alles«, schlug Gerhard vor. »Vielleicht wird mit etwas Distanz die Angelegenheit klarer und wir erkennen die Zusammenhänge. Ich muss in Kürze sowieso mit Helene über ihre Entzugsbehandlung reden. Dabei will ich sie fragen, ob Jaime mit ihr oder ihren Söhnen in Kontakt getreten ist. Aber jetzt würde ich vorschlagen, wir lassen das Thema Sauras für heute ruhen. Wenden wir uns lieber den Gerhards zu. Auch bei denen gibt es ein Abhängigkeitsproblem.«

»Wie das?«, tat sie erstaunt.

»Heinrich hängt an seiner Droge Franziska. Unrettbar, und das Schlimme ist, er will sich gar nicht retten lassen.«

»Das ist gut, das ist die erste Abhängigkeit, die mir gefällt«, schnurrte sie. »Und wenn du mir jetzt noch ein bisschen von den Empfindungen, die dir deine Droge bereitet, erzählen könntest? Das interessiert mich.«

Und während er erzählte, so leise, dass weder Skatspieler noch Thekengäste etwas davon hören konnten, hielt sogar das Blasorchester kurzzeitig den Atem an und machte eine wohltuende Pause.

Am großen Tisch war inzwischen eine neue Skatrunde, zu der man Klaus ohne große Schwierigkeiten hatte überreden können, zu Ende gegangen. Die drei Finger des Verlierers signalisierten zumindestens für Klaus ein letztes Bier, denn alle Überredungskünste seiner Mitspieler vermochten es nicht, ihn ein weiteres Mal von seinem Entschluss, nach Hause zu gehen, abzubringen.

»Antje wartet«, sagte er ein um das andere Mal. Torsten und Otto nickten, sie hatten nun offenbar Verständnis für Klaus, den die Liebe zu seiner Frau, das gute Essen oder aber auch die Angst vor den Konsequenzen einer verspäteten Heimkehr jetzt nach Hause trieb. Klaus ging, den letzten Schluck seines Bieres noch im Stehen austrinkend, endgültig. Das Blasorchester begann wieder zu spielen und Mario gab, warum auch immer, eine Lokalrunde.

»Hat denn noch jemand Lust auf einen Skat?«, fragte Torsten in Richtung Theke. Verneinung allerorten. Gerhard blickte Franziska an, er sah das Glänzen in ihren Augen und wusste, was es verkündete. Kartenspielen war eine große Leidenschaft seiner Frau. Eher widerstand sie all seinen Verführungskünsten als einem Kartenblatt, das sie zum Spielen einlud. Ob Doppelkopf oder Skat, sie spielte gut und war beliebt als Partnerin und gefürchtet als Gegnerin. Gerhard musste lächeln, es waren gerade einmal zehn, fünfzehn Sekunden seit Torstens Frage vergangen, als Franziska die Segel strich und aufstand.

»Ich spiele mit euch«, sagte sie und setzte sich auf den Platz, auf dem vorher Klaus gesessen hatte.

»Du?«, zweifelte Otto und sah Torsten an.

»Na ja«, sagte dieser. »Wir spielen Skat«. Und da noch immer kein Rückzieher von Franziska kam, fügte er hinzu »Bierlachs. Normalerweise spielen wir bis 51. Wer die erreicht hat, zahlt die Runde.«

»Was heißt normalerweise?«

»Nun, wir könnten heute ja bis 101 spielen, dann wird's für dich nicht so teuer«, schlug er vorsichtig vor.

»Red nicht so viel, misch und gib. Wir spielen bis 51«, entschied Franziska und beugte sich zu ihrem Mann hinüber. »Mein Glas!«, forderte sie bewusst resolut und zwinkerte ihm zu.

Gerhard kannte das boshafte Vergnügen, das seine Frau jetzt empfand. Immer wieder mal fühlte sie sich berufen, männliche Domänen aufzubrechen und zu beweisen, dass auch dort die Frau ihren Mann stehen konnte. Das Kartenspielen im Gasthaus stellte, nachdem die Feminisierung des Fußballs immer mehr voranschritt, eine der letzten Männerbastionen dar. Vor allem der Skat war urdeutsch maskulin, das Mitspielen einer Frau, besonders in der Dorfkneipe, ausgesprochen gewöhnungsbedürftig für das starke Geschlecht.

Gerhard beobachtete von seinem Tisch aus die erste Runde. Er verfolgte die gleichmäßigen Geräusche und Bewegungen der Spieler, die nur gelegentlich unterbrochen wurden, wenn ein Spieler eine Karte auf den Tisch knallte oder ein triumphierendes Kontra verkündete. Eine kurze Machtdemonstration, die so schnell, wie sie aufkam, auch wieder verlosch.

Die Männer spielten anders jetzt als noch vorhin mit Klaus. Ihr Spiel war konzentriert, es ging leise zu am Tisch. Man agierte überlegt. Sie wollten sich Franziska gegenüber offensichtlich keine Blöße geben.

Die erste Runde ging schnell zu Ende. Es war an Torsten, diesmal die drei Finger zu heben.

Gerhard stand auf. Er ging zur Theke, ein Barhocker war freigeworden. Das Gespräch am Tresen drehte sich um den Neuaufbau der örtlichen Feuerwehr, ein Thema, bei dem er nicht mitreden konnte. Er hörte nur mit einem Ohr den Vorschlägen zu, mit dem anderen lauschte er den Bläsern, die sich inzwischen warm geblasen zu haben schienen, denn die volkstümlichen Stücke, die sie spielten, hatten hörbar an Wohllaut gewonnen. Aus den Augenwinkeln verfolgte er die Kartenspieler, an deren Tisch es jetzt fast totenstill geworden war. Nahezu lautlos warfen sie die Karten, nur mit leiser Stimme erfolgten ihre Ansagen. Lediglich Franziska strahlte noch Tatkraft und Bestimmtheit aus. Gerhard wusste, was das bedeutete. Kurz darauf erhielt er die Bestätigung, als Otto das Drei-Finger-Zeichen zu Mario hin machte.

Franziska kostete ihren Triumph jetzt aus. Sie hob, als Mario das Bier an den Tisch gebracht hatte, ihr Glas und verkündete mit unschuldiger Stimme, die umso mehr ins Mark traf: »Es war mir ein Vergnügen mit euch zu spielen.«

Und dann, sie hatte immer noch nicht genug: »Mario, noch eine Runde auf mich, und für die Herren an der Theke auch. Man bekommt ja sonst hier keine Gelegenheit, einen auszugeben.«

Als sie sich einige Viertelstündchen später auf dem Heimweg befanden, war Franziska noch immer voll des Glücks. »Ein schöner Abend«, kicherte sie, »denen hab ich's gezeigt.« Es war klar, dass sie Torsten und Otto meinte.

»Ja, es war sehr schön«, stimmte Gerhard zu, »trotz des Desasters mit dem verbrannten und versunkenen Abendessen.«

»Wegen!«

»Wie? Weshalb wegen?«

»Heinrich, als du die Suppe holtest, habe ich einen Finger in dein Salatdressing gesteckt.«

»Und?«

»Ich habe ihn abgeleckt. Gut, dass alles versunken ist.«

20

Die folgenden Tage waren Tage des Gleichmaßes, in denen Gerhard sich treiben ließ. Er spielte Klavier, durchstreifte die Wälder, malte hin und wieder ein Bild und beschloss die Abende mit einem Kneipenbesuch. Bald schon hatte er seinen gewohnten Lebensrhythmus wieder gefunden.

Die Angelegenheit Sauras – er scheute sich noch immer, von einem Fall zu sprechen – ließ er ruhen. Er wollte jetzt erst einmal Abstand finden, die Unvereinbarkeit der Fakten verwirrte ihn.

Nur kurzzeitig hatte er überlegt, ob er sein jetziges Wissen Hauptkommissar Montag oder Oberkommissar Schröder mitteilen sollte, dann aber diese Idee schnell wieder beiseite geschoben. Die damalige Begründung der Polizei, warum sie die Ungereimtheiten in der Familie Sauras nicht weiter verfolgten, hatte auch weiterhin Bestand: Verdachtsmomente und Spekulationen reichten nicht aus, Beweise für eine Straftat müsste er vorlegen, und das konnte er nicht.

Die Preisgabe seines Wissens würde höchstens dazu führen, dass Francisco Sauras wegen eines Jahre zurückliegenden Liebesverhältnisses mit einer Minderjährigen belangt würde. Das wollte Gerhard nicht. Sauras war, wenn man ihn heute in seinem erbärmlichen Zustand sah, für seine damalige Schwäche genügend hart bestraft worden.

Einmal noch hatte er Helene aufgesucht. Das war einen Tag, nachdem er in der Drogenberatungsstelle in Eschwege vorstellig geworden war und mit der dortigen Beraterin die Möglichkeiten einer Entzugsbehandlung abgesteckt hatte. Neben dem schweren persönlichen Kampf, den Helene bestehen musste, war auch der formale Weg kein ganz einfacher. Aber mit Hilfe der Beratungsstelle und auch mit seiner Unterstützung war er, so hoffte Gerhard, für Helene gehbar. Es musste die Frage der Finanzierung geklärt werden, ein ärztliches Attest und eine persönliche Vorstellung waren erforderlich. Der Klinikplatz für die erste Stufe der Behandlung, die Entgiftung, in der der Körper von der Droge entwöhnt wurde, war relativ einfach zu bekommen. Wesentlich schwieriger war es, einen Therapieplatz für die anschließende halbjährige psychische Entwöhnung zu finden. Oft vergingen Wochen zwischen dem stationären Aufenthalt und dem Beginn der Entzugsbehandlung, eine lange und rückfallgefährdete Zeit.

Als er mit Helene darüber sprach, waren sie übereingekommen, zunächst zu warten, bis ein Therapieplatz gefunden war. Dann erst sollte die Entgiftung erfolgen, um eine nahtlose Übernahme in die Entzugsbehandlung zu gewährleisten.

Helene war nach wie vor hochmotiviert, aus ihrer Abhängigkeit herauszukommen. »Stellen Sie sich vor«, sagte sie mit einem Lächeln, das in ihrem ausgezehrten Gesicht kaum erkennbar war, »ich habe heute Nacht von zu Hause geträumt.« Gerhard entschloss sich, Gerlinde Kramer später anzurufen. Jetzt konnte sie ihrer Freundin helfen auf ihrem bevorstehenden schweren Gang.

Ihm fiel ein, dass er noch etwas von Helene wissen wollte: »Eines habe ich vergessen, Sie beim letzten Mal zu fragen: Hat Jaimes Sauras, kurz bevor er Selbstmord beging, mit Ihnen Kontakt aufgenommen? Sie angerufen oder besucht? Vielleicht auch unter einem falschen Namen? Bitte, versuchen Sie sich zu erinnern.«

Nach nur kurzem Nachdenken schüttelte sie den Kopf: »Uns besucht keiner, wenn doch, wüsste ich davon. Nein, es ist weder angerufen worden noch ist jemand gekommen. Da bin ich mir sicher.«

»Und Ihr Sohn? Vielleicht ist er außerhalb des Hauses mit Jaime zusammengetroffen oder irgendwie in Verbindung getreten. Wäre das möglich?«

»Maurice? Wie sollte er? Ihm sagt der Name Sauras gar nichts. Schon möglich, dass er ihn in der Zeitung gelesen hat, als über den Selbstmord berichtet wurde. Aber welche Bedeutung dieser Name hat, wissen meine Söhne nach wie vor nicht. Wenn also eine Kontaktaufnahme erfolgt sein sollte, so muss sie von Franciscos Sohn ausgegangen sein. Vielleicht hat er ja irgendetwas über die Beziehung, die sein Vater zu mir hatte, herausgefunden und wollte jetzt Näheres darüber in Erfahrung bringen. Aber fragen Sie doch Maurice selber, er ist oben.«

Sie ging zur Tür, drehte sich aber noch einmal um.

»Wenn Sie mit ihm sprechen, sagen Sie ihm nichts von dem, was damals in Marburg war. Bitte«, flehte sie. Mit klarer Stimme, die im Gegensatz zu ihrer hinfälligen Erscheinung stand, rief sie in die Diele hinaus: »Maurice, komm herunter. Herr Gerhard will dich etwas fragen.«

Fast augenblicklich erschien der Sohn auf der Treppe, offensichtlich hatte er wartend auf den Stufen gestanden. In spürbarer Abwehrhaltung betrat er das Zimmer.

»Was wollen Sie von mir?«, stieß er hervor, aber das Herausfordernde, Unverschämte, das er vor einigen Tagen noch zur Schau getragen hatte, war nun einem lauernden, angstvollen Frageton gewichen. Seine Augen flackerten und gingen unruhig durch den Raum. Es kostete ihn Anstrengung Gerhard anzusehen.

»Herr Meunier, wie ich Ihnen schon bei unserem letzten Zusammentreffen sagte, bin ich mit der Untersuchung des Todes von Jaime Sauras beschäftigt. Sie erinnern sich, der Selbstmord am Bahndamm in Niederhone. Meine Frage jetzt an Sie: Kannten Sie den Spanier? Haben Sie sich mit ihm getroffen oder hat er versucht, mit Ihnen Kontakt aufzunehmen?«

Wie erstarrt stand Maurice im Raum und rang um Fassung. Dann aber brauste er auf: »Ich? Ich weiß von nichts. Ich kenne den Mann gar nicht. Wieso glauben Sie, dass ich mit Sauras Kontakt hatte? Lächerlich!«

»Aber der Name Sauras sagt Ihnen etwas?«

»Wieso? Nein, ich habe ihn neulich zum ersten Mal gehört.« Während er sich zur Tür bewegte, fragte er trotzig: »Wollen Sie sonst noch etwas wissen?«

»Nein. Aber danke für ihre aufschlussreiche Reaktion«, rief ihm Gerhard hinterher, als Maurice das Zimmer verließ. Er wusste nun, dass der junge Meunier nicht die Wahrheit sagte. Vielleicht hatte er wirklich keine Verbindung zu Jaime gehabt, aber eines war klar: Der Name Sauras war ihm vertraut. Helene hatte den Auftritt ihres Sohnes unbeweglich verfolgt. Gerhard fragte sich, ob sie die gleichen Schlüsse zog wie er.

Bevor er ging, vereinbarten sie, übermorgen, an einem Freitag, gemeinsam die Drogenberatungsstelle aufzusuchen. Sie wollten die Weichen für ihre Entzugsbehandlung noch vor dem Wochenende stellen.

Am Abend rief Franziska an.

»Was machst du gerade?«, fragte sie.

»Ich sitze in der Badewanne und lese einen Krimi – in Spanisch.«

»Oh, ein interessanter Aspekt.«

»Was, das Buch?«

»Was denn sonst. Apropos spanisch, hast du Lust, auf Kosten der Firma ein paar Tage in Mallorca zu verbringen?«

»Schon wieder? Gibt's dafür auch einen Grund?«

»Ich brauche dich.«

»Geschäftlich oder persönlich?«

»Beides, wobei das Geschäftliche das Vordringliche, das Persönliche das Wichtige ist.«

»Also schieß los, was soll ich tun?« Gerhard legte sich behaglich zurück und lauschte seiner Frau.

In der nächsten Woche, berichtete Franziska, wolle sie mit einer Seniorengruppe nach Cala Ratjada fahren. Sie würden während der zwei Wochen dort unten einiges unternehmen: Busausflüge zu den üblichen Sehenswürdigkeiten, Spaziergänge in der näheren Umgebung, vielleicht auch eine Bootstour. Dieses Programm zu bewältigen biete überhaupt keine Schwierigkeiten.

Sie machte eine Pause, die Vorrede war nun zu Ende, jetzt würde sie zur Sache kommen: »Diesmal aber habe ich neben der üblichen Seniorenklientel, die mit dem normalen Programm zufrieden ist, zwölf unternehmungslustige Rentner aus Ilmenau, die mich seit Tagen löchern, Wandertouren mit ihnen zu unternehmen. Keine Spaziergänge, nein, Touren von fünf, sechs Stunden Dauer. Sie seien alle, haben sie mir versichert, erprobte Wanderer. Berge würden sie nicht abschrecken, sondern anziehen.«

Sie machte nochmals eine Pause, um ihrem Mann Gelegenheit zu geben, sich mit dem Folgenden, das er schon erahnte, vertraut zu machen.

»Ich habe ihnen zugesagt, dich zu fragen, ob du mit ihnen...« Sie ließ den Satz offen.

»Du bist verschwenderisch mit deinen Worten«, tadelte Gerhard.

»Wieso das?«

»‚Ich habe ihnen zugesagt', hätte genügt. Oder täusche ich mich?«

»Nein, aber...«

»Du hast ihnen also zugesagt, dass ich den Führer mache.« Er tauchte den Körper ganz ins Wasser.

»Du machst es doch, Heinrich?« Eine leichte Panik schwang in ihrer Stimme.

Er ließ sie noch ein bisschen zappeln. »Vielleicht habe ich etwas vor in dieser Zeit. Mich haben die viele Frauen, die ich bei meinem Marburger Ausflug kennen gelernt habe, auf den Geschmack gebracht.«

»Schäm dich«, empörte sie sich. »Deine liebe Frau ist in Nöten und du machst dich lustig über sie.« Dann schmeichelte sie: »Du lässt mich nicht im Stich, oder?«

Er schmolz dahin wie Butter im heißen Badewasser. »Nein, natürlich nicht. Du weißt doch, wie gerne ich wandere.«

»Gut«, sagte sie erleichtert, »Näheres können wir später besprechen. Ich wollte jetzt nur wissen, ob mein Vertrauen in dich gerechtfertigt war.«

Erst nach dem Gespräch wurde ihm bewusst, dass er nicht einmal den Abreisetag kannte. Aber Jungpensionäre wie er waren flexibel und Mallorca lag ja gerade mal um die Ecke. Er musste zusehen, dass er bis zum Abflug die Drogenentwöhnung Helenes auf den Weg gebracht hatte.

Ihm fiel ein, dass er Gerlinde Kramer anrufen wollte. Er stieg aus der Wanne. Das Liegen im heißen Wasser hatte ihn entspannt und beruhigt.

»Ann-Kathrin Kramer«, meldete sich eine Kinderstimme, als er die Treysaer Nummer gewählt hatte.

»Hallo, hier ist der Herr Gerhard. Kann ich mit deiner Mama sprechen?«

»Das weiß ich nicht. Die liegt in der Wanne.«

»Oh.« Welcher Zufall. »Ich komme auch gerade aus der Badewanne.«

»Hast du auch soviel Schaum im Wasser wie die Mama?«

»Nein, überhaupt keinen«, sagte er, enttäuscht, die ansehnlichen Proportionen Gerlindes, die er gerade sich vorzustellen begonnen hatte, unter einem Schaumberg verschwinden zu sehen. »Kannst du das Telefon der Mama ins Bad bringen? Es ist wichtig, ich muss mit ihr sprechen.«

»Mach ich, tschüß«, verabschiedete sich die Kleine und rief, wohl auf dem Weg zum Badezimmer, laut durch das Haus: »Mama, da ist ein Mann, der hat auch gerade gebadet. Ganz ohne Schaum.«

»Ann-Kathrin!«, rief die badende Mutter ihrer Tochter vorwurfsvoll zu. Wie konnte sie nur über eine solche Intimität laut und offen reden. Beneidenswerte Kinder, dachte Gerhard. Wie leicht und natürlich gehen sie mit allem um, mit dem wir Erwachsene uns so schwer tun.

»Gerlinde Kramer.« Die Stimme der verunsicherten Mutter in der Badewanne war um eine kompensierende Sachlichkeit bemüht.

»Heinrich Gerhard hier, Ihr Gesprächspartner vom Café Möller. Guten Abend, Frau Kramer.

»Ah, Dr. Gerhard.« Man merkte ihr die Erleichterung an. Die delikate Badesituation war entschärft. Ein Arzt, das kannte sie aus der Praxis Dr. Adelmanns, stand über den Dingen und zählte nicht als Mann. »Schön, dass Sie anrufen. Haben Sie schon etwas erreicht?«, fragte sie aufgeregt.

»Ja, deswegen wollte ich Sie sprechen. Aber wenn ich jetzt störe, rufe ich später noch einmal an.«

»Nein, nein«, lachte Gerlinde, »da Sie ja auch gerade gebadet haben, ohne Schaum, wie Ann-Kathrin berichtet hat, können Sie nachempfinden, wie schön es ist, entspannt im warmen Wasser zu liegen und zu telefonieren. Bitte, erzählen Sie, haben Sie Helene gefunden?«

In der nächsten Viertelstunde schilderte er sein Gespräch im Alten Steinweg, beschrieb die Umstände, unter denen er Helene angetroffen hatte. Ein zwischenzeitliches leises Rauschen zeigte ihm, dass Gerlinde während des Zuhörens heißes Wasser zulaufen ließ. Zum Schluss berichtete er von Helenes sehnsüchtigem Wunsch, aus ihrer Drogenabhängigkeit herauszukommen und ein neues Leben zu beginnen. »Im Gegensatz zu anderen Süchtigen, die ich kenne, die oft aus einer Laune heraus Entzugsabsichten äußern und sie am nächsten Tag wieder verwerfen, glaube ich, dass der Entschluss Helenes, ihre Drogensucht zu beenden, dauerhaft sein könnte. Ob sie die Kraft dazu aufbringt, wird die Zukunft zeigen. Aber gerade jetzt bei ihren ersten Schritten braucht sie Hilfe, und deshalb, Gerlinde, rufe ich Sie an.«

Die tiefen Atemzüge verrieten ihre Erregung, sie versuchte, sich zu beruhigen.

»Ich habe Ihnen gesagt, dass ich helfen will«, sagte sie fest und fragte entschlossen: »Halten Sie es für sinnvoll, Helene aufzusuchen?«

»Ja. Ich glaube, das Wichtigste im Moment ist, ihr ein Ziel zu geben, auf das sie schauen und an das sie sich halten kann. Die Rückkehr in ihr früheres Leben könnte ein solches erstrebenswertes Ziel sein. Mit Ihrer Person, der Freundin von damals an der Seite, muss eine solche Vorstellung für Helene noch an Reiz gewinnen. Die Vision, dass glückliche Zeiten sich wiederholen könnten, ist ein starker Antrieb, der helfen kann, schwierige Situationen in den nächsten Wochen und Monaten zu meistern und Momente des Aufgebens zu bezwingen. Ich meine, es ist ganz wichtig, dass Helene so bald wie möglich mit Ihnen zusammentrifft.«

Er hörte, wie sie aus der Wanne stieg. »Gut, ich komme; am Samstag bin ich da.«

Sie vereinbarten, dass Gerlinde zunächst nach Oberhone kommen sollte. Von dort wollten sie gemeinsam zu Helene fahren. Gerhard bot ihr an, bei ihm zu übernachten und stellte ihr in Aussicht, das Haupthaus ganz für sich zu haben.

Sie nahm an und beendete das Gespräch.

21

Eine dunstverhangene Märzsonne breitete am nächsten Morgen ein weiches Licht über die Wiesen, auf die die ersten Kühe dieses Jahres aus ihren Winterstallungen herausgelassen worden waren. Zwei Fischreiher standen regungslos am Rande eines kleines Baches, der unweit des Hauses vorbeifloss.

Gerhard setzte sich ans Klavier. Er spielte aus den »Englischen Suiten«. Die Stille dieser Tageszeit übertrug sich auf sein Spiel, die friedvolle Ausgeglichenheit des Morgens fand in der Musik Bachs ihren Widerhall. Als er mit der Allemande der vierten Suite begann, fiel ein flüchtiger Schatten über die Noten. Überrascht drehte er sich zum Fenster, sah aber nichts als die Wiesen und die fernen Hügel und Berge, die mit dem Verschwinden des Dunstes jetzt deutlicher sichtbar waren.

Er stand auf und blickte auf den Rasen vor seinem Atelier. Wieder huschte ein langer, von der noch tief im Osten stehenden

Sonne geworfener Schatten über das nasse Gras. Nun war sich Gerhard sicher, dass jemand um das Haus schlich.

Beherzt öffnete er die Terrassentür und trat ins Freie. Zunächst nahm er nichts Besonderes wahr. Er wollte schon wieder hineingehen, als plötzlich von der anderen Seite des Hauses ein deutliches, halblautes »Hallo« zu hören war. Schnell ging er um das kleine Gebäude herum und wäre beinahe mit einer schwarz gekleideten Person zusammengestoßen, die ebenfalls um die Hausecke bog. Erschrocken blieben beide Männer stehen und starrten einander an.

»Sie hier, Professor Sauras?«, verwunderte sich Gerhard, als er sein Gegenüber erkannte.

»Guten Morgen, Herr Gerhard«, grüßte der Spanier und hob entschuldigend die Hand. »Tut mir Leid, wenn ich Sie erschreckt habe. Ich habe vorne vor dem Haus meinen Wagen geparkt und dann am Eingang geläutet. Aber niemand hat aufgemacht. Da bin ich um das Haus herumgegangen und hörte Ihr Klavierspiel von hier. Verzeihen Sie, dass ich ein bisschen zugehört habe.«

Nervös lachte Gerhard: »Ein sicherlich zweifelhaftes Vergnügen für einen Meisterpianisten wie Sie. Aber bitte, kommen Sie doch herein. Ich mache uns einen Kaffee.«

Gerhard ging voran in die kleine Küche und bat Francisco Sauras, Platz zu nehmen. Bevor der Professor sich aber setzte, warf er durch den offenen Durchgang einen kurzen Blick in das benachbarte Atelier.

»Sie machen nicht nur Musik, Sie malen auch.« Er zeigte auf die Staffelei und die herumstehenden Bilder. »Wenn das Kunstwerk ein Spiegelbild des Künstlers ist, dann leben Sie, Herr Gerhard, mit der Welt im Einklang. Es gibt nichts Defektes, Morbides an den Gestalten und Gesichtern, die Sie malen. Dazu spielen Sie Bach, die Vollkommenheit schlechthin in Form und Ausdruck.« Er breitete die Arme aus. »Harmonie, wo man hinschaut.« Er seufzte, trat ans Fenster und schaute hinaus auf die fernen Silhouetten der Berge. »Ach, wenn's so einfach wäre. Auch ich spiele Bach, bin ein Bewunderer der Malerei

Velasquez' und Goyas – und doch ist mein Leben ein einziger Missklang geworden.«

Als er sich jetzt umdrehte, um den Kaffeebecher von Gerhard entgegen zu nehmen, waren der Schmerz und die Qual zurückgekehrt, die schon damals in Andratx sein Gesicht geprägt hatten.

»Sie haben, wie Sie mir sagten, einen Sohn, Herr Gerhard. Sie werden mich verstehen können. Der Verlust des eigenen Kindes ist die schmerzlichste Erfahrung, die Eltern machen können. Doch noch schmerzlicher ist es, wenn sie sich schuldig an seinem Tod fühlen.« Er sprach jetzt zu sich selbst. »Kinder sollen, wenn sie erwachsen werden, ihren eigenen Weg gehen. Aber wir dürfen sie nie aus den Augen verlieren. Wir müssen da sein, wenn sie uns brauchen.« Mit einer müden, schweren Bewegung, so als könne er sich nicht mehr auf den Beinen halten, setzte er sich. »Aber wie, wenn man nicht weiß, nicht wissen kann, dass man gebraucht wird? Ich habe es nicht gewusst und als ich es erfuhr, war es zu spät. Und dann dieses Ende. Durch meine Hand.« Er ballte die Faust und hielt sie, wie eine Anklage in die Luft. Wen klagte er an? Das Schicksal? Gott? Sich selbst?

Erschöpft ließ er den Arm sinken und sah wieder hinaus in den Frühlingsmorgen. »So sah auch mal meine Welt aus, hell und freundlich, eine einzige Einladung zu leben. Nun habe ich mich selbst davon ausgeschlossen, habe alles Recht verwirkt, an ihr weiter teilzuhaben.«

»Ich verstehe ja«, versuchte Gerhard zu trösten, »dass sich Eltern bei dem Verlust des Kindes immer fragen, welche Schuld und Unterlassung ihnen dabei zukommt. Aber war der Tod von Jaime wirklich vorauszusehen?«

»Jaime?«, Sauras schaute verwirrt auf. »Was wissen Sie«, sagte er mit Trauer in der Stimme und vergrub kurz das Gesicht in den Händen. Als er wieder aufsah, sprach er mit beherrschter Stimme: »Sie werden sich fragen, warum ich zu Ihnen gekommen bin, vielleicht auch, was ich überhaupt in Deutschland mache. Ich habe Ihnen von meinen Meisterkursen, die ich immer wieder mal in Marburg abhalte, erzählt. In der nächsten Woche beginnt ein solcher Lehrgang unter meiner Leitung. Wenn ich also schon in Deutschland bin, liegt es nahe, Sie aufzusuchen und zu bitten, mir die Stelle zu zeigen, an der Jaime gestorben ist.«

»Wäre es nicht besser, die Polizei darum zu bitten«, wandte Gerhard ein. »Sie könnte Ihnen sicher mehr als ich über die Umstände des Todes berichten.«

»Nein, nicht die Polizei, ich will ja nur den Ort sehen, wo Jaime lag, sonst nichts. Bitte, Herr Gerhard, wenn es Ihnen nichts ausmacht.« Er stand auf. »Ich muss heute noch weiter nach Marburg.«

»Gut, wenn Sie es wünschen, dann führe ich Sie sofort dorthin. Es ist nicht weit von hier.«

Sauras nickte.

Auf der Fahrt nach Niederhone sprachen sie nichts. Gerhard respektierte die Gefühle des Vaters, der in wenigen Augenblicken an der Stelle stehen würde, an der sein Sohn den Tod gefunden hatte. Während er fuhr, überlegte er, ob er dem Professor von Helene erzählen sollte. Aber was, wenn Sauras den Wunsch verspürte, Helene, die ja nur wenige Minuten entfernt lebte, besuchen zu wollen? Eine solche Begegnung war unkontrollierbar in ihren Auswirkungen und konnte sich für beide negativ auswirken. Nein, er würde Helene nicht erwähnen.

Der Bahndamm, den sie jetzt entlang fuhren, lag dunkel und abweisend rechter Hand neben ihnen, die wenigen dornigen Büsche, die den schwarzen Schotter bewuchsen, zeigten Knospen und erste Blätter. Gerhard hielt einige Meter vor der Leichenfundstelle an. Instinktiv empfand er, dass es angebracht war, sich einem solchen Ort zu Fuß zu nähern.

Schweigend gingen sie die wenigen Schritte. Sauras musste sich zwingen, aufrecht voranzuschreiten, Gerhard konnte die Anstrengung, die es ihn kostete, deutlich spüren.

Als sie vor der Stelle standen, an der Jaime gelegen hatte, bat der Professor: »Bitte erzählen Sie mir noch einmal, wie mein Sohn starb. Jetzt mit dem Bild der Örtlichkeit vor Augen werde ich es besser verstehen.«

Gerhard ließ die Bilder des damaligen Februarmorgens, an dem sie den jungen Spanier im Schnee gefunden hatten, wieder erstehen. Er schilderte die Lage des Körpers, der Pistole, des Rucksacks. Auch von den Erkenntnissen der Ermittlungsgruppe erzählte er. Jaime war auf der Krone des Bahndamms von dem tödlichen Schuss getroffen worden. Erst danach, tot schon, war er an die Stelle, vor der sie jetzt gerade standen, gerollt.

»Wollen Sie auf den Damm?«, fragte Gerhard den Professor.

»Nein.« Er schüttelte den Kopf und starrte weiter auf den Punkt, an dem der tote Körper Jaimes gelegen hatte. »Bitte, Herr Gerhard, lassen Sie mich einen Augenblick alleine. Ich komme gleich nach.«

Gerhard ging zum Auto zurück und setzte sich auf den Fahrersitz. Er betrachtete die schwarze Gestalt Francisco Sauras, der in stillem Zwiegespräch mit seinem Sohn dort am Bahndamm verharrte. Der Professor hatte den Oberkörper leicht gebeugt als spräche er ein Gebet. Unbeweglich stand er einige Minuten, bevor er sich abrupt umdrehte und zum Fahrzeug zurückkam.

Während er einstieg, sagte er nur »Danke«. Dann schwieg er, bis sie Oberhone erreicht hatten.

Die Einladung Gerhards, zu einer Erfrischung ins Haus zu kommen, schlug er aus. Er müsse sofort weiter nach Marburg.

»Vielleicht treffen wir uns noch einmal unter anderen Umständen«, sagte Sauras, als sie sich verabschiedeten.

»Ich würde mich darüber freuen«, erwiderte Gerhard aufrichtig. »Auf Wiedersehen, Herr Professor.«

»Auf Wiedersehen, Herr Gerhard, und nochmals danke.«

Die beiden Männer reichten sich die Hand. Dann verließ Francisco Sauras den Hof.

22

Es war Freitag, der Tag, auf den das Gespräch in der Drogenberatungsstelle festgesetzt war. Gerhards Stimmung an diesem Morgen war zwiespältig: Auf der einen Seite war er froh, heute mit Helene einen wichtigen Schritt in Richtung auf ihr neues Leben unternehmen zu können, auf der anderen Seite bedrückte ihn die Vorstellung, das düstere Haus im Alten Steinweg wieder betreten zu müssen.

Für ihn als Arzt war es keine neue Erfahrung, mit gescheiterten Lebensläufen, mit menschlichem Verfall in Berührung zu kommen. In der Vergangenheit war er häufig mit Situationen wie dieser konfrontiert worden. Diesmal aber bewegte ihn das Geschehen, das ihn emotional einband und zu dem er eine persönliche Beziehung entwickelt hatte, mehr als in allen früheren Fällen. Gerhard legte die Zeitung zur Seite. Schon seit dem Aufstehen hatte sich seiner ein ungutes Gefühl bemächtigt. Er fand heute nicht die Ruhe für ein ausgedehntes Frühstück. Eine nicht begründbare Spannung war in ihm.

Während er den Kaffeetisch abräumte, versuchte er, die Gründe für diesen Zustand, der ungewöhnlich für seine normalerweise ausgeglichene Morgenstimmung war, zu finden. Er konnte sich nicht vorstellen, dass der bevorstehende Besuch bei Helene oder gar das Beratungsgespräch die Ursache war. Vielleicht hatte das gestrige Zusammentreffen mit Francisco Sauras in ihm etwas ausgelöst, dessen Bedeutung er nur noch nicht erkannte.

Er trat hinaus in den frischen Morgen und nahm den Weg, der hinter dem Haus in die Felder führte. Er wollte nachdenken, wollte sich die Begegnung mit dem Professor noch einmal ins Gedächtnis rufen. Hatte es bei ihrem Gespräch und der Fahrt zum Bahndamm irgendetwas gegeben, das seine jetzige Gemütsverfassung erklären konnte?

In der nächsten Woche, hatte Sauras gesagt, beginne sein

Meisterkurs in Marburg. Warum befand er sich schon jetzt, am Donnerstag der Vorwoche, in Deutschland? War daran etwas Auffälliges? Nicht unbedingt. Es war leicht möglich, dass er deshalb früher angereist war, um Erinnerungen an Marburg aufzufrischen, alte Bekanntschaften zu erneuern. Vielleicht hatte er auch eine bestimmte Zeit dafür eingeplant, den Spuren des Sohnes auf dessen letzter, fataler Reise zu folgen.

Gerhard war am Ufer der Wehre angelangt und setzte sich auf einen Baumstumpf. Er schaute in den schnell dahinfließenden Fluss, der jetzt im Frühjahr viel Wasser führte. Er sah das Bild des Professors vor sich, wie er gestern in stillem Verharren am Bahndamm gestanden hatte. War das, den Sterbeort seines Sohnes zu sehen, der einzige Grund, weshalb er nach Eschwege gekommen war? An anderen Informationen über Jaimes Tod, an polizeilichen Ermittlungsergebnissen, war Sauras nicht interessiert gewesen. Aufwand und Ergebnis stimmten nicht überein. Aber es war schwer, Gefühle abzuwägen und zu gewichten. Für einen Vater, der gerade den Sohn verloren hatte, mochte das Kennenlernen des Ortes, an dem er starb, ein ausreichender Grund sein, eine aufwändige Reise zu unternehmen.

Gerhard stand auf und ging den gleichen Weg zurück. Das feuchte Gras des Weges hatte seine Schuhe durchnässt, der kühle Morgenwind machte ihn frösteln.

Ein Teil des Gespräches kam ihm in Erinnerung, eine Eigentümlichkeit, über die er schon gestern gestutzt, dann aber bei Fortführung ihres Dialogs nicht weiter nachgedacht hatte. Wie war das noch? Sie hatten über die Schuld, die sich Eltern geben, wenn ihr Kind zu Tode kommt, gesprochen. Er, Gerhard, hatte in Frage gestellt, dass der Tod Jaimes voraussehbar war. »Jaime?« hatte Sauras so erstaunt gefragt, als spräche er die ganze Zeit von einer anderen Person. Konnte es sein, dass er von der Existenz Ralfs, seines und Helenes Sohn, doch wusste? Dass er während ihres Gespräches die ganze Zeit von ihm und nicht von Jaime gesprochen hatte?

Gerhard beschleunigte seine Schritte. Wenn er annahm,

dass Sauras die Existenz seines unehelichen Sohnes kannte, stellte sich ihm die Frage, ob es möglicherweise noch einen anderen Grund gab, weshalb er nach Eschwege gekommen war. In die Stadt, in der Helene, die Mutter dieses Sohnes lebte.

Die Unruhe in ihm hatte sich jetzt noch verstärkt, als er wieder sein Haus betrat. Auf dem Schreibtisch fand er den Stadtplan von Marburg, auf dessen Rückseite die wichtigsten Adressen des Ortes verzeichnet waren. Er suchte die Nummer des Verwaltungsgebäudes der Musikhochschule und wählte. Die Frauenstimme, die sich dort meldete, war ihm vertraut, aber ihm war jetzt nicht danach, mit Rosi Siebert zu kokettieren.

»Bitte, Herrn Weber in der Presseabteilung«, bat er und wurde verbunden.

Die Uhr der Dorfkirche schlug gerade zehn, als Herr Weber am anderen Ende der Leitung war.

»Hallo, Landsmann«, begrüßte er Gerhard, nachdem dieser sich zu erkennen gegeben hatte. »Was machen die Nachforschungen in der Sache Sauras. Haben Sie Fortschritte gemacht?«

»Das erzähle ich Ihnen, wenn ich das nächste Mal in Marburg bin. Jetzt brauche ich erst einmal eine dringende Auskunft von Ihnen.«

Weber schien die Erregung und Ungeduld aus Gerhards Stimme herauszuhören. »Was wollen Sie wissen?«

»Können Sie mir sagen, wann Professor Sauras seinen nächsten Meisterkurs an der Hochschule durchführt?«

»Einen Moment, ich sehe nach.« Gerhard, der mit dem Telefon am Ohr im Zimmer auf und ab lief, hörte das Rascheln von Papier.

»Hören Sie«, Herr Weber hatte den Eintrag gefunden. »In diesem Herbst, vom 14. bis 25. Oktober. Genügt das?«

»Und in der nächsten Woche hat Professor Sauras keine Unterrichtungen oder andere Termine an der Musikhochschule?«

»Nein, ganz sicher nicht.«

»Gut, Herr Weber, das reicht mir. Ich werde Ihnen später erklären, wofür ich diese Informationen brauche. Jetzt erst einmal vielen Dank und auf Wiedersehen.« Er legte auf.

Was hatte das, was er eben erfahren hatte, zu bedeuten? Sein Gefühl, dass etwas mit dem gestrigen Besuch des Professors nicht stimmen konnte, hatte ihn also nicht getrogen: Sauras hatte nicht die Wahrheit gesagt. Seine Angaben, wegen Verpflichtungen in Marburg nach Deutschland gekommen zu sein, waren falsch und gelogen. So lag der Schluss nahe, dass sein Ziel von vorneherein nicht Marburg, sondern Eschwege gewesen war. Ohne die wirklichen Absichten zu kennen, war Gerhard klar, dass das Aufsuchen des Ortes, an dem Jaime starb, nicht der einzige Grund war, der ihn hierher geführt hatte.

Wenn Sauras Helenes Anschrift kannte – und davon ging Gerhard jetzt aus –, dann hatte sein Erscheinen in Eschwege das Aufsuchen dieser Adresse zum Ziel, daran hatte er keinen Zweifel mehr.

Einen kurzen Augenblick überlegte er, ob er nicht doch der Polizei sein Wissen und seine Schlüsse mitteilen sollte. Aber was war, wenn der Professor nur einen freundschaftlichen Besuch bei einer alten Liebschaft plante?

Nein, Gerhard war sich sicher, dass in dem Zustand, in dem er Sauras gestern erlebt hatte, sein Vorhaben, was auch immer es sein mochte, anderen Gefühlen als freundschaftlichen entsprang. Panikartige Unruhe erfasste ihn bei diesem Gedanken, er spürte jetzt regelrecht das drohende Unheil. Er musste handeln, sofort, und sei es auch nur, um festzustellen, dass er sich irrte.

Er nahm den Feldweg über den Heuberg, den schnellsten Weg von Oberhone in die Kreisstadt, und stellte seinen Wagen in der gebührenpflichtigen Parkzone im Alten Steinweg ab, ohne jedoch einen Parkschein zu lösen. Er hatte es eilig.

Das Haus der Meuniers lag unverändert still und zusammengedrängt vor ihm. Die geschlossenen Übergardinen vermittelten wieder diesen abweisenden, unbewohnten Eindruck, den er schon bei seinem ersten Besuch empfunden hatte. Nichts deutete von außen auf das Elend, das er in seinem Inneren gesehen hatte.

Gerhard schellte lange und gab damit der Dringlichkeit seiner Eintrittsforderung Ausdruck. Als nach längerem Zuwarten niemand Anstalten machte, ihm zu öffnen, wiederholte er sein energisches Läuten. Das helle Klingelzeichen war deutlich zu hören, aber wiederum erfolgte keine Reaktion im Hausinnern.

Ein Gefühl der Angst stieg in ihm auf. Helene musste zuhause sein, sie waren verabredet. Warum öffnete sie nicht? Die Ahnung früherer Besuche, dass sich hinter der Fassade dieses krummen Hauses etwas Unheilvolles verbergen könnte, verstärkte sich jetzt fast zur Gewissheit. Er musste sich Zutritt, wie auch immer, verschaffen.

Gerhard erinnerte sich, dass er, als er vor ein paar Minuten das Nachbarhaus passiert hatte, durch das offene Einfahrtstor in einen fahrzeugbestandenen Hof hatte sehen können. Vielleicht war ja auf diesem Weg ein Zugang zum Haus der Meuniers von der Rückseite her möglich. Zumindest aber konnte es ihm gelingen, von dort einen Blick in Helenes Wohnraum zu werfen.

Er durchschritt die unter dem Obergeschoss durchführende, tunnelartige Zufahrt und betrat den Hof. Der Lieferwagen eines Gemüsehändlers war vor dem niedrigen Gatter, das die Freifläche zum Garten hin begrenzte, abgestellt. Auf seiner Ladefläche stapelten sich leere Obstkisten.

Gerhard blickte sich um. Der direkte Zugang vom Hof aus zu dem Grundstück von Helene war durch eine hohe, glatte Mauer versperrt. Ihm war sofort klar, dass er dieses Hindernis nicht ohne Leiter würde überwinden können. Vom Garten aus dürfte es indessen keine großen Schwierigkeiten machen, das Nachbargrundstück zu betreten.

Fünf Stufen führten hinunter in ein kultiviertes Areal mit sorgfältig ausgerichteten, unkrautfreien Beeten, die von dem Gemüsehändler offensichtlich zum Anbau seiner Ware genutzt wurden. Ohne große Anstrengung überwand Gerhard den Maschendrahtzaun und stand kurz darauf in dem verwilderten

Garten der Meuniers. An den unter Unkraut und Buschwerk kaum noch sichtbaren Eingrenzungen der Beete konnte er mehr erahnen als erkennen, dass auch diese Erde einmal gärtnerisch bewirtschaftet worden war. Jetzt aber sah man dem Garten an, dass sich seit längerem schon keine Hand mehr zu seiner Pflege geregt hatte.

Schnell durchquerte er ein kurzes Wiesenstück und betrat den gepflasterten, kleinen Hof, dessen rissige Steinplatten vom Winterfrost aufgebrochen und verschoben waren. Das Fenster und die Glastür zum Wohnraum waren wie die Fenster auf der Straßenseite heute mit dunklen Gardinen zugezogen.

Gerhard näherte sich vorsichtig der Hausrückseite und presste sich, dort angekommen, eng an die Fachwerkwand. Er überlegte, wie er weiter vorgehen sollte, verwarf aber sofort alle Konzepte. Das einzige, was jetzt zählte, war, ins Haus hineinzukommen und zu sehen, was dort drinnen geschehen war oder noch geschah.

Von der Terrassentür hatte er in Erinnerung, dass sie bei seinem ersten Besuch unverschlossen war. Als er jetzt dagegen drückte, ging sie mit einem leisen Klacken auf und gab ihm, während er über die Schwelle trat und den Vorhang beiseite schob, den Blick auf ein unwirkliches Szenarium frei: Die schwarze Gestalt Francisco Sauras stand drohend in der Mitte des Raumes. Mit beiden Händen hatte er den Griff einer Pistole umklammert, deren Lauf auf eine untere Zimmerecke gerichtet war. Dort kauerte, den Arm schützend vors Gesicht haltend, Maurice am Boden und stöhnte in Todesangst. Am Tisch saß Helene. Wie eine Zuschauerin einer Theaterinszenierung blickte sie auf das, was sich vor ihr abspielte.

Die Köpfe fuhren zu Gerhard herum, der wie erstarrt in der offenen Terrassentür stand.

Sauras hatte seinen Schreck als erstes überwunden. Er winkte mit der Pistole. »Kommen Sie herein, Herr Gerhard. Und bitte, schließen Sie die Tür und ziehen den Vorhang wieder zu.«

Der höflichen, aber bestimmten Aufforderung, der die Waffe in seiner Hand Nachdruck verlieh, kam Gerhard ohne Zögern nach. Er trat ein, schloss Tür und Gardine und setzte sich zu Helene an den Tisch. Er ergriff ihre schlaffe Hand: »Alles in Ordnung?«

Sie nickte, dann entzog sie ihm die Hand und blickte auf Sauras. »Lassen Sie Francisco weitermachen, Herr Gerhard. Es ist gut, dass er gekommen ist. Alles, was einmal gewesen ist, muss jetzt ein Ende haben. Nur so können wir einen neuen Anfang machen, wir alle.« Dabei blickte sie auf ihren am Boden hockenden Sohn und sagte, zu Sauras aufschauend: »Du bringst das zu Ende, Francisco? Ja? So oder so.«

Der Professor sah kurz zum Tisch hinüber.

»Ich bin froh, dass Sie da sind, Herr Gerhard. Ein Zeuge mehr, der mit anhört, was dieser Mensch« – er bewegte die Pistole, die unverändert auf Maurice zeigte, auf und ab – »uns jetzt sagen wird.«

»Professor, um Gotteswillen«, flehte Gerhard und streckte Sauras die Hände entgegen, als wolle er ihm eine Brücke bauen, auf der er aus dieser Situation herauskommen konnte, »machen Sie das Unglück nicht noch größer. Denken Sie an Helene – und denken Sie an Alicia.«

Bei der Nennung des Namens seiner Frau zeigte Sauras eine leichte Regung, der Lauf der Pistole senkte sich für wenige Sekunden. Dann sah er kurz auf mit einem Blick, der, so schien es Gerhard, ein Versprechen enthielt, und sagte in um Vertrauen werbendem Ton: »Bitte.«

Gerhard war sich unsicher, ob Sauras ihm damit soeben zugesichert hatte, die Waffe lediglich als Druckmittel zu gebrauchen. Würde der Professor überhaupt fähig sein, auf Maurice Meunier zu schießen. Er wußte es nicht.

»So, und nun wieder zu unserem Gespräch«, wandte sich Sauras an Maurice. »Ich will jetzt – ohne Ausflüchte und Lügen – von dir wissen, wie du und dein Bruder von der Beziehung, die deine Mutter und ich vor über zwanzig Jahren hatten, und dem gemeinsamen Kind, das daraus entstanden ist, erfahren habt. Die Geheimhaltung war schließlich so perfekt, dass selbst ich bis vor zwei Jahren von meiner Vaterschaft nichts wusste.«

Er schaute zu Helene und wandte sich dann erklärend an Gerhard: »Seit etwa zwei Jahren werde ich von Ralf und Maurice Meunier erpresst. Sie drohten mir die Aufdeckung meiner Liebesbeziehung mit ihrer Mutter, die damals noch minderjährig war, an, drohten sogar deswegen mit einer Anzeige bei der Polizei. Außerdem sollte Alicia, die bis heute nichts von dem damaligen Geschehen in Marburg weiß, alles über Helene und unseren außerehelichen Sohn erfahren, falls ich nicht zahlte.« Er seufzte: »Das erste, die Anzeige, hätte zwar für meine Laufbahn nachteilig sein können, wäre jedoch zu ertragen gewesen. Das zweite aber, Alicia, die ich über alles liebe, mit meinem Ehebruch konfrontiert zu sehen, bedeutete für mich eine unerträgliche Vorstellung. Also zahlte ich – vielleicht auch in dem Gefühl, für meinen Sohn Ralf etwas tun zu müssen. Ich zahlte in regelmäßigen Abständen Summen, die an meine finanzielle Belastungsgrenze gingen, diese teilweise sogar überschritten.«

»Daher also kam das Geld.« Helene starrte auf die Tischplatte, dann sah sie zu Sauras hin. »Ich habe unser Geheimnis nicht verraten und ich kann mir auch nicht vorstellen, dass meine Eltern es getan haben. Ich hatte keine Ahnung von der Erpressung, das musst du mir glauben, Francisco.«

Sie beugte sich vor und schaute ihn aus flehenden, in den tiefen Höhlen kaum sichtbaren Augen an. In ihrem Blick lag ein Betteln um seine Versicherung, dass er ihr glaube. Sauras nickte ihr zu. Mit einer Geste der Entspannung und Erleichterung forderte sie ihn mit fester Stimme auf: »Frag ihn, woher er das alles weiß. Ich will jetzt die Wahrheit wissen.«

»Du hast es gehört.« Sauras trat einen Schritt auf Maurice zu. »Erzähle also, wie ihr zu diesen Kenntnissen gekommen seid.« Er bewegte dabei den Arm mit der Waffe in auffordernder Gestik.

»Bitte nicht schießen, ich werde alles sagen.« Maurice

zitterte am ganzen Körper. »Das Tagebuch – wir haben das Tagebuch unserer Mutter gefunden, in dem sie alle Einzelheiten aufgeschrieben hat.«

»Mein Tagebuch«, stöhnte Helene. »Wie seid ihr daran gekommen? Ich habe es immer sorgsam vor euch verborgen.«

»Wir haben Geld gesucht. Wir brauchten dringend welches, haben alles durchstöbert und dabei das Tagebuch gefunden. Ralf kam auf die Idee, dass mit der alten Geschichte von dir und dem Professor viel Geld zu machen wäre. Und es hat ja auch zwei Jahre lang geklappt.«

»Bis Jaime hierher kam, um diesen Erpressungsspuk zu beenden. Er muss sich zu diesem Zweck mit dir verabredet, ein Treffen vereinbart haben.« Sauras sprach jetzt mit ruhiger Stimme, zu der er sich hörbar zwingen musste. »Doch sag mir zunächst, wie hat Jaime erfahren, dass ihr mich erpresst?«

»An dem Abend, als…«, Maurice stockte, »an dem Abend, als wir uns trafen, hat mir Jaime erzählt, dass er den Brief, den ich Ihnen nach Ralfs Verschwinden geschickt habe, geöffnet hat. Er dachte, dieser Brief aus Deutschland wäre die Antwort auf seine Bewerbung an einer Musikschule.«

»Und was stand in dem Brief an mich?«

»Ralf war vor einigen Monaten nach Mallorca gefahren. Er wollte Sie aufsuchen, um mehr Geld zu fordern. Als mein Bruder nicht mehr wiederkam, war klar, dass ihm etwas zugestoßen sein musste. Ich schrieb Ihnen und deutete an, dass Sie ihn vielleicht beseitigt haben könnten. Ich verlangte Geld dafür, dass ich meine Vermutung zurückhielt. Um meiner Forderung Nachdruck zu verleihen, listete ich in diesem Brief alles auf, was ich über die damalige Marburger Affäre wusste. Ich kündigte die Enthüllung dieser Geschichte an und drohte, die Polizei über das Verschwinden Ralfs zu informieren, falls Sie nicht zahlten.«

»Und wie hat Jaime hierher nach Eschwege gefunden? Du hast doch bestimmt nicht deine Adresse auf den Brief geschrieben.«

Maurice hob die Hände. »Weiß ich nicht. Auf einmal war er da.«

Gerhard mischte sich ein: »Jaime hat auf die gleiche Weise wie ich hierher gefunden. Er hat in Marburg in Ihrer Vergangenheit gestöbert und ist dabei auf Helene gestoßen, deren Spur er folgte und die ihn hierher führte.«

Sauras nickte, das hatte er verstanden. »So, und nun zu dem Abend, an dem du Jaime getötet hast.« Wie ein Fallbeil fielen die ruhigen Worte auf Maurice, der sich jetzt noch mehr in seinen Winkel verkroch und beide Hände wie zur Abwehr über den Kopf hielt. »Ich war es nicht«, schrie er, »es war ein Unfall. Ich habe ihn nicht getötet.« Trotzig bewegte sich Maurice ein Stück zur Seite und verbarg seinen Kopf zwischen den Armen. »Ich sage jetzt gar nichts mehr«, flüsterte er in sich hinein.

Sauras stand unbeweglich und zielte weiter mit der Pistole auf ihn. Er wartete noch einige Sekunden, dann sprach er: »Du glaubst, ich schieße nicht. Vielleicht meinst du gar, die Pistole ist nicht geladen. Schau her.« Er nahm einen dicken Wollpullover, der auf dem Schreibtisch lag, wickelte ihn um die Hand, die die Pistole hielt und zielte auf das Sofa. Trotz der Dämpfung durch das Kleidungsstück klang der Schuss laut durch den Raum. Aus einem der Sofapolster stoben Schaumstoffteilchen in die Luft.

Mit einem Schrei kroch Maurice zurück in seine Ecke und lehnte sich zitternd an die Zimmerwand. Sauras drehte sich um, die Pistole zeigte jetzt wieder auf Maurice.

»Also, wie war das an jenem Abend. Wie bist du mit Jaime zusammengetroffen?« Er trat einen Schritt vor und richtete die Waffe nach unten. »Sobald ich merke, du sagst nicht die Wahrheit, schieße ich dir in den Oberschenkel.«

»Nein, nicht, ich rede ja«, keuchte Maurice und steckte hastig die Beine unter seinen Körper. »Jaime hat mich angerufen. Er hat gesagt, er müsse mit mir reden. Er wisse, dass wir von seinem Vater Geld forderten und er wolle jetzt die Angelegenheit ein für alle mal aus der Welt schaffen. Er habe genügend Geld dabei, um uns zufrieden zu stellen.«

»Und wie wollte er erreichen, dass ihr nach dem Empfang des Geldes nicht mit der Erpressung weitermacht?«

»Er hatte ein Schreiben vorbereitet, in dem wir alles Bisherige gestehen sollten. Außerdem sollten wir versichern, nach dem Gelderhalt keine weiteren Forderungen mehr zu stellen. Das sollte ich unterschreiben.«

Sauras stöhnte auf: »Naiver Jaime. – Doch weiter. Ihr habt euch verabredet. Wo?«

»Jaime bestand darauf, uns in einem öffentlichen Gebäude zu treffen, in der Post oder etwas Ähnlichem. Ich habe ihm klar gemacht, dass an einem solchen Ort am helllichten Tag eine Aktion wie eine Geldübergabe viel zu auffällig ist. Wir haben uns dann auf ein Treffen bei Dunkelheit am Bahnhof Eschwege West geeinigt.«

»Einem Ort und Zeitpunkt, der zu deinem Plan, ihn umzubringen, passte.« Kurzzeitig zitterte die Hand, die die Pistole umschloss, dann hatte Sauras sich wieder gefangen. »Weiter. Ihr traft euch, was dann?«

Die auffordernde Bewegung mit der Waffe veranlasste Maurice, hastig weiterzusprechen: »Er hatte wirklich ein Schreiben dabei und wollte uns mit 5.000 Euro abspeisen.«

»Und?«

»Ich ging zum Schein darauf ein, ich brauchte dringend das Geld. Ich unterschrieb und schlug vor, die Geldübergabe einige Meter abseits im Dunkeln vorzunehmen. Also gingen wir bis zum Rand der Brücke, die über die Wehre führt.«

»Und dort hast du ihn erschossen.« Die Pistole beschrieb eine kreisförmige Bewegung, um dann in unmissverständlicher Drohgebärde den Bauch von Maurice zu fixieren. Dieser krümmte sich zusammen, bevor er gepeinigt schrie: »Nein, nein, da noch nicht. Ich hatte doch gar keine Pistole.«

»Natürlich nicht. Es war ja diese Waffe hier, meine eigene Armeepistole, mit der Jaime erschossen wurde.« Sauras trat zurück und bewegte die Hand. Dann zielte er wieder auf den am Boden Liegenden. »Wie bist du in den Besitz dieser Waffe gekommen?«

»Es war Notwehr«, stieß Maurice hervor. »Jaime wollte mich erschießen.«

»Hat er auf dich gezielt?«

»Nein, das nicht, ich habe ihm die Waffe vorher abgenommen.«

»Einfach so?«

»Ich hatte ein Messer dabei. Damit habe ich ihn in Schach gehalten, während ich ihn durchsuchte. Dabei fand ich die Pistole.«

»Weiter jetzt, ohne Unterbrechung, bis zu dem Zeitpunkt, an dem du ihn erschossen hast. Denk daran, die Wahrheit.« Sauras kniete sich seitlich neben ihn und hielt ihm die Waffe nahe an den Kopf. »Die Wahrheit«, forderte er nochmals.

Maurice Blick irrte im Zimmer umher, blieb an Helene heften. »Mutter«, flehte er.

»Erzähle, wie es war.« Gerhard, der das Verhör, das der Professor mit dem Mörder seines Sohnes anstellte, mit großer innerer Anteilnahme verfolgt hatte, war von der unvermuteten Härte in der Stimme Helenes überrascht.

Maurice versuchte, sich aus der Nähe der Waffe zu entfernen, aber seine Glieder versagten ihm den Dienst. Er sackte in sich zusammen, als wäre alle Muskelspannung mit einem Male aufgehoben. Unzusammenhängend und stotternd berichtete er mit brüchiger Stimme, wie er Jaime die Pistole abgenommen hatte, sich überzeugt hatte, dass sie geladen war und den Sicherungshebel, der noch vorgelegt war, zurückgeschoben hatte. Unter Bedrohung mit Messer und Pistole war Jaime von ihm gezwungen worden, über die Brücke und noch einige Meter auf dem Bahndamm zu gehen. Dort hatte er ihn solange in ein Gespräch verwickelt, bis er einen Zug nahen hörte. Dann, als er glaubte, der Lärm des vorbeifahrenden Güterzuges würde den Knall überdecken, hatte er den tödlichen Schuss abgefeuert. »Er stürzte hinunter – blieb unten liegen. – Ich musste runter zu ihm – das Schreiben, das ich unterschrieben hatte – das musste ich wieder haben – und das Geld – das Geld, das war das Wichtigste. – Ich nahm alles aus dem Portemonnaie, nur die Ausweispapiere ließ ich wegen des Abschiedsbriefes. – Dann gab ich ihm die Pistole in die Hand, dass es wie ein Selbstmord aussah…«

»Warum wurden keine Fingerabdrücke von dir gefunden?«

»Ich hatte Handschuhe an.«

»Verstehe. Weiter.«

»Ich schob ihm den Abschiedsbrief in die Tasche – dann bin ich ab – das war alles.« Maurice schaute mit angstgeweiteten Augen auf den Professor, der jetzt langsam aufstand.

»Das war alles«, flüsterte Sauras und strich sich über die geschlossenen Lider. Der gequälte Vater schüttelte den Kopf. »Und du wagst es, von Notwehr zu reden. Jaime wäre nie in der Lage gewesen, auf einen Menschen zu schießen, geschweige denn, ihn zu töten. Er wollte wirklich nichts anderes, als seinen Vater freikaufen. Er kam mit einem Schriftstück und einem lächerlichen Geldbetrag und glaubte, mit Menschen wie euch könne man einen Vertrag abschließen oder einen Pakt besiegeln wie mit Geschäftsleuten oder ehrenwerten Bürgern. Er kam mit gesicherter Pistole und da sprichst du von Notwehr. Vielleicht wollte er ja mit der Waffe seiner Forderung, das Schriftstück zu unterschreiben, Druck verleihen. Aber niemals hätte er geschossen. Du dagegen hast den Mord von vornherein geplant, hast einen geeigneten Ort bestimmt und hast, was mehr als alles andere deine Mordabsicht beweist einen vorbereiteten Abschiedsbrief zum Tatort mitgenommen.«

Sauras drehte sich, fassungslos den Kopf schüttelnd, um, so als sei ihm der Anblick des Mörders seines Sohnes unerträglich. Dann fiel ihm noch etwas ein: »Und was hättest du gemacht, wenn Jaime keine Pistole bei sich gehabt hätte? Wie hättest du dann einen Selbstmord vortäuschen wollen?« Wieder richtete er die Pistole auf den am Boden Kauernden. »Los, rede!«, herrschte er ihn an.

»Ich hatte vor, ihn bewußtlos zu schlagen - mit einem Stein.« Maurice stammelte mit weinerlicher Stimme. Offenbar war er am Ende seiner Kraft. »Dann hätte ich ihn auf die Bahnschienen gelegt - es hätte wie ein Selbstmord ausgesehen.«

»Mein Gott!« Der Professor ging zum Fenster und zog die Vorhänge zurück. Das helle Licht der Morgensonne fiel in Streifen ins Zimmer. Sauras hielt die Pistole gesenkt und schaute noch immer den Kopf ungläubig hin- und herbewegend auf Maurice, dessen Körper jetzt ein hemmungsloses Schluchzen erschütterte. Die Spannung der letzten Minuten bahnte sich nun seinen Weg und entlud sich mit elementarer Gewalt.

»Sag mir noch eins«, durchbrach Sauras nach einiger Zeit das Schweigen. »Der Abschiedsbrief, in perfektem Spanisch geschrieben, wie hast du das gemacht?«

Maurice hob den Kopf. Er hatte sich nun beruhigt, sein Blick zeigte keine Aggressivität mehr, die Angst war verschwunden. Er hatte sich sichtbar in sein Schicksal ergeben, fast schien es, als sei er froh, dass nun alles vorbei war. »Erinnern Sie sich an den ersten Brief unserer Geldforderung an Sie? Den haben wir auch in Spanisch geschrieben. Damals wussten wir noch nicht, dass Sie deutsch sprechen. Ein spanischer Bekannter in Kassel hat ihn uns übersetzt. Wir hatten ihm den deutschen Text zugemailt, er hat ihn ins Spanische übertragen und uns die Übersetzung zurückgemailt. So habe ich es auch mit dem Abschiedsbrief gemacht.«

Sauras nickte, nun war alles klar. »Jetzt wissen wir, wie Jaime ‚Selbstmord' verübt hat«, klagte er mit bitterer Ironie. »Ich habe nie daran geglaubt, dass er sich selbst umgebracht hat. Jaime hatte gerade seine Liebe zur Musik wiedergefunden, eine Liebe, die erwidert wurde. Die Musik gab im das Glück, auf das er solange verzichten musste. Eine solche Liebe verlässt man nicht freiwillig.«

Sauras hob die Pistole, die er noch immer in der Hand gehalten hatte, und ließ mit einem Klicken den Sicherungsbügel einschnappen. Dann steckte er die Waffe in die Jackentasche, öffnete die Glastür und trat hinaus ins Sonnenlicht. Gerhard, der zu ihm getreten war, fragte: »Was jetzt?«

Aber eine Antwort erübrigte sich. Das Geschehen, das sich vor ihnen abspielte, nahm ihnen eine Entscheidung ab.

Über den Maschendrahtzaun, über den auch schon Gerhard gestiegen war, kletterten zwei junge Polizisten und stürmten, die Pistolen im Anschlag, auf das Haus zu. Ein beleibter, bärtiger Polizeibeamter quälte sich ebenfalls über das Drahtgeflecht und kam gemessenen Schrittes hinterher.

»Bleiben Sie stehen und machen Sie keine Bewegung.«

Gerhard staunte: Die Polizistin, die mit gezückter Waffe vor ihm stand, war jene hübsche Blondine, die ihn bei seinem Besuch in der Polizeidirektion so charmant an der Wache empfangen hatte.

»Hallo«, lächelte er ihr zu und hoffte, dass das Heben der Mundwinkel nicht in die Kategorie Bewegung fiel.

Jetzt schien auch sie ihn erkannt zu haben. »Sie sind das.« Das freundliche Hallo ihrerseits und die Andeutung eines Lächelns verrieten, dass sie lieber mit den Menschen lachte, als ihnen mit dienstlich strenger Miene und der Waffe in der Hand gegenüberzustehen. Inzwischen war auch der dritte Polizist herangekeucht.

»Mensch, Heiner, was machst du denn hier?«, wunderte sich Oberkommissar Schröder, als er Gerhard sah.

»Erzähle ich dir gleich, Gunter. Aber erst solltet ihr hineingehen und euch um den jungen Mann dort drinnen kümmern. Er ist, wie er uns eben gestanden hat, der Mörder von Jaime Sauras.«

Die jungen Beamten stürmten ins Innere, Oberkommissar Schröder, Gerhard und Professor Sauras folgten ihnen.

Maurice Meunier saß noch immer in der gleichen Zimmerecke. Er hatte den Kopf an die Schulter seiner Mutter, die sich zu ihm auf den Boden gesetzt hatte, angelehnt und hielt die Augen halb geschlossen.

Helene sah auf die ungestüm eindringenden Polizisten, die angesichts des friedlichen Bildes nicht wussten, wohin sie ihre Pistolen richten sollten, und sagte ruhig: »Mein Sohn wird keine

Schwierigkeiten machen, er wird mit Ihnen gehen und für das, was er angerichtet hat, gerade stehen.«

Jetzt erst kam Gerhard dazu, Oberkommissar Schröder mit Francisco Sauras bekannt zu machen und von dem Vorgefallenen und dem Geständnis Maurice Meuniers zu berichten.

»Wie kommt es, dass die Polizei zufällig zum richtigen Zeitpunkt auf der Bildfläche erschienen ist?«, wollte Gerhard wissen.

»Nein, nein, wir sind alles andere als zufällig hier. Man hat uns gerufen. Ein Nachbar sah erst eine Person über den Zaun steigen und von hinten ins Haus eindringen. Später hörte er einen Schuss im Innern. Deshalb haben wir uns ja auch, eine Gewalttat befürchtend, von der Rückseite des Hauses herangeschlichen, um uns von dort Zutritt zu verschaffen. Dass wir von euch auf der Terrasse empfangen würden und uns im Innern ein Mörder samt Geständnis erwartete, war nicht vorauszusehen.« Oberkommissar Schröder nickte mit dem Kopf zu Maurice hin und ordnete seinen Beamten an: »Nehmt ihn schon mal mit ins Auto – wir kommen gleich nach.« Offenbar in Erinnerung an die schweißtreibende Überquerung des Maschendrahtzaunes fügte er hinzu: »Aber zum Vordereingang hinaus.«

Die Polizisten forderten Maurice auf, sich zu erheben. Als er sich mühsam aufgerichtet hatte, legten sie ihm Handschellen an. Helene, die weiter am Boden sitzen blieb, blickte verloren vor sich hin. Gerhard hatte das Gefühl, auf ein Vögelchen zu sehen, das gerade aus dem Nest gefallen war und von dem man wusste, dass es ohne Hilfe verloren war.

Ähnlich musste es auch Francisco Sauras empfunden haben, als er jetzt zu Helene hintrat, ihr beide Hände entgegenstreckte und sie mit der Leichtigkeit, als hätte er eine Stoffpuppe gefasst, zu sich hochzog. Mit sanftem Unterfassen ihres Armes führte er sie zurück an den Tisch und setzte sie behutsam wieder auf den Stuhl, auf dem sie auch vorher gesessen hatte.

Maurice, der von den beiden Polizisten gerade aus dem Raum geführt wurde, drehte sich nochmals um. Er richtete den

Blick auf Sauras und deutete mit seinen gefesselten Händen zu ihm hin. Mit schwacher, aber für alle gut verständlicher Stimme, forderte er Oberkommissar Schröder auf: »Fragen Sie ihn, was er mit meinem Bruder gemacht hat! Ralf hat ihn vor einigen Monaten in Mallorca besucht und ist seitdem verschwunden. Fragen Sie ihn, ob er ihn getötet hat!«

Mit einer Handbewegung forderte Schröder die Polizisten auf, Maurice abzuführen und draußen zum Wagen zu bringen. Dann drehte er sich zu Sauras um und fragte: »Und, was sagen Sie dazu?«

»Ich nehme an, dass ich jetzt mit zur Polizeistation kommen muss«, vermutete Sauras. Mit einem hinweisenden Blick auf die teilnahmslos am Tisch sitzende Helene, der er offensichtlich das, was er zu sagen hatte, ersparen wollte, fügte er hinzu: »Ich werde dort diesbezüglich eine ausführliche Aussage machen.«

Francisco Sauras beugte sich zu Helene hinunter, legte ihr die Hand auf die Schulter und sprach sie leise, aber eindringlich an: »Für mich, Helene, ist der heutige Tag ein Neubeginn und das Ende einer Lebensphase, in der ich meiner eigenen Zerstörung sehr nahe gekommen war. Aber bevor ein Schiff wieder Fahrt aufnimmt, muss aller Ballast, der es bremst, abgeworfen werden. Ich bin dazu bereit, gleichgültig welche Folgen es für mich hat. Ich wollte, es würde auch dir gelingen, einen Neuanfang zu schaffen. Wenn ich dir dabei irgendwie helfen kann, will ich es gerne tun.«

In einer Geste zaghafter Zuversicht legte Helene ihre Hand auf die seine, die noch immer auf ihrer Schulter ruhte. »Danke, Francisco. Ich bin gerade dabei, einen ersten entscheidenden Schritt in diese Richtung zu machen.« Sie wandte den Kopf zu Gerhard. »Wir gehen doch noch zu dem vereinbarten Vorstellungsgespräch bei der Drogenberatung?«

Gerhard zuckte mit den Schultern. »Von mir aus auf jeden Fall, aber ich nehme an, dass mich der Oberkommissar für eine Aussage und fürs Protokoll brauchen wird?«

Schröder fragte: »Wann ist denn der Termin?«

»Um elf Uhr. Es ist zwar jetzt schon etwas später, aber ich nehme an, es wird noch gehen.«

»Und du musst da mit, Heiner?«

»Ja, unbedingt!« Eine Kopfbewegung zu Helenes kraftloser Gestalt ließ auch Oberkommissar Schröder die Notwendigkeit einer Begleitung erkennen. »Gut, Heiner, machen wir folgendes: Du nimmst zusammen mit Frau Meunier den vereinbarten Termin wahr. Danach erwarte ich dich auf der Polizeistation. Klar?«

»Einverstanden, Gunter.«

»Professor Sauras, Sie muss ich bitten, mich jetzt gleich auf die Polizeistation zu begleiten. – Und Sie, Frau Meunier«, er wandte sich an Helene, »können nach dem Beratungsgespräch in Ihre Wohnung zurückkehren. Sollte ich noch Fragen haben, werde ich Sie aufsuchen.«

Nachdem die Polizei das Haus verlassen hatte, rief Gerhard bei der Drogenberatungsstelle an. Man forderte ihn auf, doch gleich zu kommen. Der Beratungstermin sei noch offen gehalten. Gerhard bat Helene, vor der Eingangstür zu warten. Er würde mit dem Auto, das er nur einige Meter entfernt geparkt hatte, vorfahren.

Die grüne Uniform des Mannes, der um seinen Wagen strich, veranlasste Gerhard, seinen Schritt zu beschleunigen.

»Hallo, Winfried«, rief er schon von weitem dem städtischen Hilfspolizisten zu, einem Fußballkollegen aus der Alt-Herren-Mannschaft. Winfried Bayers Kopf, der vergeblich nach einem Parkschein gesucht hatte, schoss nach oben. Er schien eine Falle, Bestechung, Anbiederung zu wittern. Dann aber erkannte er seinen Sportkameraden. »Hallo, Heiner. Na, mal wieder zu eilig gehabt, einen Parkschein zu ziehen?«

»Du wirst es mir nicht glauben, Winfried, aber ich war in höchster Not. Es ging darum, einen Mord zu verhindern.«

Der Blick, mit dem der Hilfspolizist Gerhard ansah, sprach Bände. »Und, ist es dir gelungen?«, fragte er sarkastisch.

»Ja, Gott sei Dank wurde nicht geschossen. Stattdessen gelang es, einen früheren Mord aufzuklären.«

Ein mehrmaliges Tippen mit dem linken Zeigefinger gegen die Stirn unterstrich die Worte Winfried Bayers: »Ich muss mir täglich eine Menge Ausreden anhören, wenn die Leute mir erklären, warum sie ihre Parkzeit nicht einhalten konnten. Aber so etwas hat mir noch keiner anzudrehen versucht.«

Er setzte sich in Bewegung. »Sei froh, dass du ein Tarnkappenauto besitzt.«

»Tarnkappenauto?«

»Ein Auto, das man nicht sieht. Ich jedenfalls habe es nicht gesehen«, sagte Winfried und schritt zum nächsten Falschparker. Schnell stieg Gerhard in seinen Wagen und schloss geräuschlos die Tür. Dann scherte er langsam aus der Parkreihe, vorsichtig darauf bedacht, seine Tarnkappe nicht zu verlieren und fuhr die wenigen hundert Meter zu dem Haus, vor dem Helene auf ihn wartete.

23

Knapp zwei Stunden später betrat Gerhard die Polizeidirektion. Der Beamte an der Wache, dem er mitteilte, dass er mit Oberkommissar Schröder verabredet sei, fragte: »Sind Sie Herr Gerhard?«

Als er bejahte, informierte ihn der Polizist, dass er im Dienstzimmer von Hauptkommissar Montag erwartet würde. Ob er wisse, wo Montags Büro liege?

Gerhard nickte und machte sich auf den Weg, den er vor einigen Wochen schon einmal gegangen war. Damals hatte der Fall Sauras – jetzt konnte er ihn getrost so bezeichnen – gerade erst begonnen, sein Leben zu tangieren. Ein unaufhaltsamer Drang war seinerzeit in ihm geweckt worden, weiter einzudringen in das Geflecht von Unerklärbarkeiten, das sich um den Tod Jaimes rankte. Damals hatte er als Rechtfertigung für seine

Nachforschungen die zweifelhafte Begründung angeführt, dadurch Francisco Sauras von einer quälenden Schuld befreien zu können. Nun schien das tatsächlich eingetroffen zu sein. Mit der Aufklärung des Mordes und der Offenlegung der Vorkommnisse in Marburg war dem Professor eine Last genommen, die schwer auf ihm gelegen und ihn zu ersticken gedroht hatte.

Hauptkommissar Karl Montag begrüßte den Freund mit offenen Armen und pathetischen Worten: »Ah, da kommt ja Superinspektor Gerhard, der Laie, der der Polizei um Nasenlängen voraus ist. So etwas gibt es eigentlich nur in Kriminalromanen. Aber bei uns in Eschwege scheint diese gefürchtete Konstellation Realität geworden zu sein.«

»Nun mach mal halblang, Charly. Ich war halt neugierig, und dazu hartnäckig. Der typische unausgelastete Pensionär, der seinem Dickkopf folgt und sich durch rationale Einwände von dem, was er vorhat, nicht abbringen lässt. Doch wo ist Gunter? Er wollte sich hier mit mir treffen. Ich nehme an, dass ich eine Zeugenaussage machen soll?«

Statt zu antworten griff Montag zum Telefon:

»Gunter, wie weit seid ihr mit Maurice Meunier?«

Er hörte eine Weile dem, was Gunter berichtete, zu. Schließlich sagte er: »Gut, dann komm bitte herauf zu mir. Und bring den Professor mit. Heiner ist soeben gekommen.«

Er legte auf und wandte sich Gerhard zu. »Maurice hat alles gestanden. Der Selbstmord von Jaime Sauras ist jetzt ein Mordfall geworden. Seit wann warst du dir denn sicher, dass der Suizid nur vorgetäuscht war?«

»Sicher eigentlich nie, bis zum Schluss nicht. Ich hatte lediglich das Gefühl, ein starkes Gefühl allerdings, dass etwas nicht stimmte in dieser Selbstmordinszenierung. Er gab zu viele Seltsamkeiten, zu viele Hinweise, dass sich etwas Dubioses in der Familie Sauras abspielte. Mir leuchtete einfach nicht ein, dass die Depressionen Jaimes ausgerechnet in Eschwege so übergroß geworden sein sollten, dass er sich hier auf dem Bahndamm eine Kugel in den Kopf schoss. Nun, und deshalb habe ich nachgeforscht und bin fündig geworden. Wie gesagt, reine Neugier und Dickköpfigkeit.«

Oberkommissar Schröder trat in Begleitung von Francisco Sauras ins Zimmer. Noch bewegt von dem gerade durchgeführten Verhör verkündete er: »Wir haben alles schriftlich, ein komplettes Geständnis von Maurice Meunier. Er hat das, was du mir vorhin erzählt hast, Heiner, voll bestätigt. Zwei Beamte, die ich noch einmal in die Wohnung im Alten Steinweg geschickt habe, fanden im obersten Stock einen Computer mit der gespeicherten E-Mail-Korrespondenz des Abschiedbriefes. Auch Jaimes sogenannten Vertrag haben wir, von Maurice unterschrieben, in diesem Zimmer gefunden.«

Er machte eine kurze Pause, in der die Erschöpfung, aber auch seine Genugtuung spürbar wurde.

»Nun fehlt uns nur noch die Aufklärung über das angebliche Verschwinden von Ralf Meunier, die uns Professor Sauras versprochen hat. Aber vorher, Heiner, würde mich noch interessieren – und ich nehme an, Charly und den Professor auch – wie du es geschafft hast, die Spur zu Helene bis hierher in unsere Stadt zu verfolgen.« Schröder schaute zu Hauptkommissar Montag, der zustimmend nickte, während Francisco Sauras Gerhard lebhaft ermunterte: »Ja, ja, das würde mich sehr interessieren, bitte, erzählen Sie.«

Und so erzählte Gerhard, er wusste nicht zum wievielten Mal, die Geschichte seiner Nachforschungen. Er schilderte die Stationen des Weges, den er beschritten hatte, einen Weg, der ihn von Andratx über Marburg, Kirchhain und Treysa schließlich nach Eschwege geführt hatte. Während beide Kommissare aufmerksam zuhörten, hing Sauras regelrecht an seinen Lippen, vor allem, als er von seinen Marburger Begegnungen berichtete. Ein um das andere Mal unterbrach er die Erzählung mit einem Ausruf, der einer auftauchenden Erinnerung, einem Wiederkennen entsprang. »Der alte Burmeister, lebt der noch?« »Elisabeth Conradi – nein, Sie haben vierhändig mit ihr gespielt? Köstlich!« »Sieh an, meine Schülerin Nicole Burmeister unterrichtet jetzt selbst.«

Gerhard schloss seinen Bericht: »Es war dann nicht mehr schwer, das gestrige Auftauchen des Professors in Eschwege als zielgerichtet und nicht zufällig zu erkennen. Und das Ziel konnte nur Helene sein. Also eilte ich in einiger Sorge heute Morgen zu ihrem Haus und sah, dass ich mich nicht geirrt hatte. Das war's, was ich zu berichten habe. Das weitere wisst ihr und habt es zum Teil selbst miterlebt.«

»Kompliment, Heiner, das war saubere Recherche«, lobte Montag. »Soll ich mich dafür verwenden, dich als Sonderermittler für schwierige Fälle bei uns einzustellen?«

»Um Gottes Willen, nein. Meine wundervolle Pensionärsfreiheit gebe ich nicht auf.«

Montag drehte sich zu Sauras: »So, und nun, Herr Professor, wäre es, glaube ich, an der Zeit, uns zu erklären, was sie über Ralf Meunier wissen, der, wenn ich das richtig verstanden habe, Ihr Sohn aus der Beziehung mit Helene ist. Über ein Verschwinden dieses Ralf, so wie es sein Bruder Maurice angedeutet hat, ist uns nichts bekannt. Eine Vermisstenanzeige liegt nicht vor. Also, wenn Sie uns bitte sagen könnten, was Sie davon wissen!« Er machte eine auffordernde Handbewegung und lehnte sich erwartungsvoll in seinem Schreibtischsessel zurück.

»Haben Sie etwas dagegen, Herr Professor, wenn wir ein Tonband mitlaufen lassen?«, fragte der Oberkommissar. Francisco Sauras verneinte mit einem Kopfschütteln und begann, nachdem Schröder das Gerät eingeschaltet hatte, zu erzählen:

»Ich kann mir vorstellen, dass es Ihnen schwer fällt, nachzuvollziehen, warum ich mir die Qual der letzten Monate – und ich kann Ihnen versichern, es war eine zerstörerische Qual – angetan habe, nur um einen lange zurückliegenden Ehebruch und ein Verhältnis mit einer Minderjährigen nicht publik werden zu lassen. Sie werden sich fragen, warum ich mich den Erpressern nicht entgegengestellt habe. Ihnen nicht mit einer Anzeige gedroht oder die Polizei eingeschaltet habe. Ich kann Ihnen sagen, dass ich in zunehmendem Maße daran gedacht habe, genau dies zu tun, um mich nicht weiter von meinem eigenen Sohn erpressen lassen zu müssen. Ich war bereit, auch wenn es sehr schmerzlich sein würde, Alicia alles von Helene und mir zu gestehen. Auch von dem aus dieser Beziehung hervorgegangenen gemeinsamen Sohn, von dem ich so spät erst erfahren habe. Ich war bereit, die rechtlichen Konsequenzen, die aus dem damaligen Intimverhältnis mit einer Vierzehnjährigen erwachsen konnten, auf mich zu nehmen. Ich war entschlossen, keine weiteren Zahlungen mehr zu leisten, um das finanzielle Desaster, das sich anbahnte, noch abzuwenden. Soweit also war ich, gewillt mich nicht weiter demütigen zu lassen, als Ralf, mein Sohn und Erpresser, mich unerwartet in Andratx aufsuchte.«

Tiefe Atemzüge hoben und senkten jetzt Sauras Brust. Er versuchte, seiner Gefühle Herr zu werden. Das Bild dieses damaligen Tages schien vor seinem inneren Auge zu erstehen und wirklich, er schloss die Lider für einige Sekunden, bevor er fortfuhr.

»Ich weiß nicht, ob Sie mir glauben. Aber in dem jungen Mann, der an einem heißen Spätsommernachmittag unangemeldet vor meiner Tür stand, habe ich sofort meinen Sohn, den ich noch nie gesehen hatte, erkannt. Es war mein eigenes Gesicht, das, zwar gezeichnet durch die Drogen, aber doch unverwechselbar, mich ansah. Lediglich die rotblonden Haare waren ein Erbe seiner Mutter. Ralf musste bemerkt haben, dass ich ihn erkannt hatte, denn er begrüßte mich, ohne sich vorzustellen, mit einem ‚Hallo, Vater.'»

Sauras ging jetzt im Zimmer auf und ab. Die Erregung, die während seiner Ausführungen immer größer geworden war, ließ ihn nicht mehr auf einer Stelle verharren. »Alicia war an diesem Nachmittag außer Haus, würde aber in zwei Stunden zurückkommen. Um ein Zusammentreffen mit Ralf zu vermeiden, führte ich ihn in den Garten, in dem auf einer Anhöhe ein kleiner Pavillon steht, den Alicia und ich gelegentlich benutzen, um dort unseren Kaffee einzunehmen. Vor dem Gartenhäuschen, zu dem eine an den Seiten mit Natursteinen eingefasste Treppe führt, ist eine winzige Terrasse angelegt, gerade groß genug, um einen Tisch und einige Stühle aufzustellen. Dort standen wir, als ich Ralf die Frage stellte, deren Antwort ich im Grunde schon im Voraus wusste. Ich fragte, was er von mir wolle. Wie erwartet lautete seine höhnische Antwort »Geld«. Ich will Ihnen die Einzelheiten unseres unerfreulichen, beschämenden Gespräches – immerhin zwischen Vater und Sohn – ersparen. Ralf verlangte eine einmalige, sehr hohe Geldzahlung mit dem Versprechen, dass damit die Erpressungen für immer aufhören sollten – einer Zusicherung, der ich natürlich nicht glaubte. Auch war die geforderte Geldsumme dermaßen hoch, dass ich sie, selbst wenn ich es gewollt hätte, gar nicht zahlen konnte. Auf meine Einlassung, dass ich nicht zahlen könne und wolle und auch in Zukunft nicht mehr bereit wäre, den Erpressungsforderungen nachzukommen, griff mich mein eigener Sohn, der sichtbar unter Drogenwirkung stand, unvermittelt an. In einer plötzlichen Attacke legte er mir den Arm um den Hals und würgte mich. Um mich von dem Druck seines Armes auf meine Kehle zu befreien, stieß ich, in Todesfurcht zu ersticken, ihn mit aller Kraft von mir und versetzte ihm gleichzeitig mit dem Knie einen Tritt in den Leib. Unter dieser massiven Gegenwehr ließ Ralf meinen Hals augenblicklich los, stolperte und fiel, offensichtlich durch den Einfluss des Rauschgiftes nicht in der Lage, seine Bewegungen zu koordinieren, rückwärts die Steintreppe hinunter. Sofort als ich wieder zu Atem gekommen war, eilte ich zu ihm. Er lag regungslos am Fuß der Treppe. Sein Kopf war gegen die scharfkantigen Randsteine geschlagen. Aus einer klaffenden Wunde im Schläfenbereich war Blut auf den Boden gelaufen. Auch wenn die Verletzung als erstes ins Auge fiel, der zweite Blick auf die unnatürliche Kopfhaltung verhieß Schlimmeres: Ralf hatte sich, das war mir auch als Laie sofort klar, bei seinem Sturz das Genick gebrochen. Er war tot. Ich, sein Vater, hatte ihn, wenn auch unbeabsichtigt, mit meinen eigenen Händen umgebracht.«

Es fiel Sauras augenscheinlich schwer, weiterzureden. Er musste sich zwingen, auch den Rest zu berichten. Er fasste sich jetzt kurz, er wollte es hinter sich haben. »Ich wusste nicht, was ich tun sollte. Man muss erst in einer solchen Situation gewesen sein, um nachempfinden zu können, wie wenig vernünftiges Denken und Handeln nach einer solchen Tat noch möglich ist. Ich war vollkommen verwirrt, hatte nur den einen Wunsch, das Geschehene vor Alicia zu verbergen. Ich schleppte Ralf die Treppe hinauf, zog ihn über die Terrasse und legte ihn in den neben dem Pavillon befindlichen Geräteschuppen. Dann – mehr instinktiv als bewusst – beseitigte ich die Blutspuren, die beim Anprall des Kopfes und dem Schleifen des Körpers entstanden waren.

Der Rest des Tages und auch der folgende Tag waren das Schrecklichste, das ich je erlebt habe. Jeden Augenblick erwartete ich, dass jemand auftauchte und nach Ralf fragte, rechnete damit, dass die Polizei erschien und meine Tat entdeckte. Als jedoch auch nach zwei Tagen niemand Ralf zu vermissen schien, keimte in mir der Gedanke auf, dass möglicherweise keiner wusste, wohin Ralf gegangen war. Von da an war ich geradezu besessen von der Idee, den Toten verschwinden zu lassen, als könnte ich mit der Beseitigung des Leichnams auch meine Tat aus der Welt schaffen.

Am folgenden Tag, als ich Alicia für einige Stunden in Palma wusste, vergrub ich meinen toten Sohn im Garten. Seine Geldbörse, die ich ihm vorher abgenommen hatte, enthielt neben anderen persönlichen Dingen auch seine Wohnadresse in Eschwege. So kam es, dass ich, als ich später von Jaimes Tod ausgerechnet in der Nähe von Eschwege erfuhr, sofort einen Zusammenhang mit dem Treiben der erpresserischen Brüder vermutete. Deshalb war mir sein Selbstmord von Anfang an fragwürdig erschienen.«

Sauras schwieg nun einen Moment. Er sah die beiden Kommissare an, sein Blick war offener, befreiter geworden. Er breitete seine Arme aus, als wolle er seine Wehrlosigkeit zeigen, und fuhr fort: »Nun kennen Sie den Grund, der Maurice in die Lage versetzte, mich auch weiterhin zu erpressen. Mit dem von mir verschuldeten Tod seines Bruders, den er freilich nur vermutete, ohne Einzelheiten zu kennen, war meine Erpressbarkeit gestiegen. Dazu kamen die eigenen Schuldvorwürfe, die ich mir machte; die sich in mich einfraßen und mich langsam zu zerstören drohten.

Als Jaime dann starb und sein Tod in Eschwege auf einen Zusammenhang mit den Erpressungen hindeutete, wurde mir mit einem Mal klar, dass es so nicht mehr weitergehen konnte. Ich würde unweigerlich auf meine eigene Vernichtung hinsteuern, wenn ich mich weiter willenlos meinem Schicksal ergab. Ich erkannte, dass ich jetzt eine letzte Chance bekam, eine endgültige Klärung herbeizuführen. Ich musste einen definitiven Schlussstrich unter diese schmutzige Angelegenheit ziehen, wollte ich noch verhindern, dass mein Leben vollständig aus der Bahn lief.

Ich fuhr nach Eschwege, unentschlossen noch, wie ich dort vorgehen wollte. Erst als ich mit Herrn Gerhard am Bahndamm stand, an der Stelle, an der Jaime gestorben war, kam mir der Gedanke, wie ich verfahren konnte. Anfangs war ich mir nicht sicher, ob ich überhaupt in der Lage sein würde, mein geplantes Vorhaben zu realisieren. Einen Tag und eine Nacht habe ich mich mit Zweifeln herumgequält und mich erst am nächsten Morgen zu einem Entschluß durchringen können: Ich wollte Maurice, in dem ich von Anfang an Jaimes Mörder vermutete, mit der Waffe gegenübertreten und ihn zu einem Geständnis zwingen. Ich wollte ihn schließlich mit diesem Geständnis der Polizei übergeben und dabei selbst die eigene Schuld offen legen. Ich war bereit, die Verantwortung für meine Taten und die daraus erwachsenden Folgen zu übernehmen.«

Dann schien ihm noch etwas wichtig, das er klar stellen wollte: »Ich habe, das müssen Sie mir glauben, nie die Absicht gehabt, Maurice zu erschießen. Weder wesensmäßig noch von meiner religiösen Einstellung her wäre ich einer solchen Tat fähig.«

Sauras hielt inne, es war ihm anzusehen, dass ihn die Ereignisse der letzten Stunde erschöpft hatten. Müde setzte er sich auf einen Stuhl. Er hielt den Kopf gesenkt, als erwarte er einen Urteilsspruch.

In stillem Einvernehmen sahen Montag und Schröder sich an. Schließlich räusperte sich der Hauptkommissar: »Herr Professor Sauras, es wird Ihnen klar sein, dass das, was Sie uns soeben berichtet haben, überprüft werden muss. Bis diese Überprüfung abgeschlossen ist, werden Sie der Polizei zur Verfügung stehen müssen.«

Sauras blickte auf: »Das heißt, dass Sie mich hier behalten werden?«

»Ich fürchte, ja. Bis wir Näheres über den Tod Ralfs, an dem Sie mitbeteiligt waren, wissen. Ich nehme an, dass Sie sehr schnell der spanischen Polizei überstellt werden, vielleicht schon morgen. Vorrangig wird jetzt ein Ortstermin in Ihrem Haus in Andratx sein, um die dortigen Spuren zu sichern und den Leichnam zu exhumieren.«

»Ja, ich verstehe.« Sauras nickte vor sich hin, dann sah er auf. »Ich habe eine Bitte. Vielleicht könnten Sie diese auch der spanischen Polizei weitergeben. Ich möchte, dass Sie meiner Frau nichts über die Gründe meiner Festnahme mitteilen. Sie soll aus meinem Mund das, was gewesen und geschehen ist, erfahren. Dies ist die letzte, schwere Last, die ich noch abwerfen muss.«

Montag sicherte dem Professor zu, seinen Wunsch soweit wie möglich zu berücksichtigen und auch die spanischen Kollegen über seine Bitte zu informieren.

Als Oberkommissar Schröder mit Francisco Sauras zur Tür ging, streckte der Professor Gerhard die Hand hin. »Unsere beiden Leben haben sich in den letzten Wochen so eng berührt, dass es schade wäre, wenn diese Verbindung so abrupt abreißen würde. Ich hoffe, wir sehen uns wieder, Herr Gerhard.«

»Das kann schon sehr bald sein, Herr Professor. In der nächsten Woche bin ich auf Mallorca. Ich will versuchen, dann Kontakt mit Ihnen aufzunehmen.«

»Das würde mich sehr freuen. Besuchen Sie mich, wo auch immer ich mich befinden werde. *Hasta pronto,* Herr Gerhard.«

»*Hasta pronto,* Professor.«

Nachdem Sauras das Zimmer verlassen hatte, stand Gerhard eine Weile unbeweglich im Raum. Ein Gefühl der Leere breitete sich in ihm aus, eine Empfindung, wie er sie von Prüfungen her kannte, wenn nach erfolgreichem Bestehen alle Spannung den Körper verlässt und nur eine stille Erschöpfung statt des vorher ausgemalten Jubelgefühls zurückbleibt.

»Das war's wohl«, konstatierte Gerhard schließlich.

»Ja, der Rest ist Routine. Man wird leicht an Hand der Verletzungen des exhumierten Toten und der Blut- und Gewebsspuren auf den Steinen und der Treppe feststellen können, ob Sauras die Wahrheit gesagt hat, wovon ich persönlich überzeugt bin. Wenn man ihm dann seine Notwehrsituation glaubt, wird höchstwahrscheinlich noch nicht einmal eine Anklage wegen fahrlässiger Tötung erhoben. Und auch die alte Geschichte mit der Minderjährigen, von der wir wissen, dass in Wirklichkeit er der Verführte und nicht der Verführer war, dürfte keine rechtlichen Konsequenzen mehr nach sich ziehen. Und weißt du was, Heiner? Mich würde es sogar freuen, wenn er straffrei ausgeht. Der Professor ist so gar nicht der Tätertyp. Eher jemand, der von einer Kalamität in die nächste stolpert. Für den das Schicksal jede Menge Fettnäpfchen aufgestellt hat, in die er bereitwillig tritt.«

»Er hat für das Wenige, was ihm angelastet werden kann, übermäßig gelitten. Ich möchte ihm wünschen, dass er jetzt endlich zur Ruhe kommt.« Nach einem Moment der Stille klatschte Gerhard in die Hände. »Charly, braucht Ihr mich noch? Wenn nicht, würde ich gerne gehen.«

»Du wirst noch das Zeugenprotokoll unterzeichnen müssen, das Gunter schreiben wird. Aber das hat bis Anfang nächster Woche Zeit. Komm, bevor du nach Mallorca fährst, deswegen kurz vorbei. Ansonsten, vielen Dank, Heiner, für deine Mitwirkung und Hilfe in diesem Fall.« Karl Montag gab Gerhard die Hand.

»Okay, Charly. Dann wisst Ihr wenigstens in Zukunft, an wen ihr euch wenden könnt, wenn ihr nicht mehr weiter kommt.«

»Dir wird etwas fehlen«, mutmaßte der Hauptkommissar, als sie zur Tür gingen. »So ganz ohne die Nachforschungen und Spurensuche, an die du dich in den letzten Wochen so gewöhnt hast.«

»Himmlische Ruhe wird wieder in meinem Leben einkehren«, schwärmte Gerhard.

»Langweiliger Pensionärsalltag: Wie ich dich kenne, gibt's morgens Bach und abends Kneipe und dazwischen den Gang durch die Wälder.«

»Und ein bisschen Franziska, überall und immer mittendrin. – Aus dir spricht nur der Neid, Charly. Du kannst dir den Tag nicht so frei einteilen, wie ich das tue. Und wenn dann in deinem öden Polizeialltag endlich mal ein interessanter Fall ansteht, dann löst ihn dir ein pensionierter Laie.« Lachend verließ Gerhard den Raum und die Polizeidirektion.

24

Er war noch beim samstagmorgendlichen Frühstück, kaute an dem überknusprigen Brötchen, das er aus dem Backofen zu nehmen vergessen hatte, als Franziska anrief.

»Guten Morgen, Heinrich«, flötete sie.

»Moinaiska«, nuschelte er mit dicken Backen.

»Aha, der Herr speist. Es spricht nicht für die Manieren des Herrn, wenn er mit vollem Mund spricht.«

»Was will ich denn machen, wenn ich auf einem hartgebackenen Brötchen kaue und das Telefon klingelt«, wendete er in jetzt wieder verständlicher Sprache ein. »Wenn ich nicht abhebe, bin ich unhöflich. Wenn ich abhebe und mit vollem Mund antworte, habe ich keine Manieren – wie soll ich aus dem Dilemma nur herauskommen?«, stöhnte er.

»Indem du mir zum Beispiel etwas ganz Liebes sagst.«

»Ich vermisse dich, Franziska.«

Ein vergnügliches Glucksen erklang am Göttinger Leitungsende, dann kam die Absolution. »Dem Herrn kann Pardon gegeben werden. Er mag auch in Zukunft den Mund so voll nehmen wie er mag, wenn er nur anschließend so schöne Sprüchlein von sich gibt.«

»Danke, danke. – Doch jetzt, Franziska, möchte ich gerne wissen, was mir die Ehre deines frühen Anrufs verschafft?«

»Denk doch einfach, ich hätte Sehnsucht nach dir.«

»Gut, gut.« Frauen waren unersättlich, wenn es um Zärtlichkeiten, auch wenn es nur verbale waren, ging. »Und außerdem?«

»Außerdem fiel mir ein, dass du noch gar nicht weißt, wann in der nächsten Woche unser Flug nach Mallorca geht. Wir fliegen am Donnerstag um 14.30 Uhr von Erfurt aus. Der Bus, der die Reisenden einsammelt und anschließend zum Flughafen bringt, fährt über Eschwege. Du kannst also dort zusteigen. Die genaue Zeit und den Treffpunkt teile ich dir am Mittwoch mit. – So, das war das Dienstliche. Jetzt erzähle mir etwas aus deinem bewegten Detektivleben. Gibt es irgendetwas Neues in der Sache Sauras?«

»Das kann man wohl sagen«, und da ihm Franziska in ihrer unstillbaren, weiblichen Neugier keine Ruhe ließ, berichtete er ihr in groben Zügen über die Entwicklung und Lösung des Mordfalles. Stolz schloss er seinen Bericht: »Und dann hat die Polizei sich bei mir für meine entscheidende Mitwirkung bedankt.«

»Mann oh Mann! – Mein Mann«, hauchte Franziska ehrfürchtig. »Aber wie kommst du jetzt nach deinem Heldendasein in den Niederungen des Bürgerlebens zurecht?«, wollte sie nicht ohne Ironie wissen.

»Ach, weißt du, Bürger Heinrich hat noch einiges zu tun. Zum Beispiel erwartet er gleich Besuch. Gerlinde kommt.«

»Gerlinde kommt?«

»Gerlinde kommt! Gerlinde Kramer aus Treysa, die Arzthelferin. Du erinnerst dich?«

»Und ob. Das ist doch die mit dem üppig proportionierten Körper?«

»Nun ja, das auch, aber...«

»Bleibt Gerlinde vielleicht über Nacht?«

»Ich habe ihr das große Haus angeboten; sollte ich das nicht? Am Sonntag fährt sie doch schon wieder zurück nach Treysa.«

»Zwischen Samstag und Sonntag liegt eine ganze Nacht und du befindest dich gerade im gefährlichen dritten Frühling. Wenn Gerlinde kommt, kommt auch Franziska. Bis gleich!«

Gerhard hielt das Telefon noch eine Weile verblüfft in der Hand, dann setzte er lächelnd sein Frühstück fort. Eine eifersüchtige Frau ist immerhin eine liebende Frau; schön, das zu wissen, dachte er.

Zur Wiederaufnahme seines gewohnten Tagesrhythmus kam er jedoch heute nicht, denn gerade, als er mit dem Klavierspielen beginnen wollte, fuhr Gerlinde Kramer auf den Hof.

Er ging ihr entgegen, um sie zu begrüßen. In der Tat, Gerlinde Kramer war ein wohltuender Anblick. Gerhard war sich sicher, dass Franziska, wenn sie Gerlinde sah, sich augenblicklich zu ihrem spontanen Entschluss gratulieren würde, aus ihrer Zweisamkeit einen Anstandsdreier zu machen. Gerlindes sportliche Kleidung betonte nicht nur ihren sehenswerten Körper, sondern vermittelte auch den Eindruck, dass sie gekommen war, um etwas zu bewegen. Ihre Energie und Vitalität signalisierte ihre Bereitschaft, das Problem aktiv anzupacken.

»Guten Morgen, Dr. Gerhard. Hier bin ich. Von mir aus können wir gleich loslegen.«

»Langsam, langsam«, lachte er »Ich habe Sie so früh noch gar nicht erwartet. Ich rechnete erst am späten Vormittag oder gegen Mittag mit Ihnen. Jetzt können wir sowieso nichts unternehmen, denn Helene ist heute Morgen noch einmal zur Drogenberatungsstelle bestellt. Deshalb schlage ich vor, Sie kommen erst einmal herein.« Er nahm ihr die Sporttasche ab, die sie vom Rücksitz ihres Wagens gehoben hatte, und führte sie ins Haus. »Ich zeige Ihnen erst Ihr Zimmer und das Bad. Während Sie sich einrichten, koche ich Kaffee und backe ein paar Brötchen auf.«

Das zweite Frühstück, das er kurz darauf mit seinem Gast einnahm, erstreckte sich über den halben Vormittag. Sie hatten viel zu besprechen. Gerlinde teilte ihm mit, dass sie bis Montag bleiben konnte, da Dr. Adelmann ihr den Tag freigegeben hatte. Über Ziel und Zweck der Reise hatte sie ihm allerdings nichts erzählt.

Gerhard berichtete von den Ereignissen der letzten Tage. Er sparte nichts aus, denn er hielt es für wichtig, dass Gerlinde informiert war über die Machenschaften der Söhne von Helene. Er erzählte von der erpresserischen Tätigkeit der Brüder in den letzten Jahren, vom Unglückstod Ralfs in Andratx und dem Mord Maurices an Jaime Sauras.

»Und Helene hat von alledem nichts gewusst?«, fragte Gerlinde ungläubig.

»Sie sagt nein, und ich glaube ihr. Die jahrelange Drogenabhängigkeit wird die Aufmerksamkeit für die Dinge, die um sie herum vorgingen, so herabgesetzt haben, dass sie das, was geschah, nicht mehr oder nur noch am Rande wahrnahm. Anfangs war ich, trotz Ihrer Vorwarnung tief erschrocken über das Ausmaß ihres Verfalls. Erst im Laufe unserer späteren Gespräche stellte ich fest, das ihre geistige Verfassung weitaus besser war als ihre körperliche. Vor allem ist ihr Lebenswille noch nicht gebrochen, etwas, das mich trotz ihres schlechten physischen Zustandes hoffen lässt, dass sie die Chance, die sich ihr jetzt bietet, ergreifen und nutzen wird.«

»Wie also soll es jetzt weitergehen mit Helene? Und wie kann ich mich einbringen?«, wollte Gerlinde wissen.

Gerhard berichtete von Helenes gestrigem Gespräch in der Drogenberatungsstelle, bei dem er anwesend sein durfte. In einem ersten Schritt war sie bis zum Beginn der geplanten Entzugstherapie in das Methadonprogramm der Beratungsstelle aufgenommen worden. Nach dem Tod des einen und der Verhaftung des anderen Sohnes, die bis dahin als Helenes Rauschmittellieferanten fungiert hatten, war die Beschaffung der Droge nicht mehr gegeben. Zur Vermeidung der qualvollen Folgen eines plötzlichen Entzugs bekam sie jetzt unter Aufsicht der Beratungsstelle ein Drogenersatzpräparat.

Des Weiteren hatten sie die notwendigen formalen Schritte zur Erlangung einer Entzugstherapie in die Wege geleitet und auch schon einen Therapieplatz in sehr naher Zukunft in Aussicht gestellt bekommen. Zu diesem positiven Ergebnis hatte vor allem die beeindruckende Bereitschaft und der feste Wille Helenes, die Sucht hinter sich zu lassen, geführt.

»Unsere Aufgabe ist es, Helene in dieser vielleicht schwierigsten Phase ihres Lebens als Bezugspersonen zur Verfügung zu stehen. Mit dem Verlust ihrer Söhne, so problematisch das Verhältnis zu ihnen auch gewesen sein mag, hat sie ihren einzigen Halt eingebüßt. Gerade Sie, Gerlinde, verkörpern für Helene die Person, mit der sie die Erinnerung an eine schöne Lebenszeit verbindet, an ein Umfeld, in dem sie einst geborgen und glücklich war. Dorthin zurück zu kehren stellt momentan ihre größte Motivation dar.

»Gibt es spezielle Punkte, die ich mit ihr besprechen sollte?«

»Nein, Gerlinde. Sprechen Sie so mit ihr, wie man von Freundin zu Freundin spricht. Lassen Sie sie reden, wenn sie das Bedürfnis hat. Und erzählen Sie ihr von Ihrer Welt, das wird Helene interessieren. Ob Sie ihr von ihrer Familie berichten wollen, müssen Sie selbst je nach dem Verlauf des Gesprächs entscheiden. Kann sein, dass sich Helene nach Eltern und Bruder erkundigt. Vielleicht ist es aber auch noch zu früh, die Familie ins Spiel zu bringen. Für heute Nachmittag um drei Uhr habe ich einen Besuch bei Helene vereinbart. Sie weiß aber noch nicht, dass Sie mitkommen.«

Gerlinde seufzte: »Was wird in Helene vorgehen, wenn sie mich nach langer Zeit unerwartet wiedersieht?«

»Ich bin sicher, sie wird sich freuen, wahrscheinlich sogar noch mehr als nur Freude empfinden.«

Das Zuklappen einer Autotür deutete an, dass jemand gekommen sein musste. Wenig später stand Franziska in der offenen Wohnzimmertür. Ein triumphierender Ausdruck lag auf ihrem Gesicht, als sie mit blitzenden Augen Gerlinde ansah. Haltung und Auftreten signalisierten für die Dauer einiger Sekunden, wer die Herrin in diesem Haus war. Mit einem gewinnenden Lächeln trat sie ins Zimmer.

»Sie müssen Gerlinde Kramer sein«, sagte sie und streckte ihr die Hand hin. »Ich bin Franziska, Heinrichs bessere Hälfte.« Die Gastgeberin herausstellend fügte sie hinzu: »Willkommen in unserem Haus.« Dann trat sie zu ihrem Mann, umarmte, küsste und herzte ihn demonstrativ innig und ließ sich schließlich in den Sessel an seiner Seite fallen.

Nun waren die Duftmarken gesetzt, das Revier markiert und die mögliche Rivalin gewarnt.

»Willst du einen Kaffee?«, fragte Gerhard, amüsiert und geschmeichelt durch das ungewöhnliche Platzhirschverhalten seiner Frau, und als Franziska bejahte, erhob er sich. »Ich setze frischen auf«, sagte er und verschwand in der Küche.

Als er kurz darauf mit der Kanne in der Hand zurückkehrte, waren beide Frauen, die Oberkörper zueinander gebeugt, in ein lebhaftes Gespräch vertieft. Während er den Kaffee einschüttete, hörte er Franziskas Worte, die sie wie heilige Anpreisungen in den Raum stellte: Kleine Modelädchen – Boutiquen – Karstadt. Sie wandte sich ihm zu: »Gerlinde hat mir erzählt, dass ihr erst heute Nachmittag zu Helene gehen wollt. Ich habe ihr deswegen gerade vorgeschlagen, vorher noch einen Bummel durch die Stadt zu machen. Ich will ihr Eschwege und seine Sehenswürdigkeiten zeigen.«

Hastig trank sie einen Schluck ihres Kaffees und stand auf: »Kommen Sie, Gerlinde, es gibt so viel zu sehen.«

Auf der Türschwelle drehte sie sich noch einmal um. »Sollten wir zum Mittag nicht zurück sein, mach dir was.« Wenig später fuhr das Auto vom Hof. Gerhard ahnte, dass es heute wieder Dosensuppe mit Würstchen für ihn geben würde. Außerdem zweifelte er sehr daran, dass Gerlinde das Landgrafenschloss, die historischen Gebäude des Schulbergs oder den Dünzebacher Turm zu Gesicht bekam. Dafür würde sie, da war sich Gerhard sicher, alle Geschäfte der Einkaufsstraße kennen.

Um ein Uhr gab er die Hoffnung auf ein gemeinsames Mittagessen auf. Er bereitete sich seine Suppe und wartete anschließend zur Lektüre der Tageszeitung auf die Damen.

Kurz nach zwei ging die Haustür. Weibliche Schritte, nicht ausgreifend, eher tippelnd unter der Last von Einkaufstüten, durchquerten den Flur und steuerten direkt auf die Treppe zum Obergeschoss zu. Gerhard erhob sich, öffnete die Wohnzimmertür und rief den verschwindenden Gestalten hinterher: »Seid ihr wieder da?« Diese unnötige Frage wurde mit einem ungeduldigen »Ja, ja« beantwortet. Tuschelndes, lebhaftes Reden drang von oben zu ihm herunter. Offenbar waren aus Rivalinnen inzwischen Verbündete geworden. Er nahm an, dass seine zumindest aus ihrer Sicht verkrusteten Ansichten zum Einkaufsverhalten von Frauen das gemeinsame Feindbild war, das sie zusammenschmiedete.

Kurz vor drei standen Gerlinde und Gerhard vor dem Haus im Alten Steinweg und schellten. Die Vorhänge waren heute zurückgezogen, Licht fiel jetzt in die Zimmer und symbolisierte die Öffnung zum Leben, die sich in Helene vollzog.

Gerlindes sprudelnder Frohsinn war einer ängstlichen Erwartung gewichen. Sie fühlte sich unsicher, ob sie der kommenden Begegnung gewachsen sein würde.

Man sah Helene, die jetzt die Tür öffnete, an, dass sie den Besuch Gerhards erwartete. Sie hatte sich, wahrscheinlich seit Jahren zum ersten Mal wieder, zurecht gemacht: Ein sauberes, hellblaues Kleid umhüllte ihren ausgemergelten Körper und auf die Blässe ihres Gesichtes hatte sie Tönungscreme aufgetragen. Eine Perlenkette hing um den faltigen Hals.

»Helene, ich habe jemanden mitgebracht.« Gerhard ließ Gerlinde, die sich bisher zurückgehalten hatte, vortreten. Es waren nicht mehr als zwei, drei Sekunden, in denen sich die beiden Frauen schweigend gegenüberstanden und sich in die einst so vertrauten Gesichter sahen. Helene war es, die schließlich in einer scheuen, verlegenen Bewegung ihre Arme ausbreitete. Ungläubig flüsterte sie: »Gerlinde?« Dann ging sie auf ihre alte Freundin zu und umschlang sie in einer stillen, langen Umarmung. Gerhard konnte in das Gesicht Helenes sehen: Sie hielt die Augen geschlossen, die Tönung auf den eingefallenen Wangen zerlief unter ihren lautlosen Tränen. Mit ihren dürren Fingern klammerte sie sich an Gerlinde, als wolle sie ihre Freundin nie wieder loslassen.

Gerhard räusperte sich. »In einer Stunde bin ich wieder da«, sagte er leise. Dann ging er, ohne dass eine der Frauen aufgesehen hätte.

Sein erster Versuch, sie nach der angekündigten Stunde mitzunehmen, scheiterte an dem flehenden Wunsch der Freundinnen, noch einige Zeit zusammenbleiben zu können. Als Gerlinde ihn dann schließlich anrief und bat, sie bei Helene abzuholen, war es schon früher Abend.

Noch im Auto erzählte sie von dem Gespräch, ihre alte Lebhaftigkeit war zurückgekehrt. Nach nur kurzer, anfänglicher Befangenheit hatten sie schnell wieder zueinander gefunden, hatten frühere Gemeinsamkeiten wiederentdeckt und alte Erinnerungen hervorgeholt.

»Wir haben geredet und gekichert wie Backfische. Man hätte meinen können, wir hätten die dazwischenliegenden Jahre einfach übersprungen und machten jetzt da weiter, wo wir uns als Jugendliche aus den Augen verloren haben.«

Aber auch die vergangenen, für Helene schlimmen Jahre hatten sie angesprochen, ohne diese Zeit bei ihren heutigen Gesprächen in den Vordergrund gestellt zu haben. Sie würden morgen weiterreden. Schon früh hatten sie sich deshalb zu einem gemeinsamen Frühstück bei Helene verabredet.

Und dann fügte sich eins ins andere. Am Montag, nach einem Wochenende, das Gerlinde nahezu ausschließlich bei der Freundin verbracht hatte, erfuhr Gerhard, dass ein Therapieplatz für Helene in eineinhalb Wochen bereit stand. Der vorangehenden Entgiftungsbehandlung stand also nichts mehr im Wege. Und auch die stationäre Einweisung in eine dafür geeignete Klinik gestaltete sich problemlos: Schon morgen würde Helene beginnen können.

Gerlinde fuhr am Montagabend wieder zurück nach Treysa. Sie war zuversichtlich: »Helene hat mehr denn je den Willen, aus ihrer Sucht herauszukommen. Ich glaube, sie schafft es und ich denke, es war gut, dass ich gekommen bin.«

Am Morgen hatte sie sich herzlich von Franziska verabschiedet, die schon am Vormittag in Göttingen zurückerwartet wurde. Die beiden waren Freundinnen geworden, die sich versprachen, sich gegenseitig zu besuchen.

Schließlich war es Donnerstag geworden.

Gerhard wartete an dem verabredeten Treffpunkt auf den Bus, der ihn zum Flughafen Erfurt mitnehmen würde. Neben ihm stand sein Gepäck, ein kleiner Handkoffer und der Rucksack. Die Wanderschuhe hatte er aus Gründen der Platzeinsparung gleich angezogen. Er war nun bereit, zwölf Ilmenauer Wanderfreunden die Schönheit Mallorcas zu zeigen. Er freute sich nach den Turbulenzen der letzten Zeit auf ruhige, sonnige Tage am Meer.

Nachdem er Helene am Dienstag noch in die Klinik begleitet und sie mit dem Versprechen, mit ihr in Kontakt zu bleiben, der Obhut der Ärzte und Schwestern übergeben hatte, war in ihm ein Vorgang der inneren Abschottung in Gang gekommen. Er fühlte sich wie ein Zuschauer im Theater, der weiß, dass das Stück aus ist. Der sieht, wie die Szenerie, die ihn noch vor kurzem in ihren Bann geschlagen hatte, langsam hinter dem Vorhang verschwindet, nicht mehr zurücklassend als einen leisen Nachhall des Geschehens.

Als dann schließlich der Bus kam, Franziska ihn umarmte und sie gemeinsam ihrem Flugzeug nach Mallorca entgegenfuhren, war ihm, als hätte er nun das Theater endgültig verlassen.

25

Der Blick war atemberaubend schön. Die Wanderer, eben oben auf dem Gipfel des Galatzó angekommen, rangen nach Luft. Gerhard und Franziska setzten sich etwas abseits auf einen Felsvorsprung und genossen schweigend das Berg- und Küstenpanorama. Von hier oben konnten sie den gesamten Südwesten der Insel überblicken. Sie schauten auf die Steineichen- und Aleppokiefernwälder, die in dunklem Grün die umgebenden Berge bedeckten, konnten in der Ferne das Häusermeer von Palma erkennen und blickten im Süden auf die Buchten von Santa Ponsa und Port d'Andratx.

Es war heute die erste Bergbesteigung mit den Ilmenauer Senioren. Auf zwei Flachwandertouren hatte Gerhard sich zuvor davon überzeugt, dass alle, sieben Frauen und fünf Männer, in guter Verfassung waren und über eine erstaunliche Leistungsfähigkeit verfügten.

Da die zwölfköpfige Wandergruppe zusammen mit Gerhard als Führer auf die unglückbringende Zahl dreizehn kam – ein Faktum, auf das besonders die Frauen hinwiesen, während es die Männer eher als abergläubischen Unsinn abtaten –, musste stets ein zusätzlicher Betreuer der Reisegruppe an den Wanderungen teilnehmen, um so auf die weniger schicksalsbestimmende Zahl vierzehn zu kommen.

Franziska hatte darauf bestanden, die heutige Bergtour mitzumachen. Schon immer habe sie die markante Silhouette dieses sagenumwobenen Tausenders zur Besteigung verlockt. Nun wolle sie endlich ihren Traum verwirklichen.

Gerhard war froh, dass sie jetzt bei ihm war und die Schönheit dieses Augenblickes mit ihm teilte.

Sie spielten das alte Spiel, den Häuseransammlungen unter ihnen die richtigen Ortsbezeichnungen zuzuordnen, eine leichte Aufgabe bei den großen Küstenorten Palmanova, Magaluf und Paguera. Schwieriger schon waren die Städte und Dörfer landeinwärts zu identifizieren.

»Du hast mir noch gar nichts von deinem gestrigen Besuch bei Sauras erzählt«, stellte Franziska fest, als sie unter sich die Häuser von Andratx ausmachten. »Hast du den Professor angetroffen?«

»Ja, Francisco Sauras war zu Hause. Wir haben über eine Stunde lang bei einer Tasse Kaffee auf der kleinen Terrasse seines Gartenpavillons gesessen, Alicia, der Professor und ich.«

»Wie kommt es, dass Sauras zu Hause war? Ich hätte eher vermutet, dass er sich noch, solange die Ermittlungen laufen, in Polizeigewahrsam befindet?«

»Die Untersuchungen an Ralfs Leiche, die Art seiner Verletzungen und die Spuren auf Steinen und Platten haben den von Sauras geschilderten Unfallhergang bestätigt. Das Geschehen wurde als Gerangel in Notwehr mit ungewollter Todesfolge eingestuft und unterliegt damit keiner Strafverfolgung.«

»Und die Affäre mit Helene – Intimbeziehungen mit einer Minderjährigen – was ist daraus geworden?«

»Keine Seite, weder die deutsche noch die spanische, hat deswegen bisher Anklage erhoben und man hat dem Professor zu verstehen gegeben, dass auch in Zukunft nicht mit einer Anklage zu rechnen ist.«

Gerhard ergriff Franziskas Hand, als wollte er dadurch etwas von den Gefühlen, die sein gestriger Besuch in ihm hervorgerufen hatte, mitteilen.

»Wenn man das Anwesen Sauras' jetzt betritt, ist die Veränderung gegenüber meinem ersten Besuch im Haus deutlich sichtbar und spürbar. Wie nach einem Gewitterregen, der die Schwüle vertreibt und frische, klare Luft schafft, ist jetzt alles

Düstere, das über der Familie gelastet hat, verschwunden. Ich weiß nicht, wie ich es beschreiben soll, aber der Geist der großen Liebe zwischen Alicia und Francisco durchzieht das Haus. Er zeigt sich in jeder Geste, jedem Wort zwischen den beiden. Sauras hat seiner Frau alles, was geschehen war, das Jetzige und das lange Zurückliegende, erzählt und es hat, wie es aussieht, ihrer Liebe nicht schaden können.«

Sie schwiegen jetzt wieder und schauten über das von hier oben so stille Land.

Franziska hatte den Blick auf die Häuser von Andratx gerichtet, als sie sagte: »Ich freue mich, dass das Glück trotz der schweren Prüfungen, die er durchmachen musste, in das Leben des Professors zurückgekehrt ist. Obwohl ich Francisco Sauras nie persönlich kennen gelernt habe, war er mir von deinen Erzählungen her von Anfang an sympathisch. Sein schweres Schicksal hat in mir stets ein Gefühl des Mitleidens hervorgerufen. Aber jetzt ist ja alles gut, Alicia liebt ihn und er liebt Alicia, und wo die Liebe ist, da fügt sich alles zusammen.«

»Ihr Frauen und die Liebe«, lachte Gerhard und stand auf.

Er trat zu den Wanderern und verkündete: »Wir brechen auf, wieder hinunter ins Tal. Jetzt nehmen wir aber einen anderen, einen neuen Weg.«

Anmerkung des Autors

Die Musikhochschule auf dem Schloßberg in Marburg gibt es leider nicht, sie ist eine Erfindung.

Die Marburger mögen mir diese dichterische Freiheit zugestehen, war sie doch notwendig, um die Handlung in die alte Universitätsstadt an der Lahn verlegen zu können, mit der mich seit meiner Studentenzeit eine innige Zuneigung verbindet.

Eine Musikeinrichtung, wie die im Buch geschilderte, würde im übrigen bestens in diese schöne, von einem kunstoffenen, akademischen Geist durchdrungene Stadt passen.